EL SECRETO DE BLACK RABBIT HALL

EVE CHASE

EL SECRETO
DE BLACK RABBIT
HALL

Traducción de
Nieves Calvino Gutiérrez

PLAZA JANÉS

Título original: *Black Rabbit Hall*
Primera edición: junio, 2016

© 2015, Eve Chase
© 2016, Penguin Random House Grupo Editorial, S. A. U.
Travessera de Gràcia, 47-49. 08021 Barcelona
© 2016, Nieves Calvino Gutiérrez, por la traducción

Printed in Spain – Impreso en España

ISBN: 978-84-01-01722-3
Depósito legal: B-7.294-2016

Compuesto en Revertext, S. L.

Impreso en Liberdúplex
Sant Llorenç d'Hortons (Barcelona)

L 017223

Penguin
Random House
Grupo Editorial

Para Oscar, Jago y Alice

Lo tenía por sabio, y cuando me hablaba
de serpientes y de pájaros, y de a cuáles más amaba Dios,
pensaba que su conocimiento marcaba la linde
donde los hombres se volvían ciegos, aunque los ángeles
sabían el resto.

Si él decía ¡silencio!, yo procuraba contener el aliento;
siempre que decía ¡ven!, yo iba con fe.

GEORGE ELIOT,
«Hermano y hermana»

Prólogo

Amber,
Cornualles,
verano de 1969,
último día de las vacaciones

Me siento segura en el borde del acantilado, más segura que en la casa. A poca distancia del sendero de la costa, un arduo trecho de veinte minutos desde el límite de la finca y bastante alejado de las indiscretas ventanas de Black Rabbit Hall, hay un lugar secreto. Me asomo al precipicio un momento, con el vestido azotándome las piernas por el viento y un cosquilleo en la planta de los pies, y desciendo con cuidado, agarrándome a la hierba, con el rugido del mar de fondo. (Mejor no mirar abajo.) Una breve bajada de infarto y estoy justo rozando el cielo.

Un salto demasiado grande y se acabó. No lo haría, pero me gusta saber que podría hacerlo. Que hoy poseo cierto control sobre mi destino.

Pegada a la pared del acantilado, por fin recobro el aliento. Qué búsqueda tan frenética: bosques, habitaciones, interminables escaleras. Los talones agrietados dentro de unas zapatillas demasiado pequeñas. Y sigo sin encontrarlos. ¿Dónde están? Me protejo con la mano del cegador cielo y escudriño la verde superficie del acantilado al otro lado de la cala. Desierta. Solo hay ganado en el prado.

Entonces me siento, con la espalda contra la roca, y me subo el vestido con descaro para que el aire se cuele entre mis piernas dobladas y desnudas.

Calma al fin, no puedo seguir huyendo de los sucesos del día. Hasta el romper de las olas contra las rocas hace que la mejilla abofeteada vuelva a arderme. Parpadeo y ahí está la casa, clavada en mi retina. Así que intento mantener los ojos abiertos y dejo que mi mente se pierda en el inmenso cielo rosado, en el que el sol y la luna penden como una pregunta y una respuesta. Me olvido de que debo seguir buscando. Que los minutos pasan más rápido que las nubes al atardecer. Pienso tan solo en mi fuga.

No sé cuánto tiempo llevo aquí sentada. Un enorme pájaro negro se lanza en picado sobre el acantilado e interrumpe mis pensamientos; pasa tan cerca que sus garras casi podrían enzarzarse en mi pelo. Me agacho por instinto bajo su aleteo, mi nariz roza la fría piel de mis rodillas. Y cuando levanto la vista ya no la fijo en el cielo sino en los restos flotantes que se mecen en el oleaje.

No, no son restos. Es algo más vivo. ¿Un delfín? ¿O esas medusas que han estado llegando a nuestra cala toda la semana, como un cargamento perdido de cuencos de cristal gris? Quizá. Me inclino hacia delante, asomo la cabeza por encima del borde para ver mejor y el viento me agita el cabello con violencia; el corazón me late un poco más deprisa, empiezo a sentir que algo terrible se mueve bajo la reluciente superficie azul, no lo veo bien. Aún no.

1

Lorna,
más de tres décadas después

Es uno de esos viajes. Cuanto más se acercan a su destino, más les cuesta imaginar que van a llegar de verdad. Siempre hay otra curva en el camino, un frenazo en una pista forestal sin salida. Y se hace tarde, muy tarde. La cálida lluvia de verano repiquetea en el techo del coche.

—Yo digo que lo dejemos correr y volvamos al hostal. —Jon estira el cuello por encima del volante para ver mejor la carretera, que se está volviendo indistinguible al otro lado del parabrisas—. Pedimos unas cervezas y planeamos una boda en algún lugar dentro de la autopista M25. ¿Qué te parece?

Lorna dibuja una casa con el dedo en el vaho de la ventanilla. Tejado. Chimenea. Garabato del humo.

—Me parece que no, cariño.

—¿Algún lugar con un microclima soleado, quizá?

—Ja, ja. Qué gracioso.

A pesar de las decepciones que se han llevado hasta el momento —ninguno de los lugares para celebrar bodas estaba a la altura de las expectativas, chintz sobrevaloradísimo—, Lorna se siente muy feliz. Hay algo emocionante en eso de ir en coche con ese tiempo inclemente y con el hombre con el que va a casarse, los dos solitos en su ruidoso y pequeño Fiat rojo. Cuando sean viejos y tengan el pelo cano recordarán ese viaje, piensa. Eran jóvenes, estaban enamorados y viajaban en coche bajo la incesante lluvia.

—Genial. —Jon frunce el ceño al ver por el retrovisor una amenazante silueta oscura—. Solo me faltaba un puñetero tractor enorme pegado al culo. —Se detiene en una intersección donde varias señales, dobladas por el viento, indican direcciones que no coinciden con el ángulo de las carreteras correspondientes—. ¿Y ahora?

—¿Nos hemos perdido? —bromea ella; la idea le gusta.

—El GPS no funciona. Parece que aquí no llega la señal. Solo podía pasar en tu querido Cornualles.

Lorna esboza una sonrisa. El malhumor de Jon es infantil y simple, desaparecerá en cuanto vean la casa o tenga delante una cerveza fría. A diferencia de ella, no interioriza las cosas ni convierte los obstáculos en símbolos.

—Vale. —Él señala el mapa en el regazo de Lorna, sembrado de migas de galleta y doblado de cualquier manera—. ¿Qué tal se te da leer mapas, cariño?

—Bueno… —Lorna lo abre deprisa, las migas saltan y se reúnen con las botellas de agua vacías que ruedan por el suelo lleno de arena—. Según mis rudimentarios cálculos cartográficos, en estos momentos estamos atravesando el Atlántico.

Jon suelta un bufido, se echa hacia atrás y estira las piernas, demasiado largas para ese coche tan pequeño.

—Estupendo.

Lorna se arrima y le acaricia el muslo, allí donde el músculo ha desgastado la tela vaquera. Sabe que está cansado de conducir bajo la lluvia por carreteras desconocidas, de visitar sitios para celebrar bodas; este en concreto, más lejos y más difícil de encontrar, lo han dejado para el final. Si ella no hubiera insistido en ir a Cornualles, estarían en la costa de Amalfi. A Jon se le está agotando la paciencia y ella no puede reprochárselo.

Jon le pidió matrimonio en Navidad, hace meses, las agujas de pino crujían bajo su rodilla hincada en el suelo. Durante mucho tiempo eso fue suficiente. A Lorna le encantaba estar prometida, ese estado de dichosa suspensión; se pertenecían el uno al otro, pero cada mañana se despertaban y elegían estar juntos. Le preocupaba gafar esa relajada felicidad. En cualquier caso, no tenían una prisa loca. Tenían todo el tiempo del mundo.

Pero ya no. Cuando la madre de Lorna falleció de forma inesperada en el mes de mayo, la pena la devolvió de golpe y porrazo a la tierra y la boda de pronto se convirtió en algo ineludible y brutalmente urgente. La muerte de su madre le avisaba de que no debía esperar. No debía posponer las cosas ni olvidar que todo el mundo tiene un aciago día señalado en el calendario, cada vez más cerca. Desconcertante pero también extrañamente vivificante, le hizo desear aferrarse a la vida con uñas y dientes, atravesar la suciedad de Bethnal Green Road una lluviosa mañana de domingo con sus tacones rojos de la suerte. Esta mañana se ha puesto un vestido amarillo *vintage* de los años sesenta. Si no puede ponérselo ahora, ¿cuándo?

Jon cambia de marcha, bosteza.

—¿Me repites cómo se llama el sitio, Lorna?

—Pencraw —responde alegre; trata de mantenerlo animado, sabe que si fuera por Jon meterían a su numerosa y creciente familia en una carpa en el jardín de sus padres en Essex y se acabó. Luego se mudarían calle abajo, cerca de sus adoradas hermanas (cambiarían su minúsculo piso en la ciudad por una casa en las afueras con un jardín con riego por aspersión), para que su madre, Lorraine, pudiera ayudarles con los niños que tendrían enseguida. Menos mal que no dependía de Jon—. Pencraw Hall.

Jon se pasa la mano por el cabello rubio pajizo; el sol se lo ha aclarado tanto que tiene las puntas casi blancas.

—¿Un intento más? —dice, y Lorna sonríe. Ama a este hombre—. A la mierda, vamos por aquí. Tenemos una posibilidad entre cuatro de acertar. Con suerte nos libraremos del tractor. —Pisa el acelerador a fondo.

No se libran de él.

La lluvia continúa cayendo. El parabrisas está lleno de pétalos de cicutaria que los chirriantes limpiaparabrisas convierten en nieve amontonada. El corazón de Lorna late un poco más rápido bajo el fresco y ligero vestido de algodón.

Pese a que no ve mucho más allá de los riachuelos de lluvia que se deslizan por la ventanilla, sabe que los valles boscosos, los arroyos y las pequeñas calas desiertas de la península de Roseland se encuentran al otro lado del cristal y ya puede sentirlos esperando allí en la niebla. Recuerda haber estado en estas carreteras de niña —iban a Cornualles casi todos los veranos—, cómo el aire del mar entraba por la ventanilla bajada y se llevaba los últimos resquicios de la sucia área metropolitana de Londres, y el gesto tenso en el rostro de su madre.

Su madre, una mujer nerviosa, padeció insomnio toda su vida; al parecer la costa era el único lugar en el que podía dormir. Cuando Lorna era pequeña se preguntaba si el aire de Cornualles portaba extraños vapores adormecedores, como el campo de amapolas de *El mago de Oz*. Ahora una vocecita en su cabeza no puede evitar preguntarse si porta secretos familiares. Pero eso decide guardárselo para sí.

—¿Estás segura de que esa vieja casona existe, Lorna? —Jon sujeta el volante con los brazos extendidos y rígidos; tiene los ojos enrojecidos por el cansancio.

—Existe.

Lorna se recoge su largo pelo negro en un moño alto. Unos pocos mechones escapan y caen sobre su pálido cuello. Siente el calor de la mirada de Jon; le encanta su cuello, la piel tan suave como la de un bebé justo bajo la oreja.

—Refréscame la memoria. —Jon vuelve a fijar la vista en la carretera—. ¿Una vieja mansión que visitaste con tu madre cuando estuvisteis aquí de vacaciones?

—Exacto. —Lorna asiente con entusiasmo.

—A tu madre le encantaban las casas señoriales, eso lo sé. —Mira el retrovisor con el ceño fruncido. La lluvia cae ahora en plateadas y ondulantes cortinas de agua—. Pero ¿cómo puedes estar segura de que es la misma?

—Pencraw Hall salía en un directorio de páginas sobre bodas en internet. La reconocí en el acto. —Se han borrado tantas cosas... (las notas de jacinto del perfume favorito de su madre, los chasquidos de su lengua mientras buscaba las gafas de lectura),

16

pero en las últimas semanas otros recuerdos, olvidados hacía mucho y aparentemente aleatorios, han cobrado nitidez de manera inesperada. Y este es uno de ellos—. Mi madre señalando esa vieja casona. La expresión de asombro en sus ojos. Se me quedó grabada. —Gira en el dedo el anillo de compromiso con diamantes mientras recuerda otras cosas. En su mano, una pesada bolsa de papel con rayas color rosa llena de caramelos. Un río—. Sí, estoy casi segura de que es la misma casa.

—¿Casi? —Jon menea la cabeza y suelta una carcajada, una de sus sonoras risotadas que retumban contra sus costillas—. Dios mío, debo de quererte mucho.

Continúan camino en un silencio cordial, Jon parece pensativo.

—Mañana es el último día, cariño.

—Lo sé. —Lorna exhala un suspiro, no le apetece lo más mínimo regresar a la calurosa y abarrotada ciudad.

—¿Te gustaría hacer algo que no tuviera que ver con la boda? —Su voz es arrebatadoramente suave.

Lona sonríe, desconcertada.

—Claro. ¿El qué?

—Bueno, pensaba si habría algún lugar… importante para ti que quisieras visitar. —Las palabras salen de forma torpe. Jon se aclara la garganta y busca los negros ojos de Lorna antes de mirar por el retrovisor.

Ella evita su mirada. Se pone a soltarse el pelo, que cae y oculta el rubor de sus mejillas.

—En realidad, no —murmura—. Solo quiero ver Pencraw.

Jon suspira, cambia de marcha y deja el tema. Lorna borra la casa garabateada en la empañada ventanilla y mira por el agujero, con la nariz pegada al frío cristal, dándoles vueltas a sus pensamientos.

—Vale. ¿Las reseñas? —pregunta Jon.

Ella vacila.

—Bueno, no hay ninguna reseña. No exactamente —dice. Jon enarca una ceja—. Pero llamé por teléfono y hablé con un ser humano vivo y real, la asistente personal de la dueña de la casa o algo así. Una mujer llamada Endellion.

—¿Qué nombre es ese?

—Típico de Cornualles.

—¿Vas a utilizar eso como excusa para todo?

—Sí, sí. —Lorna ríe, saca los pies de las chanclas plateadas y los apoya en el duro plástico gris de la guantera, satisfecha por las marcas del sol y porque el esmalte de uñas rosa claro no se ha estropeado—. Me explicó que es una casa particular. Es el primer año que se alquila. Por eso no hay reseñas. Pero no hay nada chungo, te lo prometo.

Jon sonríe.

—A veces puedes ser una inocentona.

—Y tú un puñetero cínico, cariño mío.

—Realista, realista. —Mira el espejo con expresión dura—. Por Dios.

—¿Qué?

—Ese tractor. Demasiado cerca. Demasiado grande.

Lorna se pone tensa en su asiento; se enrolla un mechón de pelo en el dedo. El tractor parece amenazadoramente grande en esa estrecha carretera, que ahora es más bien un túnel con empinados arcenes de roca sólida y un techo de copas de árboles entrelazadas. Aprieta los pies contra el suelo del coche.

—Vamos a parar en la puerta de la siguiente finca a ver si podemos dar media vuelta —dice Jon después de unos minutos de tensión.

—Oh, venga ya...

—Es peligroso, Lorna.

—Pero...

—Por si te sirve de consuelo, seguro que la casa es como todas las demás, un hostal improvisado. Un sórdido centro de conferencias. Y si resulta que está bien no podremos permitírnoslo.

—No. Tengo un presentimiento con esta casa. —Lorna tensa el mechón de pelo y la yema del dedo se le pone roja—. Una corazonada.

—Tú y tus corazonadas.

—Tú fuiste una corazonada. —Posa una mano en la rodilla de Jon justo cuando sus músculos se contraen y su pie pisa el freno.

Todo parece suceder a la vez: el chirrido de los neumáticos, el derrape a la izquierda, la oscura figura atravesando de un salto la carretera y adentrándose en los arbustos. Luego un silencio terrible. El repicar de la lluvia en el techo.

—Lorna, ¿estás bien? —Le acaricia la mejilla con el dorso de la mano.

—Sí, sí. Estoy bien. —Se pasa la lengua por la boca y percibe el sabor metálico de la sangre—. ¿Qué ha pasado?

—Un ciervo. Estoy casi seguro de que era un ciervo.

—Oh, gracias a Dios. No era una persona.

Jon silba entre dientes.

—Por los pelos... ¿Seguro que estás bien?

Un golpecito en la puerta del conductor. Los nudillos son peludos; la piel está muy roja. El conductor del tractor es una montaña empapada con un anorak naranja.

Jon baja la ventanilla con aprensión.

—Siento el frenazo, amigo.

—Maldito ciervo.

La cara del hombre, tan maltratada como el paisaje, se vuelve con brusquedad hacia la ventanilla. Mira por encima del hombro de Jon y fija su mirada apagada en Lorna. Es una mirada que indica que no se cruza con demasiadas morenas menudas de treinta y dos años con veraniegos vestidos de color amarillo. Una mirada que indica que no suele cruzarse con ninguna mujer.

Lorna intenta sonreírle pero nota que le tiemblan las comisuras de la boca. Podría echarse a llorar. Se da cuenta de lo cerca que acaban de estar de la catástrofe. Lo cual parece aún más increíble porque están de vacaciones. Siempre se siente inmortal de vacaciones, sobre todo con Jon, que en el fondo es protector, secretamente sensato y sólido como un martillo.

—Se cuelan por los agujeros de las vallas. El mes pasado provocaron un accidente. —El hombre exhala una bocanada maloliente en los reducidos confines del coche—. Dos aplastados a unos metros de aquí. Malditas criaturas sin control.

Jon se vuelve hacia Lorna.

—Alguien intenta decirnos algo. ¿Lo dejamos por hoy?

Ella siente el temblor de los dedos de Jon y sabe que no puede presionarle más.

—De acuerdo.

—No pongas esa cara. Volveremos en otro momento.

No volverán, Lorna lo sabe. Viven demasiado lejos. Llevan una vida muy ajetreada. Trabajan mucho. Cuando regresen, la empresa constructora de la familia de Jon tiene previsto un proyecto a largo plazo, unos áticos pijos en Bow Street, y ella cada vez tiene más cerca el primer día de clase, en septiembre. No, todo es demasiado complicado. No volverán. Y Cornualles es poco práctico. Es caro. Exige demasiado a los invitados. Exige demasiado a Jon. Al padre de Lorna. A su hermana. Todos la complacen porque sienten que haya perdido a su madre. No es tonta.

—No hay mucho tráfico en esta carretera. ¿Adónde van, amigos? —pregunta el conductor del tractor rascándose su cuello de toro—. Está claro que han elegido el día perfecto.

—Intentamos encontrar una vieja casa. —Jon busca en la guantera una dosis de azúcar para que las manos dejen de temblarle. Da con un pegajoso caramelo de menta medio desenvuelto—. Pencraw Hall.

—Oh. —La cara del hombre se esconde dentro de la capucha.

Ha reconocido el nombre, Lorna se yergue en su asiento.

—¿La conoce?

Un asentimiento enérgico.

—Black Rabbit Hall.

—Oh, no, lo siento, estamos buscando Pencraw Hall.

—Los lugareños la llaman Black Rabbit Hall.

—Black Rabbit Hall. —Lorna saborea el nombre. Le gusta. Le gusta el nombre—. Entonces, ¿está cerca?

—Están prácticamente en el camino de entrada.

Lorna sonríe a Jon, el accidente casi mortal ha quedado olvidado.

—Otro desvío en esta carretera…, última oportunidad para marcharse…, les lleva a las tierras de labranza, lo que queda de ellas. Ochocientos metros más y llegarán a la finca. Verán el poste indicador. Bueno, digo yo que lo verán. Oculto entre los matorrales. Tendrán que estar atentos. —Mira a Lorna de nuevo—. Un sitio curioso. ¿Por qué quieren ir allí? Si no les molesta que se lo pregunte.

—Bueno… —Lorna toma aire, se prepara para contarle la historia.

—Lo estamos considerando como lugar para celebrar una boda —responde Jon antes de que ella tenga oportunidad—. Bueno, eso hacíamos.

—¿Una boda? —El hombre abre mucho los ojos—. Caray. —Posa la mirada en Lorna, luego en Jon y otra vez en ella—. Escuchen, parecen una pareja muy agradable. No son de por aquí, ¿verdad?

—De Londres —farfullan a la vez.

El hombre asiente como si eso lo explicara todo. Pone una mano en la ventanilla bajada, sus dedos crean un grueso guante de condensación en el cristal.

—Si quieren saber mi opinión, Black Rabbit no es lugar para una boda.

—Oh. ¿Por qué no? —pregunta Lorna, con el ánimo otra vez por los suelos y deseando que él se marche.

El hombre frunce el ceño, parece no estar seguro de cuánto contarles.

—Para empezar, la finca no se encuentra en buen estado. El clima deteriora las casas de por aquí a menos que inviertas dinero en ellas. Hace años que nadie invierte en esa casa. —Se humedece los labios agrietados con la lengua—. Se dice que crecen hortensias en el salón de baile y que ocurren todo tipo de cosas raras.

—Oh… Eso me encanta.

Jon pone los ojos en blanco y hace esfuerzos por no reírse.

—Por favor, no la anime.

—Más vale que vuelva a la carretera. —El conductor del tractor parece confundido—. Tengan cuidado, ¿eh?

Lo ven alejarse con pasos decididos y oyen los golpes cuando sube los peldaños metálicos hasta la cabina. Lorna no sabe qué pensar.

Jon sí.

—¡Agárrate bien! Atenta por si sale Bambi. Voy a dar marcha atrás hasta el cruce. Volvemos a la civilización donde me espera una cerveza bien fría. Ya es hora.

Lorna le aprieta el brazo con la mano; ejerce la presión suficiente para demostrarle que habla en serio.

—Sería absurdo dar la vuelta ahora. Lo sabes.

—Ya has oído lo que ha dicho ese tío.

—Tenemos que verlo por nosotros mismos, aunque solo sea para descartarlo, Jon.

Él menea la cabeza.

—No me apetece.

—Tú y tus apetencias —dice, imitando su comentario de antes, tratando de hacerle reír—. Vamos. Sabes que tengo muchas ganas de ver ese lugar.

Jon golpetea el volante con los pulgares y reconsidera su posición.

—Me deberás una.

Lorna se inclina sobre el freno de mano y le da un fuerte beso sobre la cálida mandíbula, cubierta por una barba incipiente. Jon huele a sexo y a galletas maría.

—¿Y qué tiene eso de malo?

Momentos después, el pequeño Fiat rojo se desvía de la carretera y se desliza como una gota de sangre por el empapado y verde camino de entrada; las copas de los árboles se cierran tras ellos.

2

Amber,
Fitzroy Square, Londres,
abril de 1968

Mamá tuvo suerte de no haber resultado herida de mayor gravedad en el accidente. Eso es lo que todos dicen. Si su taxi hubiera derrapado un par de centímetros más a la derecha, se habrían estampado contra el bolardo de Bond Street en lugar de golpearlo ligeramente. Mamá se la pegó de todas maneras, voló dentro del taxi negro con las bolsas de la compra y se salvó de chocar de cara contra el cristal porque puso la mano doblada hacia atrás. Sus elegantes sombreros nuevos no sufrieron desperfectos. El taxista no le cobró. Aun así, no puede decirse que fuera una suerte.

Diez días después todavía tiene un moratón amarillento en la rodilla y una muñeca en cabestrillo con un esguince. Se pasa la mañana del sábado sentada, sentada, sentada, en lugar de jugar al tenis en Regent's Park o de perseguir a mi hermana pequeña por el jardín.

Ahora mismo, sentada en la butaca color turquesa junto a la ventana de la sala, con la pierna, cubierta por una media, apoyada en el escabel, observa los negros paraguas que deambulan por la plaza. Sus ojos se han vuelto distantes. Ella dice que son los calmantes. Pero yo sé que mamá sueña con volver a Black Rabbit Hall o a la vieja granja de su familia en Maine, a algún lugar lejano y agreste donde pueda montar sus caballos en paz. Pero Maine está demasiado lejos. Y Black Rabbit Hall aún parece estarlo más.

23

—¿Quiere que le traiga más té, señora? —pregunta Nette; respetuosa, evita mirar el llamativo moratón en la pierna de mamá.

Nette es la nueva —desde hace tres meses— ayudante. Cecea —imitarla es irresistible— y antes estaba con una familia chapada a la antigua en Eaton Square, «donde siguen fingiendo que es 1930», dice mamá. Creo que Nette prefiere esto. Yo lo preferiría.

—¿Quizá otro cojín?

—No, gracias, Nette. Eres muy considerada. Pero estoy muy cómoda y he bebido tanto té en los últimos días que me temo que otra taza me pondría de los nervios. —Mamá sonríe, deja a la vista el hueco entre los dos dientes delanteros que hace que su sonrisa parezca mucho más amplia que la de cualquiera. Puede meter una cerilla dentro—. Y, Nette, llámame señora Alton o, mejor, Nancy. Aquí no son necesarias las formalidades, te lo aseguro.

—Sí, señor… —Nette se interrumpe y esboza una sonrisa tímida. Recoge la taza de té vacía y el pastel Battenberg a medio comer y coloca ambas cosas sin hacer ruido en la reluciente bandeja de plata.

Boris menea el rabo y la mira con sus ojitos perrunos más tiernos. Aunque no debería darle dulces (Boris es gordo y glotón, una vez se zampó casi medio kilo de mantequilla de una sentada y luego lo vomitó en la escalera), sé que Nette le da de comer en la cocina cuando nadie la ve. Por eso me cae bien.

—Tú, ven aquí —me dice mamá en cuanto Nette se ha ido. Tira del banco del piano hacia ella y le da una palmadita.

Yo me siento y apoyo la cabeza en su regazo, inhalo el característico olor de su piel a través del vestido de seda de color verde. Me acaricia el pelo. Y yo me siento su confidente y su bebé, siento que podría quedarme aquí siempre, o al menos hasta la hora de comer. Pero su regazo no va a ser mío demasiado tiempo, somos muchos: Barney, Kitty, papá, mi gemelo Toby, cuando regresa del internado, y yo. A veces da la sensación de que no hay suficiente de ella para todos.

—Tu pierna parece un tubérculo, mamá.

—Vaya, ¡gracias, cielo!

—Pero la otra pierna sigue siendo bonita —añado rápidamente

mirando el pie estirado, en punta, como una bailarina de ballet; el segundo dedo es curiosamente más largo que el primero y empuja bajo la costura de la media.

—Con una pierna bonita basta. Y la otra parece mucho peor de lo que en realidad está. —Enrolla un mechón de mi pelo en su dedo, como una de las cuerdas rojas de seda con borla que sujetan las cortinas. Nos quedamos así un rato, con el reloj de pared marcando los minutos y el ruido de Londres afuera—. Un penique por tus pensamientos.

—La abuela Esme dice que podrías haberte matado. —No puedo dejar de pensar en el accidente. El bolardo negro esperando al taxi negro. El chirrido de los frenos. Las cajas de los sombreros volando por los aires. Cosas que no te imaginas que vayan a suceder, suceden—. Me hace sentir… no sé.

Ella sonríe y se arrima a mí; las puntas de su cabello cobrizo me hacen cosquillas en las mejillas. Huelo su crema facial de Ponds.

—Haría falta mucho más que un taxi en Brunton Street para matarme. Son los genes de Nueva Inglaterra, cielo.

Miro su pierna hinchada otra vez y aparto los ojos con rapidez, deseando no haberlo hecho. El moratón hace que me sienta muy rara. A mamá normalmente nunca le pasa nada. No pilla la gripe. No tiene jaquecas. Ni eso de la señora Hollywell, la madre de Matilda, que hace que la mayoría de los días se vuelva a la cama después de comer y que a veces no pueda levantarse siquiera. El aspecto positivo es que si todo lo malo que le va a suceder a mi madre es esto, supongo que no es tan malo. Al menos ya se lo ha quitado de encima.

—Por favor, no sufras por mí, Amber. —Me alisa la frente con la yema del pulgar—. Los hijos no deben preocuparse nunca por sus padres, ¿sabes? Preocuparse es tarea de una madre. Ya te llegará la hora.

Miro el suelo con el ceño fruncido, incapaz de unir los puntos que separan ser una chica de catorce años y convertirme en esposa y madre. ¿Qué le pasa a tu gemelo cuando te casas? ¿Qué haría Toby entonces? Eso me preocupa.

—Tranquila. —Mamá ríe—. Aún falta mucho.

—¿Podrás seguir montando a Knight? —digo, me apresuro a cambiar de tema.

Knight es su Warmblood holandés. Por el nombre da la impresión de que sea negro, pero es del color de las castañas.

—¿Montar a Knight? ¿Estás de broma? —Mamá yergue la espalda y hace una mueca de dolor—. Si sigo sentada en esta butaca mucho más tiempo me volveré loca. Estoy deseando montarlo. Iré a la pata coja hasta Cornualles si es necesario. —Conociendo a mamá, no es tan improbable como parece—. De hecho, esta tarde tengo pensado hablar con tu padre sobre irnos a Black Rabbit Hall antes de lo habitual.

—¿Cuánto antes?

Ella remueve los cojines, incapaz de sentirse cómoda.

—La semana que viene; antes si Peggy consigue tener la casa lista.

—¿La semana que viene? —Mi cabeza se levanta de su regazo de inmediato—. Pero las vacaciones de Semana Santa no empiezan hasta dentro de dos semanas.

—Llévate los deberes si quieres.

—Pero, mamá…

—Cielo, pasas demasiado tiempo con la nariz en los libros. Perderse unas pocas clases no le hace daño a nadie. Tanto colegio no es bueno para ningún niño.

—Me quedaré atrás.

—Bobadas. La señorita Rope dice que vas por delante del resto de la clase. No me preocupa en absoluto. Además, en Black Rabbit Hall aprenderás mucho más que en una vieja aula mal ventilada en Regent's Park.

—¿Qué tipo de cosas? —pregunto, dubitativa.

—¡La vida!

Pongo los ojos en blanco.

—Creo que a estas alturas ya sé bastante sobre la vida en Black Rabbit Hall, mamá.

Ella parece divertirse.

—¿De veras?

—Y empiezo a ser demasiado mayor para los castillos de arena.

—No seas tonta. Nunca se es demasiado mayor para los castillos de arena.

Mi vida ha estado llena de castillos de arena. Mi primer recuerdo es de Toby, agachado en la playa, excavando frenéticamente y arrojando arena por encima de su hombro en un arco dorado. Él es zurdo y yo soy diestra, lo que significa que podemos estar uno al lado del otro sin estorbarnos. Cuando termina, clava dos afiladas conchas —«Nosotros», dice y sonríe— en lo alto; tenemos tres años.

—Dejando a un lado todo lo demás, el aire de Londres es simplemente espantoso —prosigue mamá—. ¡Y la incesante lluvia! Dios mío, ¿es que no va a parar nunca?

—En Cornualles estamos casi todo el tiempo con el chubasquero puesto.

—Sí, pero la lluvia de Cornualles es diferente. ¡Lo es! Y el cielo también es diferente. Un cielo despejado con estrellas. ¡Estrellas fugaces, Amber! No esa niebla tóxica. —Señala las nubes grises al otro lado de la ventana—. Oye, no pongas esa cara. Hay algo más, ¿no? ¿Qué es?

—La fiesta de cumpleaños de Matilda es dentro de nueve días —digo en voz queda; imagino a todos mis compañeros de clase riendo en el elegante y sofisticado Kensington Palace, ataviados con vestidos de fiesta en tonos pastel; cómo al hermano mayor de Matilda, Fred, llegado de Eton, se le tuerce hacia arriba un lado de la boca cuando sonríe; a la propia Matilda, mi mejor amiga, que es buena y divertida y nunca finge ser menos lista de lo que es, a diferencia de las otras chicas—. No puedo no ir.

—Es una pena que sea la de Matilda, lo sé. Pero no deja de ser una fiesta, cielo.

No digo que no soy la clase de chica a la que invitan a montones de fiestas. Pero creo que mamá lo sabe porque su voz se suaviza.

—Amber, puede que ahora no te lo parezca, pero te prometo que te quedan muchas fiestas. —Señala hacia la ventana—. Echa un vistazo. A la calle. ¿Qué ves?

Miro por la ventana la luna creciente, los ríos sobre el mojado pavimento, las negras verjas de hierro, el círculo de césped en el centro de la plaza donde a veces comemos tostadas con Bovril cuando luce el sol los sábados por la mañana.

—¿Gente sacudiendo y cerrando el paraguas? —Me vuelvo hacia ella preguntándome si esta es la respuesta correcta—. ¿Una niñera empujando un cochecito?

—¿Sabes qué veo yo? Veo todo un mundo esperándote, Amber. Mira, una mujer joven con una bonita faldita de camino al trabajo. —Nota: mamá no trabaja, pero los domingos se pone un traje de falda azul marino de París para ir a la iglesia. Supongo que eso también es trabajo—. Veo una pareja besándose en un banco… —Alza una ceja—. Con mucha pasión, he de decir.

Aparto con rapidez la mirada de la pareja abrazada —si mamá no estuviera sentada a mi lado no lo haría, claro— y me pregunto cómo sería besar así a alguien en un banco público, tan absorta en el beso que no me importara quién me viera.

—Supongo que lo que intento decir es que vas a divertirte muchísimo antes de que te cases.

Los estudios. Terminar los estudios. Puede que un empleo en Christie's. Le cuesta ver que quede algún hueco para una pizca de diversión antes de que termine.

—Así que no vas a preocuparte por perderte una fiesta, ¿verdad? —Mamá se alisa el vestido sobre los muslos, donde mi cabeza lo había arrugado.

—Supongo.

—No es una respuesta demasiado convincente.

Intento disimular mi sonrisa con cara de malhumor, me divierte la farsa de que mamá necesite mi aprobación, la farsa de que yo podría no dársela, de que eso importe algo. Sé que en esto tengo suerte. A mis amigos de clase los mangonean sus madres, mujeres inglesas educadas y un tanto irritadas, ataviadas con tiesos vestidos que parecen no quitarse nunca, y que ríen de tal manera que se les ve hasta la campanilla. Mi madre sabe montar a caballo a pelo. Lleva pantalones vaqueros cuando estamos en el campo. Y es con diferencia la madre más guapa en la puerta del colegio.

—No olvides nunca lo privilegiados que aún somos por tener Black Rabbit Hall. Muchos de los amigos de papá han tenido que tirar abajo sus casas de campo y vender la tierra o abrir sus hogares al público y otras cosas horribles por el estilo. Jamás hay que dar nada por sentado.

—Se tarda un siglo en llegar.

—Iremos todos juntos en coche. Será divertido. —Me da un suave empujoncito—. Oye, a lo mejor algún día abren un aeropuerto en Roseland.

—Eso no sucederá jamás.

—Bueno… Bien. —Se sujeta un mechón de pelo detrás de la oreja—. No queremos que sea demasiado fácil, ¿verdad?

—Entonces no sería nuestro lugar especial —digo con descaro para complacerla. Y lo consigo.

—¡Exacto! —Sonríe y sus ojos pasan del verde al dorado; una hoja y su envés. Resplandeciente otra vez, sin rastro de distanciamiento—. Siempre le digo a papá que Black Rabbit Hall es el único punto todavía cuerdo en este mundo loco y cambiante. Es nuestro rincón seguro y feliz, ¿verdad, Amber?

Dudo. Por alguna razón parece que todo depende de mi respuesta.

3

«La tormenta llegará con fuerza al río alrededor de las seis en punto», dice papá, de pie en la terraza con su arrugado traje color crema; se echa hacia atrás el fedora con un dedo y olisquea el aire como un perro de caza. La verdad es que está clarísimo que una tormenta está a punto de descargar —el aire es pegajoso, negros nubarrones se congregan en el cielo sobre la oscura superficie del mar—, pero no nos corresponde a nosotros señalarlo. Todos sabemos cuánto le gusta a papá estar en la terraza, agarrado con una mano a la balaustrada, con el pecho henchido, farfullando acerca del tiempo y del gamo común y quejándose de los conejos y las goteras del tejado. Aunque nadie haga nada al respecto.

En nuestra casa en Londres no hay goteras. Ni filtraciones. Ni ruidos en la noche. El pelo no se te alborota al cruzar el rellano de los dormitorios. El viento fuerte no se lleva volando trocitos de tejado como la ropa tendida en una cuerda. Y si eso pasara, mis padres contratarían a alguien para que lo arreglara. Pero en Black Rabbit Hall ninguna de esas cosas les molesta. De hecho, empiezo a pensar que, en el fondo, hasta puede que les guste.

En este momento en un rincón de mi cuarto hay un cuenco que Toby llama orinal. («¡Oh, has vuelto a llenar el orinal, Amber!», se burla, y yo le atizo en la cabeza con *Jane Eyre*.) En el viejo salón de baile hay por lo menos seis cubos; tiene tantas goteras que solo los pequeños lo usan, van de un lado a otro a todo trapo en sus triciclos.

A mamá le gusta que las cosas sean «simples» en Black Rabbit

Hall; no tenemos lo que se dice personal de servicio, solo a Peggy, que vive allí y cocina cuando estamos en casa; a Annie, una chica del pueblo despistada que finge ocuparse de la limpieza (Peggy la despidió por vaga hace dos veranos, pero ella continuó presentándose a trabajar de todas formas); una leal cuadrilla de ancianos carpinteros, uno de los cuales tiene un ojo de cristal que golpeará con su destornillador si se lo pides por favor; y unos jardineros todavía más viejos que llevan trabajando allí de forma intermitente toda su vida, apestan a estiércol de caballo y dan la impresión de que cada ardua palada vaya a ser la última. No tenemos niñera. No cuando estamos en Cornualles. Ninguno de mis amigos se lo puede creer. Pero mamá no quería que nos criara el servicio, como hicieron con papá, con el abuelo y con el resto de la gente muerta que cuelga de las ramas del árbol genealógico, escondido en el tercer cajón inferior del escritorio de papá.

Aquí uno nunca sabe qué va a encontrarse en los cajones: cartillas de racionamiento, máscaras de gas, una pistola cargada, un mechón de rizos dorados de un bebé muerto que mi padre dice que habría sido nuestra tía abuela de haber vivido. Oh, sí, y el guante de la princesa Margaret. No hay nada más emocionante.

Solo podemos soñar con una televisión. Hasta la vieja radio chisporrotea cuando la enchufas. Casi no capta señal, solo interferencias o mensajes inconexos de los barcos pesqueros locales acerca de la velocidad del viento y la captura de caballas. Las tuberías repiquetean y gimen toda la noche, y si alguien llena una de las grandes bañeras de hierro suena como si la tierra misma se estuviera desgarrando. Hay constantes cortes de electricidad —un fogonazo y luego la oscuridad— y tenemos que apañárnoslas con lámparas de aceite de la despensa hasta que alguien consigue arreglarlo, lo que puede llevar días, de modo que los techos están manchados del humo de las lámparas.

«¡Es como si el siglo XX no hubiera llegado!», mamá ríe como si fuera lo mejor del mundo en vez de algo que me impide invitar a quedarse a ninguno de mis amigos. O quizá solo lo utilizo como excusa. La verdad es que me gusta cuando estamos solo nosotros. En realidad no necesitamos a nadie más.

Arrastro la «muerdeculos», la incomodísima silla de mimbre que mi abuelo se trajo de Bombay y que por tanto no se puede reemplazar —cuando me case compraré mobiliario nuevo en unos grandes almacenes— por la terraza. No demasiado lejos de Toby. A pesar de todo el espacio, parece que aquí Toby y yo siempre acabamos a metro y medio el uno del otro.

Ahora tengo una posición privilegiada para ver cómo los relámpagos tiñen de dorado las copas del bosque. Pero la tormenta se muestra indecisa. Como si no lograra reunir la energía necesaria para estallar.

Toby, sentado en la balaustrada de piedra bajo el amarillento sol de tormenta, menea las piernas con aire distraído. El gato dormita a su lado; agita su cola atigrada contra las diminutas flores azules que han crecido entre el cemento. Papá se va con paso decidido a investigar el pterodáctilo —según Barney— que ha anidado en la chimenea. Mamá intenta cepillarle el cabello a Kitty. Kitty se retuerce y protesta como hace siempre, agarra con fuerza el sucio trozo de tela que es su querida y tuerta Muñeca de Trapo. Barney deja en el suelo su turbio frasco de mermelada con renacuajos y empieza a lanzar una pelota contra la pared; sus rizos de color rubio rojizo se agitan. El sonido de la goma sobre la piedra seca recuerda cada soleado día de primavera que hemos pasado aquí.

Esa es la cuestión. Sé que esta escena exacta —yo en la butaca de mimbre; Toby agitando las piernas en el muro, mirándome y desviando la vista; mamá cepillándole el pelo a Kitty; el olor a ropa tendida y a algas marinas; yo con ganas de algo, posiblemente una galleta de jengibre— se repetirá otro día, igual que este día es una repetición de aquellos que se sucedieron antes, en otras vacaciones. Nada cambia. El tiempo se vuelve empalagosamente lento. La broma familiar es que una hora en Black Rabbit Hall dura el doble que en Londres, pero no consigues hacer ni una cuarta parte de las cosas. La otra cuestión sobre Black Rabbit Hall es que cuando estás aquí parece que lleves siglos en este lugar, pero cuando te marchas parece que las vacaciones hayan transcurrido en una tarde. Quizá por eso a nadie le importa que los relojes no estén en hora.

Nunca pasa nada.

Los libros ayudan a pasar el rato. Pero me he dejado mi novela junto a la cama y no me apetece subir todas las escaleras hasta la torre. En vez de eso aprieto los dedos de los pies contra el apoyabrazos y dirijo mi mente hacia la exquisita tortura que es pensar en la fiesta de cumpleaños que me perdí; sobre todo en Fred. Pienso en él y un extraño y dulce calor se apodera de mi cuerpo, que surge en un prolongado suspiro que parece salido del cine, no de mí.

Toby levanta la vista al instante y me mira con recelo a través de sus pelirrojas pestañas, como si supiera exactamente qué estoy pensando. Me da mucha rabia, pero me pongo roja, lo que confirma sus sospechas.

Toby y yo nacimos con quince minutos de diferencia. Yo nací primero. Toby tenía el cordón alrededor del cuello y ese día papá estuvo a punto de perder a su heredero varón. Procedemos de dos óvulos distintos, no hay más conexión que la de ser hermanos y compartir el útero de mamá, pero a veces ocurren cosas raras; cosas que se supone que no tienen que pasarles a gemelos no idénticos. Como cuando él se aplastó la nariz al caerse del columpio del árbol el año pasado y a mí me sangró la nariz sin ningún motivo. Si me despierto de repente en plena noche, suelo levantarme y descubrir que él también se ha despertado. A veces hasta soñamos lo mismo, lo que implica la humillante posibilidad de que él sueñe con besar a Fred. Nos reímos de las mismas cosas, «tonterías tontas», como dice siempre Toby; se supone que esto es una gracia, pero no sé dónde está lo divertido. Necesita muy poco para hacerme reír. Le basta con mover el más mínimo músculo de la cara o con llenar un silencio con una palabrota sobreentendida. Lleva las cosas demasiado lejos. Siempre. Me toca a mí contenerle. Pero si yo no estuviera aquí, no creo que él lo hiciera. Toby se cae sabiendo que yo lo cogeré. A veces literalmente. Suele estar cubierto de cardenales. Los dos odiamos el regaliz.

Durante casi toda nuestra vida, Toby y yo hemos tenido la misma estatura, el mismo grado de desarrollo, así que nuestros ojos quedaban a la misma altura y nuestros pies a la misma distancia de los bordes de madera de la cama cuando él se tumba de golpe a mi lado por la mañana y habla mientras yo intento leer. Pero ahora yo soy dos centímetros y medio más alta. Tengo los pechos con los pezones hinchados y duros como caramelos (aún decepcionantemente minúsculos comparados con los de Matilda, pero prometen). El 22 de enero —registrado a las 15.05 en el servicio de las chicas— apareció una pegajosa mancha marrón en mis bragas; mamá me confirmó más tarde que era la silenciosa llegada triunfal de la regla. Pero a los catorce Toby sigue siendo el mismo Toby de siempre; enjuto y fuerte, de cabello pelirrojo, «extrañamente bonito para un chico», dijo Matilda en una ocasión, y luego lo negó. Ya casi tampoco parecemos gemelos, aparte de por el pelo. No creo que a él eso le guste demasiado.

Toby empieza a arrancar el musgo entre las piedras grises de la balaustrada, forma verdes bolitas y las lanza con el índice y el pulgar para ver lo lejos que llegan. Podemos pasarnos horas así en Black Rabbit Hall. Tenemos que hacerlo.

—Toma, sujétame esto, ¿quieres, cielo? —me dice mamá; una goma marrón del pelo le cuelga de los dientes. Agita un lazo amarillo por encima de la cabeza. Ya no lleva la mano (¡curada gracias a Cornualles!) en cabestrillo—. El agua del mar lo enreda muchísimo. ¿Has visto cómo tiene el pelo tu hermana pequeña?

Me acerco a mamá y sujeto el lazo como un péndulo mientras ella cepilla a Kitty.

—Ha estado revolcándose en las olas, mamá.

A diferencia del resto de nosotros, que somos altos y delgados, como mamá, Kitty es blanda y regordeta y no siente el frío del océano. Al igual que Barney, tampoco tiene ningún miedo; se adentra en las olas hasta que mamá se mete a todo correr y tira de ella de vuelta. Personalmente pienso que en una niña de cuatro años eso es ser muy valiente. Menuda es nuestra Kitty.

—¡Ay! —se queja Kitty, y se aparta del cepillo—. Le estás arrancando la cabeza a Kitty, mami.

—Deberías intentar que no se te llenara el pelo de arena. Así mami no tendría que cepillártelo a todas horas —señalo yo.

Kitty hace un puchero.

—Si fuera un cangrejo no tendría que cepillarme el pelo.

—Avísame cuando te salga ese duro caparazón, gatita.

Mamá se rinde con el cepillo y utiliza los dedos para deshacer los nudos del fino cabello rubio de mi hermana pequeña. Mamá tararea bajito —la melodía no ha cambiado desde que yo tenía la edad de Kitty, podría cantarla dormida, pero no tengo ni idea de cuál es— y se acuclilla detrás de ella, de forma que Kitty queda atrapada entre las rodillas de mamá y no puede moverse.

—Mamá, ¿me llevarás a la guarida en el bosque? —Barney lanza la pelota por encima de la balaustrada y rodea el cuello de mamá con sus delgados brazos—. Quiero enseñarte la guarida.

—¿La guarida? —dice ella, como hacen las madres cuando no están prestando atención.

—La nueva.

—Suena muy emocionante. —Esa es otra de las cosas que dicen las madres cuando no prestan atención de verdad—. Puedes enseñármela más tarde. Después de la tormenta. Tranquilo, Barney, tranquilo. —Le aparta los dedos uno a uno—. No puedo respirar.

Mi hermano pequeño es como uno de esos monitos enanos de la tienda de mascotas de Harrods; todo pestañas, picardía y extremidades flexibles. Se cuelga boca abajo hasta que los ojos se le ponen rojos. Y se encuentra de lo más a gusto en compañía de animales: una hilera de hormigas andando por encima de su pie, un lución en sus manos, conejos. Barney adora los conejos. El año pasado encontró un gazapo en el jardín, con los ojos cerrados y el pelaje como un diente de león, y lo alimentó con leche tibia con una pipeta. Cuando murió al cabo de unas horas, se pasó un día entero llorando. Desde entonces lleva buscando un sustituto. Pero Barney no es un niño llorón, normalmente no, no es como esos niños llorones que ves tironeando de la mano de la niñera en los parques londinenses. Barney está demasiado ocupado, es demasiado curioso para estar triste mucho rato. La diferencia es que Barney es feliz corriendo de un lado a otro —Peggy dice que debería llevar correa— mientras que Toby quiere que yo esté siempre cerca, tanto como sea posible. Hasta no hace mucho nos acurrucábamos juntos, como dos signos de interrogación, en el sillón. Las puntas de nuestros dedos se tocaban bajo la mesa durante la cena. Ahora ya no. Somos demasiado mayores. Alguien podría verlo.

—Vamos, mamá. Por favor. A lo mejor hay un tejón en la trampa —se queja Barney.

Hay tantas posibilidades de que la «trampa» —una jaula de ramitas que le ha hecho Toby— atrape un tejón como una cría de rinoceronte. Pero Barney está convencido de que capturará una cría de tejón y la criará con biberón, a pesar de que eso no haya pasado nunca antes y que si atrapara una nadie querría criarla. Menudos mordiscos pegan. Nos han advertido sobre los peligros de los tejones. Y sobre las aguas revueltas, las culebras y la dedalera.

—Por favor, mamá.

—Si tanta energía tienes, ¿por qué no practicas esas volteretas laterales que Kitty te ha enseñado antes?

—Las volteretas laterales se me dan mejor a mí —dice Kitty de forma imperiosa.

—Bueno. Las volteretas son de chicas. A mí se me dan mejor los cohetes. Tú eres una inútil total con los cohetes, Kitty.

—Mami, Barney dice que soy una inútil con los cohetes...

—No empecéis a pelearos. Oye, Toby —dice mamá por encima de la cabeza de Kitty—. ¿Y si te llevas a tu hermano pequeño a dar unos toques al balón?

—¿Tengo que hacerlo?

—Pues sí.

—¡Eh! —Toby le hace señas para que se acerque—. Tengo una idea mejor. —Coloca una bolita de musgo sobre la barandilla y, con el índice y el pulgar, la lanza a través de la terraza. Barney se sube al muro junto a él—. ¿Practicamos la puntería un poco? —Toby me mira a mí pero le susurra a Barney al oído.

Yo meneo la cabeza como si estuviera por encima de eso.

—Vale, elige bien el momento, Barney —le advierte, y Barney amasa una bola de musgo en la palma de la mano—. Si fallas una, tienes un problema.

—No lo haré, Toby. Te lo prometo.

—¿Qué te parece? ¿Objeto inanimado o mejor... —Toby baja la voz, me mira de nuevo y sonríe— homo sapiens?

36

—Ni se te ocurra —digo entre dientes.

Toby dirige la mirada al otro lado de la terraza.

—Vale, pues a Peggy. Pero el trato es que si te regañan no me echarás la culpa.

—Trato hecho —dice Barney.

Ambos esperan un par de minutos; dos pares de ojos color castaño miel, con motas doradas, igual que los pendientes de ojo de tigre de mamá, fijos en la pequeña puerta de madera que lleva de la terraza a la parte de atrás del huerto, donde las gallinas picotean la tierra y la colada se hincha al viento en la cuerda. Yo me recuesto en mi asiento de primera fila fingiendo desinterés.

—Objetivo a la vista. —Toby se aparta los rizos de los ojos. Su pelo tampoco puede estarse quieto. Tiene tres rayas que se le forman de manera natural, así que el pelo le crece en direcciones distintas, y un remolino, por lo que siempre parece un poco electrizado.

Me inclino hacia delante y me rodeo las rodillas con los brazos.

Peggy sale por la puerta. Cruza la terraza, lleva una cesta de mimbre en la cadera llena de ropa blanca y pinzas de madera colgando en la bolsa de tela.

—Preparado, Barney.

Peggy está a tres palmos de distancia. Toby frena el pulgar impaciente de Barney.

—Espera... espera... —Peggy está a palmo y medio—. Y... ¡fuego!

La primera bolita de musgo de Barney se queda corta. Peggy ni siquiera se ha dado cuenta. La tarde ya parece decepcionante.

—Otra vez —dice Toby, colocando más bolitas en el muro—. ¡Fuego!

Otra que se queda corta. Fatal.

—¡Fuego!

La tercera aterriza en la cesta de la colada.

—¡Sí! —Toby y Barney levantan los puños.

Peggy tarda un momento en darse cuenta de lo que ha pasado, baja primero la vista a la verde bolita sobre su ropa blanca y acto seguido la dirige despacio hacia mis hermanos, que ríen con ganas en el muro. Da un respingo —Peggy tiene toda clase de respingos, este es rápido y enérgico, como si hubiera olido leche agria—, coge la bolita y la tira al suelo.

—¡Por Dios!

Peggy dice «por Dios» como una persona mayor, una profesora o una capillera. Pero tiene treinta y cinco años, que es ser bastante mayor pero no tanto como Ambrose, la tortuga de Matilda. Cuesta imaginar a Peggy más joven, o más vieja, en otro lugar que no sea este.

Toby dice que un pescador la abandonó en el altar y que por eso acabó en Black Rabbit Hall como cocinera, ama de llaves y todo lo demás. No tengo ni idea de si eso es verdad ni de cómo lo sabe él. Pero parece cierto. A veces la pillo mirando a papá durante demasiado rato.

—Chicos —dice mamá—. Dejaos de tonterías. Peggy está intentando sacar las cosas adelante.

Esto es lo que mejor se le da a Peggy, a diferencia de todos nosotros. Ella siempre es un manojo de nervios los primeros días después de nuestra llegada de Londres, camina demasiado rápido, como uno de los juguetes de cuerda de Barney —juro que hace tictac—, agita el plumero como una varita mágica y se limpia las manos enharinadas una y otra vez en el delantal aun cuando ya no queda ni rastro de harina en ellas, trata de que mis padres recuerden su eficiencia (y sus famosas empanadillas con jugo de carne burbujeando en la unión en forma de medialuna), aunque todos sabemos que sin ella Black Rabbit Hall no tardaría en derrumbarse en una montaña de humeantes escombros. Y tendríamos que sobrevivir a base de tostadas con mermelada.

Tiene uno de esos rostros que quieres mirar más tiempo del necesario —Matilda y yo hemos decidido que esta es la definición de belleza—, redondas mejillas rojas, que Peggy achaca al calor de nuestra estufa («¡Más caliente que el Hades!»), y ojos grises que siempre sonríen antes que su boca. Como le enfurece que mi madre insista en que se vista como le apetezca, Peggy se ha impuesto un estricto uniforme: falda azul marino casi negro, que humea como un pudin si está delante del fuego o en un día húmedo; camisa blanca con un pequeño cuello con adornos, y delantal a rayas azules y blancas atado a la cintura, con su nombre bordado en el algodón de color cobalto del dobladillo de la izquierda por Mary la loca del pueblo. Creo que es posible que tenga más de un delantal, pero son todos idénticos, así que no sé. Siempre que pienso en Peggy, pienso en ese delantal, que hace que te fijes en su cintura increíblemente estrecha, luego en sus grandes pechos por encima del ombligo y en sus anchas caderas. Como el alegre techo de una carpa de circo. A Barney le gusta esconderse ahí.

No es ningún secreto que Peggy quiere más a Barney, pues le premia con las gominolas prohibidas que guarda en lo alto de un estante dentro de una abollada lata de té. Dice que le recuerda al pequeño Lionel, el menor de sus hermanos. (Peggy es la mayor de ocho, criada en una casa minúscula y muy deteriorada, como las casitas de jengibre que Kitty hace en Navidad, a ocho kilómetros de la costa.) Pero también es porque Barney le pone margaritas en su rizado y mullido pelo castaño —es tan espeso que las flores no se mueven— y se apoya contra sus pantorrillas mientras hace que las mariquitas caminen de un dedo a otro. Las pantorrillas de Peggy son enormes. Pero sus pies son diminutos y sus piernas descienden en picado hasta los tobillos, como una de sus mangas pasteleras con boquilla. Cualquiera diría que va a caerse, pero no.

—¡Barney! —exclama Peggy fingiéndose enfadada con él—. ¿Has sido tú?

Toby rodea los hombros de Barney con un brazo de manera protectora.

—Oh, venga, Peggy. La colada no se ha manchado.

—Esta vez no.

Ahora papá se dirige hacia ellos, una sombra alargada y patilarga; el sol, un melocotón en almíbar a su espalda. Me pregunto qué va a ocurrir. Alza la barbilla y se rasca la garganta.

—¿Qué está pasando aquí?

El pequeño crucifijo de plata de Peggy se balancea en su cadena en el hueco de su cuello. Barney contiene la respiración. Toby agita las piernas.

—Todo va perfectamente, señor Alton —responde Peggy por encima del hombro; lanza a Toby una mirada severa y vuelve a la casa.

Nunca pasa nada.

—Bueno, justo en el momento oportuno, ¿verdad? —Mamá se levanta y mira a Kitty con aprobación. El viento hincha su blusa blanca como si fuera una vela—. Ya está. Adiós arena. Trenzas. Lazos. Bonita como un sol. —Se vuelve hacia papá—. ¿A que es una preciosidad nuestra gatita, Hugo?

Papá rodea la cintura de mamá con los brazos, acerca la nariz a su cuello y la huele como a una flor.

—Igual que su madre.

Mamá apoya la barbilla en su hombro y se quedan así un rato, meciéndose un poco, como si los moviera el viento. Aparto la mirada. Cuando se ponen en este plan es como si nada salvo ellos existiera, y yo vislumbro a las personas que debían de ser en aquel increíble tiempo prehistórico antes de que yo naciera. Seguro que Toby y yo surgimos en un momento íntimo como este. Todos nosotros. Sé que Barney fue un «feliz accidente» —oí sin querer a mamá y a papá hablar una noche a altas horas— y que Kitty nació para que le hiciera compañía, pues la diferencia de edad entre los mayores y los pequeños de la familia es muy grande. «Los paréntesis», lo denomina papá. El año pasado Matilda nos ofreció una explicación más detallada (cortesía de su hermana mayor, Annabel, que fue expulsada de Bedales) de lo que provoca dichos «felices accidentes». Ahora, sabiendo las cosas que sé, me siento rara cuando veo a mis padres así.

—Entonces, ¿has encontrado a nuestros pequeños ocupas, Hugo? —pregunta mamá.

Boris se deja caer de golpe a sus pies, resollando.

—Gaviotas.

—Oh, esperaba que fuera un nido de pterodáctilos.

—Es una lata, Nancy. Vamos a tener que pedirle a alguien que suba allí.

—Pero ¿quién puede culparlas por querer anidar en Black Rabbit Hall?

40

Papá rompe a reír; una carcajada grave y profunda que solo puede proceder de un hombre alto.

—Bueno, señor Alton...

Mamá le quita el sombrero y se arrima hasta que la punta de su recta nariz roza la de él. Nadie más se atrevería a hacer eso. El resto de nosotros es como si tuviéramos que llamar para entrar. Igual que tenemos que llamar a la puerta de la biblioteca cuando está trabajando. Trabaja un montón. Eso es porque la fortuna familiar nunca se recuperó del crack de 1929, el impuesto de sucesión del abuelo o su afición a los casinos de Montecarlo. (Antes de que naciéramos, papá tenía un hermano al que también le gustaba jugar, pero se cayó de un yate en el Mediterráneo y su cuerpo fue recogido por una red de pesca una semana después. Por desgracia, ni Toby ni yo hemos conseguido sonsacar ningún truculento detalle más. Se llamaba Sebastian, pero nunca se le menciona.)

—Señora Alton.

La acerca más. Sus sombras se estiran como un gato en el césped.

—Voy a salir con Knight a dar un paseo rápido.

—No con esa pierna coja.

—No seas tiquismiquis. Estaré perfectamente.

—Nancy, es una insensatez. —Papá frunce el ceño. Tiene una frente corta y cuadrada que arruga con facilidad, y espeso cabello negro sin una pequeña calva. Matilda dice que su madre sigue afirmando que papá se parece mucho a Omar Sharif—. Mira el cielo. Este sol no va a durar. Y sabes cómo cabalga Knight en la tormenta. En el mejor de los casos, esa criatura está chiflada.

—La tormenta no descargará hasta más tarde. Tú mismo acabas de decirlo.

Se golpea el muslo con suavidad con el sombrero de papá. Todos sabemos que al final mamá se saldrá con la suya. Es como ver la mantequilla fundirse en una sartén.

—El médico dijo que la pierna necesita mucho reposo. Y la muñeca.

—Cariño, te prometo que montaré a Knight como a un burro gordo en la playa. —Le pone el sombrero en la cabeza otra vez y le besa en la boca—. Hasta luego.

—Eres imposible —dice papá, que mira a mamá como si no quisiera que fuera de otra manera.

Cuando mamá se marcha, la familia se dispersa, como cuando apartas el imán de las limaduras de hierro.

Toby y yo bromeamos con que Peggy ha ahuyentado la tormenta: «Volverá cuando tenga hambre». Toby chasquea la lengua y yo me río de su imitación de Peggy, mucho mejor que la mía, y nos encaminamos sin prisa hacia la cocina, donde nuestro té lleva años de retraso porque el fogón se apaga después de comer. Barney y Kitty —que ha metido por la fuerza a Muñeca de Trapo en el cochecito de juguete hecho de madera de la bisabuela y ha atado un globo rojo en el manillar— nos siguen, como hacen siempre, hasta que Barney grita de repente: «¡Genial! ¡Conejitos!».

Sale disparado como un rayo por el verde césped hacia los elegantes puntos marrones, seguido por Boris. Las madrigueras se encuentran alrededor de las hortensias, justo antes del bosque. Siempre desaparecen dentro antes de que Barney consiga acercarse.

Pongo los ojos en blanco.

—Cada vez es como si hubiera visto una manada de unicornios. Tiene cinco años. Ha visto millones de conejos.

—Creo que a Barney siempre le van a emocionar los conejos —afirma Toby—. Solo que llegará un día en que fingirá que ya no es así.

El comedor, redondo, rojo y un poco húmedo, como el interior de una tarta de frutas, se halla en la planta baja de la torre este. Pero está a kilómetros de la cocina, y Peggy se queja de sus pies. Por eso, cuando no es Navidad, el almuerzo de los domingos o una comida a la que asista la abuela Esme, que afirma que es «inapropiado según la constitución comer en otro lugar que no sea un comedor», comemos en la cocina, mi estancia favorita en Black Rabbit Hall, con sus paredes azul aciano —se supone que el azul espanta a las moscas— y una despensa con una cerradura felizmente rota. A diferencia de en el resto de la casa, allí siempre hace calor.

En la cocina pasan cosas interesantes; la masa de pan fermenta en cuencos de porcelana, como una hilera de vientres preñados; las tripas de cerdo están a remojo en agua con sal antes de su relleno y su conversión en salchichas; hay congrios retorciéndose en cubos metálicos a la espera de su descuartizamiento. A menudo también hay cubos con cangrejos, que Barney se niega a comer porque los cangrejos tienen carácter. Yo no puedo echar a esas pobres criaturas en el agua hirviendo —un ser vivo debe sentir dolor—, pero una vez cocinados ayudo a Peggy a quitarles las branquias y a extraer la dulce carne blanca de las pinzas. Si están muertos, no creo que les importe. A mí no me importaría.

Pero hoy no hay criaturas en cubos, solo una sopa de aspecto grasiento burbujeando en el fogón; nos tememos que sea el temido caldo de Cornualles, una de esas recetas que Peggy dice que «aprenderemos a apreciar», algo que nunca sucede. Y el olor de los tan esperados bollitos; cada vez que abre la puerta del horno es como un soplo del cielo. Impacientes ya, no paramos de movernos en torno a la vieja mesa del servicio. Cuando los bollitos aparecen por fin, la parte de arriba está agrietada y presenta un color dorado perfecto. Toby coge los más grandes y luego se arrepiente un instante y me los ofrece. Yo se los dejo a Kitty. Barney se quedará con los más pequeños, claro, y eso si tiene suerte y sobra alguno. La regla es que si no estás aquí, no cuentas.

Se oye el repiqueteo y el deslizamiento de las botas de montar de mamá en el pasillo. Nos sentamos más erguidos, más sonrientes, a la espera de su entrada por la puerta.

—Mamá. —Toby se limpia la mermelada de la boca con el dorso de la mano. Sonríe como si hiciera semanas que no la hubiera visto.

—Me declaro oficialmente viva de nuevo. —Mamá se aparta su brillante pelo cobrizo. Tiene la parte de atrás de la camisa blanca salpicada de barro, lo que me lleva a pensar que no ha estado montando a Knight como a un burro gordo en la playa—. Uno. Dos. Tres. —Corona nuestras frentes con un beso, con los labios fríos por el viento, echa un vistazo por la habitación y mira bajo la mesa—. ¿Dónde está Barney?

Nos encogemos de hombros, con la boca llena de nata cuajada y mermelada de fresas del verano pasado.

—Peggy, nos falta uno. ¿Alguna idea de dónde está Barney?

Peggy deposita otro plato con bollitos en la mesa.

—Creía que estaba con usted, señora Alton.

Empieza a repartir la segunda remesa, lo hace despacio adrede para poner a prueba el imperioso deseo de Toby de meter la mano.

—Bueno, pues no es así. Menudo diablillo.

—Se fue a perseguir conejitos hace media hora, mamá —dice Toby con la boca llena—. Con Boris.

—Vaya dos. —Mamá suspira y sonríe—. ¿Puedo? —Coge un bollito y lo moja en la nata—. Increíblemente bueno, Peggy.

—Siento lo de Barney, señora Alton. Debería haber mirado.

—No es culpa tuya, Peggy.

—Hago todo lo que puedo, señora Alton.

Peggy siempre dice esto y hace una pausa para que se lo confirmen.

—Por supuesto que sí, Peggy. Ya voy yo a por Barney. No hay problema. —Mamá se inclina sobre Kitty y hace una mueca de dolor, como si la pierna mala le molestara de nuevo—. ¿Dónde busco al diablillo de tu hermano, gatita?

—¿Diablillo como pillo? —pregunta Kitty.

No le hacemos caso. O eso o nos pasaríamos el día respondiendo a sus preguntas.

—Estará en la nueva guarida con Boris —digo.

—Debería haberlo imaginado. —Mamá se agacha y se ajusta la bota de montar—. ¡Oh, un momento, ahí está Boris!

Boris sale de detrás de la puerta de la cocina, cabizbajo y con la cola gacha. Parece culpable, como si se hubiera comido una barqueta de mantequilla o de manteca o hubiera mordisqueado la zapatilla preferida de alguien.

Mamá le frota las orejas; ahora frunce el ceño, le preocupa que Boris haya vuelto solo a la casa.

—¿Dónde está tu cómplice, señorito?

Boris se aprieta contra su bota de montar. Ella me mira a mí.

—¿Dónde está la guarida, cielo?

—Pasado el arroyo. En la orilla del riachuelo. —Vierto nata sobre mi bollito y la aplasto con la cuchara—. Donde hicimos la fogata la otra noche…, ya sabes, justo antes de donde la tierra se vuelve empantanada, cerca del árbol grande.

Es nuestro árbol favorito, un viejo roble en la cenagosa orilla del río, con una larga cuerda atada a las ramas superiores. Enroscas las piernas alrededor del áspero nudo del extremo, coges impulso en la orilla y vuelas por encima del río, azotada por el aire, llena de emoción y con quemaduras fruto de la fricción en curiosos lugares.

Fuera se oye retumbar. De repente tengo frío, como si alguien le hubiera quitado una manta al día. Mamá se acerca a la ventana, coloca una mano a cada lado, en los paneles de madera oscura, apoya una rodilla en el asiento de la ventana y mira el tormentoso cielo que se cierne sobre el bosque.

—Me temo que Barney está a punto de ponerse como una sopa.

Peggy se une a mamá en la ventana y se toca el crucifijo de plata que lleva al cuello.

—No me gusta cómo pinta esto, señora Alton. ¡Parece que el mismísimo demonio la haya empujado hasta aquí!

Toby y yo intentamos no reírnos. Esa frase dará lugar a un chiste más tarde. Ninguno nos compadecemos de Barney, seguramente no le vendrá nada mal calarse hasta los huesos.

—Voy a por las botas y el chubasquero y le traeré para que tome el té. No puede estar fuera con esa tormenta.

—No, Peggy, tú sigue con el té.

Toby se pone de pie.

—¿Quieres que vaya yo, mamá?

—Muy galante por tu parte, Toby, pero no, tómate el té. Knight está ensillado. Volveré en un santiamén. —Mamá va hacia la puerta y añade por encima del hombro—: Al menos a Barney le habrá entrado hambre.

Peggy es la única que no sonríe; cruza los brazos a la altura del pecho.

En cuanto mamá se marcha, la habitación parpadea como la

bombilla de un sótano antes de estallar. La lluvia comienza a golpear la ventana, como cientos de abalorios cayendo. A través de la puerta abierta veo que el globo rojo de Kitty se ha soltado del cochecito, está atrapado en una corriente de aire y rebota en las baldosas blancas y negras del vestíbulo.

Peggy contempla la tormenta estrujando con las manos su delantal de rayas y farfullando algo sobre «esos pobres pescadores en esas aguas turbulentas» que hace que Toby y yo tengamos que ahogar una risotada. Nadie habla como Peggy Popple, con esa mezcla de autoritarismo y de maldición bíblica. La hemos echado de menos.

—¿Aún no ha vuelto?

Papá entra guardándose un bolígrafo en el bolsillo de la chaqueta. Parece preocupado. O tal vez sea que cuando te haces viejo (papá tiene cuarenta y seis) pareces preocupado con más facilidad.

—No han vuelto, señor Alton. —Peggy yergue la espalda y mete tripa—. Ni la señora Alton ni Barney.

—¿Cuándo se fue Nancy?

Restalla otro relámpago e ilumina un largo pelo rubio en la barbilla de Peggy en el que yo no había reparado.

—Es difícil decirlo. ¿Hace media hora?

—Ese chico se la está buscando.

El ambiente se enrancia. Toby y yo intercambiamos una mirada. Mamá y papá raras veces se pelean, pero todos sabemos que discrepan en lo tocante a la «severidad». A diferencia de papá, mamá cree que no hay que pegar a los niños por muy mal que se porten, que en nuestros colegios no debe haber palmetas. Cree que hay que escuchar y comprender a los niños. Papá piensa que son «tonterías progresistas de moda, que corrompen imperios, malcrían a los niños y hacen que grandes patrimonios se arruinen». Por suerte, es mamá quien manda, aunque tengamos que fingir lo contrario.

—No puedo dejarlos fuera con este tiempo. Peggy, tráeme el abrigo y un paraguas grande, por favor.

Peggy va con celeridad al cuarto de los zapatos, un frío espacio con paredes de piedra que huele a cuero, a humedad y un poco a excremento de perro, olores que deberían ser espantosos pero que, por lo que sea, juntos no son tan malos como cabría pensar. Papá mira a Toby y luego a mí.

—Amber, ponte el abrigo.

No sé por qué me escoge a mí. Me alegra que lo haga, pero lo siento por Toby, que parece un poco decepcionado; estoy preguntándome cómo puedo conseguir que él venga también cuando Peggy empieza a ponerme el abrigo del año pasado. A continuación abre la puerta principal y el viento la abre de par en par y salpica el vestíbulo de lluvia. Fuera parece que sea de noche, no el final de la tarde, como si una boca gigantesca estuviera tragándose la luz del cielo, como si sorbiera por una pajita.

Cuando doy el último paso, una ráfaga de viento vuela el sombrero de mamá colocado en uno de nuestros halcones de piedra. Intento alcanzarlo, pero papá me pone una mano en el brazo para detenerme.

—Deja ese puñetero sombrero. Tenemos que irnos, Amber. —Agarra a Boris del collar y tira—. Y tú también te vienes con nosotros.

Boris retrocede, gimotea asustado.

—¡Oh, por el amor de Dios, Boris! —grita papá por encima del aullido del viento—. ¿Qué te pasa? ¿Eres un perro o un ratón?

Con las orejas aplastadas, decidiendo probablemente que preferiría ser un ratón, Boris baja a rastras las escaleras, pegado a mis tobillos.

—Solo es una tormenta, Boris —le tranquilizo, alborotando su suave pelaje ámbar—. No hay por qué asustarse. Venga, llévanos con Barney, chico bueno.

Cuesta de verdad caminar con ese viento y bajar por el jardín hasta la arqueada puerta de hierro de estilo gótico, empapada de lluvia. Papá la empuja con fuerza con el hombro e irrumpimos en el mundo del bosque. Se hace el silencio en el acto, el rugido de la tormenta queda amortiguado por el musgo que alfombra la tierra, por los helechos y las hojas.

—Bueno, ¿dónde está esa guarida?

Su tono me pone nerviosa. Eso y cómo se tira de los lóbulos de las orejas.

—Lo más fácil es seguir el riachuelo.

Un angosto reguero en verano, ha crecido hasta el doble de su tamaño y ahora discurre con violencia sobre las pequeñas rocas, como el caudaloso chorro de una manguera. Nos abrimos paso entre las grandes hojas de las plantas de ruibarbo gigantes.

Alcanzo a oír algo; roces de hojas y ramas que se quiebran. ¿Un ciervo? Busco la mano de papá. Esos ciervos astados son aterradores aunque no estén en celo. Tiene la mano más caliente de lo que esperaba y resbaladiza a causa de la lluvia o del sudor. Me digo que muy pronto estaremos todos acurrucados frente a la chimenea, bebiendo chocolate, con el indómito Barney escarmentado, al menos durante una o dos horas.

—Ciervos, papá —susurro, tirándole de la mano—. ¿Los oyes?

—¿Ciervos? —Se queda inmóvil, escuchando, y me aprieta la mano un poco más fuerte.

Algo se acerca, no cabe duda.

Ramitas que crujen, el sonido de pisadas amortiguadas. Ese algo es pesado, grande y rápido, muy rápido. A Boris se le eriza el pelaje a lo largo del lomo.

—Papá…

Knight sale desbocado de la espesura, con los ojos en blanco, las altetas de la nariz dilatadas, y se encabrita con un espantoso resoplido.

—¡Abajo!

Papá me tira al suelo, lejos de los cascos que se agitan de forma enloquecida. Solo me atrevo a mirar cuando su sonido se apaga. Justo a tiempo de ver algo blanco enganchado en el estribo vacío. Luego, la oscuridad.

4

—¿Te acuerdas de estos tíos? —Jon mira a Lorna con curiosidad.

—¿Sabes?, me parece que sí —dice Lorna, en parte porque quiere creerlo. Siempre se puede dar un empujoncito a la memoria—. Sí, sin duda me acuerdo.

Con una altura de más de metro y medio y picos como espadas, la pareja de halcones que hay, uno a cada lado de la escalinata de entrada de Pencraw Hall, parece presta a extender las alas en cualquier momento y a emprender el vuelo, muy posiblemente habiéndote arrancado los ojos primero. Bajo el sol del atardecer —ahora asoma a través de las nubes por una brecha de cielo azul— la piedra mojada brilla.

—Tu cara es un poema. —Él no puede apartar los ojos de ella.

Lorna ríe, intenta controlar sus emociones y su largo pelo negro, que se agita cual serpentinas. No es que Pencraw Hall sea la casa más magnífica... si acaso, es bastante más pequeña de lo que ella recuerda, a una escala más humana; un bonito castillo dibujado por un niño, con el tejado recorrido por pequeñas almenas cuadradas y sus dos anchas torres como piezas de ajedrez. Años de abandono han dejado la casa a merced de la naturaleza; flores silvestres crecen sin orden en sus límites; la hiedra, con hojas grandes como platos, trepa por los muros; las enredaderas y el mortero se fusionan, como los tejidos y los huesos. Pero la casa es... monumental.

Cualquier boda aquí parecería ancestral, primitiva, parte del orden natural de las cosas. Sería ideal. Es ideal. Como Jon le pareció ideal la primera vez que Lorna le besó (en el puente de Waterloo durante una tormenta de nieve). Como aquella noche de invierno, hace dos años y medio, cuando se moría de ganas de llamar a su hermana, Louise, y contárselo.

—¿Estás del todo segura de que podemos permitirnos esto? —Jon tira de ella hacia él y le ciñe la cintura con las manos. Su vestido amarillo se levanta con la brisa—. ¿No te ponen nerviosa los números?

Lorna ríe de nuevo.

—¡No!

Un rayo de sol cegador oscila en la escalera como la botavara de un barco. Jon se protege los ojos y observa el tejado con mirada fría y profesional.

—Aunque, casi habría que entrar con casco.

A Lorna no le pasan desapercibidas las astilladas ventanas superiores, las desportilladas almenas ni las tejas que han caído del tejado y se han hecho pedazos en el camino de entrada, mezclándose con la gravilla de color miel. Pero, por extraño que parezca, el ruinoso estado de la casa la hace más seductora, no menos. Le encanta que no la hayan convertido en un lugar sin alma para las salidas de empresa o en un salón de té típico para turistas. Es una casa que, literalmente, se derrumba bajo el peso de su pasado. Perfecta, piensa Lorna con un suspiro.

Jon apoya ligeramente la barbilla en la cabeza de Lorna.

—Cuesta creer que alguien viva aquí, ¿verdad?

—Supongo.

Lorna decide no mencionar que ha tenido la sensación de que alguien los observaba mientras recorrían el camino de entrada, que alguien los observa ahora. Aquí hay vida, está segura de ello. Dirige la mirada a los coches que se oxidan en el extremo del camino de entrada; un vehículo de tres ruedas verde hecho polvo y un deportivo de color azul apagado, con los retrovisores sujetos con cinta adhesiva y un largo tajo en la capota.

Jon la vuelve hacia él y se inclina para besarla.

—Creo que deberíamos ponernos a cantar o subir las escaleras bailando o algo así —susurra—. Es esa clase de lugar.

La besa otra vez.

—Vamos, que se está haciendo tarde.

Lorna le agarra de la mano y sube tirando de él con impaciencia los escalones que quedan, los diecisiete. No puede evitar contarlos e imaginar una blanca cola de encaje extendida tras ella, aunque hace mucho que decidió que no es la clase de chica que arrastra una larga cola. Pero lo que quiere, o quería, ya está cambiando, pues surgen nuevas posibilidades, como el vapor que se desprende de los mojados escalones de piedra por obra del sol.

Frente a la puerta —negra, absurdamente grande, con una aldaba con forma de garra de león—, Lorna se alisa su veraniego vestido amarillo y pilla un poco de tela entre las rodillas para que el viento no le levante la falda en un momento inoportuno. Quiere causar buena impresión.

—Hazlo tú, Jon —dice, nerviosa de repente, con la extraña sensación (y el consiguiente redoble de tambores mental) de que se encuentra en el umbral de mucho más que una casa.

Jon opta por el timbre; ¡en realidad una campana! Repica en las profundidades del edificio. Acto seguido se oyen unos pasos lentos. Un perro ladrando. Lorna se prepara para conocer a una rubia de voz estridente, alta y esbelta, con relucientes botas de montar o a una anciana dama, como la duquesa de Devonshire, seguida por un séquito y con cierto parecido a la reina. Se levanta una fuerte ráfaga de viento. Lorna aprieta más las rodillas.

La puerta se abre y Lorna no puede disimular su sorpresa.

La diminuta mujer, de ojos grises y sorprendidos, con un halo de pelo castaño y rizado en torno a su delicado rostro, como un diente de león gigantesco, queda empequeñecida por la puerta. No lleva ni una pizca de maquillaje, tiene la piel tersa y enrojecida debido a los elementos, y podría tener cuarenta y pocos años o ser una década más joven. Desprende un fuerte olor a humo de chimenea, y es tan difícil calcular su edad como la de su ropa; holgados pantalones de pana gruesa color mostaza, pesadas botas marrones y un enorme jersey de lana de colores con un agujero deshaciéndose en el puño.

—¡Hola! Soy Lorna. —Sonríe radiante y se recoloca el bolso de paja en el hombro.

La mujer los mira sin expresión.

—Lorna y Jon.

—¿Lorna y Jon? —Su voz es aniñada, con un deje del sudoeste. Ladea la cabeza, mira a Lorna con cara burlona y se lleva una uña a sus desordenados dientes—. Aguarden un momento…

—Hablamos por teléfono la semana pasada. Sobre nuestra boda. —¿Se había olvidado del acuerdo? ¿Había algo un poquito raro en ella?—. Siento el retraso. Espero que no le hayamos causado ningún problema.

—Nos perdimos. Lorna iba leyendo el mapa —interviene Jon, tratando de colar una broma.

La mujer no se ríe. Pero mira a Jon por primera vez, visiblemente sorprendida por el armónico metro ochenta y dos centímetros de altura, hombros anchos, cabello rubio arena y ojos color avellana moteados como los huevos de codorniz. Se ruboriza y baja la mirada.

—Es verdad, no tengo ningún sentido de la orientación —parlotea Lorna, trata de que la conversación fluya y opta por no acariciar al pequeño y decrépito terrier que ha aparecido, gruñendo y babeando, entre las botas embarradas de la mujer. No es el imponente labrador que imaginaba que podría vivir en una casa como esa.

—Usted es En… Endellion, ¿verdad?

—Dill.

Por fin una sonrisa, una bonita y titubeante sonrisa con una sinceridad que consigue que Lorna se ablande. Está claro que Dill es muy tímida. Y necesita arreglarse un poco. En el campo hacen las cosas de otra manera.

—Y este es Pétalo. —Coge al perro y sus uñas se enganchan en la lana del jersey—. Es macho. Pero tardamos en darnos cuenta. Me temo que muerde un poco. Para atrapar las ratas. Él prefiere los dedos, ¿a que sí, Pétalo?

Lorna y Jon ríen demasiado fuerte.

Dill da la vuelta al perro y lo coge como si fuera un niño.

—Bueno, hum, supongo que debería darles la bienvenida a Pencraw Hall.

Ahora Lorna sonríe con cierta arrogancia.

—¿Black Rabbit Hall?

Dill abre los ojos como platos por la sorpresa.

—¿Quién les ha contado eso?

—Creo que era un granjero, ¿verdad, Jon?

—Había un tractor de por medio.

—Lo hemos conocido en la carretera, justo antes de llegar al camino de entrada —agrega Lorna, deseando que Dill los invite ya a entrar—. Nos ha dicho que los lugareños la llaman Black Rabbit Hall. ¿Es cierto?

—Solían llamarla así —responde Dill en voz queda.

—¿Por qué Black Rabbit? —Lorna atisba una pata de elefante hueca, llena de viejos paraguas rotos, detrás de la pierna de Dill—. Es un nombre muy poco corriente.

—Bueno, si miran hacia allí… —Lorna se da la vuelta y sigue con la mirada el dedo de Dill, que apunta al terreno de césped que desciende de forma abrupta desde la casa, tornándose en horizonte para el verde valle que hay más abajo, los puntitos blancos que son las ovejas y el plateado y resplandeciente riachuelo que serpentea entre los árboles de camino al mar—. Conejos. Al atardecer. Hay muchísimos conejos en este jardín. Las madrigueras se encuentran en el límite del bosque; allí, miren. Detrás de las hortensias.

—Oh. —Lorna suspira; es una chica de ciudad y cree que los conejos son una monada.

—Cuando el sol se pone (estamos orientados al oeste) recorta sus siluetas. Siempre he pensado que los conejos parecen… —Se interrumpe, hace cosquillas a Pétalo en la panza— sombras chinescas.

Lorna brinda una sonrisa dichosa a Jon, imagina la invitación de boda, la «B» grande, la floritura de la «R». Se hablará del nombre.

—Oh, de ahora en adelante voy a llamar a este lugar Black Rabbit Hall.

—La señora Alton prefiere Pencraw Hall —se apresura a decir Dill.

Ambos perciben el conflicto. Transcurre un momento.

—Estoy segura de que vine aquí con mi madre cuando era pequeña —suelta Lorna, que ha estado esperando una pausa en la conversación y no puede seguir reprimiéndose—. ¿Antes estaba abierta al público, Dill?

—No. —Dill apoya un dedo sobre sus pecosos labios—. No, no lo creo.

A Lorna se le cae el alma a los pies. ¿Al final va a resultar que se ha equivocado de casa?

—Pero siempre había gente que se desviaba en el camino de entrada, llamaba a la puerta y ofrecía algo de dinero al ama de llaves para echar un vistazo rápido, ya sabe. Ese tipo de cosas. De hecho, aún vienen algunos. Los turistas ven el letrero cerca del desvío, les pica la curiosidad...

Igual que su madre. Lorna recuerda que se coló sin vergüenza alguna por debajo del cordón rojo de una casa solariega para echar un vistazo a un cuarto de aseo privado. Su madre adoraba quedarse horrorizada ante los baños de los ricachones: «¡Fíjate, tanta clase y un asiento de madera!».

—Ay, por Dios, se están mojando —dice Dill levantando la vista a la desconchada piedra sobre sus cabezas—. Será mejor que entren.

«Por fin», piensa Lorna entrando en el entramado de baldosas negras y blancas. Olor a cera, carbón y humedad.

—Uau.

El vestíbulo es del tamaño de su piso en Bethnal Green; su glamour maltrecho la deja boquiabierta.

—¿Suficiente escalera para ti, cariño? —le susurra Jon al oído. Le brillan los ojos.

—Ay, Dios mío, sí.

No había esperado nada tan hermoso. La escalera, como las de las películas del viejo Hollywood, desciende sinuosa, exquisita, desde los pisos superiores. Sugiere largos vestidos de satén. Una mano cubierta por un guante de seda deslizándose en silencio.

Los encantados ojos de Lorna revolotean por la estancia. Hay tanto que ver... Una enorme lámpara de araña, llena de polvo, pende sobre ellos como un planeta. El panelado de madera, oscuro como los granos de café, reluce. Cabezas de ciervos sobresalen de las paredes, como si intentaran liberarse. En una maceta de latón hay una palmera seca que da la impresión de que podría haberse marchitado hace un siglo. Sobre la gran chimenea cuelga un imponente retrato con marco dorado de una rubia impresionante con un vestido azul claro, a juego con sus ojos, que inclina apenas la cabeza hacia atrás y mira directamente el vestíbulo, como el mascarón de un barco podría mirar el mar. Pero lo más fascinante es el alto reloj de pared negro situado enfrente: una esfera exquisita, con un calendario lunar incrustado, pintado laboriosamente en tonos dorado y cerúleo. Lorna acerca la mano y lo roza apenas. La madera es cálida como la piel humana.

—Me encanta.

Jon se acerca para mirarlo, absorto en su delicado trabajo.

—Bonito.

—Oh, ese es el Gran Bertie —dice Dill con una sonrisa tímida y orgullosa—. Pero no le pidan que les diga la hora.

Deja a Pétalo en el suelo. El perro se escabulle arañando el suelo con las uñas.

—Mmm, ¿le mencioné por teléfono que esta es una nueva aventura para la señora Alton?

—Lo hizo. —Los detalles no importan ya lo más mínimo. Lorna está mirando la escalera de nuevo, imaginando qué se debe de sentir subiendo por su deshilachada alfombra roja, con la mano en la baranda, la cabeza erguida—. No es problema.

—Oh, es un alivio. Es mejor que lo sepan.

Lorna se vuelve con una sonrisa a Dill y se pregunta si ella participó a la hora de fijar el precio de Black Rabbit Hall. De ser así, deberían estarle agradecidos. No cabe duda de que las tarifas se dispararán en cuanto comiencen a llegar reservas.

—Estaremos encantados de ser los primeros, ¿verdad, Jon?

Jon le lanza una mirada cómplice que dice: «¿De veras?».

—Así que ¿quieren casarse en...? —Dill frunce el ceño, y eso que Lorna se lo ha dicho dos veces por teléfono. Se tira de un hilo suelto en el puño del jersey—. El próximo mes de abril, ¿no?

—Octubre. —A Lorna le encanta Cornualles en otoño, cuando la bruma asciende desde el mar y la tierra huele a humedad y a hongos. Además, fuera de temporada es más económico, y eso ayuda. Agarra la mano de Jon—. Sé que es muy poco tiempo.

—¿Este octubre? Es pronto.

Lorna se estremece.

—Bueno, tiene que ser en vacaciones escolares…, soy profesora, pero que sean las de octubre no está grabado en piedra, ¿verdad, Jon?

—Supongo que no.

Jon se frota la mandíbula ligeramente. Cuando empiezan a hacer complicados planes que implican cierto grado de incertidumbre, él suele dejarse llevar. Lorna, por una vez, agradece esta cualidad. No quiere que Dill mine la confianza de Jon en la casa.

—Bueno, si puede ser flexible… Verá, esto también es bastante nuevo para mí.

Dill agita las manos. Lorna se fija en que son pequeñas, como las de una niña, unas manos que parecen haber realizado más que suficiente trabajo duro, con la piel curtida y las uñas ennegrecidas—. ¡Bodas! Tratar con el público. Hace años que no hemos tenido gente, mucha gente, en la propiedad. Normalmente me limito a cuidar de la señora Alton y de ayudar a dirigir la casa.

Bueno, al menos no los estaba sometiendo a una negociación agresiva, como hacen muchas otras personas relacionadas con el mundo de las bodas, decide Lorna con la esperanza de que Jon llegue a la misma conclusión.

—Pero la señora Alton está empeñada en encontrar una manera de asegurar el futuro de la casa. Sí, una fuente de ingresos. —La boca de Dill se pone en movimiento, muerde la mejilla por dentro—. Verá, desde que falleció el señor Alton, a la señora le cuesta mantener todo en funcionamiento.

A Lorna le sorprende un poco que la muerte se sume a la conversación.

—Oh, lo siento.

—Este lugar se traga el dinero aunque solo ocupes un espacio muy pequeño —prosigue Dill.

—La calefacción central debe costar una fortuna —dice Jon.

—¡Oh, no utilizamos calefacción central! —exclama Dill, como si Jon hubiera sugerido que podrían bañarse en champán.

Jon aprieta la mano de Lorna. Ella sabe que está intentando no echarse a reír. Que es preciso que Dill no se dé cuenta.

—Es un sistema victoriano, propenso a los caprichos y atascos más espantosos, así que utilizamos leña del bosque. Es mucho más fácil. Pero en la suite nupcial disponemos de algunos calefactores eléctricos. —Se apresura a añadir, como si se hubiera fijado en el apretón—. En el salón de baile todavía no… Sí, eso también requiere un poco de trabajo. Pero para el próximo mes de abril…

—Octubre. —Jon sonríe, suelta la mano de Lorna y se abotona su ligera chaqueta azul marino de algodón. Hace bastante frío, más que fuera. Lorna espera que más tarde no adopte una postura irritantemente práctica respecto al lugar—. Sería lo ideal.

—¡Vaya! Lo siento. —Dill se sonroja de nuevo—. Lo había dicho ya, Tom.

—Jon.

—Bueno, ¿podemos ver las habitaciones? —presiona Lorna con tacto.

—Cariño —Jon baja la voz y le roza la mejilla con los labios—, se hace tarde.

—No tardaremos. —Se vuelve de nuevo hacia Dill, sus negros ojos brillan—. ¿Por dónde podemos empezar?

—¿Empezar? Oh, sí. Buena idea. —Dill cruza el vestíbulo con paso firme con sus embarradas botas. Se le ha desatado un cordón y lo lleva arrastrando, como la cola de una rata—. Este vestíbulo es la parte más antigua de la casa, se remonta a la época de los normandos o algo así. Pero el lugar es un batiburrillo, con zonas construidas y derribadas por diferentes generaciones. La parte principal es de estilo georgiano, pero las torres las añadieron ciertos victorianos ostentosos. O puede que fuera al revés. —Hace una pausa y se presiona la boca con un dedo—. No, lo he olvidado. Siento no ser más precisa. Nunca se me han dado bien las fechas y esas cosas. Por aquí, por favor. —Empuja una pesada puerta de roble y deja escapar un pequeño gemido fruto del esfuerzo—. Debo enseñarles la enfilada.

—¿El qué? —articula Jon mirando a Lorna, sin emitir sonido alguno; pisan un tablón suavizado por el deterioro y siguen a Dill hasta un corredor mal iluminado.

—Una hilera de habitaciones conectadas o algo parecido —susurra Lorna, que últimamente ha estado buscando casas solariegas en Google a las horas de la comida.

—Así es. —Al parecer Dill tiene un oído excelente—. Conecta esta ala de la casa. —Una sonrisa ilumina su rostro y le quita diez años de encima de un plumazo—. Y ¿saben qué? Si se quedan al final de la enfilada, pueden lanzar rodando una pelota de un extremo al otro ¡y volverá al punto de partida!

Lorna piensa de inmediato en los niños. Casi puede ver la pelota deslizándose sobre las baldosas y golpeando las valiosísimas antigüedades y eso la hace sonreír.

—Disculpe, Dill, el cordón de la bota… —señala Jon de forma educada.

—Oh, gracias. Muchísimas gracias. —Dill se ruboriza, se agacha y se mete el cordón dentro de la bota en vez de atárselo; al hacerlo abre una puerta con el trasero—. La sala de estar. La habitación predilecta de la familia Alton, aunque en la actualidad no se usa mucho.

Reina tal oscuridad en la sala que parece no tener esquinas. Solo cuando Dill descorre las pesadas cortinas de las puertas francesas, y la estancia se llena con la cristalina luz de Cornualles, aquello cobra sentido. Sus paredes son de un palpitante azul marino —el color del mar profundo, muy por debajo de las olas, fantasea Lorna— y los cuadros de las paredes resaltan. Hay retratos de antepasados de rostro rollizo, por supuesto, pero a Lorna le atraen los plomizos paisajes marinos, cielos nubosos, aterradores mares, naufragios y contrabandistas de rostro curtido cargando con el botín a la espalda por playas azotadas por la lluvia. «Qué lugar tan cómodo para observar al hombre y la naturaleza en su peor faceta», piensa. Raídas alfombras persas superpuestas amortiguan sus pasos. Mullidas sillas tapizadas en suntuoso terciopelo en tonos rosa claro y rojo oscuro se apiñan en corrillos en los rincones. Lo más acogedor es la enorme chimenea, con su alargado guardafuego con acolchado de cuero —lustrado por generaciones de traseros calentándose— y una cesta para la leña del tamaño de un barril. Lorna imagina que podría sentarse junto a una chimenea así con Jon una fría noche y no querría marcharse nunca.

—La señora Alton sugiere que ofrezcan una copa aquí. ¿Champán? ¿Un cóctel?

—Perfecto.

Lorna repara en un globo terráqueo sobre un pie metálico en un rincón de la habitación; los verdes y los azules de la tierra y los océanos están descoloridos y los límites de los países hace mucho que desaparecieron. Sin poder contenerse, estira la mano y toca su apergaminada superficie, y el globo gira y se agita un poco sobre su eje.

—Huy, lo siento. No debería tocar.

—Oh, no se preocupe. —Dill se encoge de hombros, como si no fuera más que una fruslería—. Hágalo girar si le apetece. Emite un sonsonete. Es un sonsonete muy agradable.

Lorna duda.

Jon sonríe.

—Adelante.

Oh, el sonsonete. El zumbido de gordos abejorros en campos de lavanda. Lorna cierra los ojos, deja que el sonido la colme; la casa empieza a obrar su embrujo. Cuando abre los ojos, Jon está mirándola con una expresión confusa que raya ligeramente en la alarma.

—Quizá deberíamos seguir, si tienen prisa. La señora Alton insistió en que no se perdieran la suite nupcial. —Dill tira de un hilo. El agujero del puño se está haciendo más grande con rapidez.

—¡Oh, sí! Estoy deseando subir esa magnífica escalera.

—Entonces entraremos por el rellano del piso superior. —Dill señala a través de la ventana uno de los torreones de piedra que se alzan hacia el cielo crepuscular—. Ahí es a donde vamos. Eso es.

Lorna se vuelve y ofrece a Jon una deslumbrante sonrisa; no ha visto nada más bonito ni más romántico. Pero Jon tiene el ceño ligeramente fruncido. Algo le ha intranquilizado.

—La señora Alton pensó que la mayoría de las novias preferirían la torre a uno de los dormitorios más grandes de la planta —explica Dill a modo de disculpa—. Hace un frío terrible incluso en verano. Me temo que las chimeneas están obstruidas por gaviotas muertas. Necesitaríamos que alguien se metiera dentro.

—Prefiero una torre —dice Lorna—. ¿Tú no, Jon?

Él titubea.

Dill se muerde el labio inferior al percibir las reservas de Jon.

—Es prerrogativa de la novia. —Jon se mete las manos en los bolsillos delanteros de los vaqueros y se encoge de hombros con un aire juvenil que contrasta arrebatadoramente con su cuerpazo—. Tiene que gustarle a Lorna, eso es todo. Yo puedo dormir en cualquier parte.

—Hemos acondicionado la torre de manera especial —dice Dill con una sonrisa de alivio.

—Bueno, ¿y quién estaba encerrado ahí arriba? —pregunta Jon, medio en broma.

Esto desconcierta a Dill de forma evidente.

—Eh... eh...

Lorna acude en su ayuda.

—Deja de bromear, Jon.

Dirige la vista hacia la torre una vez más y entonces lo ve. Una cortina que se mueve. Una cara en la ventana superior. Parpadea y ya no está. Un efecto óptico.

Lorna va arrastrando un montoncito de polvo en la oscura barandilla a medida que sube; agarra con fuerza a Jon con la otra mano. No dice nada, pero experimenta un electrizante *déjà vu* tan intenso —como un recuerdo congelado que se derrite de repente— que tiene que masajearse las sienes para anular la aplastante sensación. Cuanto más suben —primer piso, segundo, tercero—, más silenciosa, oscura y decrépita es la casa, mayor es la presión en su cabeza. Toma un trago de agua de la botella que lleva en el bolso y se siente un poco mejor. Quizá solo esté deshidratada. O tal vez sea el susto del incidente con el ciervo, que le sobreviene con retraso. Necesita un té y un poco de tarta.

—¿Te encuentras bien, cariño? —le pregunta Jon en voz queda.

—¡Claro!

No quiere distraerle ni decir nada negativo. Más aún, no quiere que se preocupe por si la casa está despertando algo dentro de ella. Jon piensa que ya está demasiado exaltada —ella lo sabe, su ánimo un día está por las nubes y al siguiente se desinfla y se vuelve sombrío— mientras se adentra en este extraño mundo nuevo sin su madre, con todas sus contradicciones y consecuencias, con la pena y también la liberación. Suben otro tramo de escaleras. La tensión en su cabeza remite.

Jon echa un vistazo por una puerta de color azul apagado, entreabierta en el tercer piso.

—Cualquiera diría que un puñado de chavales acaban de marcharse de esta habitación, ¿verdad? —comenta; se hace a un lado para que Lorna la vea.

—Oh, sí.

Hay muchísimas cosas de niños, parece que sigan ahí donde las dejaron. En un rincón, cubierto en parte por una manta, hay un caballito balancín gris con lunares del tamaño de un poni pequeño. Bajo sus cascos delanteros, la cunita de una muñeca. Más cerca de la puerta, una mohosa pila de libros; *El jardín secreto*, *Jane Eyre*, *Cumbres borrascosas*, *Milly Molly Mandy*, *Rupert Annual 1969*... Un escalofrío recorre su espalda; ella leyó y adoró muchos de estos libros cuando era pequeña; un vínculo instantáneo con los niños que se marcharon, un vínculo que trasciende el tiempo y la clase.

—Este piso ya no se usa —dice Dill al tiempo que cierra la puerta como si no pudiera soportar ver lo que contiene—. La señora Alton no necesita tantas habitaciones.

—¿Es que alguien las necesita? —inquiere Jon; su sonrisa aligera la seriedad de la pregunta.

Lorna sabe demasiado bien lo que está pensando: tanta gente sin casa —y es verdad que muchos de sus alumnos viven en pensiones y hostales, una familia por habitación— y esta enorme mansión habitada solo por una anciana y su ama de llaves. A nivel racional y político está de acuerdo con él. Pero en el fondo le gusta que casas como Black Rabbit Hall sigan existiendo.

—¿Cuántas habitaciones hay aquí, Dill? —pregunta.

Da la impresión de que la casa no se acaba nunca, que hay puertas detrás de las puertas, mundos dentro de otros mundos.

—¿Sabe?, no creo que nadie las haya contado nunca.

—¿Dormitorios?

—Mmm. Nueve, creo. Sin incluir los viejos cuartos del personal en el piso superior. En realidad la casa es más pequeña de lo que parece. Oh. Oh, no. ¡Ya voy!

El ruido es estridente y persistente. «Pi, pi, pi, piii.» Dill se palpa el jersey de manera frenética hasta que localiza una especie de busca bajo las capas de apelmazada lana y lo silencia.

—Menudo ruido. Lo siento. La señora Alton me necesita. Tengo que irme. Bueno… ¿qué podemos hacer…? —Se golpea los dientes con un dedo—. ¿Podrían volver mañana?

—Hoy sería mucho mejor. Ya que estamos aquí. —«Y que casi nos arrolla un tractor en el camino», se siente tentada de añadir—. ¿Un vistacillo a la suite nupcial? Podemos ser muy rápidos, lo prometo.

Dill parece indecisa. Suena otro pitido impaciente.

—Vamos, Lorna. Dill está ocupada —dice Jon, presionándole con la mano la parte baja de la espalda—. Creo que ya nos hemos hecho una idea de la casa.

A Dill le brillan los ojos.

—¡Aguarden! ¿Y si me esperan abajo? Estoy segura de que la señora Alton se disgustará mucho si no ven la suite nupcial. No tardaré demasiado.

—Me temo que tenemos que… —comienza Jon de forma educada, el meneo de su pie delata su impaciencia.

—Unos minutos más —suplica Lorna. Le coge las manos—. Por favor.

—Hemos reservado para cenar, ¿recuerdas? Y yo aún tengo que estudiar el mapa y averiguar cómo volver al hostal.

Lorna aprovecha esto.

—Vale, ocúpate tú de eso. Yo esperaré. Diez minutos y luego me reúno contigo.

Mientras Jon se aleja, Lorna siente la punzada de la separación, como si una parte de ella también se alejara. Han estado tan unidos los últimos días… Casi echa a correr detrás de él. Pero algo la retiene. La atracción de la casa es demasiado fuerte.

Lorna no lo entiende al principio. El agujero en forma de estrella en mitad de la frente. La forma del cráneo. Luego los huesos se unen, emerge el animal. Porque no cabe duda de que se trata del cráneo de un caballo, con sus cavidades orbitales del tamaño de bolas de billar, el alargado hueso nasal que se curva y se une a la larga mandíbula, como un pico alargado. Se estremece. El cráneo resulta brutal, pagano, luminoso en la negra caja. Recorre en silencio la desgastada alfombra y ojea de cerca las polvorientas vitrinas: pájaros, ardillas, un cervatillo y conejos disecados; criaturas naturales con alma que cobran una segunda vida a base de puntadas, como rígidos maniquíes. Recuerda el comentario que Jon hizo antes —«Esta gente rellenaría a sus antepasados a la menor ocasión»— y siente que sus apagados ojos de cristal la siguen cuando se acerca al asiento de la ventana con el teléfono móvil aferrado en una mano.

La búsqueda de cobertura la ha llevado a esta larga biblioteca en penumbra, dos pomos metálicos más allá en la enfilada. Kilómetros de libros. Una vieja mesa de roble del tamaño de un barco pequeño. Un peculiar conjunto de vitrinas del estilo de las que hay en los museos. Quizá demasiado peculiar.

Se alegra al ver a Jon y el coche desde la ventana. Bebe de una botella de agua, estudia el mapa, canta al son de la música. Le encanta mirarle cuando él no es consciente de ello. Es el hombre menos cohibido que ha conocido, a gusto consigo mismo de un modo sereno, seguro de quién es y de lo que quiere. Se pregunta qué habría sido de ella si no hubieran asistido a aquella fiesta en Camden a la que ella estuvo a punto de no ir. Si no se hubiera fijado en el magnífico hombretón rubio, en la abarrotada cocina llena de humo, que servía copas a los invitados para ayudar a la estresada anfitriona. Tenía un feo corte en la mano con la que servía el vodka. Cuando le preguntó, él se encogió de hombros, se le había resbalado un serrucho, nada importante, ¿le permitía que le preparara una copa? Más sexy imposible.

Le envía un mensaje a su hermana, Louise: «Increíble. Luego te cuento». Y tiene el tiempo justo para llamar a su padre. Tiene que llamar a su padre.

—¡Papá, soy yo!

—¡Hola, nena! —La voz de Doug suena alegre, como siempre cuando ella telefonea, lo que hace que se sienta culpable por no llamarle más a menudo—. Perdona un momento…, espera que deje la taza. Me está abrasando la mano. Ya está. Soy todo tuyo. ¿Va todo bien? ¿La corriente en chorro también te está arruinando la semana a ti? No puede ser peor que aquí. Llueve todo el santo día. Aunque no han levantado la prohibición de regar con manguera. ¿Es que esos pretenciosos de Westminster no miran nunca por la ventana?

—Lo dudo. —Lorna se acomoda en el asiento tapizado de la ventana.

—Espero que os hayáis metido en algún bar acogedor.

—Oh, no, de hecho todavía estamos en uno de los sitios para celebrar bodas. Bueno, Jon está fuera preparando el coche. Yo estoy en la biblioteca de la casa, esperando para ver la suite nupcial.

—¿Tan tarde?

—Sí, bueno, nos ha costado encontrar la casa.

—¡Ja! Seguro que eso a Jon no le ha hecho ninguna gracia. Dile que tiene que dejar de confiar en ese puñetero sistema de navegación vía satélite. —Su padre, taxista londinense jubilado hace poco, se enorgullece de no perderse nunca en ninguna parte y disfruta al máximo cuando otros hombres se pierden.

—Pero al final hemos encontrado la casa perfecta. Bueno, yo creo que es perfecta.

—¿Y Jon no?

—Mmm.

La risa de Doug sigue siendo la risa ronca de un fumador de veinte cigarrillos diarios, aunque lo dejara hace diez años y ahora solo fume cuando se toma unas copas en Navidad.

—Algo me dice que le convencerás.

—Es una casa maravillosa en la península de Roseland, papá.

—Oh, Roseland, qué recuerdos. Hay un pequeño camping de caravanas allí, justo a las afueras de Portscatho. Diminuto. Por encima de la media. A tu madre le encantaba.

Lorna se emociona al tener la confirmación de que estuvieron tan cerca. Sus recuerdos de las vacaciones de verano en familia no son muy nítidos, como las fotografías que has llevado de un lado a otro en la cartera durante mucho tiempo: el olor de las pastillas para el inodoro de la caravana, supuestamente de última generación, que siempre se estaba estropeando; el colchón de Louise presionando el somier de alambre solo unos centímetros por encima del rostro de Lorna; su madre llevándola como al ganado por infinidad de propiedades del National Trust mientras papá y Louise iban a hacer castillos de arena en la playa. Es curioso lo que se queda grabado.

—Las mejores duchas de Cornualles —prosigue su padre—. Con agua caliente todo el día. Todo el jabón gratis. Hoy en día no hay muchos campings de caravanas así. —Está más hablador de lo habitual. Lorna teme que se deba a que pasa muchas horas solo—. Perdona, dame un segundo, Lors.

Se oye un crujido y Lorna sabe de inmediato que es la butaca de mimbre de la galería acristalada, donde su padre se sienta cada mañana, abre el periódico y mira al lado el asiento vacío que solía ocupar su madre, con la indeleble forma de su trasero marcada en los cojines.

—Eso está mejor. Caderas estrechas, según el médico. Un médico nuevo. Me trata como si yo tuviera diez años. Le dije que no es necesario que me hable con condescendencia; sé diferenciar la espina ciática de la articulación sacroilíaca.

Lorna siente una oleada de compasión por el médico. Su padre siempre ha aceptado sin reservas la situación general —en concreto, ser un esposo devoto para su exigente madre— y ha reservado su voraz curiosidad para el mundo de fuera. A pesar de haber dejado los estudios a los catorce años, Doug afirma ser «autodidacta al nivel de un profesor chiflado»; habiéndose abierto paso entre los estantes de todas las bibliotecas locales y engullendo lo que la madre de Lorna denominaba con cariño «un universo de conocimientos inútiles». En cierto sentido los pasajeros siempre bajaban de su taxi cambiados —como mínimo completamente agotados— después de haber aguantado explicaciones acerca del sistema digestivo de las palomas o de las leyes físicas que rigen el flujo del tráfico en Piccadilly Circus. Por esta razón, y unas cuantas más, a Lorna y a Jon les preocupa el discurso del padre de la novia.

—Y jamás adivinarías cómo se llama la casa, papá.

Le oye tomar un sorbito de té. Su padre lo bebe muy caliente; dice que todos los taxistas se toman el té a toda prisa, lo cual, igual que un montón de cosas que dice, puede o no ser verdad.

—Black Rabbit Hall.

Lorna hace una pausa con la esperanza de percibir un principio de reconocimiento.

—Los conejos pueden alcanzar una velocidad de ochenta kilómetros por hora, ¿lo sabías? Se mueven en zigzag para confundir a los depredadores. No son tan lerdos como parecen.

—Papá, ¿el nombre no te suena de nada?

—No.

—Estoy casi segura de que mamá me trajo aquí. Me resulta muy familiar.

—Es posible. Es posible. No lo sé. Esas aburridas casonas antiguas no eran lo mío. Eso era cosa de tu madre, la tradición y tal. Prefería tu compañía a la mía; decía que yo la retrasaba y hacía preguntas embarazosas e irrelevantes.

—¿Cómo consiguió Louise librarse?

—Demasiado pequeña, decía Sheila. Las pocas veces que se la llevó, Louise pedía helado, se quejaba de que se aburría y todo eso. —Se aclara la garganta—. Tu madre decía que tú le sacabas más provecho.

¿De veras? En su momento no le había parecido así. Pero ahí

estaba, muchos años después, husmeando en una antigua casona y bastante hechizada.

—Me pregunto si hay fotografías. Me encantaría verlas.

—¿Por qué no te pasas por aquí y echas un vistazo a las cajas del desván? Hay muchas cosas ahí.

«Las cajas negras de los Dunaway», le gusta pensar a Lorna, que contienen a una familia en vez del vuelo de un avión: desde la inverosímil época *Teddy girl* rubio platino de su madre a principios de los sesenta, la posterior entrada en la formalidad del matrimonio, permanente y tinte de henna, vestidos recatados y fáciles de planchar, hasta la tardía y muy anhelada maternidad. Una vida humilde recopilada y ordenada por alguien que ahora no es más que una sorprendentemente pesada urna de arenosas cenizas en un estante del salón.

Lorna intenta no mirarla. Prefiere recordar a su madre de vacaciones —era una de esas personas que solo parecían realmente felices y realmente ellas mismas durante las vacaciones—, arrebujada en su abrigo de lana, compartiendo deliciosas patatas fritas con vinagre en una ventosa playa, sonriendo a Lorna cuando sus dedos grasientos y llenos de sal se rozaban un instante, con el romper de las olas anulando cualquier necesidad de hablar, relajadas en mutua compañía como nunca lograban en el sofá de casa.

—Lo siento pero aún no he sido capaz de revisar esas cajas —dice Doug con voz queda—. Para serte sincero, no sé si lo seré algún día.

—Yo lo haré, no te preocupes.

Pobre papá. Lorna está de nuevo junto a las vitrinas y los ojos se le van al cráneo de caballo y la inquietante falta de hueso en el centro.

—Lorna. —La voz llorosa de su padre la pilla por sorpresa y le recuerda que su pérdida está aún muy presente—. Siento no poder responder a todas tus preguntas sobre el pasado, no como tu madre podría…

Las palabras de Doug se pierden en un prolongado y denso silencio que envuelve a Lorna como un pañuelo, cada vez más y más fuerte, de manera que se le forma también un nudo en la garganta. Fuera se oye la cháchara de los estorninos alzando el vuelo en el jardín. Recuerdos de oportunidades perdidas se alejan con la misma celeridad. Oh, ojalá se hubiera esforzado más por hablar en profundidad con su madre a lo largo de los años. En realidad, nunca conectaron —no con la facilidad y naturalidad con que conectaba con su padre— y se pregunta si evitaron situaciones que pusieran eso de manifiesto. Siempre se les dio mejor hacer cosas juntas —una sesión matinal de cine un sábado, un ballet en Navidad, preparar una tarta victoria, turnarse para remover el cuenco, escuchar Radio 2 a todo volumen— que conversar de manera íntima. Y sacar a colación ciertos temas sobre el pasado —los «Por ahí no», como Louise y Lorna los llamaban en secreto— siempre resultaba tan intenso, tan espantosamente incómodo, que su madre solía levantarse de golpe para limpiar el polvo de un rodapié o pasarle un trapo a una superficie limpia, dispersaba las preguntas con nubes de productos de limpieza. Y entonces en mayo las conversaciones se acabaron para siempre.

Esa injusticia todavía la atormenta. Al parecer el ayuntamiento debía arreglar el pavimento que estaba roto a la salida de la cooperativa al día siguiente. Mamá no tenía que haber tropezado, rodeada de sus frutas y verduras del mercado (ella nunca tropezaba), ni haberse dado un mal golpe en la cabeza. No tenía que morir a los sesenta y cinco años; tenía una salud de hierro, formaba parte de esa ágil generación de posguerra, criada a base de col y de modestas raciones de comida casera, que iban de compras a pie en vez de en coche. Lo más injusto, piensa Lorna clavándose las uñas en la palma de la mano cerrada, es que desconectarla le privó de su hora de la verdad en el lecho de muerte, rodeada de afecto, e hizo que gran parte de su pasado fuera irrecuperable. Parpadea para contener las lágrimas.

—¡Oh, aquí está!

Lorna se da la vuelta y ve a Dill en la entrada, con el perro en brazos, lamiéndole la boca.

—¿Lista para ver la suite nupcial?

—Papá. —Sonríe a Dill, intenta recuperar la compostura—. Tengo que dejarte.

68

Oye un revelador crujido y un resuello cuando también él pone en orden sus sentimientos.

—Bueno, intenta no perderte en esa casa tan grande, ¿vale?

—No seas bobo. Te quiero.

Pero cuando Lorna empieza a subir la empinada y angosta escalera de la torre —oscura, agobiante, cuya salida es confusa— se da cuenta de que tal vez su padre no ande muy desencaminado. Sería muy fácil perderse en Black Rabbit Hall. Pensar que vas en una dirección cuando en realidad vas en la contraria.

5

B oris sale de repente de los matorrales. Empuja con la nariz el rostro de mamá y emite un quejido. Papá lo aparta y envuelve a mamá con su abrigo para mantenerla caliente.

—¡Encuentra a Barney! —grita por encima del hombro y, seguido por Boris, sale en tromba del bosque con mamá en brazos, cuya cabeza cuelga de un modo extraño.

No sé cuánto tiempo me quedo ahí, aturdida, con el corazón desbocado y con la imagen de la cabeza de mamá —el rojo cabello balanceándose, el ángulo de su cuello— allí donde mire, como el destello de una bombilla recién apagada. ¿Qué hago? ¿Qué hago ahora?

Entonces me acuerdo. Papá me ha dicho que encuentre a Barney. Que encuentre a Barney.

Las nubes de tormenta se están abriendo. Una luna color hueso salta de detrás de un árbol a otro. Luna llena. Marea alta. La parte más baja del riachuelo suele desbordarse con la marea alta cuando anochece, sobre todo tras una tormenta. El agua llegará al bosque que hay junto a la guarida. No tengo mucho tiempo.

Empiezo a correr rogando una y otra vez que todo salga bien. Un lugar seguro y feliz. Un lugar seguro y feliz. Black Rabbit Hall es nuestro lugar seguro y feliz.

Barney no está en la guarida, ni junto a las empapadas cenizas de la hoguera. Empiezan a temblarme los pies. El agua se acerca.

—¡Barney! —grito—. ¡Barney, soy yo! ¿Estás ahí? ¡Barney, no seas idiota! ¿Dónde estás?

Espero, a la escucha, con el corazón retumbando en mis oídos. Algo se mueve en el matorral. Dos ojos amarillos. ¿Una liebre? ¿Un zorro?

Me adentro más en el bosque, gritando su nombre, y se me ocurre que podría estar alejándose de mí adrede, escondiéndose, jugando —le encanta que le persigan—, sin ser consciente de lo que le ha pasado a mamá.

—¡Barney! —grito con más fuerza, con más desesperación.

Nada. Me detengo, la desesperanza me supera. Incapaz de seguir siendo valiente, empiezo a llorar y los sollozos se desgarran de mí de forma entrecortada. Y entonces aparece Boris meneando la cola. Nunca me he alegrado tanto de verlo. Hundo la cara en su apestoso pelaje agarrándome a la grasa de sus patas traseras.

—Barney. Ayúdame a encontrar a Barney. Por favor.

Boris ladea la cabeza, como si entendiera, vacila un momento y luego sale disparado por el bosque. Yo lo sigo hasta que frena en seco bajo un haya gigantesca y sus patas empiezan a lanzar por los aires una mezcla de hojas mojadas.

Y ahí está. Enroscado en lo alto de un árbol. Con los ojos como platos. Le tiendo los brazos. No se mueve. Le tiro del pie —frío y desnudo— y le digo que no pasa nada, que puede soltarse, y él empieza a bajar por el tronco muy despacio. Se abraza a mi cuello con mucha fuerza y, temblando, entierra su cara en mi hombro.

—¿Qué ha pasado, Barney?

No dice nada; su cuerpo se estremece en silencio.

—¿Qué le ha pasado a mamá? —le pregunto con más dulzura—. ¿Lo has visto?

Entonces empieza a sollozar. Me quito el abrigo. Barney se muestra pasivo —él nunca es pasivo— y deja que se lo ponga. Las mangas le llegan hasta el suelo. Pero no anda.

—A caballito —le digo, y me arrodillo en el mullido suelo mojado.

Corro con él a la espalda hasta la casa. El miedo me da fuerzas.

—Mamá está muerta —dice Toby; inexpresivo, apoyado contra el Gran Bertie en el vestíbulo, con las manos en los bolsillos, la cara blanca como la concha de una vieira, mira el retrato de mamá. El reloj hace tictac. El calendario lunar dorado de la esfera brilla bajo la luz de la tormenta. Hace tictac otras diez veces. Entonces Toby repite—: Mamá está muerta, Amber.

Está claro que Toby se equivoca. Yo meneo la cabeza, dejo a Barney en el suelo y despego sus dedos de mi cuello.

—Ve, Barney, ¿quieres? Busca a Peggy. Ella te hará entrar en calor.

—Disculpad. ¡Muñeca de Trapo llega tarde a tomar el té! —dice Kitty con voz cantarina; pasa a nuestro lado como un torbellino y cruza el vestíbulo con el traqueteo de su cochecito—. ¡Se muere de ganas de comer bollitos y confitura de moras!

—¿Ha venido el médico? —susurro.

Barney se agarra a mi pierna con una mano.

—Demasiado tarde —musita Toby, circunspecto.

Algo ha cambiado en su rostro. Su pulso palpita con furia en la oquedad de su garganta.

—Muñeca de Trapo está ocupadísima hoy. —Kitty suspira, saca a la muñeca del carricoche y la sube al primer peldaño de un salto—. Tanto por hacer y tan poco tiempo.

Las baldosas blancas y negras del suelo titilan y resbalan, exudan el intenso olor del vinagre que Annie utiliza para limpiarlas.

—Bueno, ¿dónde está mamá?

—En la cama.

Rodeo a Kitty y subo los peldaños de dos en dos. La escalera parece más alta que nunca, como si se estirara mientras subo. Encontraré a mamá en la cama. Le llevaré té. Le acariciaré el pelo, como hace ella conmigo cuando estoy enferma. No creo que esté muerta. Y si no lo creo, no lo estará.

Empujo la puerta del dormitorio con el hombro. Y ella está en la cama, como dice Toby, arropada con una sábana blanca como una niña enferma, el pelo cepillado sobre el hombro. Las cortinas están corridas, la iluminación es tenue, las flores talladas en los gruesos y oscuros postes de la cama destacan a la titilante luz de las velas. Las manos unidas de mamá sujetan un ramillete; los narcisos amarillo pálido que esta mañana estaban en el florero con forma de lágrima de su mesilla de noche. Me acerco, me niego a aceptar que su cabeza está hundida por encima de la oreja, la extraña depresión donde su pelo se mezcla con sangre y fragmentos de hueso.

—Mamá.

No tiene las manos congeladas, pero tampoco calientes, sino como la leche del tiempo. Los narcisos se derraman sobre su pecho. Ella no los aparta.

—Mamá, por favor. Despierta, por favor.

Y entonces oigo los gemidos al otro lado de la cama. Me asomo, sosteniendo aún la mano de mamá, me impacta ver a papá encorvado y acuclillado en el suelo, con la cara hundida en la sábana que resbala desde mamá.

—¿Papá?

Me sale una voz tan aguda como la de Kitty. Quiero que él tienda la mano hacia mí y me diga que todo irá bien, que mamá se va a curar, se va a recuperar, rebosante de calor y sangre otra vez, de vuelta a la vida, con los narcisos de nuevo en el jarrón.

—Papá, soy yo.

Él no levanta la vista. Sus gemidos se vuelven más quedos, más intensos.

—Amber —susurra Toby, que de repente está detrás de mí—. Vamos fuera.

Dejo que tire de mí. La piel de Toby huele a mí y a su propio olor característico. Está caliente al tacto. Un chico en llamas. Puedo sentir su corazón a través de la tela de su camiseta de rugby. Me abraza fuerte, más fuerte, de modo que estamos unidos en uno solo, encajamos de nuevo a la perfección, dos bebés acurrucados en la suave y tibia negrura del vientre de mamá.

—Aún nos tenemos el uno al otro. Yo te tengo.

—Amber, Toby... —Peggy está en la puerta, con una mano en la boca—. ¿Qué estáis haciendo? Salid de ahí, por favor.

—Mamá está muerta —digo, no estoy segura de que Peggy lo haya entendido.

Toby aprieta el abrazo.

—Está muerta, Peggy.

—Y tu padre necesita estar con ella en paz, cariño. —Se acerca a nosotros, intenta despegarnos al uno del otro mirando con preocupación a papá—. Amber, Toby, por favor. Soltaos. Venid abajo.

—Quiero quedarme con mamá —ruego.

—No puedes, patito. Ahora mismo no.

Entonces papá levanta la vista y se aparta las manos de la cabeza. Tiene el rostro hinchado y desfigurado por la pena, los ojos como bombillas rojas. No se parece en absoluto a papá.

—¿Puedo traerle alguna cosa, señor Alton? —Peggy se acuclilla junto a él, todo su peso apoyado en sus diminutos pies—. ¿Señor Alton?

Él la mira como si no pudiera entenderla.

—Un vaso de…

—¡FUERA! —brama papá, dándonos un susto de muerte—. ¡FUERA!

Nos sentamos en el guardafuego, alrededor de la chimenea en la que mamá arrojó ayer un puñado de sal para que las llamas bailaran azules para Kitty. Aún quedan unos granos en el hogar.

A pesar del calor, nuestras manos estiradas no se calientan. Toby y yo estamos sentados juntos, temblando, desollados, pegados el uno al otro. Kitty parlotea tonterías con Muñeca de Trapo. Barney contempla las llamas con la mirada perdida y los labios aún azules, lleva el pijama de rayas de Bloomingdales que la tía Bay nos envía todas las Navidades. No ha dicho una palabra desde que regresamos a la casa. No tenemos ni idea de lo que vio, si es que vio algo.

Boris entra de forma atropellada y se tumba debajo del globo terráqueo; la cabeza apoyada en las patas, observándonos. Estados Unidos, la patria de mamá, queda frente a nosotros en el globo. Puedo ver Seattle, un poquito de Idaho, Oregón. Lugares a los que ha prometido llevarme.

No puedo tocar mi chocolate caliente. Beber chocolate caliente mientras mamá yace inmóvil arriba es imposible. Al cabo de unos instantes, Toby se bebe el suyo. Hay cierta valentía en eso, en el intento de normalidad. Yo trato de sonreírle, pero mi rostro parece congelado y no consigo que mi boca se curve.

«Clic, clic, clic», dicen las agujas de hacer punto de Peggy. Sentada muy erguida en la silla de terciopelo rosa cerca de la ventana, sus dedos intentan que la velada sea como cualquier otra; la larga bufanda roja se amontona alrededor de sus pies.

Kitty interrumpe los clics.

—Mi pelo necesita un cepillado. —Se lo sacude con los dedos y sale volando arena—. A mamá no le gusta que haya arena en el pelo de Kitty. Kitty quiere que mamá le quite la arena. ¿Dónde está? ¿Dónde está mamá?

Las agujas de Peggy enmudecen. Las deja sobre su regazo.

—Mamá está ahora en el cielo, Kitty.

—No lo está —dice Kitty con firmeza mientras acurruca a Muñeca de Trapo en el hueco entre sus piernas cruzadas—. Está en la cama, Peggy. Y tiene que levantarse y trenzarle el pelo a Kitty.

Toby y yo nos miramos. Bajo sus ojos hay sombras oscuras como el barro del río.

—Ya te lo trenzo yo, Kits —digo tendiéndole las manos—. Ven aquí.

Kitty menea la cabeza.

—Quiero que lo haga mamá.

Toby apura su chocolate y me mira por encima del asa de la taza, comprueba que no me he ido a ninguna parte desde la última vez que me miró, hace un segundo. Arenosas partículas de cacao adheridas a su labio superior le dan una sonrisa de payaso. Vuelca con fuerza la taza sobre el fuego. Todos nos encogemos viendo caer las gotas de chocolate por el blanco borde esmaltado. Esperamos.

«Clic, clic, clic.»

La normalidad tiene que restablecerse de un momento a otro. Los pasos de mamá en las escaleras. Una tos. Saldremos corriendo al vestíbulo y ahí estará ella, con el pelo rizado sobre un hombro, la mano en la baranda, lista para cenar con un vestido verde («Una pelirroja no tiene mucho donde elegir»), su estola de piel de conejo blanco sobre los hombros y su centelleante broche de diamantes de imitación. Y después de mamá, no mucho después, llegará papá, le alborotará los rizos a Barney, le dará con el puño en el hombro a Toby de manera juguetona y preguntará dónde está mamá, siempre busca a mamá, la mirará con ojos hambrientos en cuanto la vea, y Toby y yo apartaremos la vista. Oiremos el tintineo de las copas. Oleremos las piñas en el fuego. Reiremos.

«¡Bang!» Un disparo sacude la noche.

—Bang. —Kitty sonríe y levanta a Muñeca de Trapo a la altura de sus ojos—. Bang, bang, bang.

Peggy arroja la calceta al suelo y corre a la ventana. La roja madeja de lana se le enreda en el tacón y se desenrolla tras ella.

—¡Dios todopoderoso!

6

Peggy trató de limpiar todo rastro de Knight con el cepillo de raíces. Pero aún queda una oscura mancha roja en la piedra, como una amapola en flor, y cierto olor a sudor de caballo y a sangre. También había trocitos de cerebro de Knight y mechones castaños de su crin por todo el lateral del establo, pero Toby rascó con destreza y los limpió. Dejó los trocitos de cerebro en la pared para que se secaran, como pequeñas joyas rojas y blancas, así podría conservarlos y añadirlos a su colección de cosas desenterradas de los jardines y los campos: fósiles, cráneos de conejos, fragmentos de loza, cartuchos y las colas de cordero secas que se caen en primavera. Creo que haría lo mismo con mamá si pudiera. Y creo que eso sería preferible a esto; mamá enterrada en la tierra como un plato de mantequilla roto.

Eso es lo que va a suceder hoy. Es el día del funeral. El tiempo se ha vuelto extraño. Ha pasado casi una semana desde que murió mamá, absorbida por un agujero que se ha abierto, negro, profundo y peligroso como una mina de estaño en desuso. Es imposible creer que sea Semana Santa, que los jacintos silvestres estén floreciendo en el bosque. El cielo está nublado, plomizo y bajo, como a punto de caer y aplastarte. Un viento fuerte y seco, que huele a putrefacción, hace girar como loca la veleta del campanario de St. Mary, la iglesia junto al viejo puerto. Sus húmedos muros de piedra están salpicados de liquen amarillo y una costra de sal recubre las vidrieras policromadas. «Es como estar atrapado bajo una barca volcada», decía siempre mamá, haciéndonos reír durante la insoportable misa que duraba siglos, mucho más que en Londres. Gaviotas y palomas se alinean en su tejado a dos aguas y miran con avidez el minúsculo cementerio, el horroroso destino de mamá. El hoyo ya está excavado, las lombrices que han quedado a la vista se retuercen a la luz del día. Odio imaginarla allí. Es sabido que el cementerio es un encurtido de huesos —cuerpos que yacen con más cuerpos, como finas mantas sobre una cama en invierno—, lleno de antepasados de los Alton y de marineros y de niños ahogados que se alejaron demasiado con marea alta o que caminaron por los lodazales del riachuelo por un reto o por ganarse un refresco efervescente.

Nos reunimos en la puerta de la iglesia, eludiendo los ojos de la gente que normalmente veíamos en bodas o bautizos, estremeciéndonos cuando nos abrazan, incapaces de sentir consuelo. Todos hablan entre susurros, ese tono que utilizan los adultos en el dormitorio de los niños cuando creen que están dormidos. Las mujeres posan la mano en el brazo de papá y ladean la cabeza. Los hombres, de cara regordeta, de bebé, le dan una palmadita en el hombro. Papá asiente con educación, sin mirarlos a los ojos. Si lo hiciera, verían que la luz se ha extinguido en ellos como en una vela apagada de un soplo. Siento sus miradas deslizarse también sobre mí. Los oigo murmurar entre dientes: «Se parece tantísimo a su madre…». Dejo que el cabello me tape la cara y me escondo ahí hasta que la sonrisa desaparece de sus caras y, un tanto incómodos, siguen su camino.

—Es la hora, cariño —dice papá; su mano en mi espalda.

Intenta sonreír, pero no puede. Pienso en él llorando anoche, cada noche desde que murió mamá. No creo que pueda existir un sonido peor en el mundo que el de tu padre llorando. Respira hondo.

—¿Preparada?

Yo asiento. Sé qué viene ahora. He asistido a funerales aquí con anterioridad. Hay algo en los funerales que siempre es lo mismo, como bodas al revés. O sea que fingiré que es el de otra persona, no el de mamá. Así es como hemos decidido sobrevivir a él.

La pesada puerta de la iglesia se abre con un chirrido. El pastor se disculpa y farfulla algo sobre el óxido. Como si eso importara.

Toby me aprieta la mano. «Mantengámonos unidos, seamos valientes», dice el apretón. Yo se lo devuelvo y conducimos a Barney y a Kitty al interior de St. Mary, todos al mismo paso, como soldados.

La iglesia huele a agua de flores de muchos días. Todo es húmedo y oscuro, aparte del féretro de mamá, que está cubierto de lazos rosa claro y tantas flores primaverales —jacintos, anémonas, lirios— que parece un jardín. Eso me gusta. A mamá le encantaban los jardines. Le encantaba nuestro jardín. Pero aún parece imposible que de verdad esté en esa caja —mi cariñosa y guapa mamá, que en las noches frías y despejadas nos abrigaba y nos llevaba fuera a ver la Osa Mayor en el cielo estrellado—, envuelta como un elegante huevo de Pascua. Me digo a mí misma que es imposible. No es ella.

Pese a todo, debemos caminar hacia allí, con Kitty tirando hacia atrás de mi mano, menos intimidada por el ataúd de mamá que por toda la pompa. La gente nos sigue en un silencio solemne, solo interrumpido por alguna tos. No hay asientos suficientes en la iglesia. Me alegro. Sería mucho peor que hubiera huecos vacíos. La gente está de pie, mirando, empujando para conseguir una codiciada vista del ataúd entre el bosque de sombreros. Nosotros nos dirigimos a la primera fila, con los ojos clavados en nuestra espalda. Las puertas de la iglesia chirrían de nuevo y se cierran con un golpe.

—¡Psss!

Solo los carnosos labios de estrella de cine de la tía Bay pueden verse bajo el ala de su sombrero, ancho como la rueda de un carro. Está en la fila de detrás de nosotros, ataviada con un minivestido negro (el destello de un muslo tras un vistazo por encima del banco) que me recuerda todas las razones por las que mamá la adoraba y todos los motivos por los que papá en realidad no la aprueba. Me agarra la mano, dejando un rastro a tabaco.

—¿Cómo estás, pequeña?

Abro la boca, pero no sale nada. El acento de la tía Bay es demasiado parecido al de mamá. Es lo que oiría si ella entrara por la puerta de la iglesia, apartándose el pelo de los hombros, riendo y diciéndole a todo el mundo que ha sido un error estúpido, otro escándalo típicamente inglés.

No puedo dejar de hacerlo, imaginarme a mamá volviendo a la vida en momentos aleatorios. Y tampoco puedo dejar de reproducir aquel día, hacer que las cosas terminen de otra manera, mover el tiempo atrás y adelante, vivo y elástico como la goma, eliminar el día de la tormenta por completo y que las cadenas y los engranajes del Gran Bertie avancen de golpe al día siguiente, comiendo sándwiches llenos de arena en la playa.

—Cielo… —La tía Bay se levanta el borde del sombrero y puedo ver sus ojos amables y enrojecidos, sus largas pestañas.

—Estoy muy bien, gracias, tía Bay —digo, porque eso es lo que se espera que diga un Alton.

—Esa es mi chica —responde Bay. Tiene un poco de carmín en el diente delantero, parece glaseado rosa pálido—. Nancy estaría muy orgullosa de ti. Te quería muchísimo, Amber.

Se me forma un nudo en la garganta. Sé que mamá me quería. Por alguna razón, no quiero que me digan que me quería, como si pudiera no haber sido el caso.

—¿Vendrás a verme a Nueva York?

Yo asiento, pienso en el apartotel de tía Bay, en cuya recepción hay un hombre gordo llamado Hank y en el que tienes que abrirte paso entre clientes que llegan con maletas y guitarras colgadas al hombro. La tía Bay nos dejaba jugando al dominó con Hank mientras mamá y ella se iban a ver algún espectáculo en la calle Cuarenta y dos.

—De pie, por favor —dice el pastor.

Se oye agitación. El sombrero de Bay impide ver a la fila de atrás. Hay algún que otro chasquido con la lengua.

—Te llevaré a Coney Island, arriba del Empire State —susurra—. Si alguna vez necesitas un lugar al que escapar, ven a verme, ¿vale?

No asiento. ¿Por qué querría escapar de lo que queda de mi familia? La sola idea de no estar con ellos hace que me maree.

—¿De acuerdo, Amber?

—Chis, por favor —susurra Mildred, una de las altas y molestas primas de mi padre.

La tía Bay se vuelve, sonríe a Mildred y sigue hablando, solo que más alto, algo muy tía Bay.

—Eres una chica callada con un gran corazón, Amber. Tienes que hacer de él un corazón fuerte. Ahora eres la señora de la casa.

¿La señora de la casa? Esa idea no me gusta nada.

—Pero puedes llorar. Tienes derecho a llorar, cielo. En serio.

Intento llorar para la tía Bay, pero mis lágrimas están atascadas.

Todos abren la boca para cantar, dejando entrever las rojas gargantas. Me giro para comprobar que papá no lo estropee. Tiene la vista fija al frente, la mirada perdida; alza la barbilla pero le tiemblan los hombros; pequeñas sacudidas, como las del motor de la barca cuando mamá y él recorrían el riachuelo riendo y compartiendo un cigarrillo.

Discursos. Poemas. Un americano. Un duque. Un coronel. Hablan de que papá se enamoró del espíritu de mamá. Sus «ganas de vivir». Su amor por su hogar, su familia y los caballos. Cuentan que papá la trajo aquí desde Estados Unidos y que ella se enamoró de Cornualles. Que introdujo a los lugareños en las bondades de la tarta de calabaza. Que ni siquiera le gustaba matar a los conejos. Porque así era Nancy, una persona que cuidaba de los demás, una madre, una amante de los animales, una fan de Joan Baez, alguien que veía lo bueno de cada persona y cada cosa y a quien le gustaba cantar alrededor de una fogata.

Todo el mundo gimotea bajito. Pero la tía Bay solloza y dice «¡Dios mío!», en absoluto bajito, una y otra vez, aunque no cree en Dios sino en un hombre barbudo vestido de naranja que vive en la India. «¡Mi hermana pequeña! ¡Oh, Dios mío!»

Yo finjo enjugarme una lágrima y sigo atenta a los demás, cerciorándome de que nadie más monte un numerito.

A todos se les ha ordenado que sean valientes. Kitty juguetea con un hilo suelto de su botón, lo mueve de un lado a otro con los dedos; la muerte de mamá es aún demasiado enorme para que la comprenda. Barney se mira los zapatos, lustrosos de tan pulidos, se muerde el labio inferior y respira de forma rápida y brusca. Toby mira al frente, rígido, con el pecho inflado y la nuca roja, como si la piel fuera a reventarle por el esfuerzo de contener los sentimientos dentro. Todos queremos que acabe. Cualquier cosa menos esto.

Cuando papá se separa del banco, la iglesia queda en silencio y cesan los gimoteos. Parece más viejo y más pequeño que unos días antes; su cabello a la altura de las sienes tiene el color de la cubertería de plata. Cuando levanta la mirada hacia la silenciosa congregación, sus ojos carecen de expresión y están inyectados en sangre, me hacen pensar en los peces que quedan atrapados en el riachuelo cuando baja la marea, dando coletazos en el barro hasta que paran.

El crujido de papel de aluminio rompe el silencio.

—¡Kitty! —digo entre dientes al darme cuenta de que está desenvolviendo un huevo pequeño de chocolate que lleva en el bolsillo.

Ella levanta la mirada, indignada, con las mejillas coloradas.

—¡Es Pascua! Me lo ha dado la tía Bay.

—Ya te lo comerás después.

Con el rabillo del ojo veo que Mildred frunce la boca con desaprobación.

Kitty deja el huevo en el bolsillo de su pichi. Yo la atraigo contra mí. A Barney también. Lo noto débil y frío; su habitual energía ha desaparecido. Ya no tiene más vitalidad que los demás. Al contrario. Aún no nos ha contado qué pasó en el bosque —qué vio—, y cuando le presionamos solo dice que no se acuerda de nada de lo sucedido antes de estar sentado frente a la chimenea, bebiendo chocolate caliente, y del disparo. No sé si le creo.

Pienso en mamá en Londres antes de que nos fuéramos, sentada en la butaca turquesa y diciendo «Preocuparse es tarea de una madre», y siento como si fuera a romperme en un millón de pedazos. ¿Quién se preocupará por nosotros ahora? ¿Quién cuidará de nosotros ahora?

La respuesta me llega con la fuerza de un puñetazo. Seré yo.

Papá abre la boca. Al principio no le sale nada. Toby y yo

intercambiamos una mirada. De repente nos entran ganas de reír. Me muerdo el labio inferior, aterrada por la posibilidad de hacerlo de verdad. Entonces el trozo de papel que papá sujeta empieza a temblar, como las plumas de los sombreros de las mujeres que lloran. Y la risa me abandona de manera tan súbita como surgió. Alguien ayuda a papá. Tras un momento espantoso, el pastor se acerca a él y, agarrándole de un codo, intenta conducirle de nuevo a su asiento. Pero él se niega. El pastor, sin saber qué hacer, se retira con aire avergonzado.

—Gracias a todos por venir —dice papá al fin, levantando de nuevo sus ojos enrojecidos—. Sé que muchos de vosotros habéis recorrido muchos kilómetros para estar aquí.

Hombros hundidos. Piernas rectas. Nosotros respiramos de nuevo. Toby araña con el zapato el suelo de la iglesia.

—Nancy se sentiría enormemente emocionada al ver…

Papá se interrumpe. Está mirando más allá de mi hombro izquierdo, boquiabierto, sus notas empiezan a escurrírsele de los dedos. Todo el mundo mira a ver qué lo ha sobresaltado.

Al fondo de la iglesia, en el banco de los que llegan tarde, una mujer con una casi sonrisa y gesto desafiante disfruta de las miradas curiosas. Supongo que no llevas un pelo así si no quieres que se fijen en ti: rubio platino, retirado de la cara y elegantemente recogido en la coronilla en tirabuzones, la clase de peinado que no se ve al sur del Tamar. Tiene un rostro de rasgos marcados, atractivo más que bonito, con una nariz delgada y un poco curva y ojos azul glaciar, aún más azules por efecto del delineador negro, como el que mamá utilizaba cuando iba a fiestas en Londres. Sobre el hombro de su abrigo negro, como si acabaran de matarlo, lleva una piel de zorro rojo.

La gente chista con más fuerza pidiendo silencio. Papá tarda una eternidad en empezar a hablar de nuevo.

—Se sentiría enormemente emocionada al ver nuestra diminuta iglesia tan abarrotada —dice al fin—. Pero hay algunas mujeres que no pueden evitar cambiar la vida de cuantos conocen…

Papá hace una pausa, tartamudea, mira a la mujer rubia. Toby y yo nos miramos con el ceño fruncido pensando lo mismo: por extraño que parezca, da la impresión de que papá está hablando de otra persona, no de mamá. Y sigue pareciendo eso hasta que papá dice muy rápido:

—Nancy Alton era una de esas mujeres.

7

Lorna

Una mano llena de manchas causadas por la edad surge de la deshilachada ala de la capa de tweed.

—Soy la señora Caroline Alton. —Es la voz más pija que Lorna ha oído en su vida, enronquecida solo por un leve silbido entrecortado—. Encantada.

—Hola —barbota Lorna.

Los artríticos nudillos de la mujer son como pelotas de golf, pero su apretón es firme. Con el rabillo del ojo Lorna ve a Dill volviendo de nuevo al vestíbulo. Ojalá le hubiera advertido de que la señora Alton estaría en la suite nupcial.

—Soy Lorna. Lorna Dunaway —dice tratando de no mirar de forma irrespetuosa.

«Los huesos no envejecen», decía siempre su madre. Los de la señora Alton no; es sin duda la guapa mujer del retrato del vestíbulo. Pero ahora su rostro está surcado de profundas arrugas. No son arrugas provocadas por la risa, como las de la difunta abuela de Lorna, el resultado de una buena vida, vivida con alegría. Las arrugas a cada lado de la boca de la señora Alton y la V estampada entre las cejas sugieren que ha tenido una vida privilegiada en un estado de perpetua desaprobación.

—Así que ¿le gustaría casarse en Pencraw? —La señora Alton clava sus ojos, de un azul tenue y variable, en Lorna, unos ojos que miran con dureza en vez de con expresión afable—. Me alegra.

Ese es el momento en el que Lorna debería señalar que solo está considerando esa posibilidad. No lo hace.

—Eche un vistazo como es debido. —La señora Alton se apoya en un bastón de madera con punta metálica, mantiene la espalda bien erguida. La mano que lo sujeta está cuajada de anillos cuyos diamantes brillan de manera apagada a la luz del atardecer—. Dígame qué piensa. Y, por favor, evite las cortesías.

Lorna sonríe con ganas —en su cabeza oye la voz de su madre: «Si no sabes las reglas, ¡limítate a sonreír!»— y echa un vistazo como es debido a la habitación. Los techos son más bajos en la torre que en el resto de la casa; las paredes están empapeladas con motivos florales. La relativa ausencia de polvorienta magnificencia es un alivio, aunque la enorme cama de oscura madera de caoba, con vides y flores talladas en sus cuatro postes, que sin duda impresionará incluso a Jon, supone un pequeño guiño.

—Es preciosa, señora Alton.

—Me alegra que lo piense —señala de un modo que advierte que no se debe pensar lo contrario.

Que la señora Alton viva en este remoto lugar casi sola ahora cobra sentido. Es obvio que no es la clase de anciana (¿setenta y muchos años?) a la que se podría instalar en una cómoda butaca en un asilo junto a un paseo marítimo y apaciguar con bizcocho esponjoso.

—Nada más verla salir del coche sospeché que podría gustarle.

De modo que alguien los había estado observando, piensa Lorna, satisfecha por no habérselo imaginado.

—Bueno, Lorna… —Se toquetea la sarta de perlas, lustradas por el roce de la piel, sobre el cuello de crepé—. Ilústreme. Cuénteme algo sobre usted.

—Soy profesora de primaria en Bethnal Green, en el este de Londres.

—¿Profesora? Oh. La compadezco.

Lorna se queda estupefacta. Ojalá Jon estuviese con ella para luego poder comentarlo todo hasta la saciedad. Además, simplemente desearía que Jon estuviera con ella.

—¿Y su prometido?

—Trabaja para la empresa constructora de su familia —barbota, preparándose para la reacción—. Su pasión es la carpintería —agrega, y se odia por intentar justificarlo, desearía poder expresar lo virtuoso que es Jon, la extraordinaria destreza de sus enormes manos, cómo sus dedos leen la veta de la madera como si fuera braille.

—¿Carpintero? —La señora Alton da un golpe en el suelo con el bastón y se vuelve hacia Dill—. Esto podría resultar muy útil, Endellion, muy útil. Dios mío, siempre necesitamos carpinteros.

Dill dirige una sonrisa de disculpa a Lorna y baja la mirada a sus pies.

—Acérquese, querida. —La señora Alton gesticula hacia Lorna con un largo dedo torcido hacia la izquierda y cuajado de joyas.

Lorna titubea un segundo, luego se acerca. Algo en la señora Alton convierte la desobediencia en una perspectiva nada atractiva.

Sin previo aviso, el bastón resbala y cae al suelo. Lorna se agacha a recogerlo y se lo devuelve con una sonrisa.

—Maldito trasto —dice la señora Alton, colocándolo de nuevo a su lado—. Tengo mal la cadera, herencia de mi época en las pistas de esquí. Una verdadera lata. ¿Esquía usted?

—Oh, no. En realidad, no —responde Lorna; no se atreve a mencionar el tiempo que pasó en una pista para principiantes en Austria hace dos años, superada por críos de tres años.

—Vaya, ese vestido… —murmura la señora Alton con suavidad.

Ladea la cabeza, trata de ubicarlo. Al estar tan cerca, Lorna capta un desagradable matiz dulzón en su aliento.

—Me recuerda a algo.

—Bueno, es vintage —explica Lorna con ganas, siempre contenta de hablar de trapitos, apretujando el amarillo algodón entre los dedos. El algodón moderno no se arruga igual. Tampoco tiene la caída adecuada. Para conseguir esa calidad ahora hay que pagar cientos de libras, cosa que ella jamás podría permitirse—. De finales de los sesenta, me dijo la mujer de la tienda.

La señora Alton parece pasarlo bien.

—¿Finales de los sesenta? Qué elegante. ¿Le gusta la ropa antigua?

—Suelo rebuscar en las tiendas solidarias. Supongo que soy de esas personas a las que les gustan las cosas antiguas.

—Bueno, seguramente eso está muy bien, ¿verdad? —dice la señora Alton con ironía.

—Oh, no. —Lorna espera que la señora Alton entienda que se refiere a la casa, no a la dueña—. Quiero decir que…

—Lo curioso es que uno asume que la vida es lineal —la interrumpe la señora Alton con un suspiro teatral. Empieza a caminar hacia la ventana (postura perfecta salvo por una ligera cojera), el bastón golpetea en el suelo de madera—. Pero, claro, cuando te haces mayor, tan anciana como yo, te das cuenta de que la vida no es lineal, sino circular, y que morir es tan difícil como nacer, que todo retorna al punto que crees que habías dejado atrás hace mucho, mucho tiempo. Como las agujas de un reloj.

—¿De veras?

Lorna no tiene la más mínima idea de qué está hablando. Pese a todo, cree que se subestima enormemente a los ancianos y que demasiadas veces solo los niños y los ancianos dicen la verdad. Pero hay que pararse y escuchar.

—Las modas siempre vuelven. —Sus ojos recorren el vestido de Lorna de arriba abajo—. Los acontecimientos. Las personas. Pero todos nos creemos únicos. Usted lleva ese vestido sin pensar en su vida anterior.

Lorna es demasiado educada para decir que a menudo se pregunta por sus objetos vintage, por quién los llevó, si siguen vivos. También es conocida por inventarles biografías, algo que a Jon le parece hilarante.

—Dado que nunca aprendemos de quienes vinieron antes que nosotros, estamos todos condenados a repetir los errores —añade la señora Alton de forma cansada—. Una y otra vez. Como ratones en la jaula de un científico. —Mira por la ventana, como si se hubiera olvidado de que allí hay alguien más.

Lorna mira a Dill en busca de alguna indicación, alguna señal de que haya llegado el momento de marcharse, pero Dill solo le ofrece una sonrisa nerviosa y aparta la vista.

Son una pareja muy rara. Y este es un día rarísimo, decide Lorna. Uno de esos días increíblemente surrealistas que se presentan de forma inesperada en una vida corriente, sin ninguna relación con nada que haya sucedido antes ni que vaya a pasar después.

—¿Y para cuándo debemos esperar el primer pago, querida? —La señora Alton se da la vuelta, sonriendo de verdad por primera vez y dejando a la vista unos dientes particularmente pequeños, del color del marfil viejo—. En efectivo.

—Oh. —Lorna se queda aturdida. Pensaba que la gente pija no hablaba de dinero.

—Espero que no la incomode que mencione el dinero.

—No, no, en absoluto. El caso es que yo… adoro esta casa, señora Alton, de verdad que sí. Es maravillosa, muy diferente a cualquier otro lugar en el que haya estado. Pero mi prometido aún no está convencido… Antes tengo que hablar con él —parlotea, siente una oleada de calor en el rostro.

—¿Hablar con él? —repite la señora Alton, parece desconcertada—. ¿Usted, una chica moderna?

—En realidad se trata de los pequeños detalles. —Lorna inspira hondo y se dice a sí misma que no debe dejarse intimidar—. Necesitamos algo más de información, eso es todo.

—¿In-for-ma-ción? —enuncia la señora Alton, como si la mera idea fuera ridículamente burguesa. El labio se le engancha en un diente seco durante un instante—. ¿Qué clase de información podría necesitar?

—Mmm, ¿dónde tendría lugar la recepción, el baile, el catering? —Se lleva las manos al pelo y lo enrosca, le embarga una oleada de inseguridad bajo la mirada fija de la señora Alton—. Ese tipo de cosas.

—¡Pero hay muchísimas habitaciones! Podrían celebrarse cuatro bodas a la vez y nunca tropezarse unas con otras. —Lanza una mirada fulminante a Dill—. ¿Hay alguna tarea en el mundo que no consigas estropear?

—¡Oh, no me malinterprete! Dill nos ha hecho un recorrido

fantástico —se apresura a decir Lorna, con la esperanza de no haberle causado problemas. El encuentro se está torciendo con rapidez—. Pero hemos llegado muy tarde y el tiempo se nos ha echado encima.

En ese preciso momento suena con brío el claxon del vehículo que espera abajo. La señora Alton mira a Dill con expresión hosca.

—No es posible que tengamos otro visitante. ¿Hay una multitud a las puertas?

—Oh, no. Es Jon. —Lorna se retuerce las manos, no sabe cómo despedirse con elegancia y teme que él pite de nuevo si no se da prisa—. Muchísimas gracias por tomarse la molestia de enseñarme la suite nupcial.

Al sentir que puede estar a punto de perder a su primer cliente, la señora Alton cambia de táctica en el acto.

—Endellion me ha dicho que le encantaría saber más acerca de la casa.

Dill asiente con entusiasmo en el rincón.

—Bueno, soy curiosa —aduce Lorna, un poco recelosa.

—Excelente. Me gustan las mentes inquisitivas. No hay muchas por aquí, como puede ver.

Ladea la cabeza, está pensando en algo. Una gaviota grazna y pasa por delante de la ventana.

—La solución es obvia. Deben venir y quedarse. Así podrán reunir toda esa… información que parecen necesitar antes de pagar el depósito. —Aprieta los dientes—. Debo tener ese depósito.

—No sé qué decir. Es… es muy generoso por su parte, señora Alton. Pero…

—No es en absoluto generosidad —replica la señora Alton restándole importancia con un gesto de la mano; los diamantes dejan una estela de luz—. Todo lo contrario. Es imperativo que consiga que este negocio de las bodas despegue si quiero que la casa siga en manos privadas, que tenga algún futuro. Y eso es lo único que me importa. La casa. Oh, y el perro también, claro.

Lorna ríe nerviosa.

La señora Alton sonríe.

—Lorna, va a ser usted mi conejillo de Indias.

—¿En serio?

Cada segundo que pasa se siente más confusa. ¿De verdad acaban de invitarla a quedarse allí?

—No soy tonta, Lorna. —La señora Alton enarca una de sus mal perfiladas cejas—. Soy muy consciente de que las tarifas para semejante casa, aun teniendo en cuenta su estado decorativo, son bastante modestas.

Lorna se sonroja; había dado por hecho que la señora Alton y Dill no tenían ni idea de cómo estaba el mercado.

—Pero, como estoy segura de que usted también sabe, es difícil conseguir reservas hasta que no hay ciertas evidencias de éxitos anteriores. Tal es la agobiante inquietud de las parejas modernas. No obstante, veo que es usted una mujer joven con imaginación, estilo y... —Ahora hay cierta picardía en sus ojos— coraje.

Aunque sabe que no es más que pura adulación, Lorna no puede evitar emocionarse ante la idea de que es una mujer joven con coraje. Es una palabra pasada de moda pero maravillosa. Toma nota de compartirla con su clase cuando llegue septiembre.

La sonrisa de la señora Alton se endurece.

—Yo ya no estoy hecha para soportar el suspense. Dígame, ¿va a ser mi invitada?

Las ganas de responder que sí son casi abrumadoras.

—Lo siento, cariño, no hay forma de que pueda quedarme en Toad Hall este mes —dice Jon bromeando con el nombre de la mansión mientras acelera por el camino de entrada; la gravilla sale despedida de debajo de las ruedas. Es una noche clara y huele a lluvia, a hierba y a cielo ventoso con grandes nubarrones—. No puedo ausentarme más tiempo del trabajo, y menos con este gran proyecto nuevo en Bow...

—No te preocupes. —Lorna suspira; hurga entre los cachivaches de la guantera en busca de los caramelos de menta. Después de tantas escaleras está famélica—. Se lo pediré a mi hermana.

El ambiente en el coche se tensa un poco. Continúan en silencio durante unos minutos. Cuando llegan al final del camino de entrada, Lorna mira el maltrecho letrero esmaltado en blanco de la casa —atrapado en los arbustos, como un pañuelo perdido que ha de devolverse a su dueño— y siente anhelo y frustración. Está segura de que ahora que ha visto de nuevo Black Rabbit Hall no se conformará con otra cosa.

Abandonan el camino lleno de baches y entran en la carretera rural. Tras la espuma del pasto verde, los campos de cultivo comienzan a pasar con rapidez. Torres de alta tensión, visibles señales viales, casas de piedra en el valle; todo devuelve la sensación de normalidad, el cambio de un mundo a otro. Jon se relaja en su asiento.

—¿Se me permite señalar ahora que Black Rabbit Hall es una auténtica locura? Más o menos como estar atrapado en una canción de Kate Bush.

—Es un poco excéntrica —reconoce Lorna desenvolviendo un pegajoso caramelo de menta—. Pero me encanta.

Las comisuras de la boca de Jon se elevan en una sonrisa.

—¿Igual que te encantan los mercadillos y las tiendecitas polvorientas que huelen a pis?

Ella le tira el envoltorio y ríe.

—¡Las tiendas vintage no huelen a pis!

—Al menos en una tienda solo te gastas unas pocas libras en una prenda con las costuras medio descosidas. —Cambia de marcha con excesiva brusquedad. Lorna siempre sabe cuándo le cambia el humor por la forma en que cambia de marcha. Está molesto por algo—. Y luego está el asunto menor de las ratas y de ese asqueroso chucho que compraron para atraparlas, preciosa.

—Oh, en el campo hay ratas en todas partes —replica de manera taxativa, aunque no tiene ni idea de si es cierto o no.

—Justo lo que quería en mi boda. Una pizca de peste bubónica.

Lorna desenvuelve otro caramelo de menta y se lo coloca a él entre los labios, roza su barba incipiente y empuja el dulce con algo más de fuerza de la necesaria. Él le muerde el dedo, lo captura en su boca. Lorna siente el borde serrado de sus dientes, casi duele, pero no, el calor de su lengua se enrosca en su dedo y algo empieza a encogerse en su interior. Él la mira un instante y sus ojos chispean, y es esta abrasión, esta tensión, lo que siempre ha hecho las cosas tan excitantes. Son personas tan diferentes —Jon es estable, considerado, capaz de simplificar cualquier situación; ella, impulsiva, intuitiva, dada a complicarlo todo demasiado— que la mayor parte del tiempo se equilibran mutuamente a la perfección. Pero otras veces, las raras ocasiones en que discrepan en algo, en algo importante, da la impresión de que esos desacuerdos podrían separarlos.

Él vuelve a mirarla y libera su dedo. Lorna se gira para mirar por la ventanilla, molesta por su propia excitación.

—Lorna, sé que te encanta esa casa. Me gustaría que a mí también me encantase.

—Ya has decidido que no.

Jon enciende la radio, gira el botón plateado, trata de relajar el ambiente. Pero el himno de la música dance vibra. Lorna baja el volumen, un contraataque mudo.

—Lo que digo es que con tu sobrino a cargo de la boda nos iría mejor que con Dill.

—No es justo. Me cae bien Dill.

—A mí también. Pero está claro que ha estado vaciándole el orinal a la señora Alton durante los últimos mil años y parece que apenas ha conocido a otro ser vivo, y mucho menos supervisado una boda. —Baja la ventanilla, deja que penetre la cálida y húmeda noche—. Si quieres mi opinión, si los servicios sociales no están llamando a su puerta es solo porque son pijas.

El aire aviva de nuevo el entusiasmo de Lorna.

—¡Oh, olvídate por un momento de Dill, de la señora Alton y de todo lo demás! —Cierra los ojos y nota cómo el pelo le golpetea el cuello—. ¡Imagina la casa llena de gente bailando! ¡Los jardines iluminados! Los críos…

—… haciendo pedazos las antigüedades. Perdiéndose en el bosque —dice él con mordacidad.

—La casa necesita un poco de vida, un poco de amor, eso es todo, Jon.

—Y como mínimo quinientas mil libras en reparaciones. Los jarrones no eran decorativos.

—Oh, a nadie le molestarán las viejas goteras. —Bueno, solo

a la madre de Jon, Lorraine, una matriarca glamurosa, una fuerza de la naturaleza (botox, BMW descapotable, un gran corazón), que nunca se corta a la hora de quejarse a los responsables de las cafeterías si hay papel higiénico en el suelo del aseo de señoras o una mancha en una copa de vino. Había crecido siendo pobre como una rata, y ahora, que ya no lo es ni por asomo, desprecia por cuestión de principios cualquier cosa que carezca de lujo y que no sea del todo impecable—. Les encantará algo diferente.

Él sonríe.

—Desde luego será diferente.

—Jon, es la casa. La que mamá y yo visitamos. Hasta papá cree que lo es —añade, adornándolo solo un poco.

—Tu viejo, bendito sea, toda una fuente creíble al cien por cien de información fiable. —Baja aún más la ventanilla, apoya el codo en el marco.

—Black Rabbit Hall tiene alma. Eso es lo único que importa —dice Lorna, rotunda.

—También tiene putrefacción fúngica —bromea Jon al tiempo que adelanta a un renqueante Ford Corina con las luces antiniebla encendidas y escupiendo humo negro por el tubo de escape—. Y no me imagino pagando por el privilegio de sentirme como un ricachón por un día, gracias.

Por ridículo que parezca, Lorna se siente al borde de las lágrimas, consciente de lo estúpido e inmaduro que es llorar por el lugar donde celebrar una boda, nada menos, pero incapaz de contenerse. Además, no es ambiciosa, no en ese sentido. El esnobismo de su madre, tan fuera de lugar, su costumbre de decirles a las madres de las amigas de Lorna que su marido dirigía un «servicio de coches para ejecutivos», en lugar de que conducía un taxi negro, a su hermana y a ella siempre les resultó humillante.

—Lo siento. —Jon estira el brazo, le sube el bajo del vestido amarillo y posa una mano en su rodilla desnuda, con la vista fija en la carretera—. Sé que Cornualles es… —La mira y vacila, escoge las palabras con cuidado— especial para ti.

—No intentes ver lo que no hay, Jon —se apresura a advertirle ella. Sabe lo que él trata de insinuar y no quiere que vaya por ahí—.

Solo creo que la casa es asombrosa, el lugar perfecto para una boda, para nosotros.

Continúan en silencio durante un rato mientras los verdes campos se desdibujan en cuadrados de color grafito con la oscuridad; su cómoda intimidad está un poco alterada. Al cabo de un rato, Jon se detiene en una intersección y se vuelve hacia ella con una mirada llena de afecto e imposible de evitar.

—Lorna, solo quiero que nos casemos, eso es todo. —Adopta un acento londinense, lo que siempre la hace sonreír—. Que tú seas mi parienta.

—¡Lo seré!

—Y que la boda trate de ti y de mí.

—Siempre se ha tratado de eso.

Jon se aparta su rubio pelo de la cara. La tensión entre ellos es palpable.

—Entonces, ¿por qué tengo la sensación de que en cuanto entramos en esa casa se trató de algo más?

—No sé de qué… —Se interrumpe. Sí hay algo más, algo irracional, ineludible, una atracción que no comprende. No sabe cómo explicarlo.

—Es igual —dice Jon, como si le leyera el pensamiento—. Simplemente, regresemos, ¿vale? —Pisa el acelerador.

Lorna se retuerce bajo el cinturón de seguridad con la esperanza de atisbar la casa en la lejanía. Pero ya no se ve. Los kilómetros pasan con rapidez, el cielo se oscurece y una densa niebla cubre los setos, arremolinándose en los haces de luz de los faros. Pero así como los sueños vívidos pueden raer el nítido borde de las horas de vigilia, Black Rabbit Hall permanece con Lorna esa noche y los días posteriores; el olor a cera; el zumbido del globo terráqueo; el sabor del pasado, salado y adictivo, en la punta de la lengua.

8

Amber,
agosto de 1968

—Esta casa necesita la mano de una mujer de nuevo —dice Peggy en voz baja, como son las voces cuando se adentran en el incómodo territorio de la madre muerta—. Eso es lo que necesita. Dios, dejemos entrar un poco de aire y de luz aquí, ¿de acuerdo? Han pasado cuatro meses, que Dios la tenga en su seno, y el señor Alton aún mantiene el vestidor de Nancy como un mausoleo. Me pone los pelos de punta.

Las cortinas tintinean a lo largo de la barra. Un delgado rayo de luz se cuela por el borde de las puertas. Me acurruco dentro de un abrigo ribeteado de pieles y me aprieto contra el fondo del armario. Siempre me ha encantado el armario de mamá, las patas cual gigantescas garras que parece que vayan a empezar a moverse con pesadez por la habitación en el momento menos pensado, sus abultadas entrañas repletas de vestidos de seda, pieles (marta cibelina, visón, zorro), la precaria columna de sombrereros circulares, el cachemir apolillado. Es el último lugar de la finca que todavía huele intensamente a mamá; el ceroso perfume del carmín rojo en su estuche dorado con forma de bala, el viejo cuero curtido, el olor a masa de pan de su piel por la mañana antes de que se duchara. Ella lo entendería; solía olernos todo el tiempo. Pero sospecho que Peggy y Annie pensarían que es raro —y papá no quiere que ninguno de nosotros hurgue en sus recuerdos—, así que me quedo sentada muy quieta y procuro no hacer ruido.

—La casa parece tan oscura estos días… —prosigue Peggy; aspira aire entre los dientes—. Oscura y estancada por muchas ventanas que abra.

Yo también me he dado cuenta de eso. Sin la luz de mamá, sin su etérea presencia, Black Rabbit Hall parece pesada y silenciosa, demasiado vieja y cansada para moverse.

—Bueno, los niños no están ayudando —dice Annie, que cree que Peggy está criticando su limpieza—. Podría formar una duna solo con la arena que hay en la alfombra de la escalera. Y no paran de dejar barro por todas partes. Sus cuartos de baño parecen un lodazal. No me pagan lo suficiente, Pegs. De verdad que no.

—Vamos, Annie… —Ahora Peggy parece irritada—. No es el momento.

—Nunca había visto niños que se asilvestraran tan rápido. Parecen salvajes. Y son salvajes, Peggy, más salvajes de lo que debería ser cualquier niño temeroso de Dios, y más aún en una buena familia como los Alton. En el pueblo todo el mundo cotorrea sobre ello.

—Bueno, pues que cotorreen. —Oigo un quejido de muelles que solo puede significar que Peggy se ha sentado en el diván azul celeste de mamá situado junto a la ventana—. Si no tienen nada mejor que hacer que cotillear sobre unos desdichados niños que han perdido a su mamá…

—Solo digo que no son los niños elegantes de ciudad que se apearon de ese tren de Londres a comienzos del verano, eso es todo —farfulla Annie en voz baja.

Se oye el susurro de un paño de pulir sobre la madera.

—No. —Peggy suspira—. No lo son.

Solo recuerdo vagamente aquel día de principios de julio; saliendo de Paddington por la mañana, el vaivén de la mugrienta puerta del tren por la noche, Toby dejando su maleta en la plataforma bañada por el sol. Ya hace una vida de eso.

Tras el funeral de mamá, papá decidió que lo mejor para todos nosotros era seguir como si nada hubiera pasado. Al día siguiente,

Toby se marchó al internado como de costumbre; Kitty, Barney y yo regresamos a Fitzroy Square y al colegio, en Londres. La realidad alternativa de ese tercer trimestre no tardó en imponerse, con nuestras vidas rotas sujetas por ceñidos calcetines blancos y las diligentes rutinas de la niñera nueva, Meg, seria y con un mechón de pelo de color gris, como un tejón, y que no para de decir «Vamos, tranquilos, todo va a ir bien», cuando está claro que no es verdad.

Al volver la vista atrás a ese trimestre no estoy segura de que en realidad fuera yo la que, sentada al pupitre, levantaba la mano como un rayo para responder a preguntas sobre Próspero y la ósmosis con el fin de demostrar que era la misma estudiante brillante y que nada había cambiado, o debatía con Matilda acerca de los méritos de los diversos caramelos de la tienda de chuches del colegio, como si aún viviera en un universo en el que los caramelos fueran importantes. Creo que era alguien que hacía de mí; yo estaba hecha un ovillo en alguna otra parte, con las manos sobre la cabeza, tratando de protegerme de la insoportable tristeza que se abatió sin avisar, con las garras ensangrentadas y extendidas.

Al menos los días pasaban con rapidez, se desvanecían tan pronto como llegaban, sin dejar nada; todo parecía intrascendente, sin sentido, y yo echaba muchísimo de menos a Toby. En un abrir y cerrar de ojos llegó la fiesta escolar de fin de trimestre; banderines con la Union Jack, grandes fresas con una pizca de nata, un agudo pitido de salida y la feroz carrera de las madres, con vaporosos vestidos de tonos pastel y los pies descalzos —pero mi madre, que siempre ganaba la carrera de madres, tan ligera y grácil como una cierva, ya no—, y el tercer trimestre terminó. Era hora de volver a Black Rabbit Hall para las vacaciones de verano. Porque eso es lo que hacen los Alton a principios de julio. Y nada debe cambiar.

Hasta me permití creer que no lo haría, que Black Rabbit Hall tenía tal capacidad de inercia que regresaríamos a los días previos a la tormenta y mamá aún estaría allí, con las cuentas del biquini rebotando contra su cuello mientras corría a meterse en el mar dando gritos de alegría.

Tumbada en mi cama en Fitzroy Square, contando los días que quedaban para marcharnos a Cornualles, trataba de evocarlo todo; el ruido de las tuberías, la sensación de enormidad, de seguridad. Pero cuando volvimos aquí no fue lo mismo. No quedaba nada de aquella sensación de seguridad, solo una desquiciada y desenfrenada libertad.

—Su madre no apoyaría todo este vagabundeo por el campo desde que amanece hasta que anochece —dice Annie, sacándome de mis pensamientos—. Ni siquiera una estadounidense lo haría, Pegs.

Me dan ganas de gritar que a mamá no le importaría lo más mínimo. Era ella quien nos despertaba para que viéramos el rojo amanecer y hacía que nos sentáramos, bostezando, con los ojos adormilados, quejándonos aunque contentos, envueltos en mantitas en el coche, mientras bebíamos chocolate caliente de un termo.

Luego dudo de mí misma; cada vez me cuesta más saber qué pensaría ella. O recordar su cara, su cara real, no la cara de una fotografía. Recuerdo cosas aleatorias con más nitidez: una miguita de galleta pegada en sus labios pintados mientras sonreía, las pecas que adornaban su nariz. Otras veces, cuando estoy dormida, oigo su voz con tanta claridad —«Cariño, ¿me echas una mano en el establo?»; «¿Tortitas o bollos? Peggy quiere una respuesta»— que me despierto sobresaltada, segura de que ella está en la habitación. Pero no está. Nunca está.

Hace ciento veintitrés días estaba viva. Y envejecía. Ahora ya no envejecerá más. En abril habría cumplido cuarenta y un años. (La imaginaba con el vestido color bronce, el que se ponía con los pendientes de ojo de tigre, que hacía que su cabello pareciera fuego y sus ojos tan verdes como la lechuga.) Plantamos un sicómoro en Fitzroy Square y encendimos una vela en una tarta rosa adornada con una diminuta bandera de Estados Unidos en un palillo. Cuando nos alejamos, con la boca llena de glaseado y bizcocho, me pregunté cuántos cumpleaños suyos celebraríamos; los cumpleaños de la gente muerta no se acaban nunca. ¿Dejaremos de hacerlo cuando llegue a la edad adecuada para morir? Como los ochenta. O los setenta y cinco. Papá no respondió.

Toby y yo cumplimos quince años en mayo. No podíamos enfrentarnos a una fiesta, así que papá nos llevó al cine en Leicester Square. Salimos de la oscura sala llena de humo sin ser capaces de recordar qué acabábamos de ver. No les dije a ninguno de mis amigos que era mi cumpleaños, salvo a Matilda, porque bastante incómodo es ya ser la Chica Cuya Madre Murió —el director del colegio hizo una reunión especial, mortificante— y no quiero llamar más la atención.

Pero llamo la atención fuera del colegio. Cuando voy por la calle, los hombres me miran mucho más que antes. En el fondo me gusta bastante. Pero la semana pasada Toby intentó pegarle a uno, un chico larguirucho de ojos saltones que fumaba apoyado contra la roja cabina telefónica del pueblo.

Cambio de posición, intento ponerme cómoda, y me doy cuenta de lo mucho que me han crecido las piernas, piernas de flamenco que al doblarlas me llegan a la barbilla. También soy dos centímetros y medio más alta; Toby dobla eso. Por fin llevo un sujetador de verdad. (Nunca he echado tanto de menos a mamá como cuando me costó tanto quitarme la camisa en el sofocante probador de Rigby & Peller observada por Meg, la nueva niñera.) Tener al fin cuerpo de mujer es un alivio porque por dentro ya no me siento una niña. «No puedes sentirte una niña si no tienes madre», le dije a Matilda. Las generaciones saltan como meses en un año bisiesto. Tienes que madurar.

Barney y Kitty tampoco tienen madre, solo un agujero donde ella solía estar. Y, en mi calidad de hermana mayor, he de procurar llenarlo.

Se me dan de pena todas las cosas propias de mamá —los cuentos antes de dormir, besar rodillas heridas, deshacer enredos en el fino cabello de un niño pequeño—, pero intento imitar lo que ella hacía y espero que eso sea mejor que nada. Me acordé de dejar una moneda debajo de la almohada cuando a Barney se le cayó un diente de leche. Tapé con una manta el caballito balancín gris de lunares porque le recordaba a Knight y le hacía llorar. Volví a meter el relleno en el cuello de Muñeca de Trapo cuando se salió por las costuras, acepté el ritual de acostarla en la cuna y arroparla bajo sus sábanas de encaje. Me preocupa que Kitty esté demasiado alegre —«Preocuparse es tarea de una madre»— y que no entienda el cariz irreversible de la muerte; ayer me la encontré llevando a Muñeca de Trapo por el establo en busca de mamá. Me preocupa que Barney se haga pipí en la cama o eche agua caliente en el hormiguero de la terraza. Hablo con papá de por qué puede haber pasado a ser el último de su clase y de por qué moja la cama y papá farfulla que no sabe qué haría sin mí. Y eso hace que me sienta orgullosa pero muy nerviosa. Hace que quiera apartar a mis hermanos y abrazarlos con fuerza al mismo tiempo. Y a veces me hace llorar un poco. En esas ocasiones, esas en las que es como si me hubieran arrancado el corazón con una cuchara de helado, me cuelo en este armario y finjo que los pañuelos de seda colgados son la larga melena de mamá.

Vine aquí cuando Boris apareció en el desayuno con el cepillo de madera Mason Pearson de mamá entre los dientes. Todavía tenía cabellos cobrizos de ella. Siempre vengo en una rápida visita las noches en que me despierto y durante unos dichosos instantes he olvidado que mamá está muerta, y luego recuerdo. O cuando abro la puerta del salón esperando ver sus pies con medias sobre el escabel, pero ya no están allí y mi cerebro retorna a lugares oscuros. ¿Cómo serán ahora sus pies? ¿Una bolsa de huesos marmórea, de blancas articulaciones, como las que Toby tiene en su colección?

Cuando más tiempo he tenido que pasar aquí sentada durante estas vacaciones de verano fue en la primera semana; una mañana Peggy empezó a tirar todas las cosas de la despensa que quedaban de la última vez que estuvimos aquí —en Semana Santa—, lo que significaba tirar las cosas que comimos cuando mamá estaba viva. Toby también se puso como loco con eso. Pero Peggy se empeñó en que nos sentarían mal, y eso que ella ni siquiera quita el moho de la parte de arriba de la mermelada y odia desperdiciar nada. Se trataba de otra cosa.

Por suerte Toby rescató para mí un pequeño frasco medio vacío de Bovril del cubo de la basura. Ahora lo tengo bien escondido en el cajón de la ropa interior. Desenrosco el tapón para oler los sándwiches que mamá y yo comíamos las relajadas y felices mañanas de los sábados. La chica que fui —callada y segura de sí misma, confiada y llena de certezas— se encuentra en algún lugar de ese pastoso y negro frasco.

Toby también es diferente. Ahora se enfada muchísimo y antes no; está enfadado con mamá por haberse muerto; conmigo por no ser mamá; con Peggy por no ser mamá; con Barney por perseguir conejos ese día; con Barney porque ya no persigue conejos; con papá por encerrarse en sí mismo; es como si papá hubiera sufrido un corte de corriente y aún estuviéramos esperando que alguien lo arreglara. No me gusta demasiado estar cerca de Toby cuando está enfadado porque me contagia.

Pero a veces aún puedo ver al antiguo Toby; me resulta más fácil ver a mi antiguo Toby que a mi antiguo yo. Creo que a él le ocurre lo mismo pero al contrario. Y todavía nos reímos de cosas estúpidas. Parece desleal reír estando mamá muerta. Pero si no lo hacemos es peor. Tenemos fugaces e inesperados estallidos de estúpida felicidad que surgen de repente, ascuas calientes que caen en tierra mojada. Así que todo es posible; eso era lo que siempre decía mamá. Bueno, la mayoría de las cosas. No voy a ir a buscarla al establo como hace Kitty.

Me da un calambre en la pierna y al estirarla golpeo el suelo del armario con un zapato.

—¿Qué ha sido eso? —dice Peggy—. ¿No has oído algo, Annie?

Me quedo inmóvil, con el corazón en un puño, preguntándome cómo narices explicarlo.

—No estoy segura.

—Esos puñeteros ratones otra vez.

Acallo un suspiro de alivio con las manos ahuecadas.

—¿Qué estaba diciendo? Ah, sí. Le he dicho educadamente al señor Alton que hay que meter en cintura a los chicos. Sobre todo a Toby. La semana pasada durmió en el bosque, en una cama hecha de ramas. ¿Lo sabías?

—Mejor él que yo. ¿Qué ha dicho el señor Alton?

—Que Toby ha sido un auténtico incordio, ha tenido todo tipo de problemas en el internado, y que si es feliz y, para variar, no se mete en líos, lo dejemos en paz. Y, ah, sí, he almidonado las camisas blancas del señor Alton para su viaje a París.

—Parece que solo quiere quitárselos de encima, Pegs.

El estómago se me encoge. ¿Es eso cierto? No puede ser.

—Esos críos son como pequeñas hormigas.

—Pero Barney se ha desinflado como una tortita. Toby, bueno… —A Annie se le entrecorta la voz.

—Toby se tranquilizará —dice Peggy con firmeza—. Amber se encargará de ello.

—Amber es demasiado joven para todo esto, Pegs.

—El tiempo lo cura todo. Debemos recordarlo.

Todo el mundo dice eso. O, peor aún, dicen: «Con el tiempo te sentirás mejor…». Es como prometerle a alguien que ha perdido una pierna: «Con el tiempo te crecerá otra». Además no quiero sentirme mejor. No quiero olvidar jamás a mamá.

—Bueno, esperemos que el hombre tenga el buen juicio de volver a casarse —dice Annie—. Y rápido.

—¿Volver a casarse? —grazna Peggy.

—Todo el mundo habla de eso en el Ancla, Pegs. ¿Cómo va a lidiar con cuatro chicos sin una esposa? Necesita desesperadamente una esposa.

Estrujo un puñado de piel y hago esfuerzos por no gritar: «¡Papá jamás volverá a casarse porque nunca encontrará otra mujer como mamá!». La abuela Esme me ha dicho muchas veces —ya ha adquirido categoría de leyenda familiar— que había presentado a papá a toda clase de inglesas adecuadas, «vestidas de forma irresistible para una buena temporada de caza de maridos». No se comprometía con ninguna de ellas. «Tu padre frustró a muchas jóvenes decididas, el muy granuja.» Los ojos de la abuela siempre se iluminan cuando llega a nuestra parte favorita de la historia, cuando papá conoce a la hija de un terrateniente estadounidense con el cabello del color de las amapolas y una risa muy poco apropiada en una fiesta. Ahí se acabó todo. «Era como un cachorrillo enfermo de amor», dice, meneando la cabeza de modo que le tiembla la papada. «Ni el abuelo ni yo pudimos hacerle entrar en razón. Le dijimos que ninguna chica estadounidense podría lidiar con la dureza de la vida campestre en Cornualles.» En este punto de la historia me besa la frente y finaliza: «¡Qué equivocados estábamos! Me alegra tanto que no nos hiciera ningún caso... Me alegra muchísimo». Pensar en la abuela hace que la eche de menos un montón. Es demasiado mayor para venir a Black Rabbit Hall con tanta frecuencia como antaño.

—Bueno —dice Peggy con voz aturullada—, tendrá que ser una mujer valiente para hacerse cargo de esta vieja casona.

—Tú tienes una cara muy bonita, Pegs.

—¡Annie!

—Ya, él necesita una versión sofisticada de ti, ¿no es así? Alguien práctico. Maternal. ¡Oooh, Pegs, te estás poniendo roja!

Sonrío contra la marta cibelina. Ridículo. Las dos son completamente ridículas.

—En serio, Annie. Si alguien te oyera.

—Bueno, ¡seguro que él no pisa a su pareja en el baile del pueblo! Ni apesta a sardinas.

—Ya vale, Annie.

—Tampoco es la clase de bruto que planta a una joven en el altar.

—Annie, por el amor de Dios...

Percibo el pesar y la ira en su voz y entonces me doy cuenta de que la historia que me contó Toby sobre su pasado es cierta. Oh, pobre Peggy.

—Perdona, Pegs. Perdona. Solo intento decir que nuestro señor Alton no va a seguir viudo mucho tiempo, acuérdate de mis palabras. Oh... caramba. —La vergüenza titila en su voz—. ¡Toby! Solo estábamos... solo estábamos ventilando el vestidor de tu madre...

—Estoy buscando a Amber. —Por la aspereza de su voz sé que él también ha escuchado el final de la conversación—. ¿Habéis visto a mi hermana?

—Llevo siglos buscándote.

Toby está de pie junto a la ventana de mi dormitorio. Se rasca su fibrosa pantorrilla con una uña del pie. Tiene la planta dura y sucia. Hace semanas que ninguno de nosotros lleva zapatos. Todavía tiene salpicaduras grises del barro del río en las corvas.

—¿Dónde estabas?

—Por ahí.

Me tumbo en la cama, tiro hacia abajo del minivestido de estopilla de mamá para cubrirme las piernas y finjo leer la carta de la tía Bay. (Me la sé casi frase por frase, ya la he leído cinco veces.)

Necesito un lugar que sea mío.

Inquieto y arisco hoy, con el pecho desnudo y unos pantalones cortos rotos, apoya las manos en el marco de la ventana y se inclina hacia delante como si se preparara para una pelea, elevando los omoplatos en su bronceada espalda cual alerones. Tanto nadar y escalar lo han hecho fuerte y delgado, abultando con músculos sus otrora delgaduchos hombros y brazos. Su pelo está enmarañado y rizado, aclarado por el sol y vívido como una hoguera. Annie estaba en lo cierto; tiene un aire salvaje.

—¿Qué dice la carta de la tía Bay?

—Que ha vendido un cuadro. Que ha perdido dos centímetros y medio de cadera con una dieta. Ah, y que consiguió hogar para todos los gatitos en el hotel Chelsea. Eso es bueno, ¿no? Así están cerca unos de otros. Detesto pensar que los separasen…

Toby pone los ojos en blanco, finge que le da igual. Pero a ambos nos encantan las cartas de la tía Bay. Llegan de forma exquisitamente aleatoria; a veces tres o cuatro en un mismo mes —rápidas y efervescentes, con una letra florida que por lo que sea se lee igual que ella habla— y luego guarda silencio durante semanas, lo cual también es típico de su forma de ser.

—De todas formas, pronto vendrá a visitarnos.

—Por favor, Dios mío, no dejes que vaya a nadar desnuda al riachuelo otra vez. —Toby es muy particular respecto a la desnudez. Los dos lo somos. Ahora echamos el cerrojo de la puerta del cuarto de baño cuando nos duchamos—. ¿Dónde están los demás?

—Enredando en el salón de baile.

Toby se agarra al alféizar y levanta los pies del suelo, con las plantas en la pared de abajo, como un nadador que se lanza desde el borde de una piscina.

—Quiero que probemos una cosa, Amber.

No me gusta cuando nos incluye a los dos.

—Te estás cargando el alféizar.

Se baja de un salto, sin apenas hacer ruido.

—Guarda esa carta, ¿quieres? Sé que la has leído cien veces.

La meto entre la cama y la pared para saborearla más tarde.

—Hazme sitio.

Toby se apretuja a mi lado. Noto su piel caliente y seca contra mi brazo; huele a sudor y a mar. Echa una pierna sobre la mía. Es sorprendentemente pesada y me recuerda una vez más que el tiempo ha hecho que nuestros cuerpos, antes parecidos, sean diferentes. Ahora ya nadie puede llamarle mono. Está cambiando muy deprisa.

—Amber —dice al tiempo que apoya la cara en una mano y clava la vista en mí a través de sus ígneas pestañas.

—¿Qué?

—Lapas. Comerlas crudas. De la roca. —Sonríe con su sonrisa de lunático—. ¿Qué te parece?

—Puaj. No, gracias.

—Se pueden comer crudas, en serio. La gente lo hace.

—La gente chiflada.

Se sienta en el lado de la cama, arrugándome el edredón. Yo apoyo un pie descalzo en su regazo, mis dedos se mueven adelante y atrás en la brisa que se cuela por la ventana. Él me agarra el pie, acopla los dedos a mi talón, sin apretar.

—Tenemos que aprender a sobrevivir, Amber.

Otra vez con esto no. Del mismo modo que ahora yo imagino a gente muriendo a todas horas, Toby imagina el fin del mundo de distintas formas. Lee libros sobre la guerra e historias de supervivencia extrema en lugares inhóspitos y agrestes y cada mañana se levanta preparado para enfrentarse a la inminente catástrofe.

—No tenemos que sobrevivir, y mucho menos a base de lapas crudas. Ni de esas ortigas con que preparaste una sopa asquerosa en la hoguera. Si tienes hambre, ¿por qué no robas unas galletas de jengibre de la despensa? ¿O preparas uno de tus sándwiches de palitos salados aplastados o lo que sea?

Toby me mira como si fuera tonta.

—No lo pillas.

Aparto el pie de su regazo y bajo la mano al suelo para buscar a tientas el ejemplar de *Cumbres borrascosas*.

—¿Qué es lo que no pillo?

—Que tenemos que saber cuidar de nosotros mismos, de Kitty y de Barney.

—Claro. ¿Y qué pasa con papá?

—Podría morir.

—No va a morir.

Cojo el libro, lo sostengo encima de la cabeza y desdoblo la esquina de una página.

—Todos morimos. Tenemos que estar preparados para lo peor. Las cosas malas ocurren.

—Las cosas malas ya han ocurrido.

Él menea la cabeza.

—Estoy hablando de cosas peores.

Paso la página con rapidez, aunque no la he leído.

—¿Qué narices puede ser peor?

—No lo sé, pero… presiento que hay cosas peores. Sueño con ello todo el tiempo. Es como… —Veo pasar algo por sus ojos, como una nube, y sé que lo que está pensando, sea lo que sea, es tan real para él como el libro que tengo en las manos—. Un punto negro que se hace más grande. Un agujero. Puede que nos caiga encima un meteorito o algo así.

—¡Un meteorito! —Me chupo el dedo, preparada para pasar otra página—. Qué emocionante.

—No te lo tomas en serio. —Se tumba en la cama, con los brazos cruzados detrás de la cabeza, dejando a la vista una húmeda mata de vello rojo en cada axila—. Amber…

—¿Qué?

—¿Me prometes una cosa?

Yo bajo el libro y miro hacia arriba; invierto la habitación en mi cabeza, de forma que el blanco techo se convierte en el suelo y la verde pantalla de la lámpara en un árbol solitario en un campo nevado.

—¿Nos mantendremos unidos pase lo que pase?

—Ese ha sido siempre el trato.

—¿Lo prometes?

—Ya lo he hecho. Uf, Boris.

Boris entra por la puerta arrastrando las patas, mojado y zarrapastroso, como una criatura de barro.

—Siéntate —le digo antes de que se le ocurra subirse a la cama con nosotros.

—Una cosa más —prosigue Toby, que toquetea las sucias orejas de Boris con los dedos de los pies.

—¿Qué?

Una sonrisa lenta curva las comisuras de su boca.

—¿Probarás una lapa?

—Ni hablar. Jamás.

Las lapas no están tan asquerosas como parece, solo más correosas, más arenosas y más vivas. Le digo «Lo siento» cuando me la trago. La próxima vez saquearé la despensa.

—No pongas cara de asco.

Toby sonríe de oreja a oreja. En el fondo está impresionado. Comer lapas vivas no es algo que hiciéramos cuando mamá estaba viva. Pero después de su muerte las pequeñas cosas ya no importan demasiado. No sientes un arañazo en el pie si te has abierto la cabeza. En fin, comeré lapas crudas por Toby.

—Te toca.

Le lanzo la piedra, plana y afilada, y él golpea con fuerza la base de una lapa y arranca su musculoso pie de la roca antes de que tenga posibilidad de agarrarse. Se me pasa por la cabeza que todos nos parecemos un poco a estas lapas, nos aferramos con fuerza a nuestra roca, lo que queda de nuestra familia, cuando la marea intenta tragarnos.

—La tengo.

Se levanta con ligereza, como si no pesara nada. No me extraña que siempre tenga problemas en clase. Es incapaz de estarse quieto más de treinta segundos seguidos.

—Amber. —Kitty se acerca despacio con un tintineante cubo

de conchas recogidas en la orilla de la playa. Mira a Toby perpleja—. ¿Qué haces, Toby?

—Recolectar comida. —Saca la correosa carne de la lapa, la sostiene en la yema del dedo, disfrutando de la masacre, y se la mete en la boca como si tal cosa—. Deliciosa.

Kitty está horrorizada.

—Esa lapa era amiga de Kitty.

—Ya no. ¿Quieres probar una?

Kitty alza a Muñeca de Trapo delante de su cara.

—¡No!

Toby arranca otra.

—¿Tienes hambre, Barney?

Barney finge no oírle y mete un palo en los rocosos bordes llenos de algas marinas de la piscina natural, intenta que salgan peces. En la playa es menos infeliz, lejos del lugar del bosque donde murió mamá. Es el único sitio donde puedes sentir que su antigua alma despierta.

—¿O también eres una chica? —bromea Toby.

Barney, con los ojos llorosos, se obliga a comerse la lapa cruda. Desea la aprobación de Toby, pues sospecha con acierto que Toby le culpa en parte por iniciar la línea de puntos que llevan hasta la muerte de mamá: persecución de conejos, salida de mamá con la pierna y la muñeca débiles, y lo que quiera que pasara de lo que Barney se niega a hablar.

Toby le alborota el pelo.

—Buen chico, Barns.

—¡Puaj! Es asqueroso. Muñeca de Trapo quiere volver a Londres y comer tostadas de canela de Nette. —Kitty levanta la muñeca, raída y muy querida—. ¿Verdad que sí, Muñeca de Trapo?

—Yo no pienso volver nunca a Londres —dice Barney; se aparta deprisa de la piscina natural, no vaya a ser que Toby le ofrezca otra lapa.

—El colegio empieza la semana que viene —digo, recordándomelo a mí misma.

Puede que Toby y Barney quieran seguir en caída libre en Black Rabbit Hall, pero en el fondo yo estoy deseando volver con mis amigos y retomar mis estudios, a la nimia comodidad de la hora impuesta de acostarnos, a las reglas relativas al calzado de calle o de estar por casa y a cepillarme el pelo antes de irme a dormir. Y tener cierta distancia con Toby también, aunque parezca una mezquindad reconocerlo.

—Me esconderé aquí en la cala y nadie me encontrará —aduce Barney.

—Ni se te ocurra esconderte aquí solo jamás. Es peligroso, Barney —le explico por enésima vez. La semana pasada lo pillamos justo a tiempo adentrándose tan contento con una red en el mar revuelto—. El agua sube hasta el acantilado cuando hay marea alta. Te quedarías atrapado.

—¡Sé nadar!

—Ya, pero te arrastra hacia el fondo. Hay corriente.

Barney coge un pequeño cangrejo de una pinza y lo observa agitarse en vano en el aire.

—Bueno, pues me niego a volver a Londres. Es demasiado… —se interrumpe, piensa en ello— pequeño.

Yo sonrío porque sé perfectamente a qué se refiere. Este último verano en Black Rabbit Hall ha sido grande, sin límites.

Nos quedamos sentados en un silencio cómodo durante un rato, arrojando un palo al mar para Boris. Un cormorán negro se estira sobre una roca y despliega las alas. Una nube cubre el sol. La temperatura baja y el mar pasa de un azul claro a un turbio verde oscuro, como un vaso de agua para limpiar los pinceles de Kitty.

—¿Amber? —Kitty se aprieta contra mis piernas, salpicada de arena y congelada.

—¿Sí?

—¿Londres sigue ahí?

—Sí, claro que sí.

—¿Y Nette?

—Nette y la nana Meg y la abuelita Esme. Y tu pequeño dormitorio con las hadas de las flores pintadas en la pared. Todo es como era, Kitty —digo, exagerando un poco.

—No puedo imaginar dos lugares a la vez —replica con aspecto preocupado—. Ya no puedo imaginar Londres.

A veces parece imposible que este lugar y Londres coexistan. Nuestra vida es tan diferente… «El ajetreo diario es un bálsamo», dice papá, lo que significa clases, deberes, visitas a museos; tomar el té en casa de Matilda y de la abuela; visitas al zoológico de Londres, al Museo de Historia Natural, pruebas de zapatos y abrigos, nuestra vida ordenada, concertada, los días abarrotados de cosas que hacer y así disponer del menor tiempo posible para pensar en mamá. Pero aquí, como es natural, la historia es muy diferente. Siempre es diferente en Black Rabbit Hall. Lo remueve todo.

Hay fantasmas por todas partes, no solo el espectro de mamá en el bosque, sino también los fantasmas de nosotros, de cómo éramos en aquellos largos veranos, cuando ella estaba viva y casi nunca pasaba nada: ella enterrando sus largas piernas en la playa, Toby y yo viendo que papá besaba a mamá detrás de una cortina de sustancioso humo de la barbacoa. Cuando llueve, si miro el tiempo suficiente, puedo ver aquellos pequeños momentos atrapados en los goterones que descienden por las ventanas de la cocina, justo antes de desdibujarse en el alféizar. Mamá aparece en extraños lugares.

—Todo estará allí en cuanto bajemos del tren. Oye, estás tiritando, Kits. Ven aquí.

Le sacudo la arena de la piel, la envuelvo en mi chaqueta y apoyo la barbilla en sus esponjosos rizos. Adoro apretujar a Kitty entre mis brazos; está más rellenita que nunca debido a los dulces por compasión. Si no puedo dormir, me meto en su cama, donde ella todavía duerme como un bebé, hecha un ovillo y con el trasero en pompa. La mayoría de las veces al despertarme me encuentro a Toby en el raído sillón de cuadros escoceses de enfrente, como si hubiera estado contemplándonos y también se hubiera quedado dormido.

—Londres sigue allí —repite Kitty justo cuando creía que el tema había quedado zanjado—. Nuestra casa está allí. Mamá no está allí.

—Así es, Kitty —digo, satisfecha de que por fin parezca entenderlo.

Alza la mirada hacia mí y me pregunta muy seria:

—¿Y dónde está papá?

—Papá está en París.

Sus ojos son azules y redondos. Parpadea y parecen mariposas abriendo y cerrando las alas.

—¿Por qué está en París? ¿Qué es París?

—París es la capital de Alemania, boba —afirma Barney con voz aguda.

—París es la capital de Francia, Barns. —Toby le golpea en las piernas con un trozo de alga.

Kitty sigue mirándome a mí, parpadeando.

—Papá está en París por trabajo —explico más despacio—. Pero volverá a Black Rabbit Hall el fin de semana, ¿de acuerdo?

—Pero el fin de semana tardará años en llegar.

—Dos días.

Toby se sienta a mi lado en la roca, pálido bajo su bronceado, sujetándose la barriga con una mano, donde sus músculos se marcan en horizontal. Boris sale chorreando de las olas, se sacude y nos pone perdidos de agua que apesta a perro.

Toby lo empuja.

—Uf, lo que me faltaba.

Yo sonrío al darme cuenta de lo que está pasando.

—¿Otra lapa, Toby?

—No.

Hundo los dedos de los pies en la capa superior de arena, cálida y fina, y contemplo el oscuro mar sin perder de vista a Barney, como solía hacer mamá esos días en que yo era libre para ser una cría. Kitty canturrea entre dientes. Reconozco la melodía que mamá solía tararear cuando le cepillaba el pelo.

—Amber —dice Toby al cabo de un rato al tiempo que me golpea la rodilla con la suya para captar mi atención. Baja la voz—: ¿Crees de verdad que es por trabajo?

Me giro hacia él, inquieta de repente y sin saber por qué.

—¿Qué?

Él frunce el ceño; hay un peligroso brillo de motas doradas en sus ojos.

—Que papá esté en París.

—Bueno, ¿por qué va a ser si no?

9

—¡Contén la respiración! —jadea Peggy mientras engancha los corchetes a mi espalda.

—Este vestido es demasiado pequeño.

—Te vale. Menuda suerte. Yo mataría por tener una figura como la tuya.

Me gira hacia ella. Conserva todavía un intenso tono rosado en las mejillas por el baile del pueblo de la noche anterior, el pelo ondulado de un modo muy sugerente y rastros de carmín en el borde exterior de la boca, todo lo cual sugiere la inverosímil idea de que en realidad tiene una vida fuera de aquí.

—Preciosa.

—Odio el amarillo, Peggy. Parezco un narciso. —Pienso de inmediato en el ramillete de narcisos en las blancas y muertas manos de mamá cuando yacía en la cama.

—Bueno, los narcisos no tienen nada de malo. El color resalta tu pelo. Ya está. Linda como un sol. Lo que hace un vestido bonito. No me mires así. Si piensas que voy a dejarte corretear por ahí medio desnuda como has hecho este verano, estás muy equivocada. Oh, alguien está mudando la piel. —Me retira unos finos cabellos rojos del brazo. He visitado el armario de mamá esta mañana y me he puesto uno de sus abrigos ribeteados en piel de zorro—. Así mejor.

—La trenza está demasiado apretada.

Tiro de la trenza de espiga pegada a mi cuero cabelludo y trato de aflojarla. Boris me mira con compasión.

—¡Demasiado apretada! ¡Demasiado floja! —farfulla Peggy entre dientes. Hace dos horas ya estaba «hasta las narices», así que no sé en qué estado se encuentra ahora.

—Parece que has olvidado que tengo quince años. No cinco. Ya no me hago trenzas ni para ir a clase, Peggy.

—Amber… —De repente parece muy cansada y ojerosa—. Tu padre querrá presumir de vosotros delante de sus elegantes amigos londinenses, ya lo sabes.

Frunzo el ceño, furiosa de nuevo porque papá ha invitado a otras dos familias a compartir las Navidades con nosotros, sobre todo a otros niños, un chico que debe de tener la misma edad que Toby y yo. Queremos a papá para nosotros solos. Queremos estar nosotros solos y no compartirnos con nadie.

—No voy a estropearlo todo presentando a un puñado de galopines. La trenza se queda.

Han pasado ocho meses desde que mamá salió de la cocina con sus botas de montar para encontrarse con la muerte. Cosas que ya se ha perdido: sus clemátides rosa claro preferidas floreciendo en el muro del jardín; las fresitas dulces del huerto; las hojas del bosque doradas y crujientes; la sorpresa por su aniversario de bodas (una semana en Venecia); la noche de Guy Fawkes en Regent's Park, con el aire saturado de pólvora y humo y lana mojada y chamuscada; Acción de Gracias con amigos estadounidenses en su club de Kensington, volviendo a casa con olor a tabaco y a perfume de otras mujeres; el alumbrado navideño de Oxford Street; Harrods; bailar; Nochebuena.

Aunque no da la sensación de que sea Nochebuena. Cuando despertamos esta mañana no había ni rastro de las tiras de hiedra con las que a mamá le encantaba adornar los balaústres, del acebo recién cortado en campanas de cristal, de las cadenetas de papel que habíamos hecho todos juntos en la mesa del comedor. De hecho, este año Peggy apenas ha utilizado los antiguos adornos familiares —«polvorientos y anticuados», gruñó olisqueando las cajas del sótano— y, para «animarnos a todos», ha comprado adornos nuevos en St. Austell: relucientes bolas rojas y verdes, tiras de espumillón de color dorado y morado, y lucecitas que se encienden, parpadean y se apagan.

Hay un montón gigantesco de regalos bajo el enorme y bamboleante árbol del vestíbulo (un obsequio de los vecinos del pueblo porque todos nos compadecen). Y los olores son casi los mismos —agujas de pino, humo de la chimenea y pastel—, pero no del todo porque las velas de mamá no están encendidas. Peggy prefiere las luces eléctricas. Así que el olor no es el correcto. No es el correcto.

Por el bien de Barney y de Kitty (y en el fondo de Toby, aunque diga que no podría importarle menos), esta mañana he intentado hacer algunas cosas navideñas como solía hacerlas mamá. He encontrado papel de seda blanco —el que papá utiliza para guardar sus trajes— y he puesto a los pequeños a hacer bolas con él, untarlas con pegamento, pasarlas por purpurina y colgarlas sobre la chimenea del vestíbulo. Son ridículas —como bolas de papel arrugado cubiertas de purpurina—, pero a Kitty le encantan. Al lado Toby ha colgado algunos de sus preciados huesos —dientes de caballo, el cráneo de una oveja lustrado con su calcetín— en trozos de cuerda, como un carillón. Está claro que Peggy detesta todas estas cosas, sobre todo los dientes colgantes, pero sabe que Barney y Kitty pondrían el grito en el cielo si se le ocurriera quitar alguna de ellas. Y papá está a punto de llegar, de modo que no puede correr ese riesgo.

—Solo queda el lazo, Amber. —Le da un tirón al ceñidor.

—Demasiado ajustado.

Peggy tira de nuevo, con más fuerza de la necesaria.

—Y pensar que tú eras la obediente… ¿Qué ha podido pasar para…? —Se calla. Todos sabemos qué ha pasado—. Ya está —dice con más suavidad; ajusta el ceñidor en la cintura de modo que la hebilla de carey quede centrada entre los pliegues de la amplia falda y asiente con aprobación—. Así está bien.

La miro con el ceño fruncido. No quiero llevar el vestido amarillo. No quiero estar en Black Rabbit Hall. El día que regresamos —hace tres de eso— fue un shock, igual que lo fría que está el agua del mar siempre supone un shock por mucho que te lo esperes; aun así se cuela por cada uno de tus recovecos. Acababa de acostumbrarme a Londres después de la deriva del verano. Se espera de nosotros que saltemos entre nuestras diferentes vidas como los acróbatas giran en el aire.

No me he atrevido a contarle a Toby que echo de menos Londres; lo consideraría una deslealtad imperdonable. Él adora esto. Que estemos juntos. El bosque. La naturaleza. Curiosamente, él solo tiene sentido en Black Rabbit Hall. Pero yo no puedo evitar anhelar las tardes tranquilas después de clase en Londres, mascando chicle Black Jack en el dormitorio de Matilda, pintándonos las uñas de los pies la una a la otra con el esmalte rojo pasión de su hermana, hablando de las fiestas de Navidad, de los chicos a los que nos encantaría besar. En Londres puedo fingir que soy una chica normal de quince años. Que el accidente no ocurrió.

Aquí no puedo fingir. Ni siquiera las violentas tormentas invernales pueden limpiar la descolorida mancha marrón en la piedra del establo. El cráneo de Knight está ahora en una caja forrada de terciopelo negro en la biblioteca —creo que es la forma que papá tiene de decir que siente haber disparado al amado caballo de mamá— junto con todos los animales en cajas. Siempre que lo veo oigo «bang, bang, bang». Imagino rojas vísceras esparcidas por el suelo. Los recuerdos tropiezan con el presente, como tropiezan los cuerpos en una calle abarrotada.

Pero Londres en Navidad me ayuda a olvidarlo todo, al menos a ratos. Emergen villancicos de las tiendas. Llama gente que canta a la puerta. En las manos, pesadas bolsas de frutos secos asados y calientes. Cientos, miles, millones de codazos, taconeos y bolsas de la compra. Un empujón de vida que te obliga a mantener la cabeza fuera del agua te guste o no. Pero aquí si nos aventuramos en el pueblo, la gente se nos queda mirando y agarra a sus hijos con fuerza, como si nuestra mala suerte pudiera contagiarse. Tal vez sí.

Las luces doradas de Londres resplandecen hasta donde alcanza la vista. Mira por una ventana de Black Rabbit Hall y no verás más que cielo, una negrura insondable que se extiende hasta el infinito, con estrellas y más estrellas, como docenas de brillantitos para uñas en la pared del establo, burlándose de la idea de que haya siquiera espacio para un paraíso celestial. No es que yo crea en el cielo o en Dios. Solo finjo creer por el bien de Barney y de Kitty. Sé que no me devolverá a mamá, igual que a los delfines que mueren en la playa no les devuelve los ojos que les han arrancado las gaviotas.

—¡Se acerca el coche por el camino! —Peggy se atusa el pelo con energía y se arregla—. A ver, recordad. Manteneos erguidos. Modales. Por el amor de Dios, no asustéis a nadie hablando del accidente. Habrá otros chicos. Enséñales el salón de baile o lo que sea, Toby. No, tu colección de huesos no. Simplemente intentad ser… normales, por favor. Que vuestro padre se sienta orgulloso de vosotros. Bueno, adelante. Al vestíbulo. ¿A qué esperáis? No os quedéis ahí como pasmarotes. Moveos.

Él no es lo que yo esperaba.

Este «chico» es al menos treinta centímetros más alto que su madre. Mira al suelo, con el pelo oscuro cayéndole sobre un ojo, como el parche de un pirata, y las manos en los bolsillos, de modo que no podemos verle la cara. Cuando levanta la vista, me mira directamente a mí, con unos ojos tan desafiantes y penetrantes que se me corta la respiración y el vestido me aprieta en las costillas.

—Caroline, esta es mi hija mayor, Amber. —Oigo a papá como si me encontrara bajo el agua—. ¿Amber? —repite.

Yo desvío la vista del chico a su madre. Ella se está quitando los guantes blancos de piel de cabritilla, un dedo tras otro, mientras observa con el ceño ligeramente fruncido el retrato de mamá colgado encima de la chimenea. Recuerdo del funeral sus ojos azules, sus afiladas facciones, el gesto beligerante de su barbilla. Lo recuerdo todo como si hubiera ocurrido hace cinco minutos: papá mirándola durante el discurso, el funeral escorándose hacia un lado, como una barca en una tormenta, y luego enderezándose solo. Por supuesto que es ella.

Entonces reparo en las diferencias y estas parecen más importantes. El hecho de que el pelo, en vez de recogido en un moño tirante, es una suave nube rubia sobre los hombros que se ondula detrás de las pequeñas y altas orejas y se une a la blanca piel del cuello. También ha desaparecido el marcado delineador de ojos. En cierto modo, parece más vieja —al verla de cerca está claro que es un poco mayor de lo que era mamá— y mucho menos vivaz, más sensata, más parecida a las madres de mi instituto. Se me pasa por la cabeza que ha hecho eso a propósito.

—Te presento a Caroline Shawcross, Amber —dice papá con fingida alegría.

Veo que está nervioso, a punto de tirarse de los lóbulos de las orejas. Se quita el sombrero de fieltro y se lo entrega a Peggy, que aguarda para cogerlo con la misma atención con la que Boris espera una pelota en la playa.

—Buenas noches, señora Shawcross —respondo con educación y cara inexpresiva, sintiendo el calor de los ojos de su hijo fijos en mí.

De repente sé que siempre recordaré este momento, de pie en el vestíbulo de baldosas blancas y negras con mi vestido amarillo limón demasiado ceñido. Parece el principio de algo que aún no ha ocurrido.

—Me alegro mucho de conocerte, Amber. Tu padre me ha hablado mucho de ti.

Aunque sonríe, su voz es metálica y su mirada revolotea de forma veloz y precavida, lo que me hace pensar en un pájaro en el jardín. Va directamente del retrato de mamá a mí, como si se diera cuenta del parecido que todo el mundo dice que es tan asombroso.

—No me llames señora Shawcross, por favor. Llámame simplemente Caroline.

Yo asiento, hago esfuerzos por calmar las ganas de mirar a su hijo.

Papá presenta a Toby, a Kitty y a Barney de manera rápida y sucesiva y aleja la atención de mí. Peggy los anima a todos a dar un paso al frente con un suave empujoncito en la espalda.

—Qué preciosa colección de hijos, Hugo.

Boris le olisquea la falda de forma grosera. Papá tiene que apartarlo y ella ríe con nerviosismo.

—Permitidme que os presente a mi hijo, Lucian. —Lanza una severa mirada en su dirección, como si ya contara con que él fuera a hacer algo inadecuado—. Lucian Shawcross. —Él no se mueve—. Lucian —repite con una sonrisa y los dientes apretados.

Él avanza con desgana hacia el espacio que su madre ha despejado.

Entonces consigo verlo bien.

Lucian es diferente a cualquier chico que haya visto en mi vida, alto y delgado pero increíblemente sólido, ancho en ciertas zonas, sus hombros tensan la gruesa americana de lana azul marino, taciturno y encorvado, no consigue disimular su altura. Tiene los ojos negros como el carbón, a diferencia de su madre, y su rostro es un compendio de ángulos irregulares y protuberancias; me recuerda a esos jóvenes con gastadas chupas de cuero, sentados en una moto y con un cigarrillo colgando de los labios, que hay cerca de la casa de la abuela en Chelsea. Hombres, me advierte la abuela, a los que no debo mirar nunca a los ojos: «No son nada aconsejables». Qué emocionante.

—Lucian —murmura Caroline al tiempo que gira con los dedos las perlas que lleva al cuello—. Di hola, cariño.

—Es un placer conoceros —dice él de un modo que sugiere que de placer nada.

El silencio se alarga.

Peggy, con un delantal recién planchado en forma de triángulo atado a la cintura, sonríe demasiado en tan incómoda situación.

—¿A qué hora llegarán los Moncrieff, señor Alton?

¡Los Moncrieff! Me animo. Me acuerdo de los Moncrieff: su casa blanca en Holland Park, interminables escaleras, palmeras en macetas, niños y perros. Hay una niña más o menos de mi edad, se llama Emily, es rubia platino y ríe con facilidad.

—¿Los Moncrieff? —repite papá, perplejo—. Oh, Dios mío, lo siento, Peggy. No te lo he dicho, ¿verdad?

—El pequeño de lady Charlotte está otra vez con unas anginas terribles —aduce Caroline—. Es una lástima. Siendo como es, lady Charlotte estaba decidida a venir, pero le aconsejé que permaneciera en Londres, cerca de los hospitales. No podía arriesgarse a quedarse aislada en Cornualles. Nunca se es lo bastante precavido con las anginas.

Peggy asiente educada, pero yo sé que está pensando que la mejor cura para las anginas es el aire del mar. Peggy cree que lo cura todo: la tos, los sarpullidos y los corazones rotos.

—Un consejo sensato —murmura papá tirándose del lóbulo izquierdo.

Yo miro a Toby, confundida por lo que significa todo esto. Pero Toby está fulminando a Lucian con la mirada, irradiando su particular tormenta estática. Temo que solo sea cuestión de tiempo que estalle.

—Bueno, vamos a echar muchísimo de menos a los pobres Moncrieff, ¿verdad? —Su sonrisa revela unos dientes curiosamente pequeños y blancos, cada uno como la punta de una tiza—. La casa es magnífica. Oh, menuda escalera. Fíjate, Lucian. —Sus tacones repiquetean en el vestíbulo. Rodea con los dedos el pasamanos—. Encontrar una casa así de estupenda tan al oeste... —dice, como si fuera un milagro que no vivamos en chozas de playa.

Papá se mece sobre los talones con aspecto satisfecho.

—Bueno, reconozco que es un poco tosca. Pero a nosotros nos gusta, ¿verdad, Barney?

—A mamá también le gustaba. Esa es mamá. —Barney señala con orgullo el retrato que hay encima de la chimenea; su delgada muñeca asoma por la manga de su traje azul de marinero, demasiado pequeño—. Se llamaba Nancy. Nancy Kitty Alton. Era estadounidense. Pero se ha ido al cielo porque yo perseguí conejos y hubo una tormenta y ella tenía una pierna mala y Knight corcoveó como un demonio y mamá se hizo un agujero en la cabeza y no teníamos tiritas lo suficientemente grandes. —Mira a Toby, nervioso, para comprobar si lo ha entendido bien—. El médico le tapó la cara con una sábana.

Los dedos de Caroline buscan sus perlas otra vez.

—Lo siento, Barney.

—Papá le pegó un tiro al caballo. Toby guarda el cerebro en su colección especial.

Caroline asimila estas noticias con una rápida sucesión de parpadeos.

—Se ha puesto duro —añade Kitty con total naturalidad—. Como los huevos de tiburón.

—Dios mío.

El rubor asciende por su cuello.

—Papá guardó el cráneo en una caja.

Caroline abre los ojos como platos. Peggy no puede evitar retorcerse el delantal.

Barney la mira por debajo de sus rizos color fresa.

—¿Quieres verlo?

—No seas bobo. Claro que no quiere —dice Peggy con una breve y estridente carcajada y dándole un cachete afectuoso.

—Ya basta, hombrecito —interviene papá posando una mano en el hombro de Barney—. Vamos a seguir disfrutando de la Navidad, ¿de acuerdo?

—Nunca tenemos invitados en Black Rabbit Hall —espeta Toby de repente mientras fulmina a Lucian con la mirada; bufa como un gatito para espantar a un rival de su territorio—. Tú siempre dices que los Alton se aferran a la familia en Navidad, papá.

—Bueno, estas Navidades son diferentes, Toby —responde papá con cansancio; se aparta el pelo de la cara y deja a la vista las entradas que le aparecieron después de que mamá muriera a ambos lados de la frente y que parecen aumentar cada semana—. Quería animar las cosas con un poco de compañía para vosotros. Me temo que la abuela no podrá venir este año.

—¡Pero Kitty quiere a la abuela! —chilla Kitty, y le tiembla el labio inferior—. ¡La abuela trae ruibarbo y natillas en tarros de cristal!

—¿Por qué no viene? —pregunta Barney.

—Me temo que no se encuentra demasiado bien. Y empieza a ser muy mayor para un viaje tan largo.

Se me forma un nudo en la garganta al imaginarme a mi querida abuela Esme en su gigantesco sofá cubierto de rosas en Chelsea. Es una de las pocas personas que me habla de lo que pasó. «A tu padre no le resulta fácil hablar de sentimientos, cariño. Creo que, al igual que la mayoría de los hombres, prefiere que nadie se los mencione», me había dicho apretándome contra el broche que llevaba en el pecho, así que me fui con la silueta de un pavo real grabada en la mejilla.

—Pero me ha dado tantísimos regalos —continúa papá— que me sorprende que el Rolls haya podido moverse.

—Quiero a la abuela Esme —repite Kitty con renovado vigor—. Quiero a la abuela.

Caroline se lleva la mano al cuello.

—Ay… —dice.

Me entran ganas de decirle que no conoce a la abuela ni a Kitty y que no tiene derecho a decir «Ay…» de ese modo tan teatral mientras mira a papá, porque está claro que lo hace solo para él.

—¿Dónde está la tía Bay? —pregunta Kitty—. ¿Ella también necesita un médico?

—La tía Bay no está enferma, Kitty. —Papá se agacha para ponerse a la altura de Kitty con expresión afectuosa y amable—. Pero volar no es seguro con las tormentas del Atlántico.

Se me cae el alma a los pies.

—En su última carta decía que iba a venir seguro.

Papá se vuelve hacia mí pero no me mira a los ojos.

—Lo sé, lo sé. Pero no me parecía justo pedirle que viniera. Caroline tiene mucha razón. No con este tiempo. Tuve que insistir en que no se arriesgara.

¿Por qué Caroline tiene voz y voto en esto? Noto cierta inquietud. Toby me mira con el ceño fruncido, está pensando lo mismo que yo.

—Pero ¿qué pasa con la mantequilla de cacahuete? —insiste Kitty. Caroline debe de pensar que estamos obsesionados con la comida, lo cual es cierto—. La tía Bay siempre nos trae un bote enorme de mantequilla de cacahuete y no le importa que metamos los dedos.

—A lo mejor consigo encontrar en Truro, cielo —dice Peggy.

Kitty frunce el ceño. No se trata de la mantequilla de cacahuete.

—Brrr. —Papá da una palmada e intenta cambiar de tema—. Hacía mucho que no teníamos unas Navidades tan frías, ¿verdad?

—Las chimeneas están encendidas, señor —informa Peggy.

Papá siempre la ha puesto un poco nerviosa. Nunca tanto como ahora; lo siento por Peggy, ya que desea desesperadamente causar buena impresión.

—Espero que la señora… —se traba, no está segura de cómo debe dirigirse a ella.

—Señora Shawcross. —Caroline esboza una sonrisa tensa.

Me pregunto dónde está el señor Shawcross.

—He encendido el fuego en su cuarto, señora Shawcross.

—¿El fuego? —No cabe duda de que no esperaba que su dormitorio se calentara con troncos—. Suena muy bien, gracias.

—¿Le subo la maleta, señora Shawcross?

Es de cuero de color caramelo y tiene grabadas letras doradas, mucho más elegante que cualquiera de las nuestras. Tenemos que sentarnos en nuestras maletas para cerrarlas o usar los antiguos baúles de cajones con etiquetas indias que se están despegando y huelen a té.

Peggy la levanta con esfuerzo.

—¿Me permite el atrevimiento de recomendarle mi famoso pastel de frutas, señora Shawcross?

Ojalá dejara de repetir el nombre de la señora Shawcross. A lo mejor intenta no olvidarlo.

Caroline mira a su hijo.

—A ti te encanta el pastel de frutas, ¿verdad, Lucian?

Lucian la mira como si no le gustara nada, ni el pastel de frutas ni ella.

—Siempre digo que sacar a Lucian del internado a final del trimestre es como sacar leche del congelador. —Caroline ríe, un sonido estridente que dura demasiado—. Necesita tiempo para entrar en calor.

—Podría encender el fuego en el dormitorio de Lucian… —sugiere Peggy; con los nervios parece tonta.

—Papá… —El labio inferior de Kitty empieza a temblar.

—¿Sí, cariño? —No lo ve venir en absoluto.

—Kitty no quiere a esta señora en la casa.

Caroline parece más abochornada que dolida.

—Lo siento, Caroline —dice papá al tiempo que coge a Kitty en brazos. Ella hunde el rostro contra su cuello, mira a Caroline entre los dedos—. Me temo que los niños aún están un poco alterados.

—No te atrevas a disculparte, Hugo. Lo entiendo. Oye, Kitty —dice con voz más suave, arrimándose. Kitty se aparta—. Sé que para vosotros soy una extraña. Pero tu padre y yo nos conocemos desde hace muchos años. Y ahora espero conoceros también a vosotros, ¿verdad, Hugo? —Lanza una mirada a papá que no comprendo—. Quiero que todos seamos buenos amigos. Tú. Yo. Tu muñequita.

Toby carraspea con una nota de cinismo que todo el mundo finge no haber oído.

Papá asiente y se tira del cuello de la camisa, de repente tiene calor. Como si prefiriera estar en cualquier otra parte.

—En efecto. Tenemos que conocernos.

Mi mente vuelve a la conversación que escuché a escondidas desde el armario de mamá este verano, las voces quedas colándose a través de las bisagras metálicas: «Esperemos que el hombre tenga el buen juicio de volver a casarse. Y rápido». Pienso en el torrente de tartas y pasteles llegados a la puerta de Fitzroy Square, las mujeres con el cuello estirado y susurrando con sus carnosos labios pintados «¿Cómo está papá, cariño?» a Kitty mientras ella sopesa los pasteles y trata de adivinar su sabor. Y me invade la desagradable sensación de que todo va demasiado deprisa; mecanismos bombeando con fuerza donde no podemos verlos, como los pistones bajo nuestros asientos en el tren que nos alejó de Londres hace unos días.

Caroline toca a Kitty en el brazo.

—A lo mejor luego puedes enseñarme Pencraw Hall.

—Nosotros no la llamamos Pencraw Hall —gruñe Toby—. Mamá la llama Black Rabbit Hall.

Lucian le lanza a Toby una mirada de reticente respeto.

—¿Black Rabbit Hall? Dios mío. Qué... qué fascinante. —Caroline sonríe, pero la sonrisa no alcanza sus helados ojos azules—. Lo recordaré, Toby.

Más tarde, esa misma noche, la oigo llamar Pencraw Hall a nuestra casa muchas veces. Papá no la corrige ni una sola vez.

—Debe de pensar que somos tontos del culo.

Toby hunde su navaja en la madera del viejo gran roble. Nunca va a ninguna parte sin ella, por si acaso el mundo se termina y necesita desligarse de él.

—Cuánta falsa simpatía. Todo eso de «¡Oh, Hugo, qué hijos tan guapos!». Me entran ganas de arrancarle las pestañas una a una. Como las patas a una araña.

—Aunque tú no le harías eso a una araña —digo abrochándome el abrigo con dedos entumecidos y torpes.

Estamos acuclillados en la zona pantanosa del bosque. El cielo es blanco como el mármol. La marea está baja y las marismas parecen inhóspitas y letales, llenas de guaridas de anguilas y cangrejos de río, con la niebla lamiendo los márgenes: el crudo invierno, en absoluto navideño.

—No. Yo respeto a las arañas. Una araña tiene derecho a estar aquí —replica; el esfuerzo se refleja en su blanca cara mientras talla la corteza.

Como mamá, Toby cambia de color con las estaciones; las pecas se difuminan y el intenso tono rojo de su pelo se atenúa como la luz de una lámpara.

—Sus pestañas no son de verdad.

Toby levanta la vista, picado por la curiosidad.

—¿Cómo lo sabes?

—Si te fijas bien verás una línea de grumoso pegamento blanco —explico; estoy familiarizada con el estuche de maquillaje secreto de la hermana mayor de Matilda.

—Es verdad. —Parece impresionado por mi poder de observación—. ¿Y te has fijado en que siempre intenta tocar a papá?

—Horrible.

—Y ha rechazado el pastel de frutas.

—Qué raro. ¿Qué puede significar eso?

Una garza se abre paso por la orilla, hunde su largo pico en el frío barro para atrapar las criaturas que la marea, al retirarse, ha dejado al descubierto. Toby la sigue con la mirada, la navaja quieta, pensativo por un instante.

—Control.

—A lo mejor deberíamos ofrecerle una lapa cruda. Eso podría suavizar las cosas.

—¿Has visto la cara que ha puesto cuando Peggy ha traído el pastel de sardinas al horno?

Al recordar la expresión de espanto y horror de Caroline empiezo a reírme sin control, presa de un ataque de risa histérica y triste que hace que se me enfríen los dientes de delante. El pastel de sardinas —una de las recetas preferidas de Peggy, que heredó de su madre— lleva seis arrugadas cabezas de sardina asomando en la superficie.

—La próxima vez voy a pedir pastel de congrio. —Resoplo, recobrando el aliento.

Pero Toby está serio y se me quitan las ganas de reír. Está tallando la «B» de su nombre.

—Creo que tiene miedo de nosotros, de ti y de mí. —Se echa hacia atrás y mira su obra con los ojos entrecerrados—. Le da miedo que lleguemos a calarla.

—Bueno, podemos.

Esto no es del todo cierto. No puedo deducir si Caroline es una mujer amable que está nerviosa y que de algún modo, por un accidente social, ha aterrizado en el lugar equivocado en Navidad o si es una causante de problemas calculadora que finge ser simpática. No es que eso importe. No debería estar aquí. No debería haber sugerido que la tía Bay no volara para vernos a causa del mal tiempo. A la tía Bay no le da miedo volar. Dice que tiene pastillas para eso.

—Lo que quiere Caroline es ridículamente obvio. —Quita un poco más de madera del árbol con una brutalidad que me hace estremecer y me mira para comprobar mi reacción mientras habla—. Meterse en los zapatos de mamá, Amber. Eso es lo que quiere.

Cierro los ojos e imagino un pie feo metiéndose en las botas de montar de mamá, la suave piel amoldándose a la forma de sus altos empeines, con el segundo dedo un poco más largo que el dedo gordo. «Pies de bailarina», solía decir papá.

—No lo hará. No le valdrían.

—Deja que lo intente. —Se coloca las manos alrededor del cuello y aprieta de manera que la cara se le pone roja; la navaja que sujeta en una mano queda hacia arriba, amenazando con coartarle la oreja izquierda—. ¡Muere! ¡Muere!

—No seas idiota. —A veces su intensidad me asusta. Actúa como si hablara en serio—. No deberías bromear con estas cosas.

Toby baja las manos, enfadado.

—¿Quién va a oírnos?

Miro con intranquilidad hacia el lugar donde Knight se puso a corcovear, unos metros bosque adentro, junto al haya cubierta de hongos amarillos. Vuelve la sensación de que nos observan. Hay una presencia hoy en el bosque, y solo puede ser ella.

—Mamá podría oírnos.

—Eso espero —dice con más ánimo, inclinándose de nuevo sobre la corteza—. Odiaría a Caroline.

—Mamá no odiaba a nadie, Toby. —Pienso en el espacio entre sus dientes de la sonrisa de mamá, en que te invitaba a entrar en ella como una puerta entreabierta. Era su expresión natural, así como la de la madre de Matilda es el ceño fruncido. Cuando la gente hacía comentarios sobre su jovialidad, ella decía: «Tengo mucho por lo que sonreír», de un modo que no era jactancioso, sino de sincero agradecimiento.

—Bueno, también se reiría de ella —decide Toby—. Seguro que se reiría de Caroline Shawcross.

Es probable. A Mamá le hacía mucha gracia la pomposidad inglesa, y a Caroline le sale por las orejas. Levanto la cabeza, preparada para hacer una imitación.

—Peggy, ¡el agua que sale de los grifos de la bañera está herrumbrosa! ¡Es marrón! ¡Muy marrón! ¿Es inocua? ¿Estás segura? ¡Dios mío! Bueno, si estás completamente segura de que no pasa nada por bañarse en esta agua…, supongo que habrá que soportarlo.

No es una imitación demasiado buena, pero funciona. Estoy satisfecha. Hoy no es fácil hacer reír a Toby. Después de esto todo se suaviza un poco.

Alcanzo perezosamente la cuerda que Toby ató a las ramas más altas un largo y caluroso verano hace un par de años y la sujeto con fuerza, recordando cómo era volar sobre el río, libre y sin preocupaciones, con cotidiana alegría. Toby mira mi mano, la cuerda, y su mente reflexiona sobre lo mismo. La luz del atardecer se torna dorada, luego se vuelve de nuevo blanquecina.

—No te gusta, ¿verdad? —pregunta Toby mirando aún mi mano.

—¿Quién? —Aprieto más la cuerda.

—Lucian. El engendro.

—¡No seas imbécil!

Toby mira de nuevo su navaja, pasa el pulgar por la hoja para comprobar lo afilada que está. Sé que mi respuesta no le satisface. Extrae otro largo trozo de corteza, la mandíbula tensa.

—No confíes en él. Lucian y su madre están cortados por el mismo patrón, Amber.

Pienso en la altura de Lucian, en sus anchos y sorprendentemente musculosos hombros, en su prominente mandíbula. Pero hay algo más, algo que hace que desees mirarle por otra razón. No lo entiendo. No es que Lucian sea guapo, no como Fred Hollywell, con su cabello rubio de estrella de cine, su encanto natural y sus ojos azules. Lucian es rudo, callado y siniestro. No emana serenidad.

Toby me mira con frialdad.

—Ahora mismo estás pensando en él.

—Tú qué sabes en qué estoy pensando —digo al tiempo que siento la traición del rubor en mis mejillas.

—Lo sé.

—Ya no.

Toby se estremece y deseo en el acto poder retirarlo. Es como si hubiera negado que somos gemelos.

—Lo siento, no me refería a…

—Piérdete, Amber.

Me bajo de un salto de la baja rama; las ramitas crujen bajo mis botas de piel.

—Vale. Me vuelvo a casa. Estás de mal humor.

—Haz lo que quieras.

Dudo. Por alguna razón no me apetece volver sola. Y tampoco quiero dejar así a Toby.

—Ven conmigo.

Él sacude la cabeza y aprieta los labios con fuerza. Sé que está cabreado conmigo por pensar en Lucian. Por excluirlo al no reconocerlo.

—¿Te traigo un abrigo?

—¿Quién eres? ¿Mi madre? —se burla.

Ahora soy yo quien se estremece.

—Hace frío aquí. Tienes los labios un poco morados.

—¿Sabías que puedes congelar a un escorpión en un bloque de hielo durante horas y luego romper el hielo y el escorpión saldrá vivo?

Niego con la cabeza; me meto las manos en los bolsillos para calentármelas. Ahora odio el mal humor de Toby, su violencia candente.

—Yo soy como un escorpión, Amber.

—Allá tú. Congélate.

Me alejo caminando entre matorrales y ramas. Al cabo de un par de minutos me doy la vuelta para ver si Toby me sigue. Normalmente me alcanza y a veces me echa el brazo por los hombros para decirme que lo siente. Esta vez no. Sigue en el árbol, apuñalándolo sin parar. Luego ya no lo veo. Me siento intranquila.

Docenas de pajarillos marrones salen volando y piando de los matorrales y me llevo un susto. Algo los ha perturbado. Me detengo, el corazón me aporrea en el pecho, aguzo el oído. ¿Un ciervo? ¿Un tejón? ¿Un zorro?

Una tos.

Lucian está muy quieto bajo la sombra de un árbol, a pocos metros de distancia, con un pie apoyado en una raíz y el cuerpo contra el tronco, observándome. Es más alto de lo que recuerdo, más amenazador. Algo salido del bosque.

—¿Qué haces aquí?

Combato las ganas de alejarme, pero me niego a revelar mis nervios.

—Lo mismo que tú —responde.

Yo me pregunto si Toby me oirá si grito. Me pregunto si puedo correr más rápido que Lucian.

—No hace falta que estés muerta de miedo.

—¿Muerta de miedo por ti?

Él se encoge de hombros. Hay un momento extraño y confuso en el que ninguno de los dos hablamos.

Él hurga en su bolsillo y saca un paquete de cigarrillos Embassy.

—¿Quieres uno?

—No antes de cenar —respondo, esperando que esto tenga sentido para alguien que fuma. Antes muerta que decirle que jamás me he fumado un cigarro.

Él reprime una sonrisa, como si supiera que voy de farol. Me doy cuenta en ese momento de que no lo he visto sonreír, no de verdad, y que una parte de mí —ese trocito que se niega a asustarse de un zoquete tan arrogante— quiere hacer que suceda, borrar la irritante y engreída frialdad de sus angulosos rasgos. La otra parte de mí solo quiere volver a casa a toda velocidad. «Pégale una patada en los huevos», eso es lo que dice la hermana de Matilda. «Si un hombre malo va a por ti, dale donde duele.»

—¿Cuántos años tienes?

—Quince. —Siento que el corazón se me va a salir.

—Pareces más pequeña.

Maldigo mi constitución delgada, mi pecosa cara aniñada y mi absurda ropa de Cornualles, guardada en un baúl lleno de polillas y siempre de una talla demasiado pequeña.

—¿Cuántos años tienes tú?

Él enciende una cerilla. Los contornos de su rostro titilan bajo el dorado resplandor.

—¿Cuántos crees que tengo?

—No los suficientes para fumar.

Ahí está, su sonrisa, una deslumbrante rendija blanca que transforma su cara de algo hosco y voluble a algo..., bueno, algo del todo diferente.

—Diecisiete. Tengo diecisiete puñeteros años. —Se acuclilla en las abultadas raíces del árbol y suelta una blanca bocanada de humo en forma de anillos—. «*¡Navidad, Navidad, dulce Navidad!*», ¿eh? ¿Aquí es siempre todo tan deprimente?

—Nuestra madre murió en Semana Santa —respondo, incapaz de resistirme.

—¿Esta Semana Santa? —No muestra ni rastro de la esperada incomodidad o sorpresa, sino que da una profunda calada al cigarrillo con la mirada clavada en mi cara, como si este nuevo hecho cambiara un poco su forma de verme—. Mi madre me dijo que había muerto. Pero no sabía que era tan reciente.

—Se cayó del caballo —añado en el intento de avivar su reacción—. A unos pasos de donde estás.

Transcurre un momento.

—Eso sí que es mala suerte.

Yo no digo nada, pero en el fondo agradezco que no intente disfrazar el accidente de algo que no es. Detesto que la gente finja que existe un gran plan maestro detrás de ello. Que mamá murió por un motivo.

—Y ahora nos tenéis a mamá y a mí por Navidad. No me extraña que todos tengáis pinta de suicidas. —Tira a medio fumar el cigarrillo, que libera un marchito parpadeo antes de sucumbir al frío y la humedad—. Bueno, supongo que solo tenemos que soportarnos mutuamente otro par de días, hasta que nosotros volvamos a Londres.

—Eso si sobrevivimos tanto —replico, exasperada por su mala educación, irritada porque Black Rabbit Hall no le haya impresionado. Me siento su protectora, con todas sus corrientes de aire y su humedad. En muchos aspectos, es cuanto tenemos—. Pero aunque seas un invitado en nuestra casa, al menos podrías esforzarte un poco en ser educado.

Se aparta un mechón de pelo de la cara.

—¿Estoy infringiendo la etiqueta? Aquí estáis acostumbrados a que la gente se incline ante vosotros, ¿no?

—No tienes ni idea. Nosotros no somos así. —El corazón me retumba en las orejas y mi voz surge con fuerza—: No somos ricos.

Él me mira meneando la cabeza, como si le maravillara mi estupidez.

—No hablaba de dinero.

—Soy medio estadounidense —afirmo, porque sé que insinúa que soy una niña rica inglesa, esnob y de clase alta, como tantas de las chicas del colegio, y no lo soy. No soy como ellas. Me importa poco que alguien diga «baño» o «aseo», «papel para escribir» o «papel de carta» o cosas así. Mamá nos enseñó que algunas cosas no importan ni la mitad de lo que la gente piensa.

—Vaya, qué exótica. —Las comisuras de su boca se elevan y dejan a la vista un atisbo de chicle rosa.

—Y tú qué imbécil.

Quiero ser quien diga la última palabra, así que comienzo a retroceder, despacio, sin apartar los ojos de él —como quien se aleja de un animal peligroso—, solo me doy la vuelta y echo a correr cuando los árboles me ocultan. Temblorosa y sin aliento, subo los escalones helados, empujo fuerte con el hombro la puerta principal y al irrumpir en el vestíbulo choco con Caroline.

—¡Cielos! —Se lleva la mano a la garganta—. Estoy buscando a Lucian. ¿Lo has visto?

No puedo hablar. No doy crédito a lo que veo. El vestíbulo parece de repente muy, muy oscuro; en su capa el broche de diamantes de imitación centellea ante mí como el ojo de un gato enfurecido.

—Amber, ¿qué sucede? Por Dios, ¿qué ocurre?

10

Lorna mueve la linterna sobre el suelo de contrachapado del desván y se sobresalta al ver un zapato de tacón ancho de su madre tirado tristemente de lado. Se estremece. ¿Qué tienen los zapatos? Más que un vestido, un abrigo o cualquier otra cosa, un zapato se amolda de alguna manera a su portador; el abultamiento de un juanete, el arco de bailarina de un empeine, una suela gastada en pavimentos desconocidos corriendo para coger el autobús, paseando con un amante. Por eso Lorna no compra zapatos vintage; nunca son tuyos de verdad. Alarga el brazo y endereza con ternura el zapato de su madre, nota la piel de charol dura y agrietada al tacto. Luego se apresura a iluminar el otro lado.

Más cajas. Sombras. Un delgado rayo de luz solar en el borde de las tejas. No es de extrañar que tuviera pesadillas con este desván cuando era niña, imaginaba todo tipo de espíritus malignos aquí agazapados, a la espera, listos para rondar sus sueños por la noche. Mientras que en el resto de la casa —salvo el caos del garaje— mandaba su madre, este era el único sitio al que solo accedía su padre: subía voluminosas cajas de almacenaje balanceándose de forma inquietante en la chirriante escalera metálica hasta que su cabeza, su cuerpo y sus zapatillas de cuadros eran engullidos por el abismo. Ella le esperaba nerviosa en la seguridad del alfombrado descansillo, contenía la respiración hasta que él volvía a su lado, sonriendo, bajando de un salto los últimos peldaños, salpicado de diminutas fibras de aislante amarillo que su madre decía que provocaba cáncer.

Los espíritus malignos hace mucho que se fueron. Pero todavía da la sensación de que el desván puede ocultar otras cosas, secretos familiares enterrados en húmedas y mohosas cajas —etiquetadas y cerradas con cinta por los dedos ágiles y resueltos de su madre—, esperando a que los saquen a la luz.

Desde que volvió de Black Rabbit Hall hace diez días no ha parado de rebuscar desesperadamente. Y aquí está la caja que busca, etiquetada como «Fotos» con la letra nítida y muy inclinada de su madre, por suerte no demasiado lejos de la trampilla. La lleva abajo, la deja sobre la alfombra y se fija en el polvo del rodapié; su madre jamás lo habría tolerado. Una señal más de que ella ya no está y ellos están viviendo en una época diferente, más desorganizada, menos controlada.

Envuelta por las flores y los flecos del salón —la interpretación de su madre del mobiliario de las casas señoriales—, Lorna, tumbada en la alfombra, charla por teléfono con Louise mientras mira las fotografías de las vacaciones, horribles e hilarantes en igual medida. ¿Por qué nadie le dijo que sus mechas de adolescente eran verdes? ¿Quién podía imaginar que hubo un tiempo en que su madre estaba de lo más sexy en biquini?

—Si vienes conmigo este fin de semana sería como una compensación por todas esas horas que tuve que soportar en históricos jardines de lavanda mientras tú rechupeteabas un cucurucho en la playa —grita al teléfono al tiempo que coloca un fajo de fotos.

Louise ríe. Tiene una de esas risas cortas y aspiradas que suenan como un burbujeo.

—Jamás podré compensarte por eso.

—Pero necesitas un descanso, Lou.

Lorna echa un vistazo a unas fotos en blanco y negro de ella cuando empezaba a dar sus primeros pasos, antes de que Louise naciera. La verdad es que era una niña muy mona, concluye, con mejillas de querubín y pelo ensortijado negro azabache, siempre estirándose en los brazos de su madre en un intento de salir disparada en busca de algo más interesante.

—Lorna, no tengo niñera y Chloë tiene una dermatitis terrible, así que si lo que quieres es una prohibición de por vida para visitar de nuevo Black Rabbit Hall y no casarte allí, soy tu chica.

Es cierto que Louise está muy ocupada: Mia, de nueve años; Chloë, de siete, y el pequeño Alf, de seis, con síndrome de Down. Lorna no tiene ni idea de cómo sale adelante, y encima con tan buen humor.

—¿No podría quedárselos Will este fin de semana?

—No es su fin de semana.

—¿No puede ser un poquito flexible?

—No sé si hemos llegado aún a esa fase —dice Louise con un abatimiento que a Lorna le encoge el corazón. Will y Louise se divorciaron el año pasado. No ha sido uno de esos divorcios funcionales de los que uno lee. Una secretaria de veintinueve años llamada Bethany está implicada—. Pero estamos en ello.

—Espera, ¿y si se los queda papá?

—Eso acabaría con él.

—Un sacrificio por una buena causa… Creo que Black Rabbit Hall te encantará, Lou.

—¿Hay spa?

Lorna suelta un bufido.

—¿Qué tiene eso de raro?

—Cuando lo veas, lo entenderás. Pero podemos bañarnos en el mar.

—Yo no me baño en el mar del norte de Bretaña. Cuestión de principios.

—¿Qué ha pasado con tu espíritu aventurero?

—Se quedó en algún lugar de la sala de partos. ¿Por qué no va Jon otra vez?

—Porque me lo ha arrebatado otro de sus proyectos. Una torre de pisos de superlujo en Bow, cada uno de los cuales cuesta un riñón, con un trabajo de interiorismo para morirse. Lo normal.

Lorna no menciona que Jon se habría negado a ir, pues sus reservas en cuanto al lugar han aumentado desde que regresaron. Empieza a echar un vistazo a otro fajo de fotos.

—Ojalá vieras estas fotos, Louise. Mamá y papá salen tan jóvenes…

Se oye el chillido de un niño.

—Tengo que dejarte. Escucha, Lorna, me alegra que por fin hayas encontrado dónde casarte. Suena *très* pijo. Y estoy segura de que a mamá le habría encantado, sobre todo si las tapas de los inodoros son de madera.

—Las tapas de inodoro de madera son elegantes.

—Bien. Comenzaba a pensar que jamás encontrarías un lugar de tu gusto.

—Buscaba Black Rabbit Hall —dice Lorna; las palabras se forman a medida que las piensa.

—Alf, estamos a punto de tomar el té. Deja las tortitas de arroz. Lo siento, ¿qué me decías?

—Black Rabbit Hall es la idea que tenía en la cabeza. No se parece a nada. Solo ahora me doy cuenta de ello. Por eso no puedo conformarme con otra cosa.

—¿En serio? Qué raro. —Se oye una pelea de fondo—. Bueno, supongo que ha sido un año raro para planear una boda. Mia, basta de tele. Alf, deja las tortitas de arroz. —Ahora se oye el gemido indignado de un niño—. Lo siento, Lor. Esta hora es matadora. ¿Qué intentaba decir? Soy incapaz de retener un pensamiento más de treinta segundos. Ah, sí, que yo me casé joven y tú, que eres un espíritu libre…

—¿Tienes problemas con el compromiso? ¿Siempre te has fijado en los hombres equivocados? —bromea Lorna, bastante cercana a la verdad. Ha besado muchísimos sapos.

—No, no me refería a eso. Quería decir que has viajado, has vivido un poco…

—Cuando salí de la universidad no sabía qué quería, Lou.

Recuerda los altibajos de esa época: en el puesto de ropa antigua del mercado de Portobello, con las manos congeladas en los mitones, vendiendo pieles y botas de vaquero a estilistas de moda; los trabajos de camarera, en la barra de bar; enseñando inglés como lengua extranjera en Barcelona.

—Creo que estaba en un estado de crisis existencial permanente.

—Hasta que conociste a Jon.

—Bueno… —Sonríe pero es reacia a admitirlo—. No fue solo eso.

—Cierto. Te inscribiste en una escuela de magisterio y ahora tienes una profesión en toda regla, a diferencia de mí, y resulta que eres brillante. ¡Y no olvidemos que también tienes un plan de pensiones! Mi guay hermana mayor con un plan de pensiones.

—¿Guay? Oh, hace mucho que dejé de ser guay, Louise.

Lorna abre con la uña la solapa de un sobre marrón.

—Un hijo es lo siguiente, Lor.

—Para ya —dice riendo.

—Seguro que Jon enseguida quiere una prole numerosa.

Ella adora eso de él. Pero también le asusta un poco. ¿Qué clase de madre será? ¿Una madre nata como Louise? Deja a un lado esas preguntas y sacude una fotografía: en blanco y negro, con una esquina rota, su madre con su torpe sonrisa para las fotos, agarrando su adorado bolso cuadrado estilo Margaret Thatcher. A su lado, una esbelta niña con un pantalón de peto de retales. Detrás de ellas, árboles. Un letrero esmaltado en blanco.

Doug agita el tarro de las galletas junto a su oreja, grande y roja.

—O mis galletas dominan el arte de viajar por los armarios o tengo un poltergeist. Lo siento, cariño. No quedan.

—Papá, me dan igual las galletas. ¿Quieres echar un vistazo? ¡Black Rabbit Hall!

—Un segundo.

La hebilla del cinturón de Doug choca con la encimera cuando se arrima para volver a colocar el tarro de las galletas en la estantería.

—No una foto, ¡tres! Más o menos el mismo lugar. El mismo letrero, pero yo tengo edades diferentes en las fotografías. En la primera aparento unos cuatro años. En la última, siete u ocho. Dios, me pregunto si habrá más en alguna caja de por ahí.

—Vale. ¿Dónde están mis puñeteras gafas?

Con una lentitud exasperante, dedican los siguientes cinco minutos a buscarlas. Al final Lorna las encuentra en el cajón de los cubiertos y se araña con un pelador de patatas.

—El letrero… —farfulla Doug, parece desconcertado—. ¿Pencraw Hall?

—Sí, tonta de mí, debería habértelo dicho. Ese es el nombre oficial de la casa.

Él guarda silencio unos instantes; se acaricia una barba imaginaria con los dedos.

—Caramba…

—Así que ¿has oído hablar de ella? —Las palabras de Lorna denotan emoción.

—No estoy seguro. No, no, me parece que no —dice, corrigiéndose.

Con cierta expresión de desconcierto, lleva la humeante tetera a la mesa, se sienta y despliega sus peludas manos sobre el delicado mantel de encaje. A Lorna le conmueve ver que es el mantel blanco que su madre siempre mantenía impoluto «para ocasiones especiales» (eso no incluía las visitas de sus hijas), solo que ahora tiene un tono grisáceo bastante intenso debido a la lucha de su padre con el concepto «colada de ropa blanca».

Lorna esparce las fotos, como una baraja de cartas.

—¿Por qué volvimos?

Doug sirve el té sin apartar los ojos del oscuro chorro. Sus gafas comienzan a deslizarse por la delgada capa de sudor de la nariz.

—Tu madre siempre tuvo sus lugares favoritos.

—Pero ¿por qué estamos al pie del camino de entrada como dos pasmarotes?

Él se sube las gafas con el pulgar.

—Lorna, cariño, permíteme que te explique una cosa.

Ella gruñe para sus adentros, temiendo lo que está por venir.

—Los hombres pensamos con la materia gris del cerebro, que está llena de neuronas activas. —Se da un toquecito con el dedo en un lado de la cabeza—. Las mujeres consideráis el mundo con la materia blanca del cerebro, que consiste en conexiones entre las neuronas.

Por norma general, llegados a ese punto su madre habría inter-

venido y habría dicho: «Oh, por el amor de Dios, cállate, Doug».
Lorna desearía poder hacer lo mismo.

—Supongo que lo que intento explicar es que la mitad del tiempo no tenía ni idea de lo que pasaba por la preciosa cabecita de tu madre —añade rascándose la nuca.

Pero Lorna no se da por vencida. Que se rasque el cuello suele ser señal de que está un poco nervioso. Se le ocurre que quizá no se lo esté contando todo. Y si es así, ¿a qué se debe?

Además, las fotografías están torcidas, ladeadas. En una se ve el dedo emborronado del fotógrafo. En otra tienen media cabeza cortada. No son la clase de fotos que uno guarda para la posteridad.

—¿Sabes quién las hizo?

—Oh, tu madre no se cortaba a la hora de pedirle a un desconocido que cogiera la cámara.

—Esta. —Coloca una foto encima del montón y observa a su padre con atención—. ¿Puedes ponerle fecha?

Él se inclina y se sube las gafas.

—Es verano, a juzgar por tantas hojas como tienen los árboles. Diría que ahí tienes unos ocho años. Siete, casi ocho.

—¿Esos horribles pantalones de peto no podrían ser de otra década?

—Oh, te encantaban.

Su expresión se torna distante tras sus lentes de aumento empañadas por el vapor de la leche; Lorna tiene la sensación de que ya no la ve a ella (treinta y dos años, camiseta blanca, falda vaquera, Converse plateadas), sino a la niñita que fue, nerviosa y ataviada con un bonito pantalón de peto y unas sandalias de piel.

—Tenías opiniones muy tajantes respecto a tu ropa ya desde el año catapum. Era como vestir a María Antonieta cada mañana.

En ese momento un torrente de recuerdos comienza a fluir sobre la mesa creando poderosos remolinos alrededor de las fotografías, como el agua contra una roca. Doug se mira las manos, entrelazadas, los pulgares giran uno alrededor del otro. Lorna vuelve a guardar las fotografías en el sobre con resignación. Está claro que aquí no va a obtener ninguna respuesta.

Solo entonces Doug se relaja, se recuesta en la silla, con las manos entrelazadas sobre el estómago.

—Bueno, ¿y de qué habéis estado hablando las dos?

—Oh, intentaba convencer a Lou para que me acompañara a Black Rabbit Hall este fin de semana. —Está a punto de pedirle directamente que cuide de los hijos de Louise, pero se le ocurre que dirá que sí y que Lou podría no sentirse tranquila endosándoselos a papá (Alf es un niño difícil), por eso se limita a decir—: Pero tiene a los niños.

Él no pica el anzuelo, remueve los azucarillos en su té con una cuchara sucia. Una vuelta a los tres años. Ya no hay nadie que le dé la tabarra con eso.

—¿Seguro que Jon no puede cogerse el fin de semana y acompañarte? Me sentiría mejor si fueras con Jon.

—Tiene un trabajo importante en marcha.

Doug levanta la vista hacia ella y las cejas se elevan de golpe por encima de las gafas; una de esas miradas que preceden a una pregunta incisiva y un tanto personal.

—¿Van bien las cosas entre vosotros dos?

—Por supuesto. —Cruza los brazos sobre el pecho—. ¿Por qué?

—Noté cierto malestar en la comida en el pub el domingo. Nada típico en vosotros dos, tortolitos.

—Ah, eso —dice tratando de quitarle importancia tanto a sus ojos como a los de su padre. Junta la sal y la pimienta en medio de la mesa con las palmas de las manos—. No está seguro de que deba quedarme en Black Rabbit Hall. Piensa que intentan vendérmelo a toda costa.

—Bueno, ¿y no es así?

—Puede. Vale, sí. Pero no es un pacto de sangre. Quiero decir que si de verdad Jon no quiere…

—¿Te rendirás y aceptarás? —Doug ríe y su barriga se mueve y presiona contra la mesa—. Venga, Lorna. Te conocemos. Cuando te empeñas en algo, no hay nada que hacer.

—¡Pero es una casa preciosa!

Doug la estudia por encima del borde de su taza, más serio.

—He de decir que opino como Jon. No estoy seguro de que me guste esta invitación de la duquesa...

—No es duquesa. La señora Alton es una mujer de carácter fuerte refugiada en una casa grande y vieja y deseosa de compañía.

Esto no es del todo cierto (hay algo siniestro en Caroline Alton, algo raro en la pareja que forma con la nerviosa Dill, en la invitación a que se quede), pero no es tan tonta como para explayarse en eso ahora. Lo importante es que las vacaciones escolares de verano están pasando a una velocidad alarmante. En septiembre volverá a pillar piojos, a dejarse llevar por el pánico ante las inspecciones de la Ofsted, la oficina de inspección oficial, y a ponerse de los nervios por no tener organizada la boda.

—¿Otro té?

—Gracias, pero debería irme.

Siempre sucede lo mismo: Lorna está deseando ir a ver a su padre y entonces, en cuanto está en la casa familiar, se siente tan triste por él y tan inquieta por la ausencia de su madre (y la persona que era ella en compañía de su madre) que ansía volver a su vida adulta.

—Si no, pillaré la hora punta —explica sin necesidad mientras coge su bolso.

Doug parece decepcionado, como siempre cuando ella se marcha, luego recobra el ánimo, retira la silla y se levanta.

—Gracias por esas sofisticadas exquisiteces. Disfrutaré del salami.

—Llámame si necesitas cualquier cosa.

Le da un beso en la mejilla (huele a loción para después del afeitado, tostadas, cuello de camisa no del todo limpia) y fija la mirada en el sobre marrón que hay sobre la mesa.

—Papá, ¿te importa que me lleve las fotos?

Él vacila, con el ceño fruncido, y acto seguido asiente.

—¿Sabes? Creo que te pertenecen.

Está girando la llave del contacto cuando se da cuenta de que ese último comentario es extraño —¿por qué las fotos le pertenecen a ella?— y que es algo que su padre no diría normalmente.

Pero un Volvo está esperando con impaciencia para ocupar su plaza de aparcamiento y otro coche parado detrás de este ya ha pitado una vez, así que sería un poco tonto volver ahora a casa y preguntarle.

11

El taxi desaparece entre los árboles, dejando a Lorna sola en la gravilla del camino de entrada de Pencraw Hall; a sus pies, una maleta para el fin de semana. Reina un silencio desconcertante, salvo por el viento y la risa de las gaviotas, que oye pero no ve. Los halcones gemelos de piedra de la entrada parecen inquietantemente conscientes, pero la casa en sí se diría dormida y vacía bajo el calor de finales del verano; un edificio que soporta con paciencia su propio proceso de declive. Lorna siente por primera vez una punzada de aprensión. No solo por lo aislada que está la casa, por el hecho de que no cuenta con coche —como no le apetecía nada enfrentarse a esas tortuosas y estrechas carreteras ha cogido el tren en Paddington— ni con ningún medio para marcharse de allí con facilidad. También porque se fue de Londres con una disonancia entre Jon y ella que dura desde que volvieron de Black Rabbit Hall hace casi tres semanas y que se ha ido intensificando a medida que se acercaba el fin de semana en el que ella iba a regresar.

Jon se ha mostrado demasiado callado y preocupado los últimos días, como si le diera vueltas a algo referente a la casa que no se ha decidido a revelar o que es incapaz de expresar. Ella se ha sentido incomprendida, juzgada con excesiva dureza por perderse la fiesta de cumpleaños de la hermana «pequeña» de Jon que se celebra este fin de semana. Se pregunta si Jon solo está enfadado porque ha venido aquí sin él. Siempre le ha gustado tenerla cerca. Ella le quiere por eso —la territorialidad masculina—, pero al mismo tiempo hace que le den ganas de apartarlo de un empujón.

Amar tanto a alguien —y ser correspondida en igual medida— la asusta. Así que se revela contra ello y jura que seguirá siendo tan independiente como le sea posible, casada o no. No será jamás una mujer que soporta su relación.

En cualquier caso, esto de estar aquí sola no está mal, se dice con firmeza. Será más fácil explorar la casa, indagar un poco, ver si puede hallar una explicación para esas extrañas fotos de su madre y ella en el camino de entrada, fotos que ha guardado con cuidado entre las páginas de su libro. Estando sola podrá sumergirse en Black Rabbit Hall. Consciente de estar haciendo justo eso, cierra los ojos un momento y disfruta de la cálida brisa que agita su vestido, cargada de deliciosos aromas —algas, madreselva, lanolina— que la transportan a los veranos de su infancia, a los paseos por el campo, cuando cogía trocitos de lana de oveja de las vallas de alambre de espino y se los escondía en el bolsillo del anorak para que su madre no los viera.

El agudo grito de una gaviota la sobresalta. Sube los escalones de forma apresurada y llama al timbre. Nadie. Vuelve a llamar. Golpea con la aldaba con forma de garra de león. Nada. Qué extraño. Telefoneó hace un par de días y habló con Dill para confirmar la hora de llegada. ¿Se habrá olvidado Dill? Echa un vistazo a su reloj. Las dos en punto. ¿Puede ser que Dill y la señora Alton estén almorzando en alguna parte? Sí, eso tiene sentido. Seguro que están comiendo salmón ahumado en los carísimos platos de la carísima vajilla de porcelana de la familia y no oyen nada tras los gruesos muros de piedra. Lorna decide dejar ahí la maleta, dar un paseo por los jardines y llamar otra vez dentro de veinte minutos, cuando ya hayan terminado.

En el límite del bosque la ornamentada puerta de hierro forjado le deja en los dedos una mancha de óxido que parece sangre seca, como si quisiera estampar su marca en quienquiera que pase por allí. No está cerrada con llave, pero tampoco se abre con facilidad, las zarzas se enganchan en los goznes. Lo que solo refuerza la determinación de Lorna por atravesarla. Retira las peores zarzas sin arañarse demasiado los dedos, luego aparta con los pies el resto y maldice la estupidez de llevar manoletinas con una suela tan fina. Empuja fuerte con el hombro contra el duro metal y, con un crujido un tanto alarmante —no está segura de si es la puerta o son sus huesos—, se abre. La cruza.

El angosto sendero que se interna en el bosque se aleja de la casa dando vueltas y más vueltas, por lo que cuando Lorna echa un vistazo por encima del hombro unos minutos más tarde se da cuenta de que el camino de vuelta ya no se ve. Los árboles son más densos a medida que avanza, la interminable verticalidad de los troncos crea una perspectiva desconcertante, de modo que no tiene ni idea de la distancia que separa un árbol de otro. De cerca, los árboles son enormes, nudosos, extrañamente humanos. Son la clase de árboles a los que Lorna anhelaba trepar de niña mientras se abría paso alrededor de los impecables parterres de crisantemos de su madre, junto a los que estaba prohibido jugar a la pelota.

¿Agua? Lorna se detiene. No cabe duda de que se trata del murmullo del agua. Recuerda que Dill le dijo que por el bosque llegabas al río. Pero ha perdido por completo el sentido de la orientación, aunque tampoco es que tenga demasiado. Sus pupilas se dilatan, se adaptan a las sombras. Carcasas de árboles muertos siembran el camino, chamuscados por los rayos. Ay, madre… Está un poco perdida. Se arriesga a convertirse en la invitada que llegó, se adentró en el bosque y necesitó que una partida de búsqueda la rescatara a tiempo para la cena. En cuanto decide volver sobre sus pasos —retroceder un poco parece lo más sensato— atisba un parpadeo metálico entre las ramas, como el rápido movimiento de una serpentina de carnaval. ¡El río! Tiene que ser eso. Corre hacia él, saltando ramas, con energía renovada, y llega sin aliento y con el pelo enredado a su suave y pantanosa orilla.

Lorna se queda allí de pie; sonríe como una boba al agua, se separa la melena del cuello, lo asimila todo con la boca abierta: el cenagoso olor salobre; las luminosas aguas trenzadas por la corriente; la emoción de estar sola, de que pronto se casará, de ser una invitada en Black Rabbit Hall, nada menos. Todo ello le sobreviene como un subidón inducido por las drogas. Y le embarga la certeza de que debía estar en esa orilla justo en esa tarde de agosto, que el jaleo que ha provocado merecía la pena. Un tanto aturdida, se apoya en el árbol más cercano y nota su rugosa y cálida corteza a través del delgado algodón de su vestido. Su mirada recorre el grueso tronco hasta la copa —una soleada celosía de hojas— y desciende de nuevo. Unas señales en la madera llaman su atención. Líneas. Marcas. Letras.

Está claro que han grabado el grafiti en la madera con un instrumento afilado, concluye Lorna mirando con más atención. En parte es difícil de descifrar, pues el crecimiento del árbol ha desdibujado los bordes y han quedado recubiertos de escamoso liquen. Son marcas antiguas, no cabe duda, pero no tiene ni idea de cuándo fueran hechas. Lorna levanta la mano y las sigue con la punta de los dedos. Es una tontería, claro, pero siente que este árbol llevaba mucho tiempo esperando su visita.

Símbolos extraños, cruces, triángulos, zigzags... ¿el garabateo de la punta de una navaja en la corteza? Sí, no hay duda, una navaja, un cuchillo pequeño de algún tipo. ¡Oh, un conejo! El dibujo de un conejo con largas orejas y dos cómicos y protuberantes dientes. Lorna sonríe. Y ¿qué es esto? T-O-B-Y. ¿Toby? Sí, está claro que pone Toby. ¿Quién es Toby? Identifica la mano tras el grafiti: no es un niño pequeño, decide pensando en la letra de sus alumnos de primaria, sino alguien mayor, un adolescente tal vez, con una buena educación. Hay algo en las letras —la evidente energía y determinación de la mano que las grabó— que hace que su corazón se acelere. Es como descubrir los restos de una tribu extinta.

Lorna no tarda en descifrar otro grupo de letras. A-M... No, no puede distinguir nada más, el resto de la palabra está deteriorado. Pero, oh, fíjate. Aquí hay otro. Justo en la base de una rama. K-I-T. ¿Kit? Así que hubo más de un niño viviendo aquí en un momento dado. Un heredero y su repuesto. Ha oído antes esa expresión. Tiene una lógica brutal.

Lorna saca un pasador del bolsillo y se recoge el pelo, apartándoselo de sus acaloradas mejillas. Y entonces las letras comienzan a saltar, a empujarse, a brincar, a correr hacia ella como niños pequeños.

—«Barney, hermano pequeño» —lee en voz alta; introduce la punta del dedo en el tajo más profundo—. «R.I.P. 1963-1969».

El nombre de Toby está escrito debajo por la misma mano. Cuando las fechas calan en ella, se lleva la mano a la boca. ¡Oh, no! El pobrecito tenía solo seis años. La misma edad que sus alumnos de 1.º B. La misma edad que su sobrinito Alf. Los sentimientos se suceden con rapidez: tristeza porque conoce bien a los niños de seis años, sus pies vivaces, sus sonrisas desdentadas, su energía inagotable; dolorosa compasión por la pobre señora Alton, pues seguramente se trata de su hijo; y luego, de manera inesperada, una sensación de responsabilidad hacia este pobre chico olvidado, una punzada similar a la que siente cuando se entera de que un niño de su clase es vulnerable o necesita que lo rescaten de algún modo. No es una de esas profesoras que fingen no darse cuenta o que consiguen desconectar cuando salen del trabajo. Por las noches permanece en vela pensando en esos niños. Y con estos le pasará lo mismo.

Se le forma un nudo en la garganta. Este grafiti —tan cerca de perderse, engullido por el tiempo y el musgo— es un epitafio a una vida tristemente muy corta, y lo de «hermano pequeño» lo hace más sincero, más conmovedor que cualquier cosa grabada en una magnífica lápida de mármol.

En ese momento siente una conexión palpitante. El corazón se le acelera. No tenía por qué encontrar este árbol —debe de haber miles, ¿qué probabilidades hay?—, pero lo ha hecho. Algo la ha atraído hasta este niño —y hasta el hermano mayor que con tanta dulzura grabó su nombre— invitándola a averiguar más cosas acerca de su breve existencia. Está segura de ello. ¿Puede casarse ahora alegremente en Black Rabbit Hall sin saber qué le pasó? No, no puede. Necesita aclararse, encontrarle algún sentido, igual que debe hacer con las antiguas fotografías de su madre y ella en el camino de entrada. Son dos cosas inconexas, pero mientras Lorna está ahí —los dedos en la áspera corteza y el sol filtrándose entre las hojas— empiezan a agitarse en el mismo espacio oscuro dentro de su cabeza y a perseguirse como fantasmas juguetones.

12

Amber,
Nochebuena de 1968

—No lo era, Barney, te lo prometo. Los fantasmas no existen. Barney tiembla en mis brazos como un cervatillo, todo él extremidades flacuchas y largas y húmedas pestañas.

—Era Caroline con la estola blanca de piel de mamá, nada más —añado intentando restarle importancia—. Me ha impactado un poco.

—¿Está ahí mi monito favorito? —dice Peggy desde la puerta del cuarto de los niños—. Mira, te he traído una manta. No queremos que pilles un resfriado, ¿verdad? —Se la echa sobre los hombros, embozándola bajo la barbilla como un babero—. Mira qué más te he traído. —Deposita una bandeja sobre la alfombra de mi dormitorio—. Galletitas. Queso. Y un rico vaso de leche templada con un chorrito de leche condensada de la lata. Como te gusta.

Los brazos de Barney se aflojan alrededor de mi cuello. Se baja de mis rodillas y se acerca a la bandeja.

—Si no hubieras chillado como una loca a la pobre señora Shawcross, el pobre no se habría llevado un susto de muerte, Amber —murmura Peggy en un susurro furioso por encima de la cabeza de Barney, que se está comiendo una galletita—. Por Dios bendito, acaba de cumplir seis años. No es de extrañar que esté alterado.

—Así que ¿yo tengo la culpa?

—Bueno, sí. Esta vez sí. Oh, Amber, no me mires así. Sé que sigues echando de menos a tu madre y que sufres, pero no puedes demostrarlo poniéndote como una loca delante de un chico tan sensible como nuestro Barney. —Posa su diminuta mano en mi hombro—. Todos cargamos con una cruz en la vida.

—No tienes ni idea. —Me encojo de hombros.

—Bueno, puede que no. —Resopla—. Pero sé que es Nochebuena. —Sus dedos se acercan a su crucifijo—. Y sé que el señor Alton hace lo que puede. Y que después de una dura semana en Londres no necesita esto. Quiere que su pequeña y buena Amber vuelva, no una especie de… demonio chalado.

—¡Ella es el demonio!

—¿Qué es un demonio? —pregunta Barney con las mejillas llenas de queso.

—Nada de lo que tengas que preocuparte, Barney. Cómete las galletitas. Recupera fuerzas —responde Peggy con rapidez, y por encima de la cabeza del niño me susurra—: La señora Shawcross hace muchos esfuerzos por ser amable, si al menos Toby y tú se lo permitierais… Y se está gastando una pequeña fortuna. ¿Has visto cuántos regalos ha amontonado bajo ese árbol? Casi resulta indecente. Nunca había visto tantos. Ni a una mujer que se esfuerce más por agradar.

—Caroline nos ha dado gominolas —dice Barney como si tal cosa.

Yo le limpio con el dedo el bigotillo de leche.

—¿Os ha dado gominolas?

—Gominolas en un papel retorcido.

Peggy gira el delantal alrededor de su estrecha cintura y se endereza con un suspiro.

—Bueno, el té no va a prepararse solo.

—¡Espera! Peggy, ¿dónde encontró Caroline la estola?

La posibilidad de que Caroline se haya acercado al armario de mamá (el lugar al que puedo ir e inhalar los últimos átomos de ella) me pone enferma.

Peggy frunce el ceño, mueve la boca.

—Debía de estar colgada en el ropero, supongo.

Yo meneo la cabeza.

—No. La he visto en el armario de mamá, colgada al lado de la estola de zorro rojo.

—Oh, no te pierdas en los detalles, Amber. Puedes culparme a mí si lo prefieres.

—¿Por qué? —digo, enfadada, sabiendo que va a intentar cargar con las culpas para mantener la paz.

—Bueno, me topé con la señora Shawcross que venía de la terraza y estaba tiritando. Cualquiera habría pensado que tendría el sentido común de no ponerse un vestido como ese en diciembre, con los hombros al aire como un jamón, pero en fin… Sugerí que a lo mejor quería cubrirse con unas pieles o algo así, que no le convenía pillar un resfriado, que es imposible encontrar un médico sobrio en Nochebuena. Y lo siguiente que veo… —Peggy se sonroja, está disfrutando del drama— es a la señora Shawcross en lo alto de la escalera y envuelta en la estola de tu madre, ¡como esas cosas que se ven en la pantalla del Truro Coronet!

Siento un escalofrío. Veo el broche otra vez, centelleando, un ojo de gato.

—Y tenía un aspecto navideño con esa piel blanca. Pensé: «Al menos esta imagen puede que anime al señor Alton» —añade Peggy, que parece un poco irritada por esta idea.

—¡Pero es nuestra primera Navidad sin mamá!

—Sí, Amber. Y por eso mismo ha venido la señora Shawcross, ¿no? Para alegrar las cosas. Para que tu padre esté animado.

Hundo la barbilla en el cabello de Barney, no tengo ganas de pelea, me pregunto si me he equivocado y estoy siendo demasiado egoísta.

—No estés tan triste. Tu madre habría querido que fueras feliz en Navidad, ¿verdad? Detestaba las caras largas.

Se me llenan los ojos de lágrimas. Intento contenerlas para no alterar a Barney.

—Oye —dice Peggy abrazándome. El cuello de su camisa desprende olor a sudor, a tarta y a polvos de talco—. Nada de eso, señorita.

—Pero… es como si estuviéramos fingiendo que las cosas son

normales, Peggy. —Me aparto de ella y me enjugo las lágrimas con el dorso de la mano—. Como si papá nos pidiera que nos olvidáramos de mamá.

Ella sacude la cabeza.

—Nadie os pide que la olvidéis, patito.

—Pues lo parece.

—El señor Alton cree que la mejor forma de avanzar es poner un pie delante del otro, mantener el tipo y todo eso. Tiene sentido, Amber. Si vives en el pasado… —se le rompe un poco la voz—, solo vives a medias.

Barney tose al reprimir un sollozo. Las dos nos giramos, aterradas de haberlo alterado de nuevo. Se pone triste con mucha facilidad.

—Eh, señorito, tranquilo. No empieces a berrear otra vez o la señora Shawcross saldrá corriendo a coger el tren para Londres y nos ganaremos una buena. —Peggy me mira y susurra—: Sospecho que a la señora Caroline Shawcross no le gustan los niños chillones.

—No creo que le gusten los niños de ningún tipo. Lo veo en cómo nos mira. Incluso a Lucian.

—Bueno, Lucian no me parece un muchacho de trato fácil.

Una extraña sensación se apodera de mí al recordar mi encuentro con Lucian en el bosque, cómo surgió de las sombras. Aparto la imagen, trato de no pensar en él. Pero cuanto más decidida estoy a no pensar en Lucian, más se parece eso a pensar en él. Igual que cuanto más deseas dormir más te espabilas.

—Olvidas que no todo el mundo es tan sensible como lo era tu madre cuando se trata de niños, Amber. Verlos pero no oírlos. Así ha sido durante generaciones de niños Alton. Maud Bean, del pueblo, que conocía a la niñera Toots de tu padre, dice que él solo veía a sus padres entre las cinco y las seis. Fue tu madre, bendita sea, quien cambió las cosas aquí con sus maneras estadounidenses. Nadie había visto nunca nada parecido.

Se pone en cuclillas.

—Eres un buen chico, Barney. Acábate la leche. Los chicos necesitan leche para ponerse fuertes. Tú quieres ser alto y fuerte como tu papá, ¿verdad?

Barney asiente, con los ojos muy abiertos, y sus pálidos deditos cogen el vaso.

—Mi yaya solía decirme: «Bebe un vaso de leche todos los días y vivirás cien años».

—¿Vivió cien años? —pregunta Barney.

—Noventa y dos. Pero eso es una vida suficientemente larga para cualquiera. —Le guiña un ojo y le alborota el pelo—. No queremos abusar de la hospitalidad, ¿verdad?

Los dientes de león asienten como cráneos cubiertos de escarcha, atrapados en el brillante rayo de luz que entra por la ventana de la cocina. Plateadas zarzas cruzan la tierra en los límites. La hiedra es más tupida que nunca, como si trepara sigilosa por la casa mientras dormimos, adhiriéndose a las ventanas como la pegajosa niebla a los pies. Este año no han recortado ni podado nada en el jardín. Mamá y su equipo de jardineros lo hacían cada otoño; yo solía ayudar, aguantaba el saco abierto para que echaran los recortes, sacaba bandejas con galletas para que todos siguieran a lo suyo. Este año no vino nadie. Presiono las manos contra el frío cristal, trato de ver en la oscuridad.

Sigue sin haber señales de Toby.

Agradecida de que no me hayan convocado a una cena con adultos, intento comer la comida de los niños —un humeante pastel de carne, repollo, zanahorias del huerto, la promesa de tarta de hojaldre y manzana de postre, otra tarta de frutas—, pero desde que me encontré a Lucian en el bosque he perdido el apetito; tengo el estómago lleno de otras cosas.

Quince minutos más tarde, Toby se acerca a su asiento en silencio; se tapa la cara con la mano mientras se sienta, ignorándome. ¿Sigue enfadado? Me fijo en un desgarrón en el cuello de la camisa y en el barro seco en su pelo.

—¿Qué le ha pasado a tu ojo, Toby? —pregunta Kitty de forma alegre mientras acerca una zanahoria a las negras puntadas que son la boca de Muñeca de Trapo.

—Nada. —Resopla.

Yo estiro el cuello para ver qué esconde.

—¡Vaya! ¿Qué le ha pasado a tu ojo?

Toby apuñala la patata con el tenedor.

—No me duele.

El miedo me encoge el estómago: tres nudillos marcados en una ceja.

—¿Te lo ha hecho Lucian?

—No quiero hablar de ello.

—Toby...

—Piérdete.

Ahora está oscuro como boca de lobo, las largas cortinas de terciopelo echadas para protegernos del punzante frío. Me paro delante de la puerta de la sala, escucho los villancicos que suenan en el tocadiscos, la tos de fumador de papá y los sonidos de una mujer desconocida.

El rostro de papá se ilumina por el resplandor de su puro. El disco se ha atascado: «Noche de paz, nooo... ooo...». Él se inclina, levanta la aguja y la posa de nuevo en un surco. La canción salta, el coro continúa.

«Noche de amor...»

Echo un vistazo a Caroline con disimulo. Ya no lleva la estola. Pero está sentada en la butaca de mamá junto al fuego —la de color ciruela enfrente de la de papá que ninguno de nosotros nos atrevemos a utilizar— como si siempre hubiera sido suya, con las piernas cruzadas a la altura de las rodillas y la espalda muy erguida, una copa de cóctel en una mano y esa sonrisa tensa tan de ella, como si unas cuerdas invisibles tiraran de sus labios hacia arriba. Lleva puesto un vestido de noche rojo sangre que resalta la inmaculada piel cremosa de sus hombros. Sus ojos tienen el color de un despejado cielo invernal en las sombrías y frías horas justo después del alba.

—Buenas noches, Amber —dice como si antes no se hubiera puesto la estola de mamá, como si no le hubiera gritado a la cara—. ¿Emocionada con las Navidades?

Me acuerdo de las palabras de Peggy, de que papá quiere recuperar a la antigua Amber, así que lo intento por su bien.

—Sí, gracias, Caroline —consigo decir, y mi voz surge alta y extraña.

Papá me sonríe. Una sonrisa aliviada, agradecida. Me pregunto si sabe lo que ha pasado antes. No he tenido ocasión de contárselo porque no he podido pillarlo a solas. Quizá conozca la versión de Caroline.

—Oh, mira qué ricuras. —Caroline dirige la mirada más allá de mi hombro y se lleva la mano a la garganta—. ¡Qué adorables, Hugo!

Barney y Kitty están en la entrada en pijama, arrastran con timidez un pie descalzo tras otro, con el pelo recién cepillado, formando un halo a causa de la electricidad estática, y la cara lavada. Peggy pasa detrás de ellos, como una sombra. Boris menea el rabo.

—¿Has traído más gominolas? —suelta Barney, y papá y Caroline se ríen como si fuera lo más gracioso que han oído jamás.

—Estoy seguro de que puedo encontrar otras pocas. ¿Os gustaría? ¿Algo dulce y rico?

Barney y Kitty asienten con entusiasmo. Me dan ganas de señalarle a Caroline que se han cepillado los dientes, pero Kitty se pondrá furiosa si lo hago.

—Oh, también está el joven Toby. —Se pone rígida en la silla—. Buenas noches, hombrecito.

—¿Qué te ha pasado en el ojo? —pregunta papá en voz queda, como si no estuviera seguro de querer saber la respuesta. Tratándose de Toby, a veces es mejor no preguntar.

—Me he caído de un árbol. La rama se partió —farfulla Toby con voz apenas audible.

—Mmm —dice papá, finge creerle.

—Ay, Dios mío, menudo ojo a la funerala —comenta Caroline, y está a punto de añadir algo pero se frena; da la impresión de que acaba de ocurrírsele cómo ha podido hacérselo.

Después de eso nadie hace comentarios sobre el ojo ni sobre la evidente ausencia de Lucian en la habitación.

Tras cierta incomodidad, papá abre los brazos.

—Vamos, dadme un abrazo.

Barney corre hacia él y se sube de un salto a su rodilla. Kitty ocupa la otra junto con Muñeca de Trapo. Boris se tumba a sus pies y babea sobre los cordones de sus zapatos.

Toby se mantiene firme, castiga a papá por haber invitado a los Shawcross a Black Rabbit Hall.

Yo aguanto un par de segundos pero soy incapaz de resistirme: aprieto la cara contra el pecho de papá —parece seguro y sólido, huele bien— y le pasó los dedos por el pelo; no es algo que suela hacer, pero Caroline está observando. Reclamo mi territorio.

—Os he echado de menos estas últimas semanas —dice papá, posando la barbilla en los rizos de Kitty al tiempo que mira a Toby con el rabillo del ojo—. He tenido muchísimo trabajo.

—Muñeca de Trapo te sigue queriendo —susurra Kitty—. Te ha hecho un calcetín rosa.

—¿De veras? —El amor ablanda los ojos de papá. Nosotros reímos. Y por un momento casi consigo olvidarme de Caroline—. Estoy muy orgulloso de todos vosotros. Espero que lo sepáis.

Mira a Toby mientras habla y creo que es porque quiere que sepa que también lo incluye a él. Pero Toby aparta la mirada y hace girar con el dedo el globo terráqueo del rincón.

Caroline se aclara la garganta y se remueve en la silla, incómoda, como si no supiera dónde colocarse.

—Todos habéis sido muy valientes. —Esto es lo más cerca que papá ha estado de mencionar a mamá desde que volvió a casa por Navidad.

—El año que viene será mejor —apostilla Caroline, con voz un tanto estridente, observándonos por encima del borde de su copa con mirada esquiva.

—Desde luego que sí.

Papá le sonríe por encima de la cabeza de Kitty. No me gusta esa sonrisa. No me gusta que esté llena de conversaciones que nosotros no hemos oído.

—¿Lo juras por tu vida, papá? —Kitty tiene la mirada fija en los pendientes de zafiros de Caroline, que brillan en sus diminutas y altas orejas—. ¿Que será mejor y cada vez mejor?

—Por mi vida, gatita. —La besa en la frente, con los ojos cerrados.

Caroline se levanta de repente, como si la ternura fuera demasiado. Su copa golpea la chimenea de mármol con un tintineo agudo.

—¿Alguien ha mirado fuera en los últimos minutos?

Barney y Kitty niegan con la cabeza. Toby gira el globo terráqueo más rápido. Le da vueltas de tal manera que pienso que girará más y más rápido, se desenganchará y saldrá volando por la habitación. Un poco como Toby.

—Tengo algo mágico que enseñaros. —Caroline ofrece la mano, que queda suspendida en el aire; los anillos cuajados de piedras brillan a la luz del fuego—. Vamos, niños.

Kitty y Barney miran la mano y luego a Toby, inseguros de sus lealtades. Un músculo de la mandíbula de Caroline se crispa. Kitty es incapaz de resistirse a los anillos, claro. Caroline parece aliviada y sonríe a papá por encima del hombro. «Mírame», dice la sonrisa. «Mira, Kitty me quiere y me coge de la mano.» Ambas se acercan a la ventana.

—Amber, Toby. La ventana. —La voz de papá destila cierta aspereza mientras vuelve a servirse whisky de la licorera—. Os arrepentiréis si no.

La curiosidad puede con nosotros. Descorremos la pesada cortina de terciopelo y nos quedamos boquiabiertos. Enormes y esponjosos copos de nieve caen bajo la dorada luz de la ventana, girando en espiral, flotando en el viento.

—¡Uau! —Barney planta las manos abiertas en el cristal—. ¿La nieve es de verdad?

Caroline amolda una mano a su diminuto hombro.

—Tan de verdad como tú y como yo, Barney.

—Pero en Black Rabbit Hall nunca nieva —dice Toby frunciendo el ceño. Hay algo en eso que le fastidia de verdad, que no tiene sentido—. Nunca nieva al lado del mar.

—Bueno, ahora sí, Toby. —Caroline yergue la cabeza, mira por la ventana con una inconfundible expresión de triunfo—. ¿No es demasiado perfecto todo esto para expresarlo con palabras?

Me despierto de repente, con las manos protegiéndome la cara de la caída, y me quedo ahí tumbada, resollando en la oscuridad. ¿Cómo se atreve Lucian? ¿Cómo se atreve a hacer daño a Toby y a esconderse después? No pienso dejar que siga escondiéndose.

Tiro de la cadenita de la lámpara y entorno los ojos bajo el resplandor que se filtra entre los flecos melocotón, acostumbrándome a la luz. El frío me abofetea al levantarme de mi cama caliente. Sorteando el tablón del suelo que hay justo al salir de mi dormitorio porque hace más ruido que un gatito maullando, cierro con cuidado la puerta, dejando encendida la reconfortante luz de la lámpara, y recorro el pasillo hasta la habitación de Toby. Me detengo fuera, aguzo el oído —no se oye nada, bien, se pondría como un loco si supiera adónde voy— y a continuación echo un vistazo a Barney y a Kitty, como hago siempre cuando me despierto por la noche, solo para estar segura de que no están muertos.

Los dos están en la cama de Barney, una maraña de rizos y extremidades, aplastados contra el trozo de pared en el que Barney pega su emocionante colección de tiritas ensangrentadas, trofeos de cortes en la rodilla y espinas clavadas en los dedos. Huele ligeramente a pis. Kitty tiene el culo en pompa. El codo de Barney apunta a la nariz de Kitty. El libro que les he leído antes de que se durmieran —*Milly Molly Mandy*— está metido de cualquier manera bajo la almohada. Muñeca de Trapo cuelga de la almohada cabeza abajo, con los brazos extendidos. La coloco al lado de Kitty, saco el libro y contemplo la respiración de ambos durante un momento. Les doy un beso en la frente y salgo de puntillas. Mi ira no tiene cabida aquí.

Las dudas me asaltan en la ventana del descansillo fuera de su dormitorio —la plateada luz de la luna baña las tablas del suelo— y dibujo una máscara sobre el cristal con mi aliento. La blancura del exterior es tan serena y lisa como la leche. Pienso en cómo le habría encantado a mamá ver así Black Rabbit Hall, ver los campos y el bosque helados. Y pienso en cómo se habría puesto si alguien le hubiera hecho daño a Toby.

Ella no está aquí. Pero yo sí.

A la espera del giro en la parte superior de la escalera, mis dedos rozan algo sólido en la oscuridad. Me sobresalto y cierro los puños. Pero no es más que el reloj de pie; el ruidoso hermano menor del que está en el vestíbulo, decía mamá. Intento ver su perlada esfera; las dos en punto, lo que significa que probablemente sean cerca de las tres. Tarde, demasiado tarde, pero Toby ha hecho que fuera imposible enfrentarme a Lucian antes de acostarme y no podía arriesgarme a meterlo en esto. Tendré que despertar a Lucian, eso es todo.

Pero hay un resquicio de luz bajo la puerta de Lucian. Me acerco con sigilo y me quedo fuera, alineando insultos en mi lengua, lista para escupirlos como guisantes duros.

—¿Quién anda ahí?

La puerta se abre con un chirrido. No estoy segura de quién se sorprende más al ver al otro. Mis insultos no están preparados.

Él abre unos ojos como platos a causa de la sorpresa. Luego deja escapar un apagado silbido de alivio.

—Creía que eras Toby.

Vuelvo en mí después de haberlo visto con un pijama azul de rayas.

—Sé lo que has hecho.

—Entonces será mejor que entres. —Abre más la puerta para que pase, como el caballero que no es.

Por encima de su hombro veo brillar las seductoras ascuas en el hogar. Pero algo me impide entrar en su cuarto, como si hubiera una línea invisible que no debo cruzar. Esto no es como lo había imaginado.

—Congélate en el pasillo si lo prefieres.

Levanto la cabeza y entro como si eso fuera lo que iba a hacer de todas formas.

Huele a algo especial en la habitación. A humo. A cigarrillos. A algo más. Un poco como Toby pero diferente. No sé dónde ponerme ni adónde mirar.

—Acabo de echar el último tronco, lo siento. —Se sienta en la cama y tira de una manta—. ¿La quieres?

—No, gracias.

Antes me congelaría que aceptar una manta de Lucian. Pese a todo, me maldigo por no haberme puesto la bata. Por llevar un camisón cubierto de arcoíris y por parecerme a Wendy, de *Peter Pan*. Peor que su pijama. Mucho peor.

—Estás tiritando.

—Estoy acostumbrada a los inviernos en Black Rabbit Hall. —Tengo la voz entrecortada, furiosa, y los dientes apretados por el frío—. Pero no estoy acostumbrada a los imbéciles como tú.

Él me mira como si de repente me hubiera vuelto más interesante.

—Black Rabbit Hall —repite, una sonrisa lenta curva su boca—. Quiero ver las siluetas en el césped. Si no aparece un conejito en el momento oportuno, ¿te colocarás mañana de forma que el sol recorte tu silueta para que pueda comprobar la teoría?

—No seas lerdo.

Echo con disimilo un rápido vistazo a la habitación, a la pila de novelas (¡algunas en francés!), al mástil de una guitarra apoyada contra la cama. Parece un cuarto mucho más adulto que el de Toby, que está repleto de calcetines sin pareja y viejas copias de *Boy's Own Paper*. No había visto una guitarra tan de cerca desde la visita a la tía Bay en Nueva York. En clase solo tenemos instrumentos clásicos. Las guitarras, un instrumento poco respetable para una chica, están prohibidas. Mis ojos se ven arrastrados hacia ella.

Al notar mi interés, Lucian alarga el brazo por encima de la cama y la coge, se la coloca en el regazo, como a un bebé, y los dedos se posicionan en las cuerdas simulando en silencio un acorde. Me fijo en las rosadas magulladuras de sus nudillos. Esa mano ha golpeado la cara de Toby.

—¿Qué tipo de música te gusta? —Sus ojos danzan sobre mi pecho, se demoran un instante y enseguida aparta la vista.

Cruzo los brazos y combato una oleada de vergüenza. No tengo ni la más remota idea de cómo responder a su pregunta. Se me pasa por la cabeza que le sienta bien tener una guitarra en las manos, como a mí tener un libro en las mías, como si de algún modo se pertenecieran.

—¿Tan embarazoso es? —Ahora hay cierta picardía en sus ojos. No cabe duda de que se lo está pasando en grande conmigo aquí de pie, en camisón, atrapada en el resplandor de la luz de la mesilla que de repente parece demasiado potente.

—Vete a la mierda.

Pulsa una cuerda de la guitarra. Esta vibra con dulzura en medio del silencio.

—Sabes, siempre he pasado las Navidades en Hampstead con mi abuela, que es muy aburrida pero preferible a esto.

—No te queremos aquí, Lucian. Ni a tu madre ni a ti.

—El sentimiento es recíproco —dice con suavidad, pulsando de nuevo la cuerda—. Mamá suele celebrarlas en una pista negra de esquí en Gstaad. Sabe Dios por qué me ha arrastrado hasta aquí.

—¿Quieres decir que no pasa las Navidades contigo? —pregunto, olvidando que no me interesa lo más mínimo.

—Es evidente que no conoces a mi madre.

—Ni quiero.

Él no levanta la vista de la guitarra.

—Has pegado a Toby en el bosque, imbécil —digo entre dientes. Tengo las axilas húmedas a pesar del frío que me eriza el vello de los brazos—. Y, lo que es peor, luego te escondiste. Eres... patético.

—Y tú eres una salvaje —dice con una desconcertante nota de admiración en su voz.

—¿No tienes nada más que decir? —Se me quiebra la voz—. ¿Ninguna disculpa? ¿Ninguna... ninguna explicación?

—Así es.

—Tienes suerte de que Toby no se lo contara a mi padre. Pero quiero que sepas que yo sí lo haré, Lucian. —Alcanzo el pomo metálico de la puerta y lo uso para mantenerme firme—. ¡Por la mañana le contaré a mi padre hasta el último detalle de esta conversación! Y él exigirá que tu madre y tú os larguéis de inmediato.

—Entonces lo estoy deseando.

Salgo en tromba por la puerta, pero me detengo. Hay algo que no tiene sentido.

—Dime por qué lo has hecho —pido, aún de espaldas.

—No tengo por qué contarte nada.

Me doy la vuelta.

—Toby es mi hermano gemelo.

Lucian pone los ojos en blanco.

—Sí, eso lo he pillado.

—Dímelo.

Lucian mira la guitarra y frota el mástil con el pulgar. Por primera vez veo vulnerabilidad en él, cierto titubeo en sus largos y delgados dedos.

—Amber, no es nada. Tuvimos una pelea en el bosque, nada más.

—¿Una pelea?

Me apoyo en la puerta, cerrándola a mi espalda, y las molduras se me clavan en la columna.

—Esta tarde, después de verte, he bajado al río y ahí estaba Toby, sentado en un árbol, en ese árbol enorme y viejo del que cuelga una cuerda. Estaba grabando algo en el tronco. Nos pusimos a… hablar.

—¿De qué?

Siento un escalofrío en el cuero cabelludo.

—Bueno, él más o menos me acusó de… —se aclara la garganta, titubea— de mirarte en la comida.

—¿De mirarme a mí?

—Esas no fueron sus palabras exactas. Pero si quieres lo básico, sí, así es.

—Bueno, qué… qué tontería. —Retuerzo un mechón de pelo con el dedo, ya no sé por dónde llevar la conversación. Me arde la cara. ¿Me miraba Lucian durante la comida? Estaba tan empeñada en no mirar en su dirección, en darle la espalda, que no lo habría visto—. Menuda sandez.

—Siento de verdad lo del ojo de tu hermano.

Los suyos son tan oscuros que son casi completamente negros; las ascuas danzan en ellos.

—No parece que lo sientas demasiado —replico, tratando de disimular mi vergüenza.

—Yo no digo cosas que no siento.

Deja la guitarra a un lado y se incorpora en la cama, doblándose de un modo extraño, y pone los pies en la alfombra.

Una oscura raya en la chaqueta roja de su pijama llama mi atención.

—¿Qué es eso?

Lucian baja la vista y se aparta la tela del abdomen.

—Parece… sangre.

—Me golpeó en un arañazo que me hicieron jugando al rugby.

¡Más sangre derramada en Black Rabbit Hall! Me llevo la mano a la boca preguntándome qué le diré a Caroline si él muere.

—No te asustes. —Se sube la chaqueta del pijama—. No es nada, ¿lo ves?

Es un tajo recto y delgado, como el corte con unas tijeras en una almohada, de unos siete centímetros de longitud.

—Tiene que verte el médico del pueblo.

—No, no.

Se echa a reír.

—Tu madre. Voy a buscarla.

—¡No! Mi madre no. Por Dios. Ni se te ocurra. Solo consígueme un pañuelo de papel o algo así, ¿quieres?

Intento recordar las clases de primeros auxilios del servicio de ambulancias St. John que nos dieron en el instituto mientras corro al cuarto de baño, agarro una toalla del colgador y la doblo como una almohadilla con los dedos temblorosos. Cuando vuelvo al dormitorio, Lucian está desnudo de cintura para arriba. El aliento se me queda atascado en la garganta. Me acuclillo, deseando no haber entrado en su cuarto ni haber hecho preguntas y, sin saber qué otra cosa hacer —ya que él no coge la toalla—, me pongo a limpiarle la sangre de su piel, firme y suave, negándome a mirar la crespa uve de negro vello que desciende desde el ombligo hasta un misterioso lugar por debajo de la cinturilla de los pantalones. La herida es superficial, pero requiere cirugía.

—No parece un arañazo hecho jugando al rugby —digo con remilgo.

Los músculos de su abdomen se contraen. Y entonces lo sé.

Cierro los ojos y me preparo, como haces en una atracción de feria, subes, subes, subes, lista para la terrorífica bajada.

—¿Toby? —susurro, y apenas me sale la voz.

—Mierda de navaja.

Su voz es tan contenida que sé que no quiere contármelo más de lo que yo quiero oírlo. Pero estamos en este cuarto en plena noche, con la nieve cayendo al otro lado de la ventana, y de repente parece imposible que alguno de los dos pueda decir algo que no sea cierto.

—No creo que quisiera hacerlo, Amber —dice con una inesperada ternura que hace que me entren ganas de llorar—. Solo quería asustarme. Las cosas se desmadraron.

—Toby no es mala persona. —Se me quiebra la voz al imaginar la furia de papá cuando lo averigüe—. Él… a veces se enfada.

—Lo sé. No pasa nada.

Dejo caer la toalla al suelo y hago esfuerzos por no llorar. La herida ya está seca.

—¿Por qué no has dicho nada?

—Lo entiendo, ya está.

Todo lo que creía saber sobre Lucian Shawcross empieza a resbalar y deslizarse debajo de mí como la nieve derritiéndose. Pero sigo sin estar segura de si debo creerle o no.

Nos quedamos un rato sentados en silencio. Las ascuas de la chimenea se avivan una última vez y luego se apagan, haciendo que la habitación parezca una ilusión bajo el agua.

—Mi padre murió.

—Oh. —Ahora le creo.

—Entonces también nevaba.

—Lo siento.

Lucian se encoge de hombros.

—No pasó en Semana Santa ni nada por el estilo.

No hay mucho que decir después de eso: atraviesa el tejido blando y llega hasta el hueso. Ambos sabemos cosas que la mayoría de la gente de nuestra edad ignora. Ambos hemos tenido que recomponernos. Maldita suerte. En realidad, eso es.

—Será mejor que me vaya.

Me levanto deprisa; un suave calorcillo sale por debajo de mi camisón. Sin mirar por encima del hombro, aunque me gustaría hacerlo, subo las escaleras bajo la luz de la luna tratando de asimilarlo todo. Pero hay mucho que encajar; una noche dentro de la noche. Me siento más despierta que nunca. Como si no fuera a dormir nunca más. El reloj de pie da las tres. ¿De verdad ha pasado una hora? ¿Adónde ha ido?

Mientras recorro con sigilo el descansillo hacia mi dormitorio me doy cuenta de que la puerta está entreabierta y mi lámpara apagada, pero yo la había dejado encendida. Algo se mueve en la oscuridad, se desplaza sobre los muelles de mi cama.

—¿Toby? —Abro la puerta despacio, solo me siento segura unos segundos más; el miedo es una polilla que revolotea en mi estómago—. Toby, ¿eres tú?

13

—Sí, Lorna, hubo un... un Toby que vivió aquí antaño, hace mucho —barbota Dill; se presiona la frente con el dorso de la muñeca, como si el nombre le provocara dolor de cabeza. Coloca la maleta de Lorna en la banqueta de piel y esta se tambalea—. Vaya por Dios, toallas. He olvidado las toallas. —Chasquea la lengua, pero Lorna nota que agradece la distracción—. Sabía que se me olvidaba algo.

—¿Toby es el hijo de la señora Alton? —insiste Lorna.

Aún siente la rugosidad de la áspera corteza en la punta de los dedos, los nombres de esos niños, y no puede parar de pensar en ellos. Cuesta creer que fue esta mañana cuando se despidió de Jon con un beso y cogió el tren en Londres. Black Rabbit Hall la ha enganchado, ha desplazado su otra vida.

—Oh, no, su hijo no —responde Dill, que parece sobresaltarse ante la idea—. No, no. Su hijastro. Ventilemos esto un poco. —Descorre las cortinas de motivos florales y sube la ventana de guillotina como si intentara dispersar las preguntas de Lorna con una vigorizante brisa—. Mejor así.

Lorna se reúne con ella junto a la ventana. La vista es diferente de como la recordaba, más amplia y al mismo tiempo más íntima. La extensión de césped le hace pensar en un escenario al aire libre en verano, en personajes fallecidos hace mucho tiempo. Pero no olvidados. Ningún niño debería ser olvidado jamás.

—Entonces, Dill, ese árbol del bosque…

—Se nos ha hecho tardísimo. La señora Alton estará esperando el té en la galería —aduce Dill saliendo por la puerta—. No le gusta nada tomar el té tarde.

Si la señora Alton está impaciente por tomar el té, tiene la buena educación de no mostrarlo. Ataviada con unos pantalones de vestir, una chaqueta de lana rizada sin solapas que se ha apelmazado con el tiempo —varios agujeros de polilla forman un círculo perfecto en el hombro izquierdo— pero sospechosamente parecida a las de Chanel que se venden por pequeñas fortunas en las mejores tiendas de ropa antigua, está sentada muy quieta en una acogedora habitación de color amarillo canario. Une las yemas de los dedos de ambas manos y los presiona suavemente contra sus labios.

—Se ha perdido en el bosque, imagino.

—Así es —reconoce Lorna—. Siento muchísimo haberla hecho esperar.

—Oh, se supone que esos senderos están diseñados para que el visitante pierda el sentido de la orientación. Una pequeña travesura de los Alton de finales del siglo diecinueve, según creo. Siéntese. Parece bastante acalorada por su pequeña aventura.

La fría indiferencia de la señora Alton es de las que le saca los colores a cualquiera, piensa Lorna, con cuidado de no apoyar los codos en el mantel de lino que cubre la mesa. Agradece la insistencia de su madre en cuanto a los modales en la mesa.

—El té. —Dill coloca delante de ellas una bandeja oriental de color negro cuyo lacado se está descascarillando en alargadas y curvadas esquirlas—. ¿Un trozo de pastel de jengibre, Lorna?

El pastel es como un lingote de bronce reluciente.

—Oh, sí, por favor. Tiene un aspecto delicioso.

—Yo sin el pastel de jengibre de Dill no funciono —dice la señora Alton, cortando el suyo con el canto de un deslustrado tenedor de postre de plata.

—Receta de mi madre —explica Dill, que parece sorprendida y satisfecha, como si un cumplido así no fuera nada frecuente.

—Uno de los que mejor se digieren —apostilla la señora Alton de forma enérgica.

El pastel es una explosión de sabor en la lengua de Lorna. El mejor que ha probado en su vida, y ha probado muchos. Antes de que pueda decirlo, Dill se esfuma de la habitación tan silenciosa como un gato de cocina.

—Los jardines son románticos, ¿no le parece, Lorna? —La señora Alton se limpia las comisuras de la boca con una deshilachada servilleta de lino que parece haber sido lavada en agua hirviendo todos los días desde el siglo quince—. ¿Un marco perfecto para una boda?

—Son los jardines más hermosos que he visto.

La señora Alton sujeta la taza de té con los dedos pulgar e índice, se la acerca a los labios y bebe un sorbo.

—Excelente.

—Señora Alton, al lado del río he encontrado un árbol… cubierto de grabados, de nombres —dice Lorna con tacto, no desea perturbar ninguna pena enterrada, pero la curiosidad la supera.

Por tranquila que sea esa habitación (todas las habitaciones antiguas lo son, no cuentan con la molestia de las redes wifi y el cableado oculto o lo que sea que cargue el ambiente en las casas modernas), su mente va a un millón de kilómetros por hora. Aunque esté allí sentada, le parece como si se estuviera moviendo.

—Estoy al tanto de dicho árbol. —La señora Alton exhala un suspiro, como si Lorna la hubiera decepcionado al mencionarlo. Su ceño fruncido se hace más pronunciado y su mirada se endurece por encima del borde de su taza, retando a Lorna a sondear más—. Está enfermo, hay que derribarlo.

—¡Oh, no, déjelo! Forma parte de la historia de la casa.

—Es una historia, Lorna. —Deja la taza en el platillo con brusquedad—. En una familia como la mía hay muchas, muchísimas historias, y la mayoría se contradicen unas a otras. No podemos ponernos sentimentales con todas. Bueno, ¿tendría la amabilidad de cortarme otro poco de pastel? No tiene sentido negarte un segundo trozo de pastel en la etapa de la vida en la que yo me encuentro.

—Estoy de acuerdo.

Con un pesado y romo cuchillo de plata, Lorna corta un trozo grande, sin duda demasiado grande, ya que la señora Alton alza la ceja izquierda. Y aunque ella se comería otro de buena gana, una idea genial hace que se detenga con el cuchillo en el aire.

—Señora Alton, se me ha ocurrido cómo podría establecer un próspero negocio de bodas aquí, en la finca.

—¿De veras? —Se lleva un trocito a la boca—. Continúe.

Lorna se echa hacia delante en la mesa, olvidándose de los codos.

—¿Puedo ser franca?

—No tengo tiempo para desperdiciarlo con quienes no lo son.

—Bueno, la página web no es demasiado… atractiva.

Está siendo diplomática: la «página web» consiste en una foto granulada, una dirección poco precisa (Pencraw Hall, Roseland, Cornualles) y una frase en la que se lee: PÁGINA EN CONSTRUCCIÓN.

—Entiendo —dice la señora Alton de forma cortante al tiempo que deja el tenedor en el plato. La expresión tempestuosa de su rostro insinúa que la franqueza podría ser un concepto relativo—. Créame, Lorna, es poco menos que un milagro que tengamos una siquiera.

—Yo… lo que quiero decir es que la página web no hace justicia a la casa.

—Endellion tomará algunas fotografías más. Compensa la habilidad que le falta con la cantidad. Con eso será suficiente.

—¿Qué hay de la historia de la casa? Todo el mundo querrá conocerla.

—¿De veras?

—Señora Alton, esta casa es para gente que, como yo, adora las cosas antiguas, para parejas que buscan un lugar alejado de la modernidad y la cotidianidad. —Piensa en las casas sosas y anónimas que la dejaron indiferente e intenta dar con lo que les falta—. Y también autenticidad. Un vistazo dentro de su mundo.

—¿Un vistazo a mi mundo? Eso no es asunto de nadie.

Una miga de pastel de jengibre se desplaza de su diente delantero, sale disparada por encima de la mesa y aterriza en la muñeca de Lorna.

—Estoy hablando desde un punto de vista puramente comercial, señora Alton.

No es verdad, por supuesto, pero deja sus palabras en el aire y se pregunta cuándo tendrá ocasión de limpiarse de forma discreta la miga.

—¿Está segura de que eso generaría más oportunidades de negocio?

—Eso creo. No haría falta muchísima información, nada indiscreto, solo unos pocos antecedentes. —Inspira hondo y se lanza—. Me encantaría ayudarla.

La señora Alton entorna los ojos.

—Sabe que no le haré descuento.

—¡Claro que no! Me encantaría hacerlo como una manera de darle las gracias por mi estancia. Escribo rápido. No tardaría y sería un placer, en serio. Me fascinan este tipo de cosas. La historia es la asignatura que más me gusta impartir en clase —agrega, teme haberse excedido.

—Entiendo. —La señora Alton impide que el escepticismo se refleje en su voz.

En el incómodo silencio, Lorna oye el crujir y los murmullos de la casa, como si la piedra, la madera y el deteriorado mortero de cal también intentaran tomar una decisión respecto a la impostora urbanita.

—¿Más pastel, señoras? —pregunta Dill, abriendo la puerta y mirándolas con curiosidad—. ¿Todo bien?

Lorna contiene el aliento, no se atreve a levantar la vista. Está a punto de que le pidan que se marche de allí. Bueno, ha sido divertido. Las cuatro horas que han pasado.

La anciana señora se aclara la garganta con un fuerte carraspeo.

—Lorna ha tenido la audacia de sugerir que ventilemos las sábanas de la familia para que el público las inspeccione, Endellion.

¡Jolines!

—Señora Alton, no pretendía...

—Y creo que ya es hora, ¿no te parece? —La señora Alton se levanta despacio, apoya en la mesa sus hinchados nudillos—. Pero antes voy a necesitar una buena copa en el salón. Jerez, por favor, Endellion. No del mejor.

Cuando pasan delante del reloj lunar del vestíbulo, este marca la medianoche. Pero el reloj de Lorna marca las cinco. Ninguna de las dos horas parece la correcta. Las paredes del salón son de un azul oscuro apagado, y el crepitante fuego que Dill ha encendido a toda prisa da a la sala un ambiente aletargado y cargado, como atrapada en las últimas e irreales horas de una fría noche de invierno. Un humo gris y denso asciende en espiral por la enorme chimenea, pero luego cambia de opinión y retorna despacio a la habitación, como la bruma, haciendo que a Lorna le lloren los ojos y le pique la garganta. El jerez tampoco ayuda. Confundida, se chupa un dedo —sabe a la savia lechosa del tallo de un diente de león, un regusto amargo a hierba que recuerda de la infancia— y pasa la página de su libreta.

Una hora más tarde la libreta está llena de datos aleatorios sobre la casa, con saltos atrás y adelante en el tiempo, como los confusos apuntes de un estudiante: Pencraw es de la familia Alton desde hace cinco generaciones; se compró con dinero fruto del comercio —azúcar, en un principio— a un duque con «demasiadas casas y una esposa muy malcriada, que se estaba quedando sin dinero en efectivo»; se utilizó como hospital de convalecencia para los heridos del ejército durante la Primera Guerra Mundial; acogió al menos a veinte niños evacuados en la Segunda Guerra Mundial; las tierras de labranza, extensas en otra época, se vendieron hace ya mucho, lo mismo que las casas de la finca; la mansión estuvo a punto de ser destruida, pues demolerla resultaba más barato que mantenerla, a comienzos de los años cincuenta, al igual que sus infames conejos, atacados por la mixomatosis; en el salón, donde ahora cuelga un paisaje de piratas, había un glorioso Reynold que fue vendido escandalosamente en una subasta por el abuelo de Hugo, su marido; hubo un heredero granuja y alcohólico, Sebastian, que bajo los efectos alucinógenos de la absenta se tiró de un yate en el Mediterráneo, desnudo salvo por su sombrero panamá, y se ahogó, para alivio de todos; en el jardín hay un tejo «más viejo que Estados Unidos»; la princesa Margarita acudió una vez a una fiesta, bailó toda la noche y se dejó un largo guante de seda blanca, ahora guardado en un cajón, aunque nadie recuerda en cuál. Hay tantos.

La historia familiar más reciente es más difícil de sonsacar. Escueta y elíptica, va escapando de la señora Alton inadvertidamente en pequeñas gotitas saladas, cada una de las cuales deja a Lorna más sedienta que la anterior; la «terriblemente hermosa» primera esposa de Hugo, que «no pudo sobrevivir a su caballo», cuatro hijastros, incluidos «perturbados y problemáticos gemelos», su propio hijo, Lucian —cuyo nombre la señora Alton pronuncia en un susurro bajo y ronco—, y el reconocimiento de que en el papel de madrastra «no brillé de manera especial», dicho con poca, o ninguna, pena.

Mientras hablan, el reloj de mesa hace tictac y las llamas comienzan a chisporrotear. El humo flota en los rincones de la habitación, justo fuera del alcance, como las historias que busca Lorna. Se da cuenta de que ha estado evitando a Barney, no se atreve a preguntar de forma directa por su muerte: teme la reacción de la señora Alton, una explosión de pena, y sabe que no podrá sacarse los detalles de la cabeza una vez que los deje entrar. Nadie olvida la muerte de un niño. Va en contra del orden natural de las cosas. Y está empezando a entender que en una gran familia el orden —edad, sexo, estatus— lo es todo. Desafiarlo es peligroso. Desafiarlo hace que las mujeres ancianas acaben viviendo solas en enormes y húmedas casas, ahogadas por sus preciosas y muy valiosas sartas de perlas.

—He cometido errores, Lorna —dice de repente la señora Alton.

—Todo el mundo comete errores con las casas, señora Alton.

Lorna templa su copa de jerez con la palma de la mano. Los dos primeros sorbos han sido un reto, pero ha llegado a gustarle.

—Debería oír las historias que cuenta Jon sobre las obras.

La señora Alton menea la cabeza con los labios muy apretados.

—Ese tipo de errores no.

—Ah. —El giro sincero de la conversación se le agarra a la garganta y la hace farfullar en el humo.

—Yo era como algunas de nuestras gallinas, no tenía el más mínimo instinto maternal, Lorna. Se suponía que sí tenía, todas las mujeres tenían entonces, pero yo no. Me resultaba muy difícil. Y esos hijastros..., Amber, Toby, Barney y Kitty..., me... me resultaban... —Busca la palabra adecuada, menea la cabeza— incomprensibles.

—Estoy segura de que lo hizo lo mejor que pudo, señora Alton. —Alarga la mano y le toca el brazo con ligereza.

La señora Alton se sobresalta y mira la mano de Lorna, sorprendida por el contacto humano.

—Como es evidente, preferiría que no incluyera mención alguna de esto en *l'historie* —dice con frialdad.

—Por supuesto que no. —Lorna aparta la mano y la acerca de nuevo a su copa de jerez—. Es su historia, no la mía. Solo compartirá aquello con lo que se sienta cómoda.

Pero ahora la señora Alton no parece en absoluto cómoda. Agita las perlas con sus ganchudos dedos y su ceño fruncido se hace más marcado.

—Me temo que estoy hablando demasiado.

—¡Para nada!

—Resulta aterradoramente fácil hablar con usted. —Se inclina hacia delante en la silla y sus ojos se entrecierran con recelo bajo la piel caída de los párpados—. ¿Ha hecho antes este tipo de cosas?

—Nunca.

Lorna no puede evitar sonreír ante esa idea de ella acostumbrada a entrevistar a grandes damas ancianas en el salón de sus casas de campo.

—Bueno, tiene un don natural. Es evidente que no teníamos profesoras como usted en mis tiempos. De haber sido así, mis días de colegio habrían sido bastante más tolerables. —La señora Alton sonríe, pero distante. Sus energías parecen estar menguando—. Confío en que ya tenga información suficiente.

—Mmm, no del todo. —Si no pregunta ahora... Se arma de

valor, inspira hondo y habla con tanta delicadeza como puede—: ¿Qué le sucedió a Barney, señora Alton?

—¿A Barney? —La señora Alton coge la licorera y se rellena la copa con un visible temblor—. Barney pagó el precio.

—¿El precio? —repite Lorna, sorprendida—. ¿El precio de qué?

Una suave llamada a la puerta le birla la respuesta.

—Siento molestarles. Es la hora de sus pastillas, señora Alton.

Dill se acerca con un vaso de agua. El zarrapastroso terrier la sigue, con el repiqueteo de las uñas en el suelo, y deja un tufillo a perro mojado.

—¡Pétalo! —El rostro de la señora Alton se ablanda. Mete el dedo en su jerez y, sin que parezca que le importe la posibilidad de perderlo, deja que el perro se lo lama—. Buen chico, Pétalo. ¿Quién es mi chico guapo?

—Hoy se ha saltado la siesta, señora Alton —dice Dill al tiempo que saca un puñado de pastillas de una sucia bolsa de plástico para congelar. Brinda a Lorna una dulce sonrisa—. Es la primera vez.

—Por extraño que parezca, no me he dado cuenta. El tiempo ha pasado volando. —La señora Alton se mete las pastillas en la boca con eficiencia, rechaza el vaso de agua con un gesto y se ayuda del jerez para tragarlas—. Pero supongo que ahora he de descansar o ese espantoso médico empezará de nuevo a despotricar. —Echa mano de su bastón—. Sí, de momento es más que suficiente. Más que suficiente.

A Lorna se le cae el alma a los pies. Justo cuando sentía que estaba consiguiendo algo… Sin embargo, para ser justos, la señora Alton parece bastante agotada bajo los empolvados rosetones de colorete de sus mejillas, que le confieren el inquietante aspecto de una muñeca anciana de porcelana.

Al verla levantarse, Lorna se pone rápidamente en pie y la ayuda a erguirse sujetándola con delicadeza por los antebrazos, como solía hacer con su yaya. Solo que los brazos de su abuela eran blandos y rechonchos como calcetines rellenos de arena caliente. Los de la señora Alton son fuertes y fibrosos, los tendones crujen bajo la lana de su chaqueta. Por fortuna, Dill la releva.

—Puede que tarde un poco. —Dill se disculpa con Lorna mientras acompaña a la señora Alton hasta la puerta; su bastón va por delante de ellas, como la trompa de un insecto—. ¿Le apetece dar una vuelta usted sola hasta la hora de la cena?

—Perfecto —responde Lorna. Le sentará bien recuperarse de la embriaguez del jerez y del humo—. Por favor, no se preocupe por mí. Me parece estupendo dar un paseo.

—Podría echar un vistazo a la biblioteca. Allí hay montones de fotografías, grabaciones de la casa y ese tipo de cosas. —Dill tose y agita la mano delante de ella para despejar el aire—. Si a usted le parece bien, señora Alton.

—Da igual que me parezca bien o no, Endellion. —La señora Alton levanta el bastón y avanza—. Ahora es cuestión de supervivencia.

Lorna decide tomarse eso como un sí.

Lorna mueve el teléfono móvil alrededor de la ventana con asiento de la biblioteca como quien intenta atrapar una mariposa con una red. ¡Sí! Una barra de señal. Conexión con el mundo exterior.

—Jon, ¿me oyes?

Al otro lado de la línea se oye un lejano murmullo, el sonido de alguien que se ha dejado el móvil encendido en el bolsillo y recorre una concurrida calle londinense.

—Jon, soy yo.

Un crujido, un siseo, silencio. Lo intenta de nuevo. Lo mismo. Lorna no puede evitar preguntarse si la desconexión simboliza algo más, algo acerca del estado de su relación, la riña antes de que ella se marchara a Cornualles. Abatida, guarda el móvil de nuevo en el bolso. Le llamará más tarde. De todas formas, si está en la obra no podrá hablar en condiciones. Al menos aparecerá su número: Jon sabrá que lo ha intentado.

Echa un vistazo a la biblioteca y sus ojos se clavan en el cráneo de caballo en la caja. ¿Tiene algo que ver con el accidente que tuvo la primera esposa montando a caballo? No, claro que no. Sería demasiado horripilante.

Aparta la vista, le da la espalda a su perturbadora mirada. Si quiere husmear como es debido antes de que aparezca Dill, tiene que moverse. Mira de cerca las estanterías de libros del suelo al techo, los innumerables lomos dorados, y pasa el dedo a lo largo de un estante, emocionada ante semejante abundancia.

En casa de sus padres había libros, pero siempre eran prestados de bibliotecas públicas, las cubiertas estaban forradas con fundas de plástico y tenían pegajosas huellas dactilares de desconocidos al pie de las páginas. Y solo había seis al mismo tiempo. En ocasiones había visto bibliotecas como esta en alguna propiedad del National Trust, pero raras veces se había parado. A su madre no le interesaban los libros, con excepción de las apasionadas novelas románticas que leía mientras se daba un baño de agua muy caliente con espuma…, pero a la joven Lorna le maravillaba la fantástica idea de tener una biblioteca propia, docenas de libros a la espera, libros en los que podría pegar una etiqueta de «Este libro pertenece a…», libros por los que no le pondrían una multa que se tragara su paga si no los devolvía a tiempo.

Retrocede unos pasos y se le engancha el tacón en un agujero en la alfombra; intenta distinguir los tomos de los estantes superiores: una hilera de gruesos lomos de piel de color burdeos, que fácilmente podrían ser álbumes de fotos, etiquetados cada uno con una década distinta en pálidas letras doradas. Decide arriesgarse con la escalera de mano de la biblioteca, un alto armatoste que cruje cuando apoya su peso en él.

Sube hasta la altura de las lágrimas de cristal de la araña de luces. El polvo es aún más denso en los estantes superiores, mezclado con moscardas muertas y abejas momificadas. También hace bastante más frío —resulta desconcertante; ¿no se supone que el aire caliente asciende?—, y cuando alza la mano y coge un libro encuadernado en cuero en el que se lee «1960», siente un hormigueo en el cuero cabelludo. A juzgar por las fechas grabadas en el árbol, esta es la década en que Barney y sus hermanos vivieron aquí.

Baja a la raída alfombra y abre de golpe la pesada tapa, revelando una guarda verde haciendo aguas. Sí, es un álbum de fotos:

ocho pequeñas instantáneas en la doble página, las esquinas quedan escondidas en el elegante cartón color crema y una fina hoja de papel encerado cubre cada página.

Lorna separa el papel como si fuera una cortina y sonríe.

—Hola.

Cuatro niños, todos guapísimos, saltan de las páginas. Los dos mayores —¿Toby? ¿Amber?— deben de ser los gemelos, aunque no parecen en absoluto perturbados. La más pequeña —¿Kitty?— es un querubín, como una niña salida de un antiguo anuncio de Pears, y abraza a una curiosa muñeca de trapo. Y ahí está él, el niño que la llamó desde el bosque. Porque tiene que ser él: sonrisa mofletuda, manos en los bolsillos de los pantalones cortos y hombros arriba, como si estuviera haciendo esfuerzos por no echarse a reír. Barney es tan alegre, tan lleno de vida que resulta casi imposible creer que muriera tan pequeño. Acaricia su imagen con ternura, con un nudo en la garganta, y pasa la página con rapidez.

Lo más notorio acerca de los Alton como troupe —y en verdad parecen una troupe, todos juntos, pasando los brazos sobre los hombros, traviesos dedos como orejas de conejo en las cabezas— es su espíritu, que se proyecta a través del desgaste de las fechas, escritas en una bonita letra barroca —«Verano del 65», «Semana Santa del 66»— al pie de cada página. Lorna sabe por experiencia que es imposible falsear la felicidad en los niños. Los que la tienen, se apoderan de ella. Brillan, resplandecen. Y en cada foto la felicidad envuelve como un halo dorado a este grupo de niños: corriendo hacia el mar entre gritos; colgando de las rodillas, boca abajo, en una rama; comiendo sándwiches en una playa ventosa; apiñados, sonrientes y congelados bajo decenas de toallas.

Oh. ¿Quién es esta? ¿La primera esposa? No. No puede imaginarse a la actual señora Alton sintiéndose eclipsada por esta mujer. Voluptuosa y con una belleza dulce, aparece al fondo de algunas fotografías con un visible delantal a rayas.

Al pasar otra página, Lorna ve su error. No, no, esa debía de ser una niñera o un ama de llaves. Esta es la esposa y la madre. ¡Caramba! Qué sonrisa tan bonita. No es de extrañar que la señora Alton lo tuviera difícil. En una foto, la primera esposa sale riendo en una playa, ágil y con pinta de modelo, con un biquini blanco, el largo cabello mojado, los brazos cruzados y los hombros erguidos, como si emergiera de un mar helador. En las otras siempre hay un niño con ella; abrazado a su pierna, sentado sobre sus hombros, con las manitas alrededor de su cuello, tumbado en el suelo y jugando con los dedos de los pies de su madre. Y el presunto señor Alton —muy sexy también, al estilo elegante del antiguo James Bond— la mira con devoción prácticamente en cada foto. Es evidente que esta mujer es el alma de la familia. ¿Cómo demonios se las apañaron sin ella?

Quizá la respuesta esté en las siguientes páginas, tras un salto en las fechas. Cuando se reencuentra con la familia a finales de 1968, el ánimo es sombrío y las imágenes ya no están catalogadas con esa bonita letra. Y la madre, por supuesto, ya no aparece. En tanto que las primeras páginas de los niños —de la familia tal como era— parecían llenar de luz la habitación, de estas se desprende una fina nube de polvo, lo que indica que hace años que nadie las ha mirado. O tal vez solo sea que los tiempos han cambiado de forma manifiesta.

El señor Alton, cuando aparece, tiene una expresión adusta, las mejillas hundidas y su antes brillante cabello clarea y está salpicado de canas. El dorado resplandor también ha abandonado a los niños, ahora más altos, desgarbados y recelosos de la cámara. Pese a todo, Lorna siente alivio al verlos tan juntos, como animales jóvenes que se amontonan en busca de protección y calor. Al menos se tienen los unos a los otros.

Ah, aquí está ella: Caroline, la nueva señora Alton, sobresale al fondo de la fotografía; una impresionante rubia platino que ronda los cuarenta, con la mano apoyada en el hombro de Kitty con gesto rígido. El señor Alton no mira a su esposa, sino más allá; expresión distante, postura encorvada. A su lado se encuentra un adolescente taciturno y guapo, incómodo con su altura y su chaqueta. ¿Será Lucian? Tiene que serlo. Sí, posee el elegante atractivo de la señora Alton. También algo más. Un chico guapo de verdad.

Los gemelos son sombras de lo que fueron, por su mirada a menudo parecen desorientados, como si los hubieran sacado de una vida y sepultado en otra. En una foto de Navidad —hay un árbol enorme, como sacado de la plaza de un pueblo y enterrado en regalos—, Toby parece a punto de estallar. Amber tiene la mano en su brazo, como si intentara impedir que hiciera o dijera algo. Esas expresiones persisten en las fotografías de la boda —oh, vaya, un retrato del segundo matrimonio— y en un caluroso verano que… de pronto se desvanece. Lorna da un respingo y busca el resto. Pero no; por alguna razón las fotografías se acaban de repente en agosto de 1969, la década se termina de forma prematura en un aleteo de páginas enceradas vacías. Cierra el álbum de golpe; se siente agotada, como si hubiera vivido diez años en diez minutos. Basta de fotografías. Se acabó por hoy. Tiene que planear una boda, se recuerda. Debe ponerse manos a la obra.

Lorna no tarda en descubrir que Black Rabbit Hall no es una casa que se preste a «ponerse manos a la obra» más de lo que se presta a las llamadas telefónicas. Se va abriendo a su propio ritmo, sus corredores, sus antesalas y las repetidas pausas para contemplar las vistas fomentan una especie de indolencia onírica, una disposición a perderse. Se pregunta si esto se debe a que fue construida para las clases acomodadas o a otra cosa.

Justo cuando cree que ha terminado con una habitación de Black Rabbit Hall y está a punto de abandonarla, se percata de algo en lo que antes no se ha fijado y que la retiene allí un poco más, no solo física sino también sentimentalmente, como si la casa forzara de algún modo la sincronización entre lo externo y lo interno.

El salón está demostrando ser especialmente difícil. Lorna le echa la culpa al globo terráqueo. Girar el globo requiere cierta técnica; este zumba mejor si lo empujas con delicadeza hacia la derecha. Cuanto más dejes que zumbe, más sonoro y profundo se vuelve el zumbido, como si caminaras hacia una colmena escondida. Y también se ha percatado de otra cosa curiosa: un circulito irregular de tinta verde alrededor de Nueva York. ¿Por qué?

Su madre nunca lo entendió de verdad, decide Lorna. Ella daba por hecho que las habitaciones lujosas, llenas de dorados y de obras de los grandes maestros, contaban la majestuosa historia de una mansión y que un servil guía turístico completaba los detalles históricos. Pero la verdadera historia está oculta, garabateada en alguna parte por una mano humana que con toda probabilidad estaba haciendo algo que no debía. Como este círculo de tinta. O los grabados en el árbol del bosque.

Entonces se frena en seco. ¿Y si está subestimando a su madre? ¿Y si su madre siempre tuvo conocimiento de otra historia latente bajo Black Rabbit Hall, como un río subterráneo? La idea hace que la piel se le erice y se le ponga el vello de punta. A fin de cuentas, el letrero de la casa debía de tener alguna relevancia. ¿Por qué si no su madre habría querido que posaran junto a él en las fotografías? No tiene sentido. Pero lo tendrá. La respuesta tiene que estar aquí, en algún lugar de la casa. Y ahora, ¿adónde?

El salón de baile está cerrado con llave, lo que le da mucha rabia. Se queda fuera, en el vasto y majestuoso corredor, tan cálido como una cámara frigorífica. Tal vez pueda echarle un vistazo desde fuera. Sigue el gastado muro de ladrillo rojo del huerto hasta que ve una larga hilera de ventanas. Los cristales están tan sucios que cuesta distinguir algo a través de los paneles inferiores. Pero en un manto de ranúnculos cercano divisa una silla de mimbre hecha polvo, como una vieja y enorme cesta de mimbre. No sin cierto esfuerzo, la arrastra y se sube a ella, temiendo colarse por el asiento en cualquier momento.

El techo del salón de baile es un campo verde claro con doradas molduras trenzadas; el suelo, una enorme extensión de listones de madera torcidos y desplazados. Hay dos precarias columnas de sillas blancas apiladas y la carcasa de un viejo piano de cola con la tapa destrozada. Y… ¡sí! ¡Una hortensia! Es verdad que en el suelo ha crecido una hortensia, sus pétalos azules se aprietan contra el cristal, como una flor de invernadero. El conductor del tractor no se lo había inventado. Está deseando contárselo a Jon.

¿O mejor no?

Cabe la posibilidad de que él lo utilice como una prueba de lo poco apropiada que es la casa. Con una punzada de irritación —sobre todo al pensar en el Jon que de manera defensiva ha cobrado forma en su ausencia— se baja de un salto de la silla; se niega a preocuparse por lo que puede entrañar a efectos prácticos en la boda el estado del salón de baile, por cómo van a comer y bailar los invitados en ese suelo, en esa estancia. Apenas está pensando en su boda. No, otras cosas se han impuesto.

Dill y la señora Alton siguen sin dejarse ver cuando Lorna cruza las baldosas ajedrezadas del vestíbulo y sube la escalera; su corazón se acelera ante su audacia. Al llegar al lugar del primer descansillo donde tuvo esa sensación tan peculiar en su primera visita, aprieta el paso. Hay una estancia en concreto que se muere de ganas de volver a visitar. La encuentra sin problemas en la tercera planta: la puerta azul apagado a la que Jon se asomó y pensó que parecía que los niños acabaran de marcharse. La abre despacio y se tropieza de inmediato con un zapato.

Coge del suelo una sucia zapatilla blanca y la dobla, ligera y elástica en sus manos, preguntándose a quién debió de pertenecer. Del talón cae arena seca que se esparce por el suelo y Lorna fantasea con que cada grano es una playa en miniatura, un castillo de arena, un largo verano que ya pasó. Tras volver a dejar la zapatilla respetuosamente donde la ha encontrado, entra en el cuarto, segura de que puede oír voces de niños en el viento que entra por los huecos del marco de la ventana, la risa contenida de un niño que se esconde detrás de la larga cortina amarilla, haciendo que la tela se agite.

Ahí está el caballito balancín gris con lunares: ahora le hace pensar en el cráneo que hay en la biblioteca, así que aparta la mirada con rapidez. Observa los manoseados libros, con algunas esquinas dobladas para marcar la página. Se acuclilla en el sucio suelo, rebusca entre cajas volcadas de Monopoly, piezas rotas de juegos de té, coches Matchbox y lápices de colores sin punta y encuentra un desvencijado cochecito de madera que parece que haya resistido a cientos de niñitas mandonas. Seguro que esos juguetes eran de los críos de los Alton. No puede evitar ordenarlos, quitarles el polvo, poner la tapa a las cajas y colocar un viejo osito de peluche lleno de calvas en el cochecito.

Recuerda que su madre guardaba muchos de los juguetes favoritos de Louise y de ella envueltos en viejos paños y dentro de cajas en el desván. Los de Louise los bajaron y se los dieron a sus hijos. Los de Lorna siguen allí, a la espera. Siempre dio por supuesto, un tanto injustamente, que su madre no era una sentimental sino de esas personas que no tiran nada, pero al ver esta habitación, donde los juguetes abandonados se estropean con la humedad, ya no está tan segura. No cabe duda de que no todos los niños dan por hecho las cosas que ella daba por hecho. Ese pensamiento la pone triste.

No, la señora Alton no es de las que atesoran el amado juguete de un niño. Pero sí es de las que valoran la ropa antigua, piensa Lorna, más animada, enderezándose y sacudiéndose la arena de las rodillas. Al fin y al cabo, la señora Alton todavía viste de Chanel, aunque raído. Tal vez haya un armario con vestidos de incalculable valor —Hardy Amies, Yves Saint Laurent, Courrèges— a la espera de que lo descubran. Lorna baja de nuevo las oscuras escaleras, casi tropezándose con las prisas por llegar a la planta de los dormitorios; siente un cosquilleo en los dedos al pensar en los resbaladizos satenes y las suaves sedas esperando que las acaricien.

El dormitorio principal del primer piso es enorme, frío y polvoriento, con cierto aire de abandono. No huele a sueño sino a tiempo; una especie de marchito olor a cerrado. Lorna descorre las pesadas cortinas de terciopelo y el sol se derrama en la habitación y descubre las paredes azul Tiffany con manchas de humedad. Explora las tres puertas del dormitorio. Una da a un baño, con una bañera de cobre independiente, manchada de verde. Al lado de esta, un pequeño vestidor azul claro. Hay un cepillo de plata sobre el tocador con forma de riñón, una borla para polvos del tamaño de un platito para aperitivos. Un pequeño retrato de la inconfundible señora Alton posando en sus años jóvenes, rubia, serena, perfecta. Para decepción suya, en el alto armario blanco, de líneas elaboradas, no hay nada salvo un montón de mantas y un secador de pelo de aspecto letal y con un montón de cables a la vista. Quizá la señora Alton se haya llevado todas sus posesiones a sus dependencias en la torre este. Sí, eso sería lo lógico.

Aún queda otra puerta en el dormitorio. Está atascada pero al final se abre con una nube de polvo. Lorna tose, se cubre la boca, mira alrededor y abre los ojos como platos cuando el aire se despeja. Qué extraño, esto también parece un vestidor. Pintado de un rosa nacarado, más bonito y más grande, dispone de una puerta que comunica directamente con el rellano. Contra una pared hay un armario gigantesco como el de Narnia, de madera oscura y con garras talladas como patas. También hay un tocador con alas de espejo, cuyo cristal argentado está lleno de manchas y blanquecino, y un diván bajo la ventana. Pero es la pequeña fotografía de la pared lo que hace que se acerque: una fotografía en blanco y negro de una familia —tupés engominados, vestidos de falda amplia y rígida, muy años cincuenta— de pie en la escalera de entrada de una casa, delante de las barras y estrellas de una bandera de Estados Unidos. ¿La primera esposa? Ay, Dios. ¿Acaso el señor Alton conservó el vestidor de su primera esposa y dejaba para su nueva mujer el pequeño situado enfrente? Oh, pobre señora Alton.

—¿Lorna? —La voz de Dill llega hasta ella.

Lorna se da la vuelta y ve a Dill en la entrada del vestidor, perpleja, con el cabello iluminado a contraluz.

—Yo... yo...

Se le pasa por la cabeza la impresión que debe de estar dando —recorriendo la casa a hurtadillas, husmeando entre las cosas de una mujer fallecida— y le arden las mejillas.

—Es su prometido, Tom. Jon, disculpe.

—¿Jon? —Su nombre le suena extraño. Como si perteneciese a otra vida.

—En el teléfono del despacho. Dice que es urgente.

14

—Venga, decid «¡patata!». —Barney retrocede sobre el pavimento, bizqueando, con la cámara ladeada en las manos—. Y dejad de parpadear, ¿vale?

Matilda y yo nos apretujamos con la cabeza ladeada; su cabello, liso y castaño, se mezcla con el mío, rojo y rebelde.

—Ya está. —Barney se descuelga la cámara de Matilda del cuello y sube corriendo los escalones hasta la casa, satisfecho de haberla ayudado por fin.

A Barney le gusta Matilda. A todas las personas que importan les cae bien Matilda. Las chicas presumidas del instituto se burlan de ella porque es demasiado grande y alta y porque lleva gafas. Matilda dice que no está buscando más amigas. En otra persona esto parecería una cortina de humo, pero en Matilda no. Ella no sufre como los demás. Los sentimientos no la bombardean en todo momento. Tampoco duda de sí misma. Nunca la he visto sonrojarse, esconder su cuerpo en las duchas o disculparse cuando algo no es culpa suya. Matilda simplemente es. No cambia por nadie. No soporto decirle adiós.

—Deberías venirte conmigo, Amber —dice cogiendo su pequeña bolsa de viaje del escalón de piedra y cargándosela al hombro, de forma que los mensajes que anoche nos escribimos la una a la otra en el interior del asa quedan ocultos—. Última oportunidad para cambiar de opinión. Estoy segura de que mi madre aún podría meterte en el vuelo.

Me muerdo el labio inferior para no decir «¡Vámonos!» y bajar como un rayo los escalones con ella hasta el resplandeciente sol primaveral, lejos del aniversario de la muerte de mamá.

Grecia para las vacaciones de Semana Santa. Matilda dice que volveremos más morenas que nuestros zapatos del instituto y que comeremos aceitunas negras y nadaremos en un mar con el que no te pones morada por el frío. Fred y Annabel también estarán allí, lo que resulta especialmente emocionante, ya que Annabel ha dejado el internado en Suiza para trabajar en una boutique de Kensington y practicar sexo; dice que el sexo es como fumar, horrible la primera vez, pero que si perseveras puede empezar a ser bastante agradable y luego ya es imposible imaginarte la vida sin él.

—Amber... Vente. Por favor.

—No puedo..., en serio.

No es que papá fuera a impedírmelo; últimamente está tan distraído que se le puede convencer de casi todo. Pero no he visto a Toby en todo el trimestre. Le echo muchísimo de menos, añoro incluso las cosas de él que hacen que me sienta frustrada, sobre todo esas cosas: su don para que cada momento sea muy intenso. Es difícil explicarle todo esto a Matilda, que piensa que su hermano Fred es irritante y hay que evitarlo, así que ni siquiera lo intento.

Unos días después de que encontrara a Toby sentado en mi cama a oscuras, furioso porque había entrado a hurtadillas en el cuarto de Lucian para hacer de niñera, fue expulsado y enviado a un nuevo colegio en el corazón de Hertfordshire. Para ser justos, había pegado a un famoso abusón, que resultó ser hijo de un ministro del gabinete, y le saltó un diente. Papá se puso hecho una furia —el padre del chico es un miembro fundador de su club en Londres—, pero creo que aún le puso más furioso que Toby haya cambiado tanto; Toby, con su cerebro brillante e impredecible —«como un hurón en un saco», escribió un tutor—, su falta de respeto por el colegio, su aversión por el rugby y su carácter obstinado e insufrible. Como es natural, a mamá todos estos rasgos (menos marcados por entonces, lo admito) le parecían encantadores —«El mundo no necesita otro esnob aburrido», habría dicho ella— y le habría aconsejado que fuera fiel a sí mismo y buscase «esas pequeñas e inestimables cosas que te hacen feliz», como si pudieras pasar por la vida como lo haces por la playa, guardándote en el bolsillo los trocitos más brillantes. Ella siempre quiso que fuera él mismo.

—¿Última oportunidad? —pregunta Matilda sacándome de mis pensamientos.

Siento el peso muerto de Black Rabbit Hall sobre mis hombros.

—No es que no quiera.

El chófer de los Hollywell llega. Matilda me lanza besos tras la ventanilla del coche y desaparece llevándose consigo la despreocupación y la diversión de tener quince años.

El tren emprende la marcha hacia el oeste, despacio al principio, a través de los ennegrecidos ladrillos de Paddington, y acelera a medida que las casas se vuelven más pequeñas, más bajas y más limpias y los jardines se alargan antes de desaparecer del todo en una avalancha de campos, verde, amarillo, verde, una vista que de algún modo se sincroniza con los sabores de los caramelos —lima, limón, lima— que agito dentro de mi mano. Con otras cosas también. La repulsión y la atracción de Black Rabbit Hall.

Toby, que ya lleva una semana allí, pues acabó el colegio antes que nosotros, me atrae hacia el lugar, como un imán. Pero también está el polo opuesto, la certeza de que estas nuevas vacaciones de Semana Santa —hace ya un año, ¿cómo he sobrevivido?— relegarán a mamá aún más al pasado, ampliarán la grieta entre el presente y el último momento en que oí el repicar de sus botas de montar sobre el suelo de la cocina. Alguien nos hará una fotografía a todos y ella no estará. Lo que es aún peor, la casa y los jardines rebosarán de vida —alhelíes, campanillas, rocío evaporándose del césped por la mañana— y a ella le encantaba eso. Habría detestado perdérselo. El placer que a mamá le proporcionaba la primavera era uno de los placeres de la primavera. Me pregunto entonces si todos los niños adoran las cosas que hacen felices a sus madres. Si en realidad es de eso de lo que se trata.

A mamá también le gustaban los trenes, sobre todo los que tienen coches cama. Pero la carretera tenía más sentido para ella. Antes de que todos nosotros naciéramos, papá y ella fueron de la costa Este a la costa Oeste de Estados Unidos en un Cadillac verde, así que el trayecto hasta Cornualles le encantaba. El año pasado por esta época fuimos en el Rolls, sin saber lo que iba a ocurrir, con papá al volante y mamá cantando a todo volumen, los asientos traseros bajados y Barney y Kitty rodando de un lado para otro en sacos de dormir, yo con la cabeza en el regazo de Toby, el libro por encima de mi cabeza, y las ventanillas bajadas del todo a la espera de la primera ráfaga con olor a mar.

Un año después todo eso se ha perdido, todas las cosas insignificantes que no crees que echarás de menos pero sí. Papá dice que soy lo bastante mayor como para ocuparme de los demás en el tren sin ayuda de Toby —«Me atrevería a decir que será mucho más fácil sin tu hermano gemelo, como casi todo hoy en día»— y que ya no podemos permitirnos derrochar dinero en lujos, como coches con chófer, porque las inversiones no están yendo tan bien como deberían.

No es tan fácil.

Cada vez que mi cabeza se golpea con la ventana, Kitty me tira de la manga y exige que quite la corteza a los sándwiches de queso y pepinillos de Nette o que le lea (*El cuento de Perico el conejo travieso* una y otra vez), o si no Barney necesita ir al baño. Como no quiero dejar sola a Kitty por si acaso ocurre algo espantoso —Meg, la niñera, deja su periódico abierto en el cuarto de los niños y está lleno de cosas espantosas que les ocurren a los niños a manos de desconocidos que se parecen a los pasajeros del pasillo de nuestro compartimento— tenemos que salir todos al estrecho pasillo, con Kitty gimiendo, Barney agarrándose la entrepierna y Boris meneando el rabo. Abandonamos nuestro propio compartimento muy rápido.

Cuando llegamos a la estación, Barney, Kitty y Boris están

dormidos. Yo no he pegado ojo. Olivares, chicos griegos, y callejones blancos y calurosos con aroma a jazmín me han tenido inquieta sobre el rasposo tapizado del asiento. Me distraen del irracional terror de que Toby pueda morir justo antes de que lleguemos.

—¡Despertad! ¡Hemos llegado! —Les sacudo los hombros.

Barney se incorpora y se frota los ojos, pero no consigo despertar a Kitty. Bajamos como podemos al andén vacío, Kitty adormilada en mis brazos, Barney dejando caer parte del equipaje y Boris ladrando. El tren se marcha y nos deja solos en el andén, separados de Toby nada más que por un trayecto en taxi y por el río Fal.

—¿Amber? —Barney me mira entornando los ojos.

—Ahora no, Barns. —Estoy sudando por llevar a Kitty en brazos; no veo el taxi, espero que Peggy no se haya olvidado de enviarnos uno.

—Es que Kitty se está haciendo pipí. —Señala la parte posterior de la falda de Kitty, de la que caen gotas sobre el andén.

El taxista se llama Tel y está gordo, tanto que el coche se inclina bajo su peso, pero es simpático. He descubierto que la mayoría de los taxistas de Cornualles son muy simpáticos y siempre parecen tener un primo segundo que trabajó en Black Rabbit Hall o que conoce a la familia de Peggy esparcida por la costa.

—Esta Semana Santa va a hacer un calor abrasador. —Me sonríe en el espejo retrovisor; su codo sobresale del marco de la ventanilla del coche, como un trozo de carne—. Espero que hayáis metido el bañador en la maleta.

—Sí, gracias —replico, educada, y miro por la ventanilla con la esperanza de que no hable durante todo el trayecto hasta Black Rabbit Hall ni se queje del olor a pis, que es bastante fuerte, aunque he conseguido ponerle unas braguitas limpias a Kitty y meter las sucias en una tartera para sándwiches vacía.

Pero Tel no dice nada, bien porque sabe lo de mamá y nos compadece, bien porque el olor queda enmascarado por otros olores, como el de Boris. Pero sí baja la ventanilla, que se queda atascada a la mitad. El aire del mar entra, aleja nuestra mente de Londres y la acerca a Black Rabbit Hall. Poco a poco nos sentimos mejor. Referentes familiares pasan de largo con rapidez: teterías, casas de gente anciana, funerarias, el ferry *King Harry*, que surca el cristalino y verde río con sus rechinantes cadenas. Más carreteras angostas y llenas de curvas. Luego, por fin, el letrero al pie del río. El corazón empieza a latirme con fuerza. Boris levanta las orejas.

Black Rabbit Hall se alza sobre la colina, desafiándonos a dudar de su existencia una vez más. Toby está sentado en los escalones, esperando.

—¡Toby! —Bajo del taxi de un salto y atravieso la gravilla como un rayo.

Nos abrazamos con fuerza y da la impresión de que todos los pedacitos dispersos —las partes de mí que nunca se asientan si él no está cerca— vuelven a arraigar en el lugar que les corresponde. Pero enseguida me percato de los cambios en él. No es solo que está más alto y más delgado, que su cuerpo se ha endurecido y definido, como si se hubiera pasado los últimos meses peleando con los puños descubiertos en un ring, hay algo más: una cautela en su actitud, como si hubiera olvidado cómo estar con alguien en quien confía. Tras sus ojos de motas doradas ocurren cosas que no puedo descifrar. Estoy a punto de preguntarle qué sucede, qué ha pasado por aquí estos últimos días sin nosotros, cuando nuestra última maleta golpea la gravilla y levanta una nubecilla de polvo dorado.

—Ahí está todo —grita Tel enfilando de nuevo el camino de entrada. Le guiña un ojo a Toby—. Bonito coche.

Yo sigo el centelleo de los ojos de Toby hasta el brillo azul libélula bajo los arbustos; el morro plateado es más una bala que un coche.

—Uau, ¿de quién es, Toby?

El marcado ceño en su rostro es mi emocionante respuesta.

Lucian fuma en la linde del bosque, como alguien muerto que vuelve a la vida de forma resplandeciente. Se me encoge el estómago. No esperaba verlo de nuevo, razón por la cual ha sido prudente pensar en él en la sofocante oscuridad de mi dormitorio todos estos meses, con la almohada caliente sujeta entre los muslos, reviviendo la tersura de su estómago bajo mis dedos, la pegajosa tibieza de su sangre, cómo crepitaban el calor y las estrellas en su dormitorio aquella nevada noche de invierno.

¡Y aquí está él! ¡Su coche deportivo en el camino de entrada! ¡Fumando en nuestro jardín! Es tan inverosímil, tan inesperado, que no puedo hacer otra cosa que mirar sin articular palabra. El cigarrillo retorna con cautivadora velocidad a su boca en cuanto exhala. Se aparta el flequillo de la cara —más largo de lo que recuerdo, le cae sobre un ojo—, apaga el cigarrillo con el zapato y se enciende otro.

—Fumar te vuelve tonto. —Peggy aparece a mi lado y me llevo un susto—. ¿Quieres ir a decirle que es la hora del té?

Yo asiento, pero soy incapaz de apartarme de la ventana de la cocina. La idea de acercarme a Lucian —¡de hablar con él!— me da pavor. ¿Y si me mira y lo sabe?

—Debe de estar hambriento. Ha venido de Londres esta mañana para ver a su madre, que no estaba aquí, claro. —Peggy menea la cabeza y chasquea la lengua—. No creo que haya comido siquiera.

—¿Cuándo viene ella?

Ya oigo el espeluznante clic, clic de los tacones de Caroline cruzando el vestíbulo.

—Esta noche. Con tu padre, creo. Sé educada, Kitty. Utiliza el tenedor de postre, no los dedos. No eres una mariposa. —Resopla, parece bastante indignada—. No me informaron hasta ayer. Desde entonces ando como una loca de un lado para otro preparando cosas. Por supuesto, todo lo que pueda salir mal, saldrá: hay algo repugnante en las tuberías del cuarto de baño del primer piso. —Contiene una pequeña sonrisa—. Siéntate, Amber —dice, olvidándose, menos mal, de que vaya a buscar a Lucian.

Me coloco entre Barney y Kitty, con el calor del fogón en la espalda.

—Hoy no os estáis quietos. —Peggy me mira con curiosidad—. ¿Un trozo de tarta de frutas? —Suena un portazo y ella levanta la vista—. Oh, Toby, aquí estás. Me preguntaba adónde habías ido. Ay, mírate. ¡Todo pellejo y huesos! ¿Tan mala es la comida del nuevo colegio? No te preocupes. Te voy a cortar un buen trozo. No, a ti no, Kitty. No a menos que quieras convertirte en Billy Bunter.

Toby entra, arrastra el pie contra el suelo de manera impaciente y farfulla que debemos pasar la mañana en la playa para darnos el primer baño del año. Peggy nos llena los platos de tarta y habla para quien quiera escucharla.

—¡Ese coche fue un regalo de cumpleaños! —Baja la voz, hay un brillo color aguamarina en sus ojos grises—. ¿Os lo podéis creer? No te hagas ilusiones, Toby.

—Es poco probable —responde, y por primera vez desde que volvimos reímos todos.

Sabemos que somos afortunados de que nos obsequien con una bicicleta para nuestro cumpleaños. La mayoría de las veces nos regalan cosas que no deseamos especialmente; un broche de oro heredado de una tía abuela a la que no recordamos; las melladas canicas de cristal de papá en una caja de marfil. Solo la tía Bay es famosa por sus increíbles regalos: cosas deliciosas que parecen de plástico, huelen a Estados Unidos y a menudo son comestibles.

—¿Podemos dar una vuelta en el coche? ¿En el coche de Lucian? —pregunta Barney, que se pone de puntillas en un intento de verlo por la ventana.

—Desde luego que no. Siéntate. —Peggy se arrima a Kitty por detrás y le coloca bien los dedos en el tenedor—. Parece una trampa mortal. Yo no pondría el pie en él aunque me pagaran. —Se seca la frente con el dorso de la mano y me mira irritada; acaba de recordar lo que me había pedido que hiciera unos minutos antes—. Amber, ¿tendrías la bondad de ir a buscar a Lucian para tomar el té? No, en serio. Ahora.

—El té —digo con toda naturalidad, temerosa de mirarle a los ojos.

Pero veo que él sí me mira, tímido, a través del flequillo. Su timidez resulta sorprendente.

—Siento haber aparecido otra vez de esta forma. —Se mete la mano en el bolsillo de su chaqueta negra (va vestido todo de negro, como un salteador de caminos), saca otro cigarrillo y lo enciende con uno de esos grandes encendedores plateados del ejército por el que Toby mataría—. Mi novia da una fiesta dentro de un par de días en Devon. Mi madre insistió en que antes viniera a verla a Pencraw. —Da una calada al cigarrillo—. Pero no está aquí.

—¿Devon?

La palabra «novia» resuena burlona en mi cabeza. En este desagradable momento me doy cuenta de que no me he cambiado la ropa que llevaba en el tren y lo más seguro es que huela al pis de Kitty.

—Bigbury Grange. —Su voz se va apagando y baja la vista al suelo, como si deseara no haberlo mencionado.

—Ah.

Bigbury Grange es una de las mansiones más magníficas del sudoeste, una enorme propiedad de color blanco roto de la que se habló mucho hace unos cuantos años, cuando los Bracewell (nuevos millonarios de la comida congelada) se la compraron a unos viejos amigos de mis padres, los empobrecidos lord y lady Fraser, que solo podían permitirse calentar la casa del guarda y comer faisán y miel natural de las colmenas.

—Bueno, el té ya está, si te apetece —digo, tratando de disimular mi desánimo y volviéndome hacia la casa.

Lucian tira el cigarrillo, sin consumir, y lo aplasta con el pie.

—Voy contigo.

Subimos la verde pendiente del jardín, con su mano balanceándose a unos quince centímetros de la mía. Le miro de reojo y me sonrojo cuando me encuentro con su mirada.

—¿Quieresdarunavueltaencochemañanaporlamañana? —dice de forma rápida y atropellada, juntando las palabras, cuando llegamos a la terraza.

—Yo...

Miro de nuevo la casa y veo a Toby observándonos desde la ventana de la cocina; un pálido círculo de carne donde su frente se apoya contra el cristal.

—Es un Lotus Elan. —Sus ojos negros chispean—. La capota se baja.

—Dije que iría a la playa con Toby —respondo; obligo a las palabras a salir en contra de mi voluntad, como cuando Matilda me pidió que fuera a Grecia.

—Claro —se apresura a decir, como si diera igual, y entramos en la casa en medio de un silencio incómodo.

Llega el día siguiente, monótono como una fiesta cancelada. Desde la ventana de mi dormitorio diviso a Caroline, que llegó la noche anterior a altas horas pero ya está levantada, inspeccionando los parterres de flores con un pañuelo lila atado bajo la barbilla y unas gafas de sol blancas enormes. Peor aún, tras el desayuno anuncia un «almuerzo familiar de Pascua»; alza la cabeza y abre mucho los ojos, como si fuera una declaración de guerra.

—A la una en punto en el comedor —agrega lanzando una sonrisa expectante a papá, como si esperara un cumplido por tomar el control de una casa en la que nada ha tenido lugar de forma puntual desde que tenemos memoria—. Quien llegue tarde pagará el precio en huevos de Pascua perdidos. —Ríe con estridencia.

Como no están dispuestos a correr el riesgo de que tal vez no esté bromeando —no después del fiasco del chocolate del año anterior—, Barney y Kitty corretean deprisa entre el Gran Bertie y los demás relojes de Black Rabbit Hall, tratando de calcular la hora correcta. Tras decidir con total sensatez que no pueden fiarse de ninguno, se quedan junto al reloj de sol de la terraza, esperando con impaciencia a que la sombra cruce su esfera de bronce, como si frunciera el ceño, dejándonos solos a Toby y a mí para ir a la playa.

—Bueno, yo no voy a la comida si tú no vas —digo mientras volvemos de la playa por el sendero que recorre el acantilado; las bolsas cargadas con las toallas llenas de arena y los bañadores mojados; atentos a las culebras que anidan entre el alto césped, inquietas por el inesperado calor primaveral.

Al caminar empiezo a sentir otra vez los dedos de las manos y de los pies. El mar, hoy de un deslumbrante azul iceberg, solo podía soportarse unos segundos. Toby se ha quedado dentro más tiempo que yo y la piel se le ha puesto roja y resollaba a causa del frío, como si disfrutara del dolor. Al final he insistido en que saliera, pues me preocupaba que se quedara agarrotado y se adentrara flotando en el océano, como un tronco de madera a la deriva.

—¡Un almuerzo familiar! —resopla Toby—. ¿Desde cuándo esa ridícula mujer y su niño malcriado son una familia?

Me cuelgo al hombro mi pesada cesta de paja pensando que Lucian debería ser un niño malcriado pero que por alguna razón no lo es. Su alegría por el coche deportivo parecía sincera.

—Es un poco raro, ¿no? —digo con suavidad, con la esperanza de que se calme.

—¡No, no es raro! Ni fortuito ni casual, Amber. ¡Ese es el maldito problema! La invasión de los Shawcross va exactamente según lo planeado. Caroline la ha ejecutado con la precisión de una maniobra militar. ¿Por qué si no están otra vez aquí?

—Ya sabes por qué. Lo que dijo papá.

Los Shawcross iban a reunirse con unos amigos en Gloucestershire para Pascua, pero esos amigos cancelaron el plan en el último momento y dejaron a sus invitados sin nada que hacer. Así que papá ha hecho «lo correcto» y los ha invitado a venir, «ya que todo fue tan bien en Navidad».

—Eso es una chorrada y lo sabes.

Toby lanza una piedra de una patada por el acantilado, arrojándola a la nada. Luego me mira de reojo.

—He estado trabajando en un plan de contingencia estos últimos días. Desde que me enteré de que iban a venir.

—¿Un qué? —pregunto, no me gusta nada cómo suena eso.

—Es una sorpresa. En el bosque.

Eso me gusta todavía menos.

—Pero aún no está listo del todo.

—Oh, Toby. Ve a la comida de hoy —le digo, intentándolo otra vez, temiendo otra pelea entre papá y él. Ahora me doy cuenta de que mamá era el puente entre sus dos personalidades enfrentadas. Los largos trimestres escolares no ayudan; papá a veces mira a Toby como si no lo reconociera—. Por favor…

—Deja de tratar de hacer de mediadora. Es una pesadez.

Aparto la mirada, furiosa por que Toby no se deje manipular ni siquiera cuando es por su bien. Es casi como si viera las cosas muy claras, con una nitidez implacable, como alguien que contempla la piel a través de una lupa y solo ve los feos poros y el vello.

—Papá se disgustará mucho si no vienes.

—Bueno, a mí me disgusta mucho que haya invitado al anticristo a quedarse en el aniversario de la muerte de mamá. ¿A ti no?

Sin previo aviso, corre hacia el borde del acantilado y, para mi espanto, se apoya en un brazo y se deja caer, de forma que en un abrir y cerrar de ojos solo se ve su mata de pelo rojo mientras se agarra con ambos puños a la hierba del precipicio, donde anidan las culebras. Corro hacia él, extiendo los brazos para cogerle las manos.

—Tob...

Se suelta. Se oye un ruido de piedras espeluznante, el sonido de algo pesado al caer. Fuertes carcajadas.

Me asomo indecisa al borde. Toby está en un saliente, a algo más de un metro por debajo, una angosta franja de roca plana, como una cama de camping que sobresale del precipicio. Es un saliente que he visto cientos de veces desde la playa, pero jamás se me ha pasado por la cabeza intentar posarme en él. Las zonas de la finca que parecían peligrosas cuando mamá estaba viva ahora lo parecen menos. A fin de cuentas, si puedes morirte al caerte de un caballo, por qué no vas a subirte a la copa de un árbol.

—¡Asoma los pies, hermanita! ¡No mires abajo!

Yo vacilo, me pregunto si puedo aprovecharlo en mi favor.

—Solo si vienes a la comida de Pascua.

—Qué aburrido —dice, lo cual significa sí.

Así que tengo que hacerlo; me arrastro a cuatro patas hacia atrás, me cuelga un pie en el aire.

—Tienes un apoyo a la izquierda. ¡No, no, a la izquierda, no a la derecha, boba! Ya te tengo. En serio, te tengo. Suéltate. Amber, tienes que soltar la hierba. Lo peligroso es quedarte colgando. Créeme, he estado practicando. No puedes colgarte de ahí. Confía en mí. Un acto de fe.

—Uuuf… —Me aferro a él cuando aterrizo (son solo un par de palmos de caída, pero parece mucho más) y ambos nos tambaleamos de forma precaria. Me pongo en cuclillas, me asiento con firmeza en el suelo rocoso; parece más seguro que estar de pie—. A veces me das miedo, Toby.

—¿Por qué? Yo siempre te agarraré —dice sin más.

Y sé que lo hará.

—Así deben de sentirse las gaviotas. —La vista es abrumadora, casi demasiado hermosa. Hace que se me humedezcan los ojos—. Como si estuviéramos sentados en el cielo.

—Lo estamos.

Sonríe (una de sus sonrisas encantadoras y locas), se quita la camisa, dejando al descubierto un torso de un blanco invernal, le da vueltas en el aire sobre la cabeza y la arroja por el borde con un grito de alegría. Se asoma sin miedo para verla caer a las rocas de abajo.

—Tú has perdido la chaveta aquí solo —digo poniendo los ojos en blanco; me pregunto qué pensarán papá y Caroline cuando entre en casa medio desnudo.

Se echa hacia atrás, estira las piernas y apoya la cabeza con decisión sobre mis piernas cruzadas, como si no necesitara preguntarme porque vuelvo a pertenecerle. La distancia que sentí antes está desapareciendo. Pero aún me siento inquieta.

Nos quedamos un rato así, en silencio. Una gaviota nos mira con recelo desde su nido de algas en una grieta cercana. Se levanta viento. Se me han quedado las piernas dormidas. Toby cierra los ojos, sus párpados se agitan sin control. Lo miro respirar, inhalar rápidas y profundas bocanadas, como si por dentro siguiera corriendo, y pienso en los moratones amarillentos que tiene en los bíceps, en la sorpresa que me aguarda en el bosque y en que de alguna manera las marcadas pecas que salpican sus pómulos parecen advertencias de los días que están por llegar.

15

Toby hace que me resulte imposible comportarme con natu-ralidad en presencia de Lucian. Los momentos más corrien-tes —pasarnos la jarra del agua o encontrarnos en las escaleras— se han vuelto incómodos y cargados de una extraña emoción. Cuan-do tengo que hablar con Lucian en presencia de Toby, mi voz siempre suena demasiado aguda; mi risa, demasiado estridente. Incluso cuando Toby no está cerca, la vergüenza me sigue como un amigo inoportuno, agravada por el miedo a que aparezca en cual-quier momento, con los ojos entornados, territorial como un gato.

Esta mañana, menos mal, no tengo que preocuparme. Es el día D: Toby está terminando el proyecto en el bosque. Después de devo-rar el desayuno, se ha largado meneando un mazo de croquet en una mano y con una oxidada malla de alambre enrollada al hombro.

En cuanto perdemos a Toby de vista, Caroline se da un toque-cito con la servilleta en las comisuras de los labios y me sugiere que enseñe la cala a Lucian; él y yo nos miramos durante un intenso segundo y apartamos la vista, incómodos. Pero la sugerencia de Caroline sigue ahí, flotando sobre el cuenco de manzana asada fría, a mi alcance.

—¿Y bien? Caramba, esta mañana estáis los dos muy calladi-tos. —Se bebe el té con delicadeza—. Pero creo que deberías coger algo de color en esas pálidas mejillas antes de irte a la fiesta de caza en Bigbury Grange mañana, Lucian. Los Bracewell son grandes amantes de las actividades al aire libre. No querrás que Belinda piense que no eres más que un chico de ciudad, ¿verdad?

Intento disimular mi decepción por su marcha jugueteando con el borde de un tenedor.

—El aislamiento compensa la falta de comodidades de la playa —prosigue Caroline; deja la taza en el platito con cuidado, el sol se refleja en su borde dorado—. Es como si te hubieran abandonado en el fin del mundo. No verás ni un alma.

—Los cangrejos tienen alma —señala Barney con timidez al tiempo que lanza a Boris una corteza de pan por debajo de la mesa—. Pero mamá dice que cuando te comes el sándwich de cangrejo el alma ya se ha ido, así que no pasa nada por que te comas el sándwich.

La sonrisa de Caroline desaparece al oír la mención a mi madre.

—Qué idea tan peculiar. —Las palabras se deslizan entre sus diminutos dientes.

Se levanta de repente, sin terminarse la taza de té, y sale de la habitación. Algo es algo.

Descubro que soy mucho menos boba en presencia de Lucian cuando estoy en movimiento. Mientras camino puedo disimular un inesperado sonrojo con la mano (y basta con que me tape una mejilla). No tengo que mirarlo a los ojos, revelar cosas que no quiero. Y al saber que Toby no está cerca las palabras no se me enredan en la lengua. No está mal.

Subimos el sendero de roca como una escalera, arriba y abajo por el irregular promontorio, atajando por los muros de piedra seca, pisando las agujas de pino traídas por el viento. El sol primaveral parece que calienta más, que está más cerca, en los acantilados. El viento se cuela bajo mi falda y trata de levantarla como un paraguas en una tormenta. Yo la empujo hacia abajo y compruebo con disimulo si Lucian me mira las piernas. Y así es.

Pero Kitty intenta que él la mire, va cogida de su mano, parlotea y ríe. Si a Lucian le resulta tan latosa como a mí, no lo deja entrever. Ni tampoco pasa de las interminables preguntas de Barney —«¿Alguien con quince dedos toca la guitarra mejor que alguien con diez?»—, sino que responde a cada una con paciencia, o sea que tenemos muy poco tiempo para hablar de nada importante. De vez en cuando, en el momento menos esperado, me sonríe, alza la mirada entre su oscuro flequillo mientras habla con ellos, y es una media sonrisa divertida y tímida que hace que me olvide de Toby, de los nidos de culebras y de que tiene una novia podrida de dinero llamada Belinda que vive en una casa en Devon con calefacción central y sin manchas de sangre en los establos.

Cuando llegamos al borde del acantilado, justo encima del saliente donde Toby y yo nos tumbamos el día anterior, Barney le tira del brazo y señala con orgullo:

—Esa es nuestra playa.

Lucian me mira, una sonrisa danza en sus labios.

—Diste a entender que era enorme.

—¿Sí?

No sé cómo explicar que cuando era pequeña me parecía enorme y que a veces aún me lo parece.

Barney empieza a bajar dando brincos por el angosto sendero de piedrecillas sueltas hasta la arena. Llega antes que los demás, vadea alegremente donde el riachuelo subterráneo surge como una burbujeante enagua de agua. De nuevo en su elemento.

A lo lejos el mar tiene un gelatinoso tono verde, la marea está tan baja que se ven las cuadernas marrones del pequeño bote de remos que asoma en los canales de arena. Le cuento a Lucian que los lugareños dicen que son los restos de un viejo barco de contrabandistas y él escucha con atención; me mira la boca mientras hablo.

Nos sentamos en unas rocas, suaves y grises como el lomo de las focas, a casi un metro de distancia. Entonces se quita los zapatos y me fijo en que sus pies son muy pálidos y parecen suaves, como si hubieran estado cubiertos por calcetines demasiado tiempo y jamás los hubieran liberado. Algo en ellos hace que me compadezca de él.

Charlamos sobre naderías —el tiempo, que la marea alta puede dividir en dos esta playa— y Kitty se aleja con su cubo, peinando la espumosa orilla en busca de conchas y lisos cristales verdes. Barney se remanga los pantalones mientras camina por la orilla.

Lo observo con atención —no puedes quitarle la vista de encima cuando está junto al agua—, pero aun así de vez en cuando me las arreglo para echar un vistazo a Lucian, aunque finjo no hacerlo.

—Eres afortunada por tener todo esto —me dice; encoge una pierna y deja la otra extendida.

Reparo en que los pelos negros de sus piernas se detienen formando un brazalete perfecto alrededor de su tobillo, la línea de su propia orilla.

—Lo sé. —Me sujeto la falda entre las rodillas para que no se me levante otra vez, aunque una parte de mí desearía que lo hiciera—. No necesitamos una playa más grande.

—No me refería a la playa.

Me vuelvo hacia él, perpleja, retirándome un mechón de pelo de la boca.

—Entonces ¿a qué?

Lucian mira a Kitty, que menea su cubo con conchitas.

—Hermanos, hermanas, ya sabes. —Se encoge de hombros.

Intento imaginar un mundo silencioso sin responsabilidades, sin lealtades divididas y sin peleas por la porción de tarta más grande.

—Tener paz y silencio también debe de ser agradable.

—En realidad no —responde. Hunde los dedos de los pies en la arena—. Por eso empecé a tocar la guitarra.

—Bueno, seguro que si tuvieras hermanos y hermanas ruidosos no habrías aprendido a tocar como lo haces.

Al darme cuenta de que acabo de revelar que he estado escuchando —con la oreja pegada a las tablas del suelo—, me pongo roja como un tomate. Me cubro la mejilla con la mano y siento el calor de la sangre corriendo entre mis dedos.

—¿Sabes qué?

Arrastra el talón por la arena y abre un surco que no tarda en llenarse de agua.

—¿Qué?

—Yo quería un gemelo.

—Qué gracia.

Me río.

—Un hermano gemelo. Alguien con quien hacer cosas de chicos.

—Yo hago cosas de chicos —replico, indignada.

—Sí, lo sé.

¿Es algo así como un respeto divertido lo que veo en sus ojos o se está burlando de mí? No estoy segura.

La incertidumbre me lleva a decir algo erróneo.

—No te imagino teniendo un gemelo.

—¿Por qué no? —Parece ofendido.

—Estás demasiado… —No sé cómo explicar que tiene los bordes sólidos en tanto que Toby y yo los tenemos indefinidos. Que Toby es zurdo y yo soy diestra, que a veces da la impresión de que hay un espejo entre nosotros— completo tal y como eres, creo.

Su risa reverbera por toda la playa. Nunca antes he oído reír así a Lucian. Como si algo surgiera a borbotones de él. Entonces entiendo lo que sospeché en su cuarto en Navidad: es imposible que no te caiga bien. Debajo de toda su socarronería y hosquedad hay amabilidad y risa; es como encontrar relucientes monedas de oro entre el barro.

—Entonces ¿sin Toby te sientes incompleta? —pregunta cuando la risa amaina y su expresión se vuelve hermética de nuevo.

—No es eso —me apresuro a responder, aunque en muchos sentidos sí lo es.

Lucian levanta la vista hacia el acantilado con el ceño fruncido.

—¿Dónde está? No lo he visto en toda la mañana.

—En el bosque.

Me encojo de hombros, pero la pregunta hace que me retumbe el corazón. Es como si al preguntar estuviera dando pie a la posibilidad de que Toby no esté en el bosque, sino corriendo furioso por el acantilado hacia nosotros.

—Está preparando algo. No quiere decirme el qué.

—Interesante.

Me siento un poco avergonzada por Toby. Me doy cuenta de que Lucian es mucho más maduro que él, mucho más de los dos años que le saca. No puedo imaginarme a Lucian haciendo cosas en el bosque a los quince ni gritando con entusiasmo mientras se balancea en un columpio. ¿Acaso una parte de Toby dejó de desarrollarse cuando murió mamá? ¿Una parte de todos nosotros? Nuestro cuerpo ha cambiado, pero por dentro seguimos teniendo la edad que teníamos entonces.

De repente quiero crecer, y rápido.

—¿Cuándo calculas que terminará? —pregunta con incertidumbre.

—Oh, seguramente se pasará allí todo el día. No lo dejará hasta que haya acabado.

—Claro.

Lucian hunde el pie en la arena, atrás y adelante, como si tratara de decidir si preguntarme algo o no. Y entonces lo hace.

—¡Más rápido! —grito por encima del ruido del motor, y no parezco yo, lo cual es emocionante.

—¿Seguro? —Lucian ríe.

—¡Sí! —La capota está plegada, como en un cochecito de niño, y el aire se me mete en la boca—. ¡Sí, sí, sí!

—¡Agárrate fuerte!

El motor ruge... y es como si estuviéramos montando en una criatura viva, no en un coche. Enfila la carretera del acantilado dispersando gaviotas y mariposas y arrojándome contra el lateral en las curvas. Me retuerzo, me sujeto con una mano al reluciente salpicadero de madera. Black Rabbit Hall es una casa de muñecas en la distancia.

—¡Mi pelo! —chillo, porque flota por encima de mi cabeza como un algodón de azúcar y se me mete en la boca.

—Me encanta tu pelo.

«Me encanta tu pelo.» ¿De verdad es eso lo que ha dicho? Cuesta mucho oír algo con el rugido del motor. Pero de todas formas sonrío como una tonta. No quiero salir jamás de este alucinante coche que puede alejarte tan rápidamente de un lugar grande e ineludible que en cuestión de segundos es como si nunca hubiera existido.

—¿Divertido? —pregunta, con el pelo también alborotado, como negras plumas—. Mierda.

Un rebaño de ovejas está saliendo por la verja de una granja hacia el camino. Vamos a estrellarnos contra él, pero no —los frenos chirrían y yo salgo disparada hacia delante en mi asiento, riendo— y me encanta esto, burlar las cosas malas, reescribir el desastre. Las ovejas se apartan al arcén, se aprietan contra la cerca. Lucian recorre el sendero marcha atrás mientras el granjero sacude el puño.

Aparcamos, nos sentamos en el banco blanco que hay al borde del acantilado y contemplamos el océano tornarse despacio morado y verde por zonas, como un grupo de ballenas a gran profundidad. Noto las piernas temblorosas, desorientadas, igual que cuando tocan tierra firme después de haber estado en un barco con el mar picado. La parte de atrás de mi vestido de algodón está empapada de sudor. Lucian está sentado tan cerca de mí que si moviera la pierna cinco centímetros a la derecha le rozaría. Y siento que me mira, como si sus ojos estuvieran en toda mi persona, suaves y cálidos como manos. No estoy segura de recordar una sensación mejor. Intento almacenarla para poder hablarle en detalle de ella a Matilda cuando vuelva a Londres.

—Siento haber estado a punto de matarte.

—En realidad eso ha sido lo mejor.

Me atrevo a enfrentarme a su mirada. Sus pupilas han eclipsado los iris color chocolate y hay una extraña expresión de asombro en su rostro, como si no me estuviera viendo a mí sino a alguien maravilloso.

Entonces, dado que estoy superemocionada y me da miedo decir lo que no debo, digo:

—Tengo moscas muertas en el pelo. —Y echo a perder el momento por completo.

Él acerca la mano y, con agónica lentitud, me quita un mosquito pequeño arrastrándolo a lo largo del cabello hasta la punta. Acto seguido, repite la acción. Se me encoge todo dentro de mí. Este es ya el momento más perfecto de mi vida hasta la fecha.

—Ya está.

—Gracias. —Mi voz suena normal. Por dentro, todo parece líquido.

—Toby se va a cabrear, ¿verdad?

—No se lo contaré —respondo. La posibilidad de que Toby se entere y apuñale a Lucian repetidas veces con la navaja no me produce tanto pánico como que el viaje llegue a su fin. Mis ojos se posan en sus labios y me pregunto cómo sería besarlo, si la boca de un chico tiene un sabor particular—. Me encanta el coche. Salgamos mañana otra vez.

—Amber… —dice, y se interrumpe.

Durante un momento mágico y descabellado creo que va a besarme. Que todo —la noche en su dormitorio en Navidad, estar sentados en la roca en la cala viendo a Kitty llenar su cubo con conchas— nos ha conducido a este instante. Me preparo, tratando de recordar cómo se besa la gente en los libros, aterrada por hacerlo mal, por chocarme con sus dientes y su nariz.

Pero él no me besa. Se levanta.

—Vamos.

Se me cae el alma a los pies y luego se eleva de nuevo cuando me coge las manos y tira de mí. El viento me agita la falda y estoy segura de que si Lucian me suelta saldré volando por el acantilado como una cometa.

—Te llevaré a casa. —Sonríe de oreja a oreja, esa maravillosa y sorprendente sonrisa—. Y esta vez te prometo que conduciré como una tortuga.

—Gracias —digo deseando desesperadamente que no haga ninguna de las dos cosas.

Tendría que haber imaginado que Toby nos conduciría a todos hasta aquí. No a nuestro lugar habitual junto al columpio sino más río arriba, donde los árboles se tornan caóticos, el riachuelo se estrecha y parece fluir en dos direcciones a la vez, y las orillas son tan empinadas que si resbalas es difícil salir.

Barney me agarra la mano con más fuerza. Nos detenemos, tensos en la intranquila soledad del profundo bosque. ¿Dónde está? Y en ese instante oímos un ululato.

—Es él.

Toby ulula como los búhos mejor que nadie.

Y ahí está, un rayo rojo, ágil como un ciervo. Cuando por fin le alcanzamos, está apoyado, casi sin aliento, contra una escalera vieja para recoger manzanas que llega al hinchado vientre de un árbol enorme. En lo alto de la escalera, a unos tres metros, hay una plataforma, hecha con tablas viejas, mimbre y trozos robados de la valla del huerto, que se mete en el hueco del árbol carbonizado por un rayo.

—¿Has construido tú esta casa? —pregunto al tiempo que empiezo a imaginar la frenética actividad que tuvo que haber los días en que estuvo esperando nuestro regreso a Black Rabbit Hall.

—Caroline tiene sus planes. Yo tengo los míos. —Toby asiente; los ojos le brillan, y tiene el pelo en apretados rizos empapados de sudor—. Yo voy un paso por delante, Amber.

—A Kitty no le gusta —dice mi hermana pequeña tirándome de la mano—. Y a Muñeca de Trapo tampoco. Está muy alto.

—Piensa en ella como en una casa de juegos. —Toby se agacha para ponerse a la altura de Kitty y trata de tranquilizarla—. Tú siempre has querido tener una casa de juegos, ¿no? Venga, vamos a subir.

Kitty niega con la cabeza.

—Me caeré.

—No te caerás. Solo tienes que decirte que no te caerás. —Toby se da un golpecito en la cabeza—. Caerse es cosa de la mente.

—Tiene razón, Kitty. Por eso yo no me hundo en el mar —dice Barney con total naturalidad—. Me digo que no voy a hundirme y no me hundo.

Toby le alborota el pelo.

—Buen chico, Barns.

Sube los dos primeros peldaños y la estructura entera se bambolea.

—¿Estás totalmente seguro de que no hay peligro? —pregunto, preocupada porque Kitty, cuyas habilidades para trepar desconozco, suba tan alto.

—Es el lugar más seguro de toda la finca —responde Toby; de nuevo me parece un poco raro, deseo no haber preguntado.

Yo soy la última en subir, atravesando una trampilla de malla de alambre. Imagino a Toby cerrándola y dejándonos atrapados aquí para siempre, sin que nadie sepa dónde encontrarnos. Al entrar, raspándome las rodillas con los tablones sujetos de forma tosca con clavos, tengo la sensación de haber entrado en la cabeza de Toby. Y, por una vez, no estoy segura de que me guste.

El interior es sofocante, como si nos halláramos bajo tierra, aunque estamos a una altura suficiente como para partirnos la columna si nos caemos. Hay un camastro estrecho —una vieja colchoneta sobre un lecho de agujas de pino—, una pirámide perfecta de comida enlatada y cervezas, polvorientas botellas de vino robadas de la bodega, una taza metálica y un mapa de la finca dibujado a mano en la pared, con extrañas flechas rojas etiquetadas como «salida», que me pone los pelos de punta.

Y lo peor de todo, junto al camastro veo la pequeña pistola que suele estar en el cajón de la biblioteca y un cuchillo enorme colgado peligrosamente de un clavo, un cuchillo que el bisabuelo utilizaba para desollar ciervos.

Toby enciende una antorcha, iluminando extraños pedacitos de su rostro: el túnel de sus fosas nasales, el furioso saliente de sus cejas.

—Ya veo que no te gusta.

Yo intento sonreír.

—Sí que me gusta, lo que pasa es que… ese cuchillo. —Lo señalo; pende peligrosamente sobre la cabeza de Barney—. Eso no me gusta.

—Apártate, Barney.

Toby lo descuelga y lo mete bajo la almohada.

—¿Contenta?

—La pistola. No se nos permite tocar las pistolas.

Él se encoge de hombros.

—No se nos permite hacer un montón de cosas.

—¿Está cargada?

—Deja de preocuparte por tonterías como si fueras una vieja, ¿quieres?

Se pone en cuclillas en el borde de la plataforma y tira de un pedazo de malla de jardín que ha camuflado con hojas.

—Barns, ven aquí.

Barney se acerca a gatas, obediente. Yo miro fijamente la pistola, un escalofrío me recorre la espalda como fríos dedos, y me pregunto cómo voy a llevármela, si he de advertir a Lucian.

—Si te sientas muy quieto, al atardecer puedes ver tejones, ciervos…

Barney abre los ojos como platos y me mira en busca de confirmación.

—¿Fantasmas?

—Fantasmas no, todavía no —dice Toby—. Pero hay conejos. Muchos, muchísimos conejos y liebres.

—No me gustan los conejos.

Barney se aparta del borde y se aprieta contra mí.

Toby y yo intercambiamos una mirada y sabemos que estamos pensando lo mismo: nada volverá a estar bien hasta que a Barney vuelvan a gustarle los conejos. Esta es otra de esas cosas que no queremos que sea verdad pero lo es.

—¿Quién quiere gominolas? —pregunta Toby, porque resulta deprimente seguir hablando de los conejos y de que ya no somos las personas en quienes nos estábamos convirtiendo cuando mamá estaba viva—. He mangado el suministro secreto de Peggy.

Kitty empieza a meterse los dulces en la boca más y más rápido. Durante un rato no se oye más que el sonido de los árboles, los pájaros y a nosotros masticando.

—¿Por qué Lucian no está aquí? —pregunta Kitty.

Se hace el silencio, hasta los pájaros se callan. Kitty se queda quieta, la gominola forma un pequeño bulto en su moflete. Solo sus grandes ojos azules se mueven de un lado a otro, de mí a Toby una y otra vez.

Yo no contesto, temo que cualquier cosa que diga sea malinterpretada por Toby o, peor aún, invite a Kitty a hacer un comentario directo sobre nuestra excursión a la playa. Aunque no sé por qué debe ser secreto —lo sugirió Caroline, yo no he hecho nada malo—, he decidido que es más fácil no decir nada.

—Me cae bien Lucian —dice Barney, acudiendo en ayuda de Kitty—. Y me gusta su coche porque brilla mucho, ¿a que sí, Amber?

Yo trago saliva con fuerza. ¿Acaso Barney nos vio salir con el coche después de comer? ¿Cómo es posible? Los llevé a propósito al salón de baile a jugar con los triciclos, así no me verían subirme al choche ni me harían preguntas.

—Pero a mí no me gusta la mamá de Lucian —apostilla Kitty, que vuelve a masticar con entusiasmo—. Es como una gaviota que quiere tus patatas fritas.

Toby suelta una breve carcajada que rompe la tensión, como un golpe de kárate que atraviesa un cristal. Me doy cuenta de que en realidad resulta muy útil contar con un enemigo del que reírse. Mientras el enemigo sea otra persona todo irá bien.

17

Papá levanta la vista de los papeles con el ceño fruncido. Se quita las gafas y se frota los ojos; en el puente de la nariz le queda una marca que brilla a la luz matutina que entra por las altas ventanas de la biblioteca.

—¿Qué puedo hacer por ti, cariño?

—Me preguntaba si podíamos hablar, papá.

—¿Hablar? —repite papá, como si hubiera sugerido algo disparatado—. Oh, supongo que no me vendrá mal un descanso.

Aparta la pila de papeles y se guarda la pluma estilográfica de plata en el bolsillo del pecho.

Yo miro por la ventana y veo un trozo del coche de Lucian, ya cargado; la capota está bajada y asoma el mástil de la guitarra. ¿Debería salir a despedirme? No tengo ni idea de cuándo volveré a verlo. Hoy, el día en que Lucian se marcha y todo vuelve a la normalidad, ya parece más gris, lleno de viejos problemas; un mundo que mira hacia atrás, no hacia delante.

—Peggy se ha ocupado estupendamente del mantenimiento de la finca en los últimos meses, pero me temo que algunas cosas se le han pasado. —Papá baja la mirada a los papeles con aire sombrío.

—¿Qué tipo de cosas?

—Facturas, puñeteras facturas, Amber. Más me valdría arrojar el dinero al río Fal que invertirlo en esta casa. Pero no pongas esa cara de preocupación. Los Alton siempre encuentran la manera. —Resopla y su crespo cabello canoso se agita—. No perderemos la casa. Me aseguraré de ello.

Esas frases impetuosas hacen que me sienta más nerviosa.

—Pero he tenido la cabeza metida en la arena demasiado tiempo. —Se afloja el cuello—. Ya es hora de que me enfrente a ello. Caroline tiene mucha razón.

¿Qué pinta ella dándole consejos? Papá gesticula con impaciencia al otro lado de la mesa.

—Siéntate, cariño.

Arrimo el taburete, los codos en la mullida superficie verde de piel del enorme escritorio (Toby dice que papá hace que nos sentemos al otro lado para rebajarnos a un tamaño más manejable), e intento ignorar a Knight en su caja forrada de terciopelo, todo lo que sucedió esa noche aún se arremolina en silencio en el agujero en forma de estrella de su cráneo.

—¿Y bien? —dice papá, su sonrisa no es tan abierta como hace unos momentos.

Yo me remuevo en el taburete.

—Bueno, se trata de Toby.

—Me lo temía. —Papá revuelve papeles que no es necesario que revuelva, los apila bien—. Creo entender que le irrita la presencia de Lucian. Poco amable por su parte. Esperaba algo mejor de él.

—Bueno, en realidad no es eso —replico preguntándome quién sugirió esta versión de los hechos. Seguro que Caroline—. Papá, ha construido una casa en un árbol.

—¿Una casa en un árbol? ¿En serio? ¿Dónde?

—Al fondo del bosque. Río arriba. Tiene comida allí, un cuchillo, un camastro… una pistola. Papá, se ha llevado la pistola. La del cajón.

—¿No lo cerré con llave? —Se frota la cara con cansancio y reprime un bostezo—. No, supongo que no debería tener la pistola, aunque yo a su edad tenía una colección de armas de fuego, así que entiendo la atracción.

—Pero, papá… —A veces mi padre parece pertenecer a otra época—. Es como si estuviera preparándose para el fin del mundo —digo, esperando que capte la insensatez del asunto—. No deja de hablar de eso tan malo que va a pasar al final de las vacaciones de verano. Una especie de catástrofe.

—¿Como volver a clase? Yo diría que será un shock…, por aquí septiembre siempre llega después del verano. —Sonríe con amabilidad y siento la momentánea esperanza de que tal vez esté dispuesto a escuchar de verdad—. Al menos tiene un poco de tiempo.

—Creo que se trata de algo más serio.

—¿Serio? Amber, cariño, lidiar con Toby desde… —Hay un pequeño silencio donde debería referirse a la muerte de mamá—. Estos últimos meses ha sido casi imposible. —Empuja hacia mí una caja grande de delicias turcas de color rosa y recubiertas de azúcar glas—. He de decir que están muy buenas. Prueba una. Las ha traído Caroline de Londres.

Yo meneo la cabeza.

—Es que hay algo en Toby que no va bien. Es menos él mismo que nunca. Incluso que en Navidad.

Papá mira por la ventana con expresión sombría, olvidado ya el alegre momento de las delicias turcas.

—Bueno, ha empezado en un nuevo colegio. Me atrevo a decir que tiene que acostumbrarse, sobre todo porque llegó arrastrando cierta reputación.

—No creo que el colegio le guste demasiado, pero no es eso —insisto. Papá se tira del lóbulo de la oreja, incómodo. Los papeles de su escritorio empiezan a agitarse con la brisa que entra por la ventana abierta—. Papá, está peor ahora de lo que lo estaba justo después de que… ocurriera.

Mi padre reflexiona sobre eso un momento —la barbilla hundida en las manos— y acto seguido yergue la espalda y parece descartarlo.

—Amber, cariño, espero que sepas que agradezco lo amable que has sido con tus hermanos este último año. No me ha pasado desapercibido.

Por alguna razón, el halago hace que me sienta aún peor. Como si hubiera podido elegir.

—Creo que a veces todos te creemos mayor de lo que eres. Pero hay muchas cosas que todavía no comprendes, cielo mío.

Entonces me doy cuenta de que mientras que mi padre tiene la piel dura —«más dura que los cuartos traseros de un cerdo de raza de Gloucester», dice la abuela Esme—, Toby es todo lo contrario. Él lo siente todo demasiado; papá demasiado poco. Y eso es parte del problema.

—Pero yo entiendo a Toby, papá. Le entiendo mejor que nadie.

Mi padre tose.

—Amber, no eres la primera persona que me avisa de esto.

—¿Te ha dicho algo la abuela?

—En el último colegio de Toby sugirieron... —Su rostro se nubla—. Hay una especie de médico. Un charlatán de Harley Street. Pero no pienso hacerle eso a Toby, no pienso convertirle en una criatura de mirada vacía por muy conflictivo que sea —agrega con más énfasis—. Nancy jamás me lo perdonaría.

Papá menciona a mamá de forma directa en tan raras ocasiones que su nombre expulsa todo el aire de la habitación. Hasta él parece sorprendido. Así es como ahora la añoramos, menos sumidos en la tristeza y con más punzadas de sentimientos que aparecen inesperadamente, como las dedaleras en el bosque.

—Quiero que sea feliz, papá. Bueno, no tanto —rectifico al darme cuenta de lo imposible de mi ambición—. Solo que sea un poco más como era, supongo.

Papá me brinda una sonrisa difusa, llena de amor, como solía hacer cuando yo tenía la edad de Kitty. Y siento una punzada de añoranza por aquella época en la que no ansiaba saber nada más allá de lo que sabía papá y confiaba por entero en su buen juicio.

—Amber, recuerda que un carácter fuerte se forja mediante el trabajo duro, no mediante la diversión. Si aspiramos a cumplir con el deber y el trabajo duro, entonces, si somos afortunados, solo si somos afortunados, puede que llegue la felicidad. —Coloca un pisapapeles sobre los documentos y los aplasta—. El placer es una consecuencia, no un maldito derecho, como mi hermano Sebastian creía.

Me quedo boquiabierta. Siento en la habitación al granuja de mi tío, que se ahogó. Casi puedo verlo deslizándose bajo las tranquilas aguas del Mediterráneo.

—Si Toby ha de heredar esta propiedad, si ha de aprender a ser el cuidador de esta casa, tiene que superarlo, y cuanto antes mejor. —Un músculo palpita en su mandíbula; el sudor brota en su frente—. No hay más.

—Pero ¿y si Toby no puede superarlo? —balbuceo.

—«No puedo» no es una expresión que utilicemos en esta familia.

—No —admito bajando la mirada y mordiéndome el labio—. Perdón.

—Bueno, ¿qué crees que deberíamos hacer? —pregunta con algo más de suavidad.

—No lo sé. —Esperaba que él lo supiera—. Creo que algo tiene que cambiar. Pero, hum, no sé el qué.

Papá me mira; tras sus ojos percibo su mente en funcionamiento, como las cadenas invisibles que tiran del ferry *King Harry* por la lisa superficie del río. Luego se pone en pie, apoya los puños en la superficie de piel del escritorio.

—Gracias, Amber. Creo que sin quererlo me has dado la respuesta a una pregunta, a una pregunta enorme, con la que llevo días peleándome. —Aprieta los dientes, como si se obligase a considerar algo difícil de aceptar—. Algo tiene que cambiar. Tienes mucha razón. Es mi deber como padre obrar ese cambio.

—¿Cuál? —pregunto, perpleja, con la esperanza de que no sea demasiado drástico.

—Lo descubrirás muy pronto. —Saca su pluma de plata del bolsillo con solapa y le quita la capucha con los dientes—. Y ahora, si me disculpas, tengo facturas que pagar.

18

Lucian se detiene al final del camino de entrada, con el motor encendido, y me abre la puerta del pasajero.

—Me alegra que accedieras a hacerme llegar tarde.

—Bueno, es mejor que dar de comer a las gallinas.

Me bajo del coche tratando de esconder el placer que siento por posponer su marcha a Devon. Que me elija a mí antes que a Belinda, aunque solo sea durante casi veinte minutos.

—Estupendo. Me alegro. —Levanta la mirada hacia el camino de entrada con desconfianza—. Espero que Toby no se enfade demasiado.

—Oh, no se va a enterar —me apresuro a decir, y el corazón se me acelera ante la idea de que me pille—. Todavía está en el bosque. Cosas de la casa del árbol.

—Ojalá me la enseñara.

«No es muy probable», pienso.

—Algún día —digo.

La luz de la tarde se desliza tras sus oscuros ojos y alcanzo a ver su escondido tono caramelo, como las vetas en el centro del mármol.

—Bueno…, hasta la próxima.

—¿Este verano? —pregunto sin pensar, como si fuera a contar los días hasta las próximas vacaciones escolares.

Avergonzada, acaricio las flores y mancho de polen mi vestido de popelín, el que con tanto esmero he elegido esta mañana porque resalta el verde de mis ojos y hace que mis pechos parezcan más grandes.

—Eso espero.

—Creía que odiabas Black Rabbit Hall.

—Así era. Pero he cambiado de opinión.

—Ah —digo, y no puedo evitar sonreír como una boba—. Bueno, pues adiós.

Me dispongo a pasar por su lado pero el espacio parece contraerse y chocamos con torpeza. Nerviosa, retrocedo y el pelo se me engancha en las ramas bajas de un árbol. Lucian cierra la puerta del coche. Y ese debería ser el último sonido, la promesa de un final. Pero no lo es. El ruido atraviesa el aire estival, como un silbido impactante. Nos miramos y lo vemos en los ojos del otro. Algo ha escapado, se ha desatado.

Sé que va a pasar una fracción de segundo antes de que pase. Pero aun así el beso supone un shock puro y duro, diferente a todo cuanto había imaginado. Sus manos me ciñen la cintura, me atrae hacia él, su aliento en mi oreja, mi cabello tira de una ramita hasta que se parte, sabe a sal, a saliva y a miel. Nos besamos y nos besamos hasta que me duelen la mandíbula y la lengua y no puedo respirar y de repente Lucian se aparta.

—Lo siento —resuella—. Dios mío, lo siento muchísimo.

—Yo no. —Las palabras brotan antes de que pueda detenerlas.

Mortificada, me tapo la boca con las manos y avanzo a trompicones hasta el borde del bosque mientras le oigo llamarme, una vez, dos veces. Luego, cuando el follaje me oculta, me apoyo contra un árbol para recuperar el aliento, con las manos en las rodillas, y escucho el rugido del coche de Lucian, que se va apagando. Sé que tengo que moverme, que Toby no tardará en volver de la casa del árbol y se preguntará dónde estoy; la distancia entre nosotros se está acortando.

Regreso con paso trémulo a la casa. Siento el aire agitándose entre mis dedos, su sabor en los labios, el canto de los pájaros lleno de entusiasmo y alborozo. Cuando llego al riachuelo, donde el agua se estanca bajo el gigantesco ruibarbo, miro para comprobar mi reflejo, segura de que la culpabilidad debe de estar impresa en mi rostro. Pero el agua corta mi sonrosada cara en resplandecientes franjas, desdibuja mi cabello, mi sonrisa, hace que la luz del sol dance en mis ojos. ¿Lo sabrá Toby? ¿Resultará evidente? Me chupo los dedos y me atuso el pelo de forma frenética —me quito la ramita partida— y me aliso el arrugado vestido, tirando de la pegajosa humedad donde mi trasero estaba en contacto con el cuero del asiento del coche.

Si consigo subir corriendo antes de que alguien me vea, tomar un baño caliente, cepillarme el pelo y cambiarme de ropa, ¿quién va a enterarse? Es imposible que alguien nos haya visto. Y nadie lo adivinaría ni en un millón de años. Pero a medida que Black Rabbit Hall se alza sobre la verde cresta, todo esto parece más cuestionable. Los halcones de piedra bajan la mirada como si supieran dónde he estado, y cuando subo los grises escalones de piedra, siendo una chica distinta de la que los bajó corriendo hace media hora, la emoción del beso se mezcla con una pequeña punzada de temor.

19

Lorna

El despacho de Dill es un cuartito con paredes de ladrillo enca-
jado encima de la escalera que lleva a las bodegas. Dill farfulla
algo en tono de disculpa acerca de que solo es temporal y que no
es ideal, era el lugar donde solían colgarse los faisanes —hay gan-
chos metálicos a lo largo de las paredes—, lamenta que apeste un
poco, y si el teléfono empieza a hacer ruido se puede remediar sacudiendo con energía el auricular. Pero Lorna no la escucha. Jon la
requiere con urgencia. Está preocupada.

—¿Jon?

Dill cierra la puerta con suavidad al salir. Una abeja del tamaño
de un ratón aparece de la nada y empieza a lanzarse de forma insistente y desesperada contra la ventana, compartimentada en varios
cristales.

—Estaba a punto de colgar. —La voz de Jon suena apagada,
lejana, como si telefoneara desde otro planeta—. De ir a rescatarte.

—No seas bobo. —Ríe con cautela.

—Podrías haberme llamado. —Es incapaz de disimular que
está dolido. En Londres suelen hablar por teléfono dos o tres veces
al día—. No sabía si estabas bien.

—Intenté llamar. La cobertura aquí es fatal, ya lo sabes. Pero
estoy bien, en serio. ¿Por qué no iba a estarlo?

Transcurre un momento. Lorna lo imagina pasándose su enorme mano por el dorado cabello.

216

—Solo me preocupo por ti.

—No soy una cría —dice, un tanto irritada. Se sienta en la silla giratoria y trata de encontrar espacio para apoyar los codos en el desordenado escritorio: facturas (pendientes, en rojo) caídas de una bandeja, un viejo ordenador de color beis, un ejemplar de *Country Life* con manchas de té—. ¿Esa era la urgencia?

—No, no. Lorna, escucha, he investigado un poco acerca de tu querida Black Rabbit Hall.

A Lorna no le agrada la idea. Como si estuviera investigándola a ella.

—Uh, ¿por qué?

—No me fiaba. No cuadraba.

—Me he perdido.

Lorna intenta abrir la ventana para que la abeja salga, pero está atascada. Así que corre la cortina para contener a la abeja durante la llamada, sumiendo la habitación en una penumbra mayor.

—Me temo que no hay manera de suavizarlo, te vas a llevar una decepción. Lorna, no tienen licencia para celebrar bodas.

Lorna siente como si la temperatura hubiera bajado de golpe.

—No… no entiendo.

—No podemos celebrar la boda en Black Rabbit Hall. El propietario no tiene licencia para alquilarlo a un particular como lugar para celebrar bodas. No tienen seguro. Ninguno. Nada.

—Pero ¿pueden conseguirlo? No debe ser más que una formalidad.

Maldice la minuciosidad de Jon, su respeto por las reglas que piden a gritos que las rompas.

—No lo creo. Seguridad en el trabajo, normativa antiincendios, están a… a años luz de todo eso, cielo. Teniendo eso en cuenta, el que pidan un depósito en efectivo por adelantado no me huele nada bien.

Y entonces Lorna lo huele, un olor metálico como el que dejan las monedas. Algo carnoso. Se muerde la punta del dedo y se pregunta qué hacer. ¿Acaso su sueño termina aquí?

—Lo siento. Sé que habías puesto toda tu ilusión en esa casa.

Se yergue, se ha decidido. No, no es el final.

—Aun así celebraremos la boda aquí.

—No lo dices en serio. —Jon ríe con incredulidad.

—¿Por qué no? A ver. ¿Qué tiene de malo? ¿A quién perjudica? La última vez que vi un policía fue en la estación de Paddington. En kilómetros a la redonda no hay vecinos que puedan quejarse por el ruido o el aparcamiento.

—Clausurarán todo esto como una especie de... fiesta *rave* ilegal o algo parecido. Olvídalo.

—No lo haré. No puedo, Jon. No puedo y punto.

—¿Qué te ha dado? —dice Jon con serenidad.

Lorna vacila, le dice la verdad.

—Esta casa se me ha metido dentro. Se me ha metido bajo la piel.

Lorna siente los prejuicios de Jon. Su confusión. La brecha se ensancha entre ellos, cobra velocidad, como un tren que se aleja de la estación.

—Vale, escucha. Tienes que marcharte. Hoy. Ese lugar te está liando la cabeza, cielo.

—No seas bobo. Acabo de llegar. —Se enrolla el cordón del teléfono en el dedo con fuerza—. Y me lo estoy pasando de maravilla. —No pretende sonar tan entusiasmada, como si ese «de maravilla» lo excluyera a él, pero en cierto modo es así. Cierra los ojos un momento, trata de corregirse, de sentirse cerca de él, de decir lo correcto. Pero da la impresión de que lleven años separados, no días—. No pienso irme a ninguna parte.

Jon guarda silencio un instante.

—¿Hay algún tío allí o algo que no me estás contando? —Solo bromea a medias.

—¿Un tío? ¿Aquí? ¿Te refieres a un jardinero? ¿Un mayordomo joven y guapo? Jon, venga ya.

—No sé qué pensar. —Ahora se muestra más frío—. Estás... rara.

—Gracias. —Se pone a la defensiva, detesta que le retire su calor—. ¿De verdad todo esto es porque estoy aquí? ¿Porque se me ha ocurrido marcharme el fin de semana sin ti? Si crees que voy a convertirme en un ama de casa de los años cincuenta solo porque estamos prometidos, entonces tenemos... tenemos que hablar, tenemos que hablar de verdad.

—No quería que fueras porque era una invitación extraña, ¿vale? Y está muy lejos. No hay nadie en kilómetros a la redonda. —Duda y el timbre de su voz cambia; algo difícil de ignorar—. En estos momentos eres vulnerable, Lorna. Aún estás afligida, descentrada.

¿Descentrada? Desde luego que no. Y no se siente vulnerable. Ni siquiera se siente ya afligida. No, se siente viva, llena de energía por primera vez desde hace meses, en un lugar completamente diferente. Lo que ocurre es que no sabe cómo explicarle esto a Jon sin parecer más pirada de lo que él cree que está.

—Desde que visitamos esa casa las cosas entre nosotros no han ido, qué sé yo..., bien. Tienes una expresión febril en los ojos cuando hablas de ella.

—Oh, por Dios bendito, cierra el pico, ¿quieres? —Sorprendida por la dureza de sus propias palabras, intenta arreglarlo—. Lo siento. No lo decía en serio...

Pero en parte sí. Sigue un silencio violento, roto solo por la fútil lucha de la abeja por escapar de la cortina. Durante un momento da la impresión de que es ella quien está tras la cortina, luchando contra algo denso y desconocido, algo que no entiende.

—¿Sabes qué, Lorna? No pienso cerrar el pico. Creo que es hora de que seas sincera conmigo... y contigo misma... acerca de por qué solo puedes pensar y hablar de esa casa medio en ruinas en Cornualles.

—Me encanta.

—Es más complicado que eso, ¿verdad? Se trata de tu madre.

Lorna da un golpecito con el dedo a la oxidada bandeja de rejilla e intenta tragarse el nudo que se le ha formado en la garganta.

—Quiero descubrir por qué hay fotografías de mi madre y mías en el camino de entrada. No me lo quito de la cabeza, ¿vale? —Decide no contarle que además desea desesperadamente saber qué les pasó a los niños Alton al final del verano de 1969, sobre todo al hijo pequeño llamado Barney—. Sé que parece una bobada.

—En absoluto. Es natural intentar colocar bien las piezas de un rompecabezas después… —Se interrumpe, busca las palabras adecuadas—. Darle algún sentido a lo que no lo tiene. Reconóceme algún mérito, lo comprendo.

—No lo entiendes —farfulla ella.

Jon hace caso omiso.

—Pero no es solo eso. No se trata solo de esas fotografías, ¿verdad?

El teléfono parece caliente y pesado en la mano de Lorna; un arma cargada.

—No puedes seguir huyendo, Lorna, seguir dando rodeos a tu pasado en vez de enfrentarte a él, fingir que buscas una cosa cuando en realidad buscas otra.

Jon la está llevando a un lugar al que ella no quiere ir, la está empujando a ese espacio en su cabeza cerrado a cal y canto. Hace tiempo que intenta llevarla allí: ella se resiste, él lo sigue intentando. Las ganas de colgar el teléfono son casi abrumadoras.

Jon inspira hondo.

—Lorna, siempre me había preguntado si querrías buscar a tu madre biológica cuando Sheila muriera.

La abeja atrapada sale por un hueco bajo las cortinas y gira en espiral a lo loco, como un avión sin piloto. Lorna se pone rígida, se le tensan los dedos alrededor del teléfono, trata de contener las náuseas.

—No se trata de eso —logra decir con voz temblorosa—. Sé su nombre. Podría encontrarla si quisiera. Pero hace mucho que decidí no localizarla, ya lo sabes.

—No. Lo decidió Sheila. Hizo que te sintieras culpable por sentir curiosidad y más aún por hacer preguntas. Le aterraba que un día te fueras a buscar a tu otra madre y la rechazaras a ella. Por eso no podía hablar del tema. Por eso no te contó que eras adoptada hasta que tuviste nueve años. No podía soportar la idea, ¿verdad?

—Será mejor que me vaya, Jon. —Su voz ahora es apenas un susurro. Se siente inesperadamente protectora con su madre pese a reconocer la dolorosa verdad de las palabras de Jon.

—Lorna, por favor. Podemos buscar juntos a tu madre biológica. Sabemos que era de Cornualles, que te adoptaron en Truro.

Quiero ayudar. Por eso sugerí que fuéramos allí de visita esa vez con el coche.

—Lo recuerdo —acierta a decir.

—Por favor, hagámoslo juntos. Habrá pistas. Puede que sea más fácil de lo que piensas.

—No estoy buscando a esa mujer. No quiero encontrarla.

—No le dice que no puede arriesgarse a que la rechace dos veces; sabe que si pronunciara esas palabras en voz alta lloraría. Así que dice con mayor énfasis—: Nunca he querido encontrarla. —Y siente que su determinación se fortalece.

—No de forma consciente.

Lorna inspira con brusquedad. No se le ocurre una respuesta inteligente.

—Mierda. Ojalá estuviera contigo. Esta conversación no es para tenerla por teléfono.

Lorna oye pasos al otro lado de la puerta del despacho, débiles, cada vez más distantes; alguien que se aleja. Se le ocurre que ese alguien podría haber estado escuchando.

—Pero tengo que decirte que… desde el funeral de tu madre has murmurado el nombre de tu madre biológica en sueños unas cuantas veces.

Lorna se sobresalta; una sensación fría en el estómago.

—¿Por qué… por qué no me lo has dicho?

—Estaba esperando el momento oportuno. No ha habido ninguno. Lo siento.

A Lorna se le llenan los ojos de lágrimas, pero parpadea para contenerlas.

—Me dejarás entrar en cualquier parte menos ahí, ¿verdad?

—La voz de Jon se quiebra y eso hace que ella se sienta peor: su pasado está afectando a la gente que quiere, filtrándose a pesar de sus esfuerzos por evitarlo—. Me he pasado toda la noche en vela pensando en esto, echándote de menos, preguntándome por qué he permitido que esto se alargara tanto. En ti hay áreas prohibidas, Lorna, ¿lo sabes? No dejarás que entre. Pero yo quiero una esposa que me lo cuente todo. —Su voz se entrecorta de nuevo—. Lo quiero todo de ti o…

—¿Nada? —Traga saliva.

—Yo no he dicho eso.

Lorna se acuerda de pronto de un exnovio —el que tuvo antes de Jon— que le dijo que ponía a prueba las relaciones hasta destruirlas para demostrar que no merecía la pena salvarlas. Que construía muros a su alrededor que hacían imposible una verdadera intimidad. La relación implosionó poco después. Y ahí está Jon tratando de decirle lo mismo. Pero ella no puede echar abajo esas barreras, ni siquiera por Jon. No sabe cómo hacerlo.

—Cielo, ¿estás ahí?

Va a perderlo por esto. En el fondo está segura de que eso es lo que va a pasar; es lo que siempre ha temido, perder al único hombre con el que se siente centrada, segura y amada. Y si temes algo, lo imaginas, y puedes reconocerlo cuando el proceso comienza. Y empieza así.

—Di algo.

La abeja se posa en su brazo desnudo, casi ingrávida, una pequeña chispa de vida. Lorna baja la vista hacia esta bonita y asustada criatura y sabe que el momento es crucial. Que importa más que nada. Que aún tiene una oportunidad de salvar su relación. Pero algo le oprime la garganta. No sale una sola palabra. Y la abeja echa a volar hacia la ventana y vuelve a quedar atrapada detrás de la cortina.

Sumergida bajo el agua turbia —es casi como si se bañara en un estanque natural—, Lorna contiene la respiración hasta que le duelen los pulmones. Eso le ayuda a dejar de pensar en la espantosa conversación con Jon, en la falta de conexión entre ellos, como si alguien hubiera aparecido y cortado los cables. Ha intentado llamarle de nuevo en cuanto se ha serenado y las manos han dejado de temblarle, pero no ha podido comunicar con el móvil. Cuando ha llamado con el teléfono de Dill, ha saltado directamente el buzón de voz. Y, por vergonzoso que resulte, ha sentido un alivio enorme. Después de cenar ensalada de cangrejo en la terraza con Dill —la señora Alton no tenía hambre—, no ha intentado volver a llamar.

Una vocecilla dentro de su cabeza se pregunta ni no sería más fácil alejarse ahora, cancelarlo todo, que mirar en lo más profundo de su ser y arriesgarse a buscar respuestas a preguntas dolorosas que Jon parece estar exigiéndole que se haga. Si esto es el comienzo del fin, ¿por qué no terminar con ello?

Lorna sale de golpe del agua, resollando.

Alarmada por la negatividad cada vez mayor de sus pensamientos, permanece frente a la ventana de su dormitorio en pijama, con el pelo envuelto en una toalla. La oscuridad sin estrellas se aprieta contra el cristal. Esta noche no hay luna que ofrezca consuelo, ni el punto brillante de un avión, nada que pueda demostrar que no está encerrada en la suite nupcial de Black Rabbit Hall como la figurita de las bolas de nieve que coleccionaba de niña. Con un repiqueteo de anillas de cortina, el pesado brocado deja la noche fuera y a ella dentro.

Los cuatro postes de la cama se alzan amenazadores como troncos de ébano. Trepa entre ellos e intenta acomodarse contra el montón de almohadones que huelen a detergente en polvo nada familiar, a sábanas viejas secadas al salobre aire libre. Se pregunta quién más ha dormido en esta antigua cama, quién fue concebido en su colchón lleno de bultos, quién exhaló su último aliento sobre su hundido somier antes de que una sábana blanca le cubriera el rostro. Puede imaginarlo vívidamente. La sábana. El rostro. Dios, qué cansada está.

Tiene que dormir. Si duerme, todo volverá a tener remedio, todos los trocitos flotantes del día se juntarán, como la película a cámara lenta y marcha atrás de una taza haciéndose añicos contra el suelo. Introduce la mano entre los flecos de seda de la lamparita, la apaga y espera a que el sueño la venza. Pero no.

Por el contrario, el día vuela hasta ella, como esa frenética abeja en el despacho de Dill: los nombres grabados en la corteza; los rostros atormentados de los niños en el álbum de fotos; el cable en espiral del teléfono; la voz extraña de Jon; lo impropio de su conversación, que en realidad no sonaran a ellos mismos, a las personas que eran antes de que fueran a conocer Black Rabbit Hall.

En ese instante se pregunta si Black Rabbit Hall, la planificación de la boda, es una prueba secreta de la compatibilidad entre Jon y ella, una prueba que incluye el fracaso como posibilidad. Como esas parejas que van juntas a terapia con la esperanza de arreglar su relación solo para confirmar que no hay nada que hacer.

¿Y si Jon es demasiado sincero para ella? ¿Demasiado bueno? ¿Demasiado tranquilo? Cuando se conocieron le preocupaba que con su educación disciplinada y alegre, con su distendida y numerosa familia, estuviera fuera de su alcance. Que él no tardara en comprender su error. Que fuera imposible arreglar un problema emocional generado por tu pasado: todo lo demás eran pretextos insostenibles. Le había confiado sus temores a Louise, que se había limitado a decirle «No seas gilipollas». Y había estado de acuerdo con ella. Jon y ella se amaban. Y sin embargo. ¿Y si esa preocupación inicial era intuición, no paranoia? ¿Y si había estado en lo cierto la primera vez?

Lorna intenta serenarse haciendo respiraciones de yoga. Pero solo parecen insuflar oxígeno al fuego que arde en su cerebro. Ahora se siente desorientada, confundida. La habitación está tan oscura que es como si tuviera los ojos cerrados. Hay tantos tonos de negro…, desde el negro oleoso del kohl hasta algo que está más allá del color, un abismo en las sombras bajo las cortinas. La oscuridad tampoco está inmóvil. Se mueve, se ondula, se contrae, está viva. Mientras la contempla, con el corazón rugiendo en sus oídos, puede ver intermitentes flashes de su infancia: un corazón dibujado con rotulador en el dorso de la delicada mano de Louise, con su nombre y el de ella escritos en él; la misma mano, más grande, sosteniendo protectora a Alf recién nacido, hermoso y pegajoso por los fluidos del parto, antes del shock de su diagnóstico de síndrome de Down; su certificado de adopción a la luz de la linterna bajo su edredón de Barbie, las letras desfilando como hormigas, el sonido de su madre reordenando airadamente el armario de la ropa blanca del pasillo, esperando a que Lorna «acabara» con el trozo de papel para poder volver a meterlo en el archivador del desván y fingir una vez más que no existía.

Gira la cabeza de golpe sobre la almohada. ¿Puede ser que haya interiorizado las ansiedades de su madre relativas a su adopción? Nunca se le había ocurrido. ¿Ha aprendido a ver su propio pasado anterior a Lorna Dunaway (entre el primer latido de su diminuto corazón y el momento en que sus padres adoptivos la cogieron en brazos) como una fina lámina de hielo que se resquebraja sobre aguas peligrosamente profundas? Pisa con cuidado, con mucho cuidado, aunque más vale que no pises. Su mente se acelera en la oscuridad, los pensamientos se pasean a ciegas, como criaturas liberadas de una jaula, hasta que sus ojos se cierran y ella se sumerge en la negrura más intensa de todas.

Unas horas después, una pálida luz amarillenta titila en el suelo bajo los pliegues de las cortinas. A Lorna le estalla la cabeza. Está empapada en sudor y lleva el anillo de compromiso girado, el diamante se le clava en la palma. Se levanta para ir al baño, pero se hunde de nuevo entre los cuatro postes. ¿Qué sucede? ¿Es que ha comido algo en mal esto? ¿Ha sido el cangrejo de la cena? ¿Ese empalagoso jerez añejo?

Tirita bajo las sábanas; calor, frío, calor. Alguien está golpeándole el cráneo por dentro, trata de salir. O algo. Supone que así deben de ser las migrañas. Pero ella no tiene migrañas. Nunca le duele la cabeza. Es fuerte como un buey —buenos genes, ja— y rara vez se pone enferma.

Lo único que puede hacer es cerrar los ojos. Cerrar los ojos y rezar para conciliar el sueño.

Llaman a la puerta. Mira la habitación con los ojos entrecerrados. El amarillento amanecer ya se ha ido. Hace un calor sofocante en el cuarto y la cortante luz del sol se cuela a través de los huecos en las cortinas.

Una voz cruza la habitación hasta ella:

—¿Va todo bien?

Lorna intenta no gemir. Un gemido —y una súplica autocompasiva pidiendo té y analgésicos— es el sonido que suele hacer en mañanas como esta, pero aquí no puede porque es una invitada y su madre le enseñó que es de mala educación que los invitados se pongan enfermos. Así que dice con voz débil:

—Entre.

El sonido de su propia voz choca dolorosamente contra sus tímpanos.

—Oh, ¿qué sucede?

Lorna solo puede enfocar lo suficiente como para distinguir la gigantesca aureola de pelo encrespado, como un allium humano.

—Tiene un aspecto espantoso.

—Es la cabeza...

Se la toca. En parte espera notarla cambiada de alguna manera, alargada, aplastada o hecha puré. Está húmeda y caliente.

—La veo muy pálida. No, no, no se levante.

No podría aunque quisiera.

—Debe de ser un virus. Algo que he pillado en el tren.

—Ay, querida. ¿Puedo traerle alguna cosa?

—Un paracetamol estaría bien.

—Haré lo que pueda.

Lorna se tumba otra vez en la cama, con la sensación de que a lo mejor no se levanta jamás, de que la devorará viva. El tamborileo se agudiza. Lleva palabras. Las palabras de Jon. Preguntas para las que ella no quiere respuestas. También tiene ritmo, un nauseabundo crujido, el sonido de la sangre arterial, un río que desborda sus orillas.

Dill aparece por fin.

—No he encontrado paracetamol.

A Lorna se le llenan los ojos de lágrimas.

—Pero la señora Alton me ha dado esto para usted. —Dill me ofrece una caja blanca de cartón de aspecto inofensivo—. Analgésicos. Ella tiene migrañas. Confía ciegamente en ellos.

Lorna haría lo que fuera con tal de frenar el martilleo en la cabeza. Menea la caja sin fuerzas: un blíster plateado con dos pastillas cae sobre el edredón. Intenta leer el reverso de la caja —ve que son con receta—, pero las letras se vuelven borrosas. No debería tomarlas. Es una locura tomar los analgésicos de otra persona, una de esas cosas sobre las que te advierten en el lateral de la caja, si pudiera leerlo.

—¿Le traigo un vaso de agua? —pregunta Dill con amabilidad.

Lorna asiente. No pregunta la dosis.

¿Qué día es? ¿Dónde está? Lorna se agarra al poste de la cama para levantarse. Tiene la mente nublada, visión periférica difusa y el estómago suelto. El día y la noche anteriores tardan unos instantes en retornar en una amalgama borrosa, los momentos se hacen pedacitos cuando intenta alcanzarlos, el mágico alivio del dolor, la sensación, todo sentido del tiempo. Pero… no… seguro que no fue tan estúpida como para tomarse las pastillas con receta de otra persona. Sin embargo, la caja vacía yace en el suelo. La cama es un revoltijo, como si hubiera intentado trenzar las sábanas durante la noche. Y la habitación apesta. Se levanta a trompicones del sudoroso enredo de la ropa de cama, abre la ventana e inspira, la hiedra cubierta de rocío le roza la cara. Algas. Lana. Beicon.

¿Beicon? Oh, no, llega tarde a desayunar. Llega un día tarde a desayunar. Intenta mandarle un mensaje de texto a Jon —«mensaje no enviado»— y, después de una ducha de un frío brutal, se viste a toda prisa, cruza la alfombra a saltitos, con un zapato puesto, y se peina el pelo con los dedos. Baja la angosta escalera hasta que llega a la puerta que conduce a un piso en el que no quiere estar. Baja otro tramo más. Dos. Otro rellano. Desconcertante. Tres cubos metálicos, con agujeros perforados. Por fin, al pie de la escalera, mira a su alrededor. Un ciervo disecado le devuelve la mirada, parece ligeramente sorprendido.

¿Dónde está el comedor? Es cualquier cosa menos obvio. Gira hacia un largo y sucio pasillo que no le suena, entra en un cuarto repleto de escobas, fregonas y mopas, en otro con muebles cubiertos con sábanas blancas, con trozos de pálida escayola del techo desperdigados por el suelo, como bolsas rotas de azúcar glas. Vuelve sobre sus pasos, con la cabeza aturdida, maldiciendo entre dientes hasta que ve brillar las descoloridas letras doradas de la palabra

COMEDOR en una puerta gris oscuro. El alivio no le dura mucho. Oye el tintineo de los cubiertos. Mierda. Ya han empezado.

—Siento llegar tarde... —Sus palabras se van apagando. No esperaba que el comedor fuera tan espléndido, tan rojo, ni la mesa tan descomunal.

En cualquier caso, la señora Alton consigue imponer su presencia, sentada muy erguida a un extremo de la mesa con una postura perfecta y un tenedor con huevos revueltos suspendido en el aire. Pétalo, el cochambroso terrier, está sentado en su rodilla, con una pata manchada de barro sobre el mantel ribeteado de encaje, y mira el tenedor con voracidad. Los labios de la señora Alton se crispan, pero no dice nada.

—No me ha sonado el despertador —farfulla Lorna, como si lo hubiera oído de haber sonado.

—Oh, no sonará. En esta casa no. —La señora Alton se lleva el tenedor a la boca—. Me alegra que se sienta mejor y que la suite nupcial haya resultado ser de lo más propicia para un sueño tan profundo, Lorna. —No menciona su regalito de esas pastillas que producen catatonia, tranquilizantes para caballo o lo que quiera que fueran—. Siéntese.

Lorna toma asiento entre unos elaborados cubiertos. Al hacerlo, le sobreviene el repentino y vívido recuerdo de haberse despertado y haber visto a alguien de pie en la puerta del dormitorio. Estaba atontada, claro.

—Confío en que esté hambrienta.

La señora Alton le da un triángulo de tostada con mantequilla al perro pero observa a Lorna con atención, con mirada aguda, como si algo hubiera aumentado su interés desde el día anterior.

—Oh, sí —responde Lorna, a pesar de no estar segura. Todavía tiene la sensación de que su cuerpo no le pertenece. Ojalá pudiera no oler al perro.

Hay un sinfín de tostadas, quemadas en diferentes grados, en una rejilla de plata para tal fin. Un frutero repleto de fresas y, si no está teniendo alucinaciones, de hormiguitas negras paseándose por ellas. Cuatro tarros de mermelada, algunos de los cuales parecen tener decenas de años más que otros. Champiñones nadando en

228

mantequilla. Una espantosa ristra de morcillas. Sus manos se demoran sobre la mesa mientras se pregunta cuándo va a declarar que es vegetariana, si la etiqueta dicta que debe servirse ella misma o si debería esperar a que la inviten a hacerlo. Casi espera que una criada con uniforme blanco y negro aparezca detrás de ella con unas pinzas de plata.

Sin embargo es Dill quien aparece, ataviada con un mono azul marino muy usado y expresión de emocionada sorpresa.

—¡Está aquí! —exclama con alegría, como si hubiera pensado que Lorna se marcharía pitando durante la noche—. ¿Qué tal se encuentra?

—Mucho mejor —responde, avergonzada, esperando que Dill no la haya visto dopada.

—¿Té? —Dill lo vierte a través de un colador plateado en las tazas de porcelana con borde dorado más bonitas que ha visto—. ¿Beicon y huevos? Uno de los huevos de Betty. La mayoría de nuestras gallinas están menopáusicas, pero nuestra Betty Grable se resiste, ¿no es así, señora Alton?

—En efecto. La querida y vieja Betty.

—Estupendo. —Lorna no está segura de que pueda enfrentarse al huevo, pero le parece que sería un desprecio personal rechazarlo cuando la gallina tiene nombre—. Pero beicon no, gracias.

—¿Beicon no? —Dill parece perpleja.

—Soy vegetariana. Bueno, como pescado.

—Dios bendito. —La señora Alton se limpia la boca con la servilleta.

—Debería haberlo mencionado antes. Lo siento.

—No hay problema. Marchando unos huevos —dice Dill.

—He de advertirle que estarán fríos, sobre todo si son revueltos —aclara la señora Alton, recobrándose y espolvoreando sal sobre su desayuno—. A menos que Endellion venga corriendo desde la cocina, ejercicio para el que la naturaleza no la ha dotado.

Dill sonríe, no pica el anzuelo.

—La cocina no es muy práctica, Lorna, está demasiado lejos del comedor, razón por la que solemos quedarnos en la cocina de la torre este. Pero esta es una habitación especial y usted es una invitada especial. Pensamos que le gustaría.

—Es una estancia increíble. Me encantan las paredes rojas.

—En los primeros tiempos, cuando llegué aquí, procuraba que todas las comidas tuvieran lugar en este comedor, pero al final pudo conmigo, Lorna. Demasiada comida tibia.

A Lorna le cuesta imaginar que algo pueda con la señora Alton.

—Pencraw es un caballo salvaje, Lorna. —La señora Alton suspira—. Imposible de controlar. Tardé muchos años en aceptarlo. Era una flamante esposa muy resuelta.

¿Un caballo salvaje? Qué expresión tan desafortunada teniendo en cuenta cómo murió la primera esposa. Lorna se pregunta si ha pasado tanto tiempo que la señora Alton ya no lo relaciona o, más escalofriante aún, si lo relaciona y aun así la utiliza.

—Espero que el papel despegado de las paredes no le quite el apetito. —La señora Alton sonríe—. Está en peor estado de lo que recordaba.

—A mí me parece un palacio. —Lorna se dispone a coger una tostada, cohibida bajo la atenta mirada de la señora Alton—. En nuestro piso ni siquiera podemos meter una mesa de comedor como Dios manda.

La señora Alton se atraganta con un champiñón.

—Perdón, ¿cómo dice?

—Es demasiado pequeño —explica Lorna, deseando no haberlo mencionado—. Pero esperamos mudarnos pronto a uno más grande.

—No recomendaría una casa con más de seis dormitorios para una pareja que está empezando —aduce la señora Alton al tiempo que extiende una gruesa capa de mantequilla sobre otro triángulo de tostada para el perro—. Algo mayor puede convertirse en un fastidio espantoso a menos que se disponga de personal de servicio. Endellion, Pétalo sigue hambriento. —La señora Alton le hace cosquillas bajo la barbilla. Un hilillo de baba cae del hocico de Pétalo a la mesa—. Una de sus galletas para perros, por favor.

—Marchando.

Las alpargatas de Dill hacen un ruido desagradable. En cuanto la puerta se cierra Lorna siente cierta claustrofobia a pesar de las generosas proporciones de la estancia. No se diferencia de lo que sintió en la torre después de correr las pesadas cortinas de brocado. La mirada de la señora Alton sigue perforando distintas partes de su persona: las uñas, la nuca. Jamás se había sentido sometida a una inspección tan descarada, ojalá le hubiera dado tiempo a cepillarse el pelo.

Mira hacia la ventana por encima del hombro de la señora Alton.

—El césped está extraordinariamente frondoso y verde esta mañana.

—Es lo que pasa por aquí después de una noche de lluvia. No es que vaya a llover el día de su boda, claro. —Hace una mueca—. No como en la mía.

A Lorna se le acelera el corazón de inmediato ante la mención de la boda: la conversación telefónica en el despacho de Dill parece algo duro e imposible de digerir en su estómago. ¿Debería comentar ahora el tema de la licencia para celebrar bodas? ¿O ese es el menor de sus problemas?

—En otoño aquí hace muy buen tiempo. El sol sale el fin de semana que los turistas se marchan. La naturaleza tiene un sentido del humor perverso. —La señora Alton la mira con frialdad por encima del borde de su taza de té—. Confío en que todavía quiera fecha en otoño.

Ahora debe mencionarlo. Por lo que ella sabe, es posible que la señora Alton ni siquiera sea consciente de que necesita una licencia.

—Bueno, antes hay algunas cosas que tenemos que solucionar. Se trata de la licencia para celebrar bodas, ya sabe. Jon no ha encontrado ninguna registrada en el condado.

Sigue un silencio atronador. Un rubor fruto de la furia asciende por el flacucho cuello de la señora Alton.

—¡Los huevos! —exclama Dill, ajena a todo, al tiempo que abre la puerta con el trasero; dos huevos pasados por agua se menean en sus recipientes. Deja el plato y pasea la mirada entre Lorna y la señora Alton—. ¿Va todo bien?

—Parece que Lorna piensa que no estamos bien preparados para una boda —responde la señora Alton con tirantez.

—Solo me preguntaba por... la licencia para celebrar bodas —balbucea Lorna deseando haber enviado un e-mail a su vuelta a Londres en lugar de intentar tratar el asunto aquí, cuando se siente tan frágil.

—Ah, sí. —Dill se aclara la garganta, un tanto sonrojada—. Pronto. La tendremos pronto.

—¿Es esta otra cuestión que has conseguido arruinar, Endellion?

—Señora Alton, ya le dije que iba a ser muy complicado conseguir la autorización antes de realizar las reparaciones y modificaciones necesarias... —comienza Dill, que entrelaza los dedos en torno al cinturón de tela del mono.

—Endellion, ¿de verdad tengo que deletrearlo? Sin ingresos no podemos permitirnos hacer reparaciones. Primero tiene que entrar dinero. Lo estás abordando mal, como casi todo.

—Pero las cosas no funcionan así, señora Alton —dice Dill, de un modo que le indica a Lorna que han mantenido esta conversación muchas veces antes.

—Pues haz que funcionen así. —La señora Alton se levanta cuan alta es, apoyándose en los nudos de sus artríticos nudillos—. Ofrécele a ese molesto inspectorzucho..., qué sé yo..., algo de leña u otra cosa. Un año de amarre gratis. Con eso debería bastar para que hiciera la vista gorda. Siempre era así.

—Las cosas han cambiado, señora Alton —protesta Dill.

Lorna contempla la yema más amarilla que ha visto en su vida, como un sol dentro de una concha.

—¡Pues piensa, Endellion! —brama la señora Alton—. Porque nos estamos quedando sin tiempo. Yo me estoy quedando sin tiempo. Y sin paciencia. —Arroja la servilleta, agarra su bastón y enfila hacia la puerta; la percusión en dos tiempos de bastón y pasos se aleja por el pasillo.

—Dios mío, lo siento muchísimo, Dill —susurra Lorna—. No pretendía causarle problemas.

—No sea boba. No pasa nada. —Dill acaricia al perro, que la mira con tristeza.

—Claro que pasa. Le he complicado las cosas.

—Lo que ocurre es que la señora está agotada. En realidad, estoy acostumbrada.

—Es por tenerme a mí aquí, ¿verdad?

Tras una pausa ligerísima, Dill responde:

—Por supuesto que no. Hoy está bastante nerviosa, eso es todo.

Lorna baja la mirada al plato. No puede quedarse. Ha complicado las cosas en casa y acaba de hacer lo mismo en Black Rabbit Hall. No sabe hacia dónde correr, solo sabe que no puede quedarse parada.

—Dill, voy a tomar el tren de la tarde.

—¡Pero si ayer tuvo que pasarse todo el día en cama, pobrecita! Ni siquiera ha visto la cala. Tiene que quedarse otra noche.

—Me encantaría —dice con sinceridad—. Pero... no puedo. Ahora no.

—Ojalá no se fuera. —Dill parece afligida—. Resulta muy agradable tener un poco de compañía para variar.

Se sienta en la silla junto a Lorna, le llena de nuevo la taza y se sirve una para ella. Mientras se beben el té, las cosas se normalizan un poco. Da la impresión de que el arrebato de la señora Alton ha despejado el ambiente. O que por fin su organismo está eliminando las pastillas.

—No se vaya por el arrebato de la señora Alton, por favor, Lorna. Ella es así. Ha tenido una vida dura. Ya sé que no lo parece.

—Bueno, supongo que no me gustaría deambular por una casa tan grande a su edad. —Ni a ninguna otra, piensa Lorna, preguntándose por qué demonios aguanta Dill. Toma otro sorbo de té, disfruta al sentir el tibio líquido deslizarse por su seca garganta—. ¿No podría mudarse a otro sitio... más fácil de calentar, quizá?

—La última vez que le sugerí que se mudara me lanzó una bota de montar a caballo. —Dill señala una manchita rosada en forma de media luna bajo su mandíbula—. Jamás se irá de Pencraw.

Lorna yergue la espalda al notar que Dill se está abriendo. Esta es su oportunidad para obtener respuestas.

—Pero ¿por qué? ¿Qué la retiene aquí, Dill?

—Bueno, es una larga historia.

—Me encantan las historias largas. —Lorna sonríe; sujeta la taza entre las dos manos—. Seguro que usted cuenta buenas historias.

El halago da resultado. A Dill, que sin duda se muere por recibirlos, se le ilumina la cara.

—Verá, el señor y la señora Alton se enamoraron hace mucho, cuando eran jóvenes —dice con voz queda, mirando hacia la puerta—. Pero después de que él la abandonara por Nancy…

—¡No! ¿La dejó por la primera esposa?

A Dill le brillan los ojos.

—Hace años. Cuando eran jóvenes. Le rompió el corazón.

—Vale, espere, espere… Pero la señora Alton se casó con otro, ¿no?

—Dos semanas después. Con el señor Alfred Shawcross.

—¿Dos semanas? —Deja la taza en el platito con sorpresa—. ¡Vaya! Eso sí que es despecho.

Dill mira de nuevo hacia la puerta, más nerviosa ahora, y baja otro poco la voz.

—El señor Shawcross era rico, muy rico.

—Ajá, una dulce venganza.

Como las de esas novelas románticas históricas que solía leer su madre. Brillante. Coge una tostada fría, la unta de mermelada, muerde un trozo y se pregunta por qué las tostadas con mermelada siempre saben mejor cuando están frías.

—Así que, cuando el señor Shawcross murió unos años después, era mayor, mucho mayor que ella, se convirtió en una viuda muy rica.

Dill hace una pausa dramática y deja que Lorna rellene los espacios.

—La cual, cuando Nancy desapareció también del escenario, pudo casarse con su primer y verdadero amor.

—Aportando una pequeña fortuna. Ese dinero fue el que evitó que Pencraw fuera vendida.

—Así que ¿él se casó por su dinero? Oh. Qué deprimente.

—No creo que fuera solo por eso, la verdad.

234

Dill toquetea la servilleta, se demora. Lorna tiene la impresión de que desea hablar desesperadamente, de que se muere de ganas de hablar, de hecho, pero que le han advertido de que no lo haga.

—Se dice que el señor Alton quería una figura materna para sus hijos. Por lo visto, se estaban descarrilando, se habían vuelto unos salvajes después de la muerte de Nancy, sobre todo el hijo mayor, que acusó mucho la muerte de su madre. Imagino que pensó que una nueva esposa estabilizaría las cosas.

—¿Fue así? —pregunta Lorna, dubitativa. Los rostros de las fotografías que ha visto sugieren otra cosa.

Dill niega con la cabeza.

—Creo que los niños no la aceptaron jamás. Pero ella aportó seguridad económica, que no es poca cosa, ¿verdad? Conservaron esta casa.

Lorna mira a su alrededor, contempla los magníficos techos, las molduras medio desconchadas, los oscuros óleos. Todo tiene un precio.

—Tras el fallecimiento de Nancy, no gestionaron bien las cosas en la propiedad y se decía que el señor Alton había realizado algunas inversiones nefastas en Londres. —Se da un toquecito en la sien—. No estoy segura de que estuviera del todo en sus cabales. Bebía demasiado. Fue la señora Alton quien se encargó de que todo siguiera funcionando. Pero el señor Alton murió hace ya veintitantos años. Eso es mucho tiempo viviendo aquí sola…, jamás se interesó por nadie más…, y encerrada. No es de extrañar que ya no quede nada de su fortuna. —Comprueba la puerta una vez más y susurra—: Aunque a veces me pregunto si tenía menos de lo que permitía que imaginaran los demás.

Lorna se inclina hacia delante, presiente que la verdadera historia está a punto de llegar.

—Sin duda es hora de que la generación más joven tome las riendas.

—¡Pétalo! —Dill se levanta de golpe, como si la hubieran propulsado físicamente de la silla—. ¡Pétalo, perro malo! —exclama.

Pétalo mira con aire avergonzado el charco amarillento en el suelo.

—Tú y tus problemas de vejiga. Fuera de aquí. —Echa al perro con enojo y sus uñas arañan el suelo—. Ve a buscar a mami.

—¿Qué hay del hijo mayor de Nancy y el señor Alton? —Lorna lo intenta de nuevo, maldiciendo al perro por distraer a Dill en un momento tan crítico—. Ya sabe, el gemelo, el here…

—¿Toby? —susurra Dill, como si el nombre mismo fuera tan frágil que podría hacerse pedazos al pronunciarlo—. Hace décadas que nadie ha visto a Toby.

—Entonces ¿está vivo? Por cómo hablaba la señora Alton, suponía que…

Dill aparta la mirada y se muerde el interior de la mejilla.

—No debería estar cotorreando así. Lo siento. No sé qué me ha dado. Será mejor que me ponga en marcha. Que limpie el pis del perro.

—Yo le ayudo.

Lorna se pone en pie y mira en derredor. Cualquier cosa con tal de prolongar la conversación. ¿Por qué no está aquí Toby? ¿Dónde está Lucian?

—¡No puedo permitir que haga eso!

—¿Con qué lo limpio?

Dill le entrega una servilleta sin articular palabra, como si no pudiera creer la pregunta que le ha hecho porque nunca antes nadie se ha ofrecido a ayudarla.

Lorna lo limpia con la servilleta, trata de no respirar.

—Es muy amable por su parte.

Lorna deja la servilleta empapada en el suelo. Manejarla mojada es su límite.

—Es mucho trabajo para usted, Dill. ¿Por qué se queda? —inquiere, conmovida por la dedicación y la lealtad de Dill. Le parece algo tierno y anticuado.

—¿Yo? Oh, qué sé yo, la verdad. No me imagino otra cosa. No hay muchos lugares por aquí donde se pueda ganar un buen dinero. No con alojamiento y comida incluidos. —Se sonroja, aparta la mirada—. Para serle sincera, nunca he trabajado en otra parte, Lorna.

—¡No! ¿En serio? Debe de soñar con…

—Doble acristalamiento. —Levanta la vista con una sonrisa tímida y entrañable—. Sueño con tener doble acristalamiento.

Lorna se echa a reír. Está a punto de encauzar de nuevo la conversación hacia los hijos del señor Alton, cuando Dill se pone seria.

—Lorna, la señora Alton está enferma. Me temo que es cuestión de semanas.

La risa de Lorna da paso a un silencio cargado de estupefacción.

—No...

Está tan sorprendida que no sabe qué decir. Piensa en la extrema palidez de la señora Alton, la sensación de deterioro que la rodea, como el olor de las flores cortadas que se marchitan. Eso relativiza su dolor de cabeza.

—Lo siento mucho.

—Le ha puesto el nombre de Nancy al tumor.

En contra de lo que cabría esperar, el mundo le ha dado alcance y los mensajes de texto llegan con rapidez en el duodécimo escalón de la magnífica escalera. Lorna los mira con creciente pánico, perdida ya la libertad de no estar localizable.

Louise: ¡Jon está fuera de sí! ¿Qué pasa?

Papá: Solo compruebo que todo va bien. Mierda, ¿cómo se pone la plancha sin vapor?

Jon: ¿Puedes llamarme?

Jon: Ahora estoy preocupado.

Jon: ¿Te ha encerrado? ¿Llamo a la poli?

Lorna le escribe a todo correr diciéndole que acaba de recibir sus mensajes y que ha estado indispuesta, pero que no se preocupe, que va a tomar el tren de la tarde. Pero por alguna razón suena a excusa, algo que le habría podido enviar a ella alguno de sus tóxicos exnovios en su vida anterior a Jon, ofreciéndole la clase de inseguridad que la atraía como la llama a la polilla. Pulsa enviar. Justo a tiempo. Las barras de señal desaparecen y la ventana de comunicación se cierra.

Le quedan dos horas antes de marcharse, se percata Lorna con una punzada. Pese a su rareza y su tragedia, sabe que echará de menos Black Rabbit Hall como echas de menos los lugares que pueden cambiarte los esquemas, aunque solo sea ligeramente, lugares que se llevan un pedacito de ti, que te dan algo de su espíritu a cambio. El sentimiento se agudiza porque ahora parece poco probable celebrar una boda en Black Rabbit Hall. Ya no es seguro que se vaya a celebrar una boda. Es como si la puerta a su futuro estuviera bloqueada por el pasado.

Deja caer el móvil dentro del bolso y oye un débil golpeteo que proviene del exterior; el sonido de una alfombra polvorienta al ser sacudida con una rama de retama. Se pregunta si es Dill. Parecía realmente desilusionada cuando le ha dicho que iba a intentar coger el tren de las cinco en punto, y desde entonces ha mantenido una distancia educada, cortando el flujo de historias y sinceridad como quien cierra un grifo. La señora Alton también parece ofendida, recluida en las oscuras entrañas de la torre este; ha dejado a Lorna sola en la galería bebiéndose una taza de café instantáneo mientras el perro orina contra el zócalo. Esta vez no se ocupa del desastre.

¿Cómo pasar las últimas e inestimables horas? Está segura de que en cuanto se apee del tren en Paddington le será imposible evocar de nuevo Black Rabbit Hall, creer que existe. La cotidianidad se impone demasiado deprisa.

La cala, por supuesto. No debe perdérsela. Dill tiene mucha razón.

Lorna se quita los zapatos, desea sentir Black Rabbit Hall entre los dedos de los pies, algo muy infantil, y cruza el césped hasta el bosque, feliz de estar fuera, en el cálido aire estival. Pasa conscientemente junto al árbol tallado en el bosque (se besa los dedos y los aprieta contra el nombre de Barney) y a continuación atraviesa los altos juncos que crecen en las orillas del riachuelo hasta que encuentra un bonito lugar a la sombra de un árbol. Ensoñadora, arroja un palo y lo ve mecerse en las luminosas aguas verdes recordando que, cuando era una cría, Louise hacía que sus palos se confundieran a propósito en la línea de meta para que Lorna ganara. Lo había olvidado. Ha olvidado muchas cosas valiosas de la niñez. A atrapar y arrancar con los dedos de los pies la hierba alta. A Louise meneando la mano y declarando que era por «destino mágico» que fueran hermanas. Aunque Lorna sigue sin ser capaz de explicar con palabras qué significa «destino mágico», aquí tiene un sentido especial. Arroja otro palo. Luego recoge sus zapatos y ataja por el campo bañado por el sol hasta los acantilados.

Encuentra un desvencijado banco blanco, demasiado cerca del inseguro borde del acantilado. Con los pies descalzos sobre las delgadas briznas de hierba, se protege los ojos con la mano y admira la cala. Parece una ilustración de un libro infantil de los años cincuenta, con forma de piruleta, encastrada entre dentadas rocas grises, prístina y salvaje, cuyo angosto sendero de guijarros conserva un fácil acceso. Puede imaginar los botes de los contrabandistas deslizándose hasta la arena. Puede imaginar todo tipo de cosas. Tiene ese aire, uno siente que aquí han ocurrido cosas. También la sensación, un tanto inquietante, de que puede que las cosas estén a punto de suceder. En parte por esta razón, en parte porque le preocupa perder el último tren del día que va a Londres, Lorna no se entretiene, se pone los zapatos y se aleja con rapidez. Pero la impronta de sus pies descalzos sobre la hierba perdura, un pedacito de ella aguarda su regreso.

20

Una gota de sudor se desliza por mi nariz. Me la seco con un pañuelo de seda mientras miro a Peggy a través de la rendija de la puerta del armario, agradeciendo la ternura con que quita el polvo a las cosas de mamá sobre el tocador y deseando que se dé un poco de brío. Va muy lenta hoy, se seca la frente con el dorso de la muñeca, se mece un poco, como si cada movimiento le provocara náuseas. Espero que no vomite aquí como lo hizo en el huerto ayer por la mañana. Un virus estomacal, dice ella. Espero no pillarlo.

Peggy cierra por fin la puerta con un clic al marcharse. Yo salgo como puedo del armario, con un hormigueo de alfileres y agujas en los pies —contenta de librarme de las sofocantes pieles y de sentimientos aún más candentes—, me siento en el banco del tocador y respiro. El armario está a rebosar ahora, pero es el único lugar en el que puedo pensar en Lucian sin preocuparme por si Toby ve las imágenes en mi cabeza.

Toby sospecha, estoy segurísima, pero no tiene pruebas. De lo contrario se habría enfrentado a mí. Y la verdad es que no ha pasado nada desde el beso de Semana Santa. El anuncio de papá el último día de las vacaciones de Pascua, que impactó en nosotros como una bola contra un grupo de bolos, significa que jamás podrá pasar nada: «Vais a volver a tener una madre. Espero que deis una calurosa acogida a Caroline como tal y a Lucian como vuestro nuevo hermano mayor».

Un hermano. ¿Cómo va a ser mi hermano?

Matilda dice que es posible siempre que no me empeñe en ser una romántica. Dice que debo intentar aprender a no desear a Lucian, del mismo modo que se puede intentar aprender a cogerle el gusto al sabor amargo de las aceitunas que comió en Grecia. Que debo enamorarme de otro. Que ahora tengo dieciséis años, la edad perfecta para el cortejo. Y ¿qué tal su hermano, Fred? ¿No podría enamorarme de él? Siempre ha sido majo conmigo y baila bien. No puedo decirle que Fred ahora me parece demasiado soso y demasiado inocente.

Matilda dice que si quiero ver a Lucian estrictamente como a un hermano debo recordarme que se tira pedos, se hurga la nariz y salpica de pis el asiento del retrete. Que si hago eso, ¿cómo no se va a esfumar la atracción? Pero he hecho exactamente eso. Y no se ha esfumado. Es inútil.

Peor aún, no puedo resistirme a revivir el beso una y otra vez, añadiendo trocitos, prologándolo, trasladándolo a distintos escenarios: la playa, el saliente en el acantilado, los juncos junto al riachuelo. Todo me recuerda a él: veo a un chico moreno en la calle y que anda a grandes zancadas y el corazón me da un vuelco; me siento en un banco en Fitzroy Square y pienso en la pareja que mamá y yo vimos besándose por la ventana, tan concentrados en el beso que les daba igual quien los viera, y en que esa milagrosa tarde de primavera yo besé a alguien del mismo modo.

Recuerdo la ternura de Lucian con Barney y con Kitty, su nada pretenciosa clemencia hacia Toby, el sereno placer que le inspira Black Rabbit Hall. A veces juraría que oigo el débil rasgueo de su guitarra en esta casa.

—¿Amber?

La puerta se abre de golpe. Toby entra con paso decidido en la habitación rosa, con una furiosa y musculosa energía que su camiseta y sus pantalones cortos apenas pueden contener.

—¿Qué haces aquí?

—Me gusta estar cerca de las cosas de mamá.

Se detiene detrás de mí y nuestros ojos se encuentran en el espejo.

—He visto una tarta en la despensa.

—¿Una tarta?

Paso los dedos sobre las cerdas del cepillo de mamá. Todos los cabellos pelirrojos han desaparecido ya, retirados con los dedos y escondidos en nuestros rincones secretos. Recuerdo algo que dijo Matilda: que si mamá hubiera vivido más, se habría vuelto una pesada porque todas las madres acaban volviéndose unas pesadas. Mientras toco su cepillo me resulta imposible creerlo.

—¿Qué pasa con la tarta?

—Cinco tartas. De distintos tamaños.

—¿Y qué?

—No seas alcornoque. Una tarta de bodas, Amber. La puñetera tarta de bodas de Peggy.

—Uf...

Toby suelta una carcajada.

—He dejado a Boris con ella.

—Eso es una... una estupidez enorme, Toby. —Meneo la cabeza y hago esfuerzos por no reír. A pesar de lo espantoso que es todo, aún puede hacerme reír como nadie—. Peggy te echará a ti a los perros.

Toby me quita un largo pelo blanco del brazo desnudo y, desconcertado, me mira a mí, luego dirige la mirada hacia el armario y por último la aparta. Yo respiro de nuevo. Necesito un lugar al que no me siga.

—Peggy simplemente hará otra tarta.

—Bueno, si yo estuviera en su lugar, espolvorearía matarratas sobre el bizcocho. Para ella será mucho peor cuando estén casados. Será peor para todos. —Se acuclilla detrás de mi banco, rebota como si tuviera muelles—. En cuanto Caroline tenga el anillo en el dedo se volverá aún más monstruosa, créeme.

Giro la cabeza hacia un lado e intento verme en el espejo como Lucian debió de verme, de perfil, en el asiento del pasajero.

—Pero entonces ya tendrá lo que quiere.

—Caroline no funciona así —replica, y yo pongo los ojos en blanco—. ¿Qué?

—No lo empeores, Toby. Ya es bastante malo.

Me miro en el espejo dándole vueltas a la cabeza. Pasa un rato.

—Caroline nos ha sacado antes del colegio para poder celebrar la boda en junio. Debe de preocuparle que papá cambie de opinión, Toby. A lo mejor…

—No, Caroline se asegurará de que haya boda. —Toby se mordisquea la uña del pulgar—. Y luego echará a perder Black Rabbit Hall. Destruirá todos nuestros lugares.

—El bosque no. Ni la playa. —Estos aún absorben a Toby, las fortalezas de tablas viejas y malla de alambre, la fría y húmeda arena y la bóveda del cielo. Son los lugares donde él es más feliz. Lo lleva en la sangre. Entonces se me ocurre que, curiosamente, Toby es Black Rabbit Hall, más que nadie, en todos los aspectos—. Esos no puede destruirlos.

—Pues la casa. Los pedacitos con gente en ellos.

—Gracias.

—Sabes que no me refiero a ti.

Me levanto del banco, abrumada por la responsabilidad de ser su otra mitad más racional, y miro a través de la hiedra que trepa junto a la ventana.

—Basta ya de ser pájaro de mal agüero. Mamá nos decía que el mundo era un buen lugar, ¿recuerdas?

—Porque no sabía lo que le iba a pasar.

Fuera, el jardín está en plena floración, desatendido, desbordante.

—Me alegro de eso.

—¿Por qué? Si lo hubiera sabido no habría salido a buscar a Barney. Todavía estaría viva.

Me giro para encararme con él, exasperada.

—Pero no lo sabía. Ninguno sabemos nada. Jamás. ¡No hasta que pasa!

—El problema es que yo sí lo sé, Amber. —Se tapa la nariz con las manos y respira con fuerza, como si intentara refrenar el pánico—. No quiero saberlo. Pero lo sé. Y tengo un gráfico que muestra cuándo exactamente.

21

La iglesia no está tan llena como en el funeral de mamá. Papá dijo que quería una «ceremonia pequeña». Pero aun así... Faltan algunas caras. Viejos amigos de mis padres de Londres. Algunos primos por parte de mi padre, los que huelen a caballo y a perro mojado y adoraban a mamá. La tía Bay, con la que oí discutir a papá por teléfono la semana pasada, él gritando: «¿Y cuándo no es demasiado pronto? Jamás dejaré de amar a Nancy, así que no habrá un momento adecuado. ¿Es que no lo entiendes, Bay? Nunca habrá un momento adecuado». De hecho, aquí no hay nadie de Estados Unidos. Echo de menos oír las voces que proceden de lugares lejanos y de películas, prueba de que hay mundos fuera del mío.

El lado del pasillo en la iglesia reservado a Caroline está más lleno; un público diferente, más ruidoso, más entusiasta, en absoluto incómodo por volver tan pronto a la iglesia de la que la última vez salimos para enterrar a mamá. Los hombres ríen a carcajadas y se apartan el faldón del frac de modo que cuelgue por el hueco del respaldo del banco, como una lengua negra. Sus esbeltas esposas se inclinan y se acercan unas a otras como briznas de hierba, recorren con los ojos vestidos y zapatos. Doblan el programa por la mitad y se abanican con energía por el sofocante calor. De hecho, una mujer saca los pies con medias de los zapatos y los apoya en las baldosas, dejando inconcebibles huellas de sudor sobre la antigua piedra normanda.

—Cielo santo. —La abuela Esme enarca una ceja y mira los pies con divertido espanto—. No creo haber visto nunca tanto maquillaje en junio, ¿y tú, querida? —Me da un pequeño apretón en la mano. Sus anillos de esmeraldas se me clavan en los dedos—. Temo que si la novia tarda demasiado sus amigas acabarán derritiéndose como velas.

Papá está de pie junto al altar, con la espalda erguida y los puños apretados; más que un novio parece un soldado frente al pelotón de fusilamiento. La uña de Toby continúa su ras, ras, ras en el borde del banco, canaliza sus sentimientos de ese modo, arranca el barniz marrón como si fuera una costra. Barney se rodea una pierna con el brazo. A diferencia de Kitty, Barney recuerda el funeral de mamá con claridad, la suficiente como para que esto le parezca lo mismo: los invasivos abrazos de desconocidos; las flores; el chirrido, semejante al gruñido de un cerdo, de las bisagras corroídas por la sal cuando se abren las puertas de la iglesia.

Al oír ese chirrido, todo el mundo se gira, estira el cuello para ver a la novia, sonríe, se abanica, murmura. El organista empieza a tocar una melodía. Papá se tensa dentro de su frac, se tira del lóbulo de la oreja izquierda. La palabra «¡Preciosa!» se propaga de banco en banco, haciendo bocina con las manos y bajo las alas de los sombreros.

Y ahí está él. Tan guapo que me quedo boquiabierta.

El pelo engominado y peinado hacia atrás, la mano de su madre cogida de su brazo, Lucian avanza despacio por el pasillo, sus ojos de frío azabache miran al frente, rostro serio, ilegible, más alto y más grande de como lo recordaba desde Pascua. Con cada paso que lo acerca a mí, mi cuerpo se pone tenso. No sé cómo voy a soportarlo cuando pase a solo treinta centímetros a mi izquierda. Las ganas de tender la mano hacia él son casi abrumadoras. Quiero que me vea una última vez, que vea a la chica a la que besó, no a la hermanastra que se verá obligado a soportar. Pero Lucian no posa la mirada en mí ni en nadie, se demora solo una vez para animar a Kitty, que avanza con timidez detrás de ellos, una borla de tul rosa y blanco, apretando su ramillete de dama de honor contra el pecho, como una muñeca, y buscándome entre la gente.

Fija en el pálido enlucido de la cara de mi nueva madrastra, una sonrisita triunfal. Alza su puntiaguda barbilla y hay algo estudiado y regio en su caminar, como si lo hubiera estado ensayando. Su vestido —largo, de color crema y sembrado de diminutas perlas— se mece adelante y atrás a medida que sus piernas avanzan. Ella tampoco nos mira a ninguno. Quizá no se atreva: seguramente sabe que hay muchas probabilidades de que Toby estalle, aunque no cuándo ni en qué dirección. Más vale no tentar a la suerte.

Pero, sin ella saberlo, Toby me ha prometido no montar una escena por el bien de Kitty y de Barney. Me siento muy orgullosa de él por su contención, sé que va en contra de su naturaleza. Durante los votos, cierra los ojos con fuerza, con los puños apretados a ambos lados, y solo los abre en el tenso silencio que se cierne sobre la iglesia cuando el anillo no entra en el dedo. Intercambiamos una mirada llena de espanto y esperanza —«¡Por favor, que no le entre!»— y observamos, paralizados, cómo papá vuelve a inclinarse, con las orejas de un vivo escarlata. Empuja. Nada. La sonrisa de Caroline se congela, sus ojos se mueven con nerviosismo, presa del pánico, y el maldito dedo sobresale en medio del sudoroso silencio.

—Ay, por Dios —susurra la abuela, tapándose con el programa—. Se le debe de haber hinchado el dedo con este abominable calor.

Pero papá empuja una vez más el anillo con fuerza y desesperación. Y entra, sella nuestros destinos con una ceñida alianza de oro blanco.

Saludo a Peggy con la mano a través de la ventanilla del coche cuando una columna de vehículos sube en tromba desde la iglesia hasta Black Rabbit Hall, con las campanas repicando en la lejanía. Pero su expresión no cambia. No creo que pueda verme tras el cristal.

Se encuentra al pie de la escalera, junto a Annie, con los labios apretados en una sonrisa, ataviada con el nuevo uniforme para las grandes ocasiones: un vestido negro que la hace bastante gorda, un delantal blanco con volante y cofia sujeta al rizado cabello castaño, recogido en un moño.

Bajo la ventanilla, de pronto desesperada por conectar con ella, con todo lo que era bueno, cálido, sólido y que huele a pan. Entonces me ve. Su sonrisa se vuelve sincera, amplia, y dirige los ojos hacia arriba, me indica que mire el cielo.

Negros nubarrones se desplazan hacia Black Rabbit Hall, sumen en las sombras el bosque, el jardín, y en un abrir y cerrar de ojos los tenemos encima, liberando su carga. ¡Lluvia! Lluvia torrencial que salpica cuando golpea la gravilla, aplasta las flores en los parterres, hace que los invitados chillen y se recojan las faldas mientras sus pies salpican agua al correr desde el coche hasta la casa.

Toby y yo nos sumergimos en el caos resultante. El vestíbulo es una aglomeración de piernas mojadas, sombreros chorreantes y mujeres que se limpian con toquecitos frenéticos los churretes negros del rímel. Boris, que está empapado y apesta, arrima el hocico a sus faldas. El Gran Bertie desconcierta a todos al dar la hora equivocada con gran estruendo y desenfreno, luego sigue tocando, como si algún engranaje se hubiera atascado, hasta que un hombre orondo con frac le da un fuerte golpe.

Peggy y su batallón de criadas —hijas muy jóvenes de marineros, que se han lavado a conciencia aunque persiste aún un ligero olor a caballa, con uniformes blancos y negros que no son de su talla— van de un lado a otro en medio de la gente, intentando con todas sus fuerzas no derramar las bandejas con copas de champán cuando se chochan y las empujan en el resbaladizo suelo y las manos de los amigos varones de Caroline les rozan el trasero y les sonríen, con las bocas llenas de desordenados dientes amarillos.

A mí solo me interesa una persona.

Lucian, obediente, está junto a su madre, mira el gentío sin ver, como si fingiera estar en cualquier otra parte; algo me dice que siente mi mirada pero la evita. Una mujer de rosa se inclina con un pañuelo sobre el zapato blanco de seda de Caroline, rozando el muslo de Lucian con el trasero, e intenta enérgicamente eliminar las salpicaduras de la gravilla embarrada mientras Caroline dice entre dientes: «¿Por qué demonios está lloviendo? La previsión era de buen tiempo...», y fulmina el sombrío cielo de Cornualles con la mirada, como si lloviera adrede, algo que creo que podría ser cierto.

Continúa lloviendo a cántaros, lo que provoca un «auténtico caos en los pormenorizados planes de la pobre Caroline», comenta con una sonrisilla la abuela Esme. No se puede servir champán en el jardín ni realizar una sesión de fotos de boda con las onduladas hectáreas de la finca y el envidiado espectáculo de las hortensias como telón de fondo. Atrapados tras las ventanas de Black Rabbit Hall, los invitados observan boquiabiertos cómo el viento desgarra las carpas rosas y blancas, arranca las estacas de la tierra, los banderines de los árboles, y lanza una torre de servilletas blancas a las ramas de los árboles, donde se sacuden como banderas de rendición.

—¡Qué destrucción tan gratuita! —Toby aparece a mi espalda, le brillan los ojos—. ¡Qué escabechina tan total!

—Puede que exista un Dios después de todo —susurro, y ambos reímos con tristeza, menos abatidos por primera vez en el día.

Peggy pasa muy atareada, sudando, con la cara roja, como si fuera a estallar. La abuela se la lleva a un lado y le susurra algo al oído que hace que se lleve la mano a la boca y se ponga aún más roja. Poco después, su batallón de chicas del pueblo aparece con cubos, que colocan bajo los goterones que caen del techo (el techo que papá prometió arreglar antes de la boda pero que, por supuesto, no reparó). Los amigos de Caroline observan, horrorizados y fascinados, y farfullan cosas acerca de que Caroline «tiene mucho trabajo por delante», como si ella estuviera sosteniendo un cubo en vez de dándole órdenes a Peggy, con una sonrisa inalterable, para luego desaparecer escalera arriba para cambiarse de vestido.

Las goteras son peores en el salón de baile; Caroline estaba advertida, pero se negó a aceptar que pudiera llover el día de su boda. Y aunque el suelo del salón de baile aún no se ha hundido bajo el peso de la gente, Peggy piensa que es una posibilidad muy real, con lo que nuestro ánimo ha mejorado un poco. Por el momento tenemos que conformarnos viendo cómo rebotan las gotas en la negra tapa del piano de cola y cómo empiezan a desmoronarse las molduras, sembrando la esperanza de que trozos más grandes de estucado caigan en la cabeza de los invitados y los dejen inconscientes.

En un momento dado la abuela Esme parece tan aburrida que podría estar dormida, tiene los ojos medio cerrados y la terrina de carne rosa sin tocar. Kitty trepa a su rodilla, abrumada y exhausta, y se hunde en su pecho, floreado y mullido como una almohada, muy parecido al sofá que tiene en Chelsea. Si pudiera tumbarme ahí, lo haría.

Lucian sigue negándose a mirar en mi dirección, lo que hace que lo desee y lo odie en igual medida, pero la mirada de Toby está fija en mí, y solo en mí, durante la mayor parte de la comida, como si esto fuera lo único que le impide tirar del mantel de golpe o caminar sobre él lanzando el salmón a la cara de la gente.

Ojalá lo hiciera. Ahora me arrepiento de haberle pedido que se portara bien.

Después de una eternidad, el banquete termina y los invitados, ahora con paso tambaleante, riendo a carcajadas, con el vino derramándose de sus copas, pasan al salón, donde las titilantes velas chamuscan los vaporosos pañuelos e iluminan desde abajo los maquillados y artificiosos rostros de las mujeres. Las voces suben de volumen, compiten con el grupo de jazz, que parece más ruidoso y menos afinado en cada tema.

Los desconocidos toquetean los bustos de piedra y los cuadros, dejan marcas grasientas en el rostro del tatarabuelo. Tiran de las campanillas del servicio de las paredes, soplan el cuerno de caza, hacen girar el globo terráqueo con demasiada fuerza, se repanchingan en los muebles apartados en los laterales de la estancia y se sacuden presa de la risa boba. La música cambia, se vuelve más fuerte, más rápida, más confusa: suena como si nos hubiera invadido una manada de caballitos de feria borrachos.

Me alzo de puntillas en mis manoletinas de seda, me estiro por encima de los bamboleantes rizos, las calvas sudorosas y las orejas de soplillo, y trato de divisar a mis hermanos o a Lucian, cualquier rostro conocido. Pero no puedo. Los amigos de Caroline han empezado a bailar, se menean, mueven las manos de forma rara, hacen que cruzar la habitación para escapar por la puerta resulte imposible. Me agarran de los brazos e intentan que baile. Panzas hinchadas, endurecidas por el champán y las bebidas gaseosas, se aprietan contra mí a medida que me abro paso.

Al final me doy por vencida y me pego a una pared, espero a que termine la canción. Un hombre con bigote, con las puntas manchadas de espuma de champán, se acerca caminando de lado, apestando a alcohol, y me pregunta si me agrada mi nueva y fabulosamente rica madrastra antes de carcajearse de su propia ocurrencia. Una mujer con un minivestido blanco le aparta de un empujón —«¡No seas asaltacunas, Bradley, maldito cerdo!»—, se presenta como Jibby y con un ceceo sorprendente empieza a contarme que «el macizo de tu nuevo hermano Luthian» le ha roto el corazón a su pobre sobrina Belinda al no llamarla: ¿no podría yo darle un empujoncito para que fuera a ver a la pobre chica?

¡El broche del pavo real! El alivio de encontrar a la abuela Esme es enorme... casi tanto como oír que Lucian le ha roto el corazón a Belinda. Casi me echo a llorar. La tal Jibby se excusa y se adentra tabaleándose entre la gente con sus botas plateadas hasta la rodilla.

—Oh, cariño. Pareces exhausta —dice la abuela agarrándome las manos.

Ella tampoco tiene demasiado buen aspecto, parece más vieja de como yo la veo.

—¿Dónde están los demás, abuela? Los he perdido.

—La última vez que vi a Kitty y a Barney estaban en el vestíbulo zampándose un cuenco de nueces garrapiñadas tan alegremente. No tengo ni idea de lo que trama Toby. Pero, a fin de cuentas, creo que está comportándose de forma impecable, ¿no te parece? Dejémoslo en paz al pobre.

Estoy a punto de preguntar también por Lucian, pero me lo pienso mejor por si acaso mi cara me delata.

—¿Por qué no te escabulles, cielo? —susurra—. Esto está demasiado abarrotado para que se den cuenta.

Pero en ese momento papá vuelve a la sala. Enseguida se ve arrinconado por Caroline y su barrigón amigo, que le echa un brazo alrededor del cuello y le grita al oído, haciendo que papá retroceda. Me pregunto si la abuela ve lo bastante bien como para reparar en lo incómodo que parece tratándose de un hombre que está en su propia casa, en cómo se aparta del hombre y de Caroline, la cual reacciona acercándose todavía más, tensa y nerviosa, tocándose sin parar las brillantes joyas que tachonan su cabello.

—¿No le molestará a papá? ¿No tenemos que despedirlos cuando se vayan de luna de miel?

—Déjame a mí a tu padre. —La abuela me da un apretón en las manos—. Yo diría que de no ser por ti habría habido una escenita un poco más jugosa en algún momento de los interminables actos de hoy. Ya has hecho suficiente.

—Yo no he hecho nada —digo con sinceridad.

—Lo has hecho todo. Ellos se fijan en ti, Amber. Te has mostrado estoica y, en consecuencia, ellos también. Los has hecho más fuertes. —La abuela sonríe con lágrimas en los ojos—. Nancy estaría muy orgullosa de ti.

—Gracias, abuela.

Es la primera vez que alguien menciona a mamá en todo el día.

—Mírate… —Sorbe por la nariz, me centra el lazo de la cintura—. Te mueves con tanta dignidad…, nada que ver con la mayoría de las mujeres que hay aquí. Y estás muy pero que muy guapa con este vestido.

Sonrío, no estoy segura de si debo creerla o no. La secretaria de papá compró el vestido rosa claro en Harrods. Yo no lo habría escogido. Habría querido algo más corto y elegante, a rayas blancas y negras, con cinturón y una hebilla grande, algo de Biba o de Mary Quant, como los que lleva la hermana de Matilda, pero este tiene el cuerpo ceñido y una falda voluminosa, ahuecada por dos capas de enaguas, que me recuerda a las fotografías de mamá en Nueva York en los años cincuenta.

—El vestido es un poco anticuado.

—Ah, ese es su encanto. Es perfecto para ti. No me extraña que todos esos brutos maleducados te miren tanto. Eres la bella del baile, cariño. —Enarca una ceja y mira a Caroline—. Si te soy sincera, me sorprende que Caroline no te haya hecho ponerte un saco.

—Apenas me ha mirado. Creo que ni siquiera se ha dado cuenta de que estoy aquí.

—Claro que se ha fijado en ti, cariño. De eso puedes estar segura.

—No la soporto, abuela —digo, y lo siento así de veras—. Simplemente no puedo.

Caroline nos mira en ese momento, quizá ha sentido que estamos hablando de ella, y su mirada se torna severa.

La abuela saluda alegremente y me habla con disimulo.

—Sospecho que la nueva señora Alton es una de esas mujeres que necesitan sentirse apreciadas antes de volverse amables, mi querida Amber. Depende de nosotros poner en marcha dicho proceso, aunque sea duro.

—Pues yo no puedo. Y tampoco creo que papá la ame.

—En situaciones como esta, querida mía, todos debemos encontrar la forma de llevarnos bien, aunque eso signifique dejar a un lado nuestra propia opinión por un bien mayor. —Se lleva la copa a los labios y murmura por debajo del borde—: Cielo santo, me temo que Caroline pretende honrarnos con su compañía. Si deseas largarte, te sugiero que lo hagas ya mismo y finjas que no te has dado cuenta de sus intenciones.

Me escabullo siguiendo la pared, salgo del salón y encuentro a Barney y a Kitty en el vestíbulo, con las manos llenas de almendras garrapiñadas. Empujo a los dos, exhaustos, escaleras arriba, con las manos en sus traseros. En el descansillo, bajo la vista a la marea de gente y juro no volver hasta que se hayan marchado todos.

En el cuarto de los niños, Kitty empieza a llorar porque su vestido de dama de honor se ha roto y porque Peggy con cofia no parece ella. Barney confiesa que se ha bebido media copa de champán y se siente un poco raro y me pregunta si puedo meterlo en la cama. Le obligo a beber tres vasos de agua y los acuesto a los dos.

Cuando corro las cortinas con cuidado, del camino de entrada llegan aplausos enfervorecidos y luego el ruido de latas en la gravilla cuando un coche se aleja a toda velocidad. Bueno, por fin se han marchado. Y mañana se irán también los invitados y la casa volverá a ser nuestra, pienso en el intento de animarme. Tengo que decirle a Toby lo mismo. Tengo que encontrarle, asegurarme de que está bien.

Toby no está en su dormitorio. La ventana está abierta de par en par y hay un charco negro en medio del suelo —la luna se refleja en su centro como un ojo de cristal—, donde la lluvia ha entrado a paletadas. Me asomo a la ventana para ver si está descolgándose por la hiedra. Es famoso por hacer eso para evitar tener compañía.

—¿Amber?

No puedo moverme. Se me encoge el estómago.

—¿Va todo bien?

Muy despacio, me giro para enfrentarme a Lucian. La habitación de repente parece demasiado pequeña y saturada, llena de cosas que no podemos decir; nuestra vergüenza mutua es palpable. Yo tampoco sé adónde mirar.

—Yo… intento encontrar a Toby —balbuceo. Tengo la boca seca y el corazón me late tan fuerte que estoy segura de que puede verlo palpitar bajo la seda de mi vestido—. Se ha ido.

—No puedo culparle si ha salido corriendo.

Lucian cruza la habitación y cierra la ventana. Se ha quitado el frac y me fijo en la línea de sus hombros bajo la camisa.

—Me temo que los amigos de mi madre son aburridos cuando están sobrios y unos brutos después de tomarse una copa.

—No me había dado cuenta.

Lucian se ríe y cierto tipo de entendimiento chisporrotea entre nosotros. Del piso inferior llega la música, la cadencia de voces. Es como si fuera otro mundo, como si la distancia entre ese mundo y nosotros fuera infranqueable. Alza la mano para apartarse el flequillo, pero este no está porque se lo ha peinado hacia atrás, con lo que su atractivo rostro parece más expuesto y extrañamente vulnerable.

—¿Puedo ayudarte a buscar a Toby?

Por alguna razón parece que me esté pidiendo otra cosa, así que asiento; podría pedirme cualquier cosa y yo solo podría decirle que sí.

Lucian sujeta la puerta abierta de Toby.

—Te sigo.

Las enaguas bajo la falda de mi vestido crujen al rozar su pierna, como si fueran sábanas. Siento ese encogimiento muy dentro de mí. El mismo encogimiento desesperado que sentí cuando me besó en el camino de entrada. ¿Cómo puedo sentir esto por un hermanastro? ¿Cómo puede estar bien?

Puede que no esté bien. Pero es lo que hay. Y así, me digo con firmeza, se quedará, un capullo, nunca una flor.

—¿Arriba? —pregunta mirándome de reojo.

Yo me sonrojo y asiento, en vez de sugerir que empecemos por fuera, donde es más probable que esté Toby: ya no me importa lo que esté haciendo Toby.

En el último descansillo de arriba, limpio un círculo en la condensación de la ventana para echar un vistazo a la noche.

—¿Ves algo? —me dice.

—No mucho.

La lluvia ha cesado. La fiesta se está trasladando otra vez al exterior, un frenesí de quinqués que se mueven veloces como luciérnagas en los jardines. Pero está demasiado oscuro para ver algo más allá del límite del bosque, negro y húmedo; sin duda Toby está acurrucado en su casa en el árbol —ya ha dormido allí dos veces esta semana— y al amanecer volverá a dormir a los pies de mi cama, como un perro, mojado, lleno de barro, con ramitas en el pelo y, cuando despierte, una extraña luz en los ojos.

Lucian retira el pesado pestillo y abre la ventana. Predomina un olor metálico a lluvia.

—¿Puedes oír algo? —pregunta.

—Voces en el jardín, creo. Suenan como si rebotaran a lo largo del tejado. Las cosas se distorsionan aquí arriba.

—¿En serio? ¿Ese es el tejado? —Asoma la cabeza con entusiasmo por la ventana abierta—. ¿Se puede salir ahí?

—Más o menos —respondo no muy convencida.

Nunca me ha gustado demasiado esta parte del tejado. Papá sube aquí a veces para intentar reparar cosas, ver si hay nidos en las chimeneas, pero mamá nos prohibió acercarnos. Siempre le aterró que Barney encontrara la forma de salir y se cayera.

—Oh, vamos. Nunca he estado en el tejado de una casa. —Me ofrece una mano para ayudarme a subir después de él y sonríe—. Te prometo que si tú no saltas yo tampoco.

Le tomo la mano y nuestras palmas dan un chispazo cuando se tocan.

La tenue luz del rellano se derrama fuera solo unos pasos más allá, los suficientes para que podamos ver las bajas y achaparradas almenas. Vamos hacia ellas con cautela. El viento me aplasta el vestido contra las piernas. El cielo ahora está despejado, cuajado de estrellas. Y me siento viva, más viva de lo que jamás me he sentido, como si fuera a salirme de mi propia piel.

La pierna de Lucian está a solo un palmo de la mía.

—He hecho lo que he podido para convencer a mamá de que no se casara —dice en voz queda.

Le miro de reojo a través del pelo enredado por el aire de la noche. Ahora estamos más cerca, aunque no soy consciente de que nos hayamos movido. La incomodidad que había entre nosotros en el cuarto de Toby se ha transformado en otra cosa.

—Por desgracia, mi opinión jamás le ha interesado especialmente —añade.

Siento un poco de pena por él. Mi madre siempre me hacía sentir que mis opiniones importaban.

—Uno no escoge a los padres, ¿verdad?

—No. No, no se escogen.

Me asombra la enorme suerte que he tenido de que me tocara esa madre entre los millones de posibles madres que hay en el mundo. La he perdido, pero también la he tenido. Nunca había pensado en esto.

—Mi madre quiere que gobierne el mundo y todas esas bobadas.

—Mi padre tenía la esperanza de que Toby pudiera gobernar el mundo algún día. No estoy segura de que todavía se atreva a esperarlo.

—Ah, Toby, el señor del desorden —dice Lucian sin crueldad; hace que parezca un cumplido.

—¿Cómo era tu padre? —pregunto, animada por lo tardío de

la hora, por lo peculiar de estar en el tejado en una noche tan cargada de emociones.

Aquí arriba parece que podamos preguntarnos lo que sea, cualquier cosa que queramos, pero en cuanto bajemos a la casa, todas las viejas reglas entrarán en vigor y volveremos a hablar del tiempo y a pedirnos con educación la mermelada de moras y a fingir que somos hermano y hermana. Además, presiento que a Lucian le gustan las preguntas directas.

—¿Mi padre? Era un buen hombre. —Guarda silencio un momento y cuando habla de nuevo se le quiebra un poco la voz—: Aún le echo de menos. Y eso que han pasado años. Qué tontería, ¿no?

Yo niego con la cabeza, pues temo que, si hablo, la voz se me quiebre también o, peor aún, me eche a llorar. Y me sienta fatal cuando la gente llora por mí, como si lo que me pasó les hubiera pasado a ellos, y no.

—Tenía setenta y tres años —dice, como si intentara recordarlo—. Así que tuvo una vida bastante larga. —Se calla un momento—. Soy consciente de que tu madre no.

—Cuarenta años son muchos.

—No los suficientes.

—No. Pero fue feliz, feliz de verdad. Siempre que pienso en mi madre está sonriendo. Tenía un hueco entre los dientes delanteros. Le cabía el extremo de una cerilla. —Hablar de ella no resulta angustioso ni incómodo como suele ser. Por extraño que parezca, al contárselo a Lucian, ella vuelve de nuevo a la vida—. No sé si es mejor morir feliz o es peor porque se pierde más.

Lucian reflexiona sobre esto.

—Creo que es mejor.

—Además era guapísima —digo, incapaz de ocultar el orgullo en mi voz.

—Lo sé. He visto su retrato en el vestíbulo.

Empiezo a sonreír, qué noche tan loca. Puedo sentir el borde de su zapato contra mi manoletina.

—Tú eres igualita a ella —susurra con una voz tan suave que no estoy segura de que lo haya dicho.

256

No quedamos así, azotados por el viento y los sentimientos, con los murciélagos danzando alrededor de las almenas.

El grupo empieza a tocar una nueva canción. El viento trae algunas notas, ahoga otras. Dentro de mi cuerpo también están pasando cosas; una extraña clase de música propia.

—Oye, siento lo del beso. De haber sabido que se casarían... —Sus palabras se pierden en una ráfaga de vergüenza—. Pero no debemos dejar que eso... estropee esto... nuestra amistad.

Un fuerte estruendo, como un disparo, estalla en el cielo. Doy un respingo y aprieto los dientes. Otro. Más fuerte. Lo oigo con cada célula de mi cuerpo. Lo siento. Lo veo. El suelo del establo salpicado de sangre. Materia gris. Un cráneo destrozado en una caja de terciopelo negro. Cierro los ojos con fuerza, me siento mareada y débil, siento que esa terrible noche regresa.

—Amber, ¿qué sucede?

—Nada —murmuro, tratando desesperadamente de no montar una escena, y me preparo para el siguiente estallido, que es más y más ruidoso.

Veo los dedos rebotando por la sacudida del arma. Aprieto aún más los ojos.

—No tengas miedo. Son fuegos artificiales. En serio. Confía en mí. Mira.

Así que confío en él y miro.

Cintas de luces de ensueño se retuercen en el cielo, una y otra vez, antes de disolverse en una estela plateada. Bang. Bang. Bang. Me estremezco cada vez, pero el brazo de Lucian me rodea los hombros y lo hace soportable. Me aprieto contra él; mi cuerpo recuerda su forma, su olor, y todas estas sensaciones hacen que lo terriblemente incorrecto de la situación, las razones, las reglas para no amarle sean del todo irrelevantes. No hay nadie con quien prefiera estar aquí, en el tejado. Nadie con quien me sienta tan yo misma. En voz queda, nuestras cálidas bocas cerca del oído del otro, nos maravillamos de los murciélagos, de que un hombre pronto podría poner el pie en esa blanca y redonda luna, de que estamos en un tejado, por encima del mundo. Un rato después, los fuegos artificiales se acallan, aplausos más que disparos, ovacionados desde lo alto por los dioses, y el espacio entre nosotros —ese par de centímetros— desaparece por completo y nos besamos y besamos como si pudiéramos meternos en la piel del otro, y el cielo se torna dorado a través de la rendija entre mis pestañas. Su boca desciende hacia mi cuello. Susurra mi nombre una y otra vez.

22

—¡Amber, Amber!

Toby tiene los ojos vidriosos y enrojecidos. Su mano me sacude el hombro con brusquedad.

—¡Despierta!

Yo dejo escapar un gemido y me tapo con la manta hasta la barbilla.

—¿Qué quieres?

—¿Ha pasado algo con Lucian? Dímelo y le daré una paliza de muerte.

—¿Qué? ¿De qué estás hablando? Lárgate. Estoy durmiendo.

—¿No estás herida? ¿No ha pasado nada?

—¡Por el amor de Dios, Toby!

Se hunde en mi butaca de terciopelo, con las manos en la cara y meneando una rodilla de manera insistente, como si necesitara ir al baño.

Siento sus ojos fijos en mí cuando me vuelvo de cara al papel pintado de la pared, con el corazón acelerado. Pienso: «En su fuero interno lo sabe, en la parte animal que no necesita que le cuenten nada».

—Lo siento. Es que… no podía dormir. Se me metió en la cabeza que había pasado algo. Que necesitabas protección.

—Vete otra vez a dormir.

Los secretos son emocionantes, pero engañar es horrible. Han pasado diez días desde la boda. Lo que más deseo en el mundo es poder ser sincera con Toby, pero no se me ocurre cómo va a ser posible. No se me ocurre nada. Me siento menos ser humano y más burbuja iridiscente que sobrevuela un cielo de verano. Menos hermana. Menos niña. Menos todo lo que era y sin embargo más yo misma que nunca.

Durante la ausencia de papá y Caroline por la luna de miel, Black Rabbit Hall se ha vuelto épica, sin gobierno, nuestra. Peggy está demasiado exhausta para protestar con insistencia y deja que Annie vigile perezosamente a Kitty y a Barney y que los demás nademos y paseemos, hagamos pícnics con empanadas, fresas y habas, que comemos directamente de la vaina, mientras Lucian y yo nos lanzamos sonrisas secretas preguntándonos cuándo volveremos a estar solos. Por lo general, no tenemos que esperar mucho: Toby ha estado añadiendo nuevos «módulos» —pisos superiores—, con grandes bajadas, a su casa del árbol; la ambición de sus planes es aún más febril con el calor del verano.

Por supuesto, estaba en el árbol la noche de la boda.

El dormitorio de Toby estaba vacío al alba. Yo había dejado a Lucian no mucho antes, pero no podía pegar ojo, así que fui al bosque a buscar a Toby; con el fresco amanecer danzando entre mis dedos, pasé de largo un par de bragas de raso enganchadas en una hortensia y a un hombre gordo tumbado en el césped, con la botella de champán aún en la mano. Me dio la sensación de que estaba tardando una eternidad en llegar a la casa del árbol, y eso me alegró, como si el tiempo, al igual que el agua, pudiera limpiar cualquier rastro incriminatorio de los besos. Por fin divisé el sucio pie descalzo de Toby entre los árboles, suspendido en el aire, y su desgreñado cabello rojo asomando entre las tablas, como un pájaro gigante en un nido. Estuve a punto de llamarle y llevarlo de vuelta a casa. Pero perdí el valor —temía que viera mis labios hinchados y lo adivinara— y me alejé sin hacer ruido por la alfombra de hayucos caídos, dejando que durmiera plácidamente entre las navajas, las armas y la cerveza robada. Mientras me marchaba juré que jamás volvería a besar a Lucian. El riesgo era demasiado grande.

Unas cuantas horas después, Lucian y yo estábamos besándonos con mayor urgencia, sabiendo que estaba mal pero incapaces de detenernos.

Ahora nos besamos siempre que podemos. En el saliente del acantilado. En los altos y esponjosos pastos al fondo del prado, ocultos por las pezuñas de las vacas. Bajo la superficie del río, resbaladizas extremidades enlazadas. Y en el armario, nuestro rincón favorito, donde hablamos entre susurros de todo lo que importa —música, libros, por qué es imposible no tener un ataque de risa boba en los funerales— y lamemos la sal de la piel del otro nadador, desnudándonos, descubriéndonos centímetro a centímetro.

Allí lo hicimos.

La primera vez el intenso escozor me hizo gritar de dolor. Pero ahora, tras practicar con torpeza, exhalo diferentes grititos, extraños sonidos que tengo que sofocar contra las pieles; los sonidos de mi cuerpo derritiéndose y abriéndose son tan reveladores como un planeta nuevo y desconocido. Sé que va en contra de las reglas —aunque nadie salvo Annabel, la hermana de Matilda, me ha explicado a fondo qué es «eso»—, pero por lo que a mí respecta las reglas se rompieron el día en que mamá se cayó del caballo. Además, no me siento sucia ni utilizada ni ninguna de esas cosas que se supone que tienen que sentir las chicas. Me siento… venerada. Adorada. Conectada de nuevo con el mundo, no flotando aturdida en el frío y negro espacio. Y, a pesar del peligro de que nos pillen, a salvo por primera vez en meses.

Tenemos cuidado. Lucian siempre se retira justo a tiempo. Y yo me baño dos veces al día para que Toby no huela en mí el sudor, la ternura, la traición. Si Toby está en la misma habitación, procuro no mirar a Lucian y sentarme tan lejos de él como me sea posible, aunque las ganas de tocarnos —un suave toque en la rodilla, el roce del pie— son imposibles de contener.

Sin embargo, me sorprendo diciendo bajito su nombre sin pensarlo. Y aún tengo la sensación de que Lucian se extiende dentro de mí como un color. Lo que genera un problema. El problema más grande, el más difícil de ocultar.

Es este: soy estúpida y escandalosamente feliz. Más que ninguna otra cosa, me preocupa que esto sea lo que nos delate. Hay un montón de razones por las que ser infelices —papá embaucado por

Caroline, los huesos de mamá descarnándose bajo tierra, la estupidez de amar a alguien si no tienes que hacerlo, cuando la gente muere con tanta facilidad— y sin embargo… es como observar un cuchillo cortando, ver la sangre y no sentir nada.

23

U nos días más tarde, Caroline y papá regresan de París, sonriendo pero sin cogerse de la mano. Black Rabbit Hall ya no es nuestra. Y todo parece mucho más peligroso. ¿Notará papá algo diferente? ¿Me delatará alguna mancha de hierba o el pelo alborotado? Todo ha pasado tan rápido que tengo la sensación de que irradio un calor candente. Pero papá no nota nada. Pregunta por encima si nos lo hemos pasado bien —alza la barbilla, se frota su bronceada nuca— y no mucho después se marcha a Londres por un «asunto urgente». ¡Sin llevarse a Caroline con él!

Qué desastre.

Caroline se fija mucho más. Observa que Lucian «parece más asilvestrado» y que, teniendo en cuenta el estado de la casa, Peggy y Annie «parecen haber contraído alguna enfermedad sedentaria». Y, lo que es peor, promete quedarse hasta el final de las vacaciones de verano para «tener las cosas controladas» —se me hiela la sangre— y poner la casa «en orden, tal y como le corresponde».

Nadie sabe qué podría significar este nuevo «orden» para Black Rabbit Hall —«¿Cómo vamos a saberlo si sus caprichos cambian tan a menudo como las sábanas de su cama?», farfulla Peggy, que piensa que poner sábanas limpias cada día es un derroche y muy poco cristiano— hasta que Caroline comenta que algún día la casa debe salir en la revista *Casa y Jardín*. Esto hace que todos, pero especialmente Peggy, nos estremezcamos a causa de la risa contenida, que acaba dando paso a una especie de desamparada melancolía bajo el bochorno.

Por suerte, Black Rabbit Hall se defiende con ganas: ruidos y goteras, viscosa agua marrón en la bañera de Caroline, y una familia numerosa de ratones —le aterran los ratones— que cruza a toda velocidad su dormitorio por la noche (ávida de los copos de avena que Toby esparce bajo la cama). Black Rabbit Hall resiste incluso cuando papá regresa el fin de semana siguiente. Después de una noche bastante movida —el gato escupiendo bolas de pelo en las zapatillas de seda de Caroline, luces fundiéndose, un cuervo muerto descomponiéndose en la chimenea de su dormitorio—, papá sugiere que Caroline pase el resto de las vacaciones de verano en la comodidad de Fitzrovia mientras él «se encarga de que aquí las cosas sean un poco más de tu gusto». Caroline, que sin duda sospecha que esto no va a pasar —no pasaría—, se queda en el vestíbulo, con los dientes apretados, contemplando la escalera como una escaladora inspecciona una peligrosa montaña, decidida a conquistarla a toda costa.

También quiere conquistarnos a nosotros, claro, y en su manga de seda tiene una serie de tácticas para conseguirlo, todas las cuales se centran en la aberrante noción de «nuestra nueva familia». Por alguna razón quiere documentar la desgracia. Innumerables fotografías obligadas: Caroline y papá de pie y tensos uno al lado del otro; Lucian y yo con mirada sospechosa; Toby con el ceño fruncido; Barney y Kitty colocados como muñecas, negándose a sonreír al fotógrafo de moda que se ha apeado, sudado y desorientado, del lento tren de Londres. Caroline también se empeña en que la «familia coma a la hora apropiada» en el comedor («el servicio come en la cocina»), mientras la constante amenaza de realizar «actividades en familia» —paseos, salir a navegar, viajes a St. Ives— pende sobre nuestras cabezas cada día de verano, como una tormenta que se aproxima, haciendo que Lucian, Toby y yo temblemos por razones distintas.

No tardamos en comprender que el modo más fácil de estropear esas cosas, de hacer que los planes originales del día se vayan al traste, es mencionar a mamá como quien no quiere la cosa. En cuestión de segundos, una vena sorprendentemente verde comienza a abultarse en la frente de Caroline y toda la farsa se rompe en un millón de añicos, como un vaso de cristal que se estrella contra el suelo de piedra.

Dado que a Caroline le saca de quicio que lleguemos tarde, también procuramos retrasarnos todo lo posible, lo cual resulta muy fácil. Solo Kitty —una superviviente que prioriza la comida— se sienta a la mesa antes de que los platos estén más fríos que cuando llegan después de la caminata alpina desde la cocina. Por lo general, a Barney hay que vestirle a toda prisa debido a su aversión a la ropa cuando hace calor y a la insistencia de Caroline en que mostremos «un civismo superior al de los simios», un comentario que conlleva la imitación de Toby de un mono rascándose el sobaco a espaldas de ella mientras Lucian, leal a su madre solo hasta cierto punto, hace lo posible por no reír y casi rompe la frágil tregua que radica en ignorarse el uno al otro.

No es que Lucian no haya tratado de ser amable, pero todo intento es recibido con absoluto desdén e indiferencia; lo último que Toby desea es que echen por tierra sus prejuicios. En cierto modo, es un alivio. Si fueran amigos, ¿el engaño no sería más duro?

Sin embargo, Toby no ignora a Caroline: la provoca, la arrastra al enfrentamiento, como el farol de un saboteador arrastra a un barco, sabiendo que cuenta con la enorme ventaja de que a él le importa un rábano en tanto que a Caroline le importa demasiado. Se niega a reunirse con nosotros en el comedor. «No tomaré parte ni me involucraré en esa clase de conversación forzada que hace que me entren ganas de arrancarme la lengua y dársela de comer a Boris. Cenaré palitos salados en mi cómoda casa del árbol.» Cuando Caroline, con la copa de jerez temblando en la mano, trata de ejercer su autoridad —«Me importa un comino lo que pienses, jovencito. Vamos a sentarnos todos a comer como una familia normal y feliz»—, Toby se limita a señalar: «No somos normales. No somos una familia. Y, gracias a ti, desde luego no somos felices», y luego se marcha despreocupadamente, limpiándose la suciedad de las uñas con la punta de la navaja y lanzándola a los paneles de madera recién pulidos.

Cuanto menos consigue controlarnos Caroline, más reivindica ella su autoridad en la casa. Para incredulidad general, anunció el nombramiento de una nueva cocinera profesional interna, lo cual es igual que echar de un empujón a la reina del trono y contratar a otra «más profesional», con Peggy blanca por una furia sin palabras, cazuelas de cobre que se caen y portazos en la despensa.

Bartlett empezó ayer.

Es demasiado peculiar para expresarlo con palabras. En tanto que Peggy es amable, oronda, y más que se está poniendo, Bartlett es delgaducha y jorobada, como una cuchara sopera doblada. Peggy y Annie están en alerta máxima —«Jamás te fíes de un cocinero delgado»— y recelan de su impecable delantal blanco, farfullan entre dientes que Bartlett no se ensuciará las manos limpiando anguilas y que no sabe distinguir su pastel de sardinas de las salchichas de cerdo. No me he atrevido a decirle a Peggy que creo que el problema es el siguiente: me temo que Caroline no se ha recuperado por completo de la imagen de las cabezas de sardinas renegridas asomando por encima del pastel. Desde que Bartlett empezó a trabajar no hemos comido ningún plato típico de Cornualles. Nunca pensé que los echaría de menos, pero así es.

La comida de hoy ha sido un salmón entero, frío, adornado con rodajas de pepino, mucho más elegante que lo que comemos normalmente. Las patatas cocidas estaban suaves y blancas como huevos, sin una sola mancha. La plata está pulida —hacemos muecas en los espejos convexos de las cucharas— y ahora reluce sobre un desconocido mantel, algo victoriano con encaje, sacado de las profundidades arqueológicas del armario de la ropa blanca. Y las servilletas están enrevesadas, dobladas por la fuerza en tiesos abanicos a los que Barney da golpecitos con los dedos.

Papá, sorprendentemente, también ha accedido a que el jardín tenga lo que Caroline denomina «rejuvenecimiento» y Toby llama «profanación». Después de declarar que «¡Los lechos se han descontrolado!» —haciendo que Lucian y yo palidezcamos en la mesa—, Caroline despidió a los leales jardineros de Black Rabbit Hall («anclados en el pasado y más viejos que el seto de tejo») y contrató a unos nuevos que llegaron en una reluciente furgoneta

266

negra, con «Ted Duckett e hijo» serigrafiado en letras doradas en el lateral, y empezaron a cortar los amados rosales trepadores de mamá.

Caroline también ha contratado a un hombre gordo con gafas de media luna —en el lugar del dedo meñique tiene un carnoso muñón rosado— para que arregle los relojes. («Un trabajo infernal», resopla este, con su flácida cara pegada a las pesas y ruedas dentadas del Gran Bertie, mientras Barney mira por encima de su hombro, hipnotizado por el glorioso espanto del muñón del dedo.) Aunque se supone que ahora los relojes son precisos, eso no ha supuesto ninguna diferencia en la puntualidad de nadie. Estamos tan acostumbrados a añadir más o menos una hora, que solo ha servido para confundirnos y para que volvamos a calcular la hora por los gruñidos del estómago y la inclinación del sol.

Estoy segura de que si Caroline pudiera contratar a un hombre para que viniera y corrigiera nuestra forma de ser —hacernos como ella, que olvidemos a mamá—, lo haría. Pero no puede. Y eso la desespera. La desespera de verdad. Lo ha intentado siendo amable —¡regalos!— y siendo mala. Ninguna de las dos cosas le ha servido de nada. Ella entra en una habitación y las paredes se contraen, con lo que hasta la sala más grande de la casa no tarda en parecer un abarrotado ascensor metálico atrapado entre dos pisos. Si papá no está cerca, no se molesta en fingir que le caemos bien y nos mira a todos, incluso a Lucian, con manifiesta irritación, como si creyera que su vida sería mucho más agradable si nosotros no existiéramos y tuviera a papá para ella sola.

Papá no hace caso a ninguna crítica hacia ella. Confía en su versión de los hechos, en gran parte, creo yo, porque ella se lo cuenta primero y puede preparar el terreno a su favor. Cuando le dije a papá que se comporta de forma muy diferente con nosotros cuando él no está, exhaló un suspiro. «Caroline me advirtió de que dirías algo así, Amber.» Y cuando le dije que me parecía una «cascarrabias», se puso furioso y replicó: «¡Qué poca generosidad, cuando ella te tiene tanto aprecio!».

Es curioso pero su presencia le induce a un extraño estado de muda pasividad: ahora pasea sin prisa por la finca, con mirada ausente y un vaso de whisky en la mano, mientras Caroline le rellena continuamente el vaso y, con la voz suave que solo emplea con él, murmura: «No te preocupes, todo está bien atendido, cariño», como si fuera un bebé gigante. Peor aún, a papá no parece importarle lo más mínimo.

Toby dice que es que papá se siente aliviado por no estar ya al cargo. Que la muerte de mamá lo convirtió de pronto en un viejo y que los viejos son como niños: «Quieren que los dirijan».

Si yo creyera que papá la quiere de verdad, a lo mejor no lo juzgaría con tanta dureza. Pero es Caroline quien siempre busca su mano, no al revés. Es Caroline quien apoya la mano en la pierna de sus pantalones de pana amarillos. Caroline quien aguarda con impaciencia su regreso, de punta en blanco; baja la escalera con sus tacones, se detiene en el último escalón y mira el retrato de mamá con el ceño fruncido, como una mujer que mira su reflejo en el espejo y no le gusta lo que ve. Aunque papá le dedica cumplidos con frecuencia —«Bonito vestido, querida»—, lo hace con muy poca pasión. Nada de esos incómodos besuqueos que había con mamá, nada de largos besos ni de bailes secretos en el salón con las luces apagadas, y sus ojos no se ablandan cuando ella entra en una habitación. Creo que Caroline es consciente de esto. Cuando él está en Londres, a veces ella se sienta a la mesa del comedor, apoya la barbilla en sus frías y cremosas manos y contempla inexpresivamente su silla, como si jamás hubiera esperado que estuviera tan vacía.

Ella empieza a sospechar. Estoy segura. Lucian cree que me preocupo de forma innecesaria —«No lo imaginaría ni en un millón de años, Amber»—, pero en los últimos días he notado su aguda mirada clavarse en Lucian y luego en mí, como si en nosotros hubiera algo que no cuadrara. Y no deja de provocar a Lucian. ¿Dónde ha estado? ¿Con quién? ¿Por qué tiene pajitas en la camisa?

Siento que las cosas están tomando forma, aunque todavía no pueda ver esa forma, que una secuencia de momentos pequeños e irrecuperables están encajando con rapidez y señalan en una dirección, como las barbas de una pluma.

24

Apoyada en uno de los postes tallados de la cama de la suite nupcial, Lorna mete las fotografías en el sobre marrón y exhala un profundo suspiro. ¿Llegará a saber algún día por qué su madre siguió visitando Black Rabbit Hall? Tal vez no importe. Tal vez esté atribuyendo demasiada importancia a esas fotografías, tratando de dar una secuencia narrativa a acontecimientos aleatorios. A fin de cuentas, su madre era peculiar en muchos aspectos, un carácter obsesivo al que le atraían las casas antiguas, el consuelo de la repetición. Quizá solo fuera que le gustaba el viaje hasta allí. Sí, esa podría ser razón suficiente.

No debería darle más vueltas. Debería estar preparándose para el regreso a casa. Se endereza y echa un vistazo a la habitación —su belleza está un poco empañada por los recuerdos del día que pasó drogada—, por si se deja algo. Siempre se deja algo. Esta vez es el colorete y la tapa de la crema de labios, que rueda por el borde deshilachado de la alfombra hasta la puerta. Se agacha para cogerla y, cuando lo hace, ve unos extraños puntos en el polvo justo al otro lado. Tienen unos dos centímetros de circunferencia, recorren el pasillo, hay una distancia de un paso entre uno y otro. Las marcas del bastón de la señora Alton, piensa de repente. Quizá no había imaginado que había alguien en la puerta viéndola dormir. La idea no le resulta agradable.

Lorna coge la tapa y acto seguido entra en el baño para rellenar su botella de agua Evian en el grifo. Hoy hace mucho calor y se siente deshidratada, de modo que va a necesitarla. El agua que sale a borbotones del oxidado grifo es muy marrón, más que ayer. Probablemente sea por el calor. Como no quiere arriesgarse a ponerse enferma durante el largo viaje en tren a casa, la tira. Irá a la cocina. Seguro que allí el agua está más limpia. Tiene tiempo. Justo. Y puede dejar la maleta en el vestíbulo.

Para su sorpresa, encuentra el camino con facilidad, como si la cocina quisiera que lo encontrara. Amplia, alegre y cuadrada; las paredes de un desconchado azul cerúleo; el sol que entra por la ventana se derrama sobre la sencilla mesa de madera, que parece el corazón de la estancia. Enfrente están los fogones, ennegrecidos por la grasa y los años. Encima cuelgan cazos de cobre y útiles de cocina esmaltados. Los cubiertos —plata ennegrecida— asoman de mugrientos tarros de cerámica sobre las combadas encimeras de madera; Lorna imagina impacientes dedos de niños cogiendo cada pieza. Cuencos, muchísimos cuencos. Alguien debía de ser un cocinero entusiasta. También hay una despensa, con orificios de ventilación circulares en la puerta en forma de corazón. No puede resistirse.

Se queda boquiabierta. Aunque el café, las bolsitas de té, el azúcar y la pasta, los productos típicos de supermercado, se encuentran en el estante más accesible, los superiores están abarrotados de cosas con más años que ella: viejas latas descoloridas de guisantes secos con etiquetas antiguas, una lata de jamonilla, como las que su abuela solía guardar en el fondo de su alacena. Al oír un débil murmullo, y temiendo que sea un ratón, Lorna cierra la puerta con rapidez y se aleja.

De acuerdo. Agua. Nada de husmear. Se acabó la diversión. Tiene que volver a centrarse en Londres. Después de pelearse con el grifo de cobre de un fregadero del tamaño de una bañera, el ondulante chorro de agua por fin se asemeja a algo que no parece un riesgo para la salud. Se arrima y llena la botella. Y entonces se fija en el delantal azul y blanco que cuelga de un gancho junto a la pila. Algo en él la deja atónita. Lo ha visto antes. ¿Dónde?

El cerebro de Lorna busca la asociación, pasa de una posibilidad a otra. Por fin lo recuerda: el ama de llaves que sale al fondo en las fotografías. Sí, piensa. La bonita cara redonda. El delantal de rayas, siempre con ese delantal. Sí, es de ella. Deja la botella de agua y coge el delantal del gancho. Es increíble que siga aquí, aunque tal vez no, dado el estado de la despensa. Lo frota entre los dedos porque el tejido es suave y viejo y ella adora las telas antiguas y… y las yemas de sus dedos siguen moviéndose adelante y atrás sobre las letras bordadas en azul en el dobladillo, capturada por el arrastre de los años, adelante y atrás, adelante y atrás, hasta que se encuentra debajo de su edredón de Barbie, con una linterna de plástico encendida, pasando los dedos sobre la tinta de las «p» en la partida de nacimiento, una y otra vez, demasiadas «p» para olvidarlo.

—Ha olvidado esto en su cuarto.

Dill deja la pequeña cesta de alambre para huevos y saca del bolsillo del mono el sobre marrón con las fotografías; se lo tiende. No hace referencia alguna al hecho de que Lorna esté sentada en el suelo de la cocina con la cara hundida en un viejo delantal. Cosas más raras ha visto en Black Rabbit Hall.

Lorna apenas puede mover el brazo para cogerlo. Se ha quedado entumecida en el suelo de linóleo y no tiene ni idea de cuánto lleva allí, solo que la luz del sol que incide sobre los cazos de cobre es dorada y ligera y que cuando entró en la cocina no estaba tan oscuro.

—No la encontraba, Lorna —dice Dill de forma educada—. Tuvimos que despedir al taxi.

—¿Se ha marchado?

Se frota los ojos, que están rojos y secos, pero el shock es demasiado grande para llorar. Una negra cochinilla se desplaza con pesadez por el suelo esquivando el charco de agua derramada de la botella, que se le ha escurrido de las manos.

—Son más de las seis.

—Mi tren…

—Mañana no hay. Es fiesta. Pasado mañana. —Sonríe con incertidumbre—. La señora Alton estará encantada de que se quede un par de noches más.

Nota el suelo pegajoso en los muslos, allí donde se le ha subido el vestido. Se imagina pegada a él eternamente, como un insecto en un papel atrapamoscas. ¿Irse de aquí, coger un tren, volver a la normalidad de Londres, a su vida de antes? Parece imposible.

Dill se acerca con paso inseguro.

—Lorna, ¿va… hum… todo bien?

Lorna baja la mirada al delantal que descansa sobre su rodilla. La cinturilla, en otro tiempo tensa, brilla por el uso. Imagina a su madre aflojándosela a medida que su vientre aumentaba de tamaño. ¿Utilizaba el delantal para ocultar su embarazo? ¿Estaba soltera o casada? ¿Abusó su jefe de ella? Oh, no, por favor. Señor, no permitas que sea fruto de una violación. Ese ha sido siempre uno de sus mayores temores. Descubrir que en su interior lleva los genes de un animal.

—¿Una taza de té? —pregunta Dill, con la mano en el cabello, sin saber qué hacer.

—Sí, gra… gracias.

Ojalá Dill se fuera de la cocina y así ella pudiera intentar recoger todos sus pedazos, despegarlos de las paredes y recomponerse en algo reconocible.

Dill sonríe con timidez y señala el sobre que Lorna tiene en las manos.

—He echado un vistazo, espero que no le importe.

—Oh.

Mira el sobre. No, nada de esto es posible. ¿Por qué su madre iba a seguir viniendo al lugar donde vivía y trabajaba la madre biológica de Lorna? No tiene sentido. ¿Por qué correr el riesgo de que Lorna la acompañara?

—Me parece que esas fotos las hice yo.

—¿Cómo dice?

Tiene que haberla oído mal.

—De pequeña me sentaba frente al camino de entrada mientras mi madre trabajaba en la casa. ¿Le he mencionado que ella trabajó aquí?

272

Lorna menea la cabeza, aturdida. No lo sabía. No estaba escuchando con la suficiente atención. Ni a sí misma ni a nada de esto.

—Me subía al árbol y esperaba a que pasaran amigos de la zona. A la señora Alton no le gustaba que los chicos del pueblo vinieran a la finca, sabe, así que yo los esperaba al principio del camino de entrada.

Algo en alguna parte encajó: los pies de una niña colgando de un árbol; unos arañados zapatos marrones… «¡Di patata!»

—Estaba guapa su madre con su abrigo color mostaza. Por alguna razón me acuerdo de ese abrigo.

El abrigo color mostaza. Lo había olvidado, pero ahora lo recordaba bien: las bolas de la lana, los grandes y brillantes botones marrones. Su madre lo había llevado todo el año; siempre tenía frío.

—Se paraba en el camino y miraba la casa como si fuera… qué sé yo… Buckingham Palace o algo parecido. Siempre me pedía que le hiciera una foto. En agradecimiento me daba una bolsa de caramelos de dulce de leche.

A Lorna se le eriza el vello de los brazos al recordar en su mano la bolsa de papel a rayas llena de caramelos. La envidia y la decepción cuando su madre le pedía que se la diese a otra niña. La niña de los zapatos. La cámara.

—Usted era de mi misma edad, pero tenía mejor ropa y sonaba muy exótica porque venía de Londres. ¿Lo recuerda? ¿Se acuerda de mí? —Dill resplandece por la emoción.

—Creo… creo que sí. Sí, me acuerdo.

Dill menea la cabeza, asombrada.

—Bueno, ¿qué le parece? Usted tenía razón, Lorna. Está claro que ya había estado aquí.

Lorna acerca la cara al delantal.

—¿He dicho algo malo?

—No es usted. Lo siento. Verá, es el delantal… —Lorna trata de explicarlo mientras lo huele—. El nombre en el delantal. —Lo levanta para que Dill lo vea—. Mire.

—Peggy, sí —dice Dill, perpleja—. Peggy Mary Popple. Este delantal era de mi madre.

Lorna oye a Dill llamarla, pero sigue corriendo, más rápido ahora, bajo el cegador sol de la tarde. Choca con la ropa tendida en la cuerda, se pelea con las sábanas y entra en el huerto aplastando las matas de tomate. Se le sale una chancla del pie. La puerta del huerto se cierra tras ella. La superficie del suelo cambia. El patio, caluroso como un hornillo. Hierba seca y puntiaguda. La afilada gravilla se le clava en la planta del pie. Pierde la otra chancla. Sigue corriendo. Debe seguir corriendo. Debe dejar atrás la balbuceante explicación de Dill: su propio Big Bang, tan catastrófico como había temido.

Una fiesta del té. Una alegre cita en el salón de la iglesia. Un ama de llaves soltera cautivada por un pescador escandinavo —«padre desconocido»— que partió hacia un puerto extranjero antes de que ella supiera su nombre completo o el de su barco. No una joven ingenua, sino una mujer madura, alguien que debería haber sido más lista, que iba a la iglesia y soñaba con casarse con el panadero local pero que en vez de eso tuvo gemelas sin un padre. Y que solo se quedó una.

Solo se quedó una. Y no era ella.

Ella no era la elegida.

Lorna acelera, levanta una estela de polvo. Pero no consigue dejar atrás ese rechazo. Y llora con tanto desconsuelo que no puede ver. Y lo único que quiere es adentrarse en la oscuridad del bosque. Desaparecer.

—¡Hala! ¡Para!

Es una voz familiar. Una voz de otra vida. Pero Lorna no se detiene. Ve un coche borroso —bajo, del color de la plata vieja— y oye el rugido de su motor cuando baja por el camino de entrada marcha atrás. El chirrido de los frenos. El golpe de la puerta de un coche.

—¡Lorna!

La han cogido. La envuelve el olor a perfume y a champú. Solloza contra el cuello de Louise, como un bebé.

Louise le explica que Jon está fuera de sí porque ella no estaba en el tren y nadie lograba contactar con ella y está allí y...

—Joder, Lorna, ¿qué narices ha pasado? No me extraña que esto me diera tan mala espina. ¿Llamo a la policía? ¿A un médico?

No, no, no. Lorna intenta explicarlo. De verdad que lo intenta. Pero no tiene sentido. Y sabe que al principio Louise no la cree. Que dice palabras y sonidos reconfortantes como hace con Alf cuando suelta cosas sin sentido. Pero entonces su hermana le mira los pies ensangrentados con el ceño fruncido, como si estos revelaran la verdad, y algo cambia entre ellas. Toma las manos de Lorna en las suyas.

—Yo soy tu hermana —dice con suavidad—. Lou y Lor, unidas por la cadera, ¿recuerdas? Lou y Lor. Es lo único que importa. —Le da un apretón en las manos—. «Destino mágico.»

Destino mágico. Lorna se pregunta cómo puede explicarle a Louise que hubo un tiempo en que era sencillo —antes de que viera el delantal—, pero ya nunca volvería a ser así de simple. Porque ella misma ha cambiado, ha rellenado las lagunas. Ya no tiene un árbol genealógico de un solo miembro, ya no es algo sin dueño. Hay una historia. No una gran historia de amor. Solo un pequeño y vergonzoso error. Un rechazo. Una hermana gemela de verdad con quien no siente apenas conexión.

—¿Estás triste, tita Lorna? —Unos deditos rechonchos se posan en su rodilla—. ¿Has perdido el conejito?

Ver a Alf, su gran sonrisa, su sincera esperanza de que se la devuelva, hace que la respiración de Lorna se sosiegue. Se limpia las lágrimas, sabe que él detesta que la gente llore a menos que haya una herida que explique las cosas y que necesite que él ponga una tirita.

—No puedo creer que estés aquí, Alf.

—Papá ha dicho que había demasiados niños para ocuparse también de mí.

Lorna pone los ojos en blanco.

—Así que mamá me ha montado en el coche y me ha dado ganchitos. El abuelito no ha usado el mapa porque ha dicho que los taxistas no necesitan mapa. Pero el abuelito se ha perdido.

Lorna se tapa la boca con la mano.

—No habrá venido papá, ¿no? Por favor, dime que papá no ha venido.

—Se ha empeñado. Ha dicho que se imaginaba de qué podría tratarse. —Louise hace una mueca y dirige la mirada hacia el coche—. Yo solo he accedido, lo siento.

La puerta del lado del pasajero se abre y Doug sale al difuso sol de la tarde, con una chillona camisa hawaiana y frotándose los ojos soñolientos bajo las gafas.

—Uala.

Lorna se ha quedado tan estupefacta al ver a su padre con esa ridícula camisa que al principio no le salen palabras. Luego se recupera del susto y se pone furiosa.

—Tú lo sabías, ¿verdad?

—Papá, me parece que Lorna y tú tenéis cosas de que hablar. —Louise lo mira con dureza—. Venga, Alf. Vamos a dar un paseo, a vivir una aventurilla.

La cara redonda de Alf se torna seria.

—Pero yo quiero buscar el conejo negro.

—Eso es solo el nombre de la casa, Alf. Podemos hablar de ello mientras andamos, ¿vale?

Louise le coge de la mano y se aleja con él del coche. Pero el niño se suelta, corre de nuevo hacia Lorna y se abraza con fuerza a sus piernas.

—No estés triste, tita Lor —grita con su ruidosa voz—. Yo encontraré al conejo negro.

25

Amber,
agosto de 1969

—¡No vas a meter a esa cochambrosa criatura en la casa!
—La voz de Caroline rebota contra las gruesas paredes
de ladrillo del huerto, como un puñado de chinchetas, y cruza la
terraza.

Toby y yo dejamos de discutir y estiramos el cuello en dirección al huerto. Y ahí está Caroline, con un vestido rojo y cortada
en cuatro por los listones de madera de la puerta, como la ayudante de un mago. Tiene los brazos en jarras y se alza de forma intimi-
dante sobre Barney, que sostiene algo en los brazos.

—¿Qué cotorrea ahora la vieja bruja? —Toby yergue los hombros en busca de pelea.

—Sabe Dios —digo, concisa, todavía molesta con Toby.

Hemos estado discutiendo por quién se queda la última toalla
seca que no apesta a perro mojado, pero en realidad discutíamos
por el hecho de que se venga a nadar conmigo. Sé que pretende
asegurarse de que no vea a Lucian a sus espaldas —lo cual me fastidia mucho, sobre todo porque eso es justo lo que esperaba hacer— y que en realidad preferiría estar solo en su casa del árbol,
disparando a las ardillas con su pistola.

La casa del árbol tiene ya tres o cuatro alturas, aunque cuesta
verlas, y ha colgado un calendario en uno de sus podridos tablones
para ir tachando los días que faltan hasta que un meteorito o algo

igual de malo se estrelle en Cornualles, previsto de hecho para la última semana de agosto, nuestro último día en Black Rabbit Hall. Ha calculado de forma minuciosa las probabilidades estadísticas de este suceso —no tan probable, aunque sí posible—, con un entusiasmo que jamás ha dedicado al colegio, y está esperando con sumo placer la inminente catástrofe.

Yo no creo que vaya a suceder nada, creo que no es más que otra de las profecías fatalistas de Toby, pero de todas formas esto pone más aliciente y melodrama a estos últimos días de vacaciones. Todo parece cargado de implicaciones, como si cada hora contase.

Los soleados días, cada vez más cortos, también se ven empañados por la certeza de que Lucian volverá a Oxford en septiembre: la idea de estar separada de él me resulta casi insoportable. Lo único que podemos hacer es aferrarnos a nuestros imprecisos planes de escapar, que conllevan huir juntos a Nueva York cuando sea «el momento adecuado», lo cual no es nunca, y llorarle a la tía Bay. Por mucho que anhele ir —esta mañana me he sorprendido rodeando la ciudad de Nueva York en el globo terráqueo con un chirriante bolígrafo verde y aire soñador—, no soporto la idea de dejar a los demás. ¿De verdad soy capaz de romperle el corazón a Toby para salvar el mío? ¿De dejar a Kitty y a Barney a merced de Caroline? ¿Qué le parecería a mamá que los abandonara? ¿Me perdonaría?

Dado que no puedo dar respuesta a estas preguntas, solo me queda esperar a reunirme con Lucian de nuevo aquí en Navidad y rezar para que, hasta entonces, sigan sin descubrirnos. Eso sería un pequeño milagro. Incluso estando aquí en la terraza, con la piel de gallina y en bañador, tengo la sensación de que podría decir o hacer algo que me delatase en el momento menos pensado.

—Ahí viene.

Caroline cruza la terraza con paso decidido y al pasar arroja las palabras «Cena a las siete» a nuestros pies desnudos.

—Al menos sé cuándo esfumarme —replica Toby, en voz baja, mientras entramos en el huerto.

Es una imagen rara: Barney está sentado en el parterre de fresas, acurrucado en lo que parece un cojín negro. Nos mira con una sonrisa cuya existencia yo había olvidado: pura, amplia, dejando a la vista el torcido diente de leche que lleva días amenazando con caerse.

—¿Qué es eso? —pregunta Toby con recelo, aunque puede ver lo que es. Lo que pasa es que no nos lo creemos.

Cojo a Boris del collar y lo aparto.

—Un conejo —responde Barney con una sonrisa radiante—. Mirad.

—¿Un conejo? —Nos agachamos para verificar que la bola de pelo está viva; la nariz que asoma por encima del brazo de Barney no para de moverse—. ¿Silvestre?

Barney niega con la cabeza.

—Me lo ha regalado Lucian.

Toby pone cara de asco.

—¿Lucian?

Barney baja la cabeza para acariciar con la barbilla la cabeza del conejito.

—Sí, en una caja de cartón. De la tienda de mascotas.

—Pero creía que ya no te gustaban los conejos —digo. Ahora entiendo adónde ha ido Lucian esta mañana con tanto secretismo negándose a contarme por qué. Había dicho que iba a ser una sorpresa.

—Yo no quería tocarlo. Pero Lucian me ha... Me ha cogido los dedos y me los ha puesto junto a las orejas y era extraño y no me ha gustado y he respirado raro, pero luego me ha hecho repetirlo una y otra vez hasta que se ha vuelto agradable. —Me mira, sus ojos color miel brillan—. Mira qué suave es, Amber. Mira.

Hago cosquillas al conejo detrás de sus esponjosas orejas, sorprendida por Lucian, que con un tierno y perspicaz gesto ha curado el miedo irracional de Barney a los conejos que le entró a raíz del accidente de mamá, ha triunfado donde nosotros no lo hemos hecho. Hasta Toby tiene que reconocerle eso.

—Quería llamarlo Lucian...

—Ay, Dios —gruñe Toby tapándose la cara con las manos.

Yo intento no reírme.

—Pero Lucian ha dicho que no era buena idea. Así que lo he

llamado Viejo Harry. Como el ferry. Lucian dice que crecerá y hará honor a su nombre. Hasta los conejos se hacen viejos.

—Bienvenido a Black Rabbit Hall, Viejo Harry.

Mis dedos abren un camino en el lustroso pelaje.

—Bartlett no tardará en meterte en una olla —comenta Toby, levantando una de las cómicas orejas de Viejo Harry y mirando su rosado interior—. Qué rico.

—Basta —le digo de forma cortante.

La sonrisa de Barney ya empieza a titubear.

—¿No te gusta?

—Yo no me encariño con los animales.

Toby se encoge de hombros. Y es cierto, no lo hace. Los quiere, pero no de esa forma. Se comería cualquier cosa que se moviera.

—No quería quererlo, Toby —barbota Barney en tono de disculpa—. Creía que pasaría algo malo si lo hacía.

—Las cosas malas no suceden por culpa del amor, Barney —digo abrazándole contra mi cuerpo.

Toby me mira con ferocidad.

—¿Por qué estás tan segura?

Siento con indefensión y espanto que me sonrojo, más aún al saber lo que Toby deducirá.

—¿Intentas decir algo?

La mañana estalla entonces: la pelea por la toalla, el conejo de Lucian, los puños apretados de Toby. Se parte en dos.

—¿Y bien? ¿Hay algo?

—No seas imbécil, Toby.

Me marcho echando humo por las orejas, con mi secreto pendiendo de un maldito hilo. Igual que el diente de Barney; un tironcito y caerá.

He descubierto que la vida no siempre gira en torno a las cosas obvias —la gente que muere, los matrimonios, todo eso que se graba en las lápidas—, sino también en torno a cosas que no quedan registradas. Besos. Conejos.

En la última semana, más o menos, Viejo Harry ha pasado de

ser un conejillo a ser un pequeño dios con milagrosos poderes para sanar a Barney. Como corresponde a semejante criatura, por las noches duerme en el gallinero en un viejo edredón de seda. La enfilada se ha convertido en su pista de carreras durante el día. Kitty lo pasea por el vestíbulo bajo las mantas en el cochecito y lo llama Baby Harriet cuando Barney no la oye. Hasta Peggy, que dice que los conejos son alimañas y sigue de mal humor por el espantoso virus que le provoca náuseas por la mañana, le da de comer con la mano las zanahorias más tiernas.

Caroline, por supuesto, se ha apuntado el tanto: Viejo Harry es la prueba viviente de la naturaleza amable de Lucian (en contraste con la naturaleza brutal de Toby) y, por asociación, de su propio buen hacer como madre. Ha convertido a Viejo Harry en algo que enfrenta a Lucian con Toby, a Toby con papá y al pasado con el futuro. (No es de extrañar que Toby deteste a Viejo Harry, que se escabulle de la habitación en cuanto él entra.) Hace un par de días oí a Caroline murmurar con voz dulce: «Hugo, querido, Lucian me recuerda muchísimo a ti, ¿sabes? ¿No es sorprendente que tú y él seáis tan parecidos, de carácter y físicamente, y que Toby y tú seáis tan diferentes?». Hizo una pausa en medio de un silencio que solo pude imaginar interrumpido por un sorbo de whisky o una sonrisa desconcertada de papá. «Debería reconfortarnos que en la familia haya un joven con ideas afines que podría dirigir Pencraw… si pasara algo.»

Peor aún, papá ha estado invitando a Lucian a la biblioteca a escuchar jazz. Nunca ha invitado a Toby a la biblioteca a escuchar jazz. Me saca de quicio que papá haga un esfuerzo por conocer a Lucian pero nunca haya intentado conocer a Toby. A lo mejor le asusta lo que descubrirá. A lo mejor cree que ya conoce a Toby. Bueno, pues no es así. Papá conoce a Toby tanto como me conoce a mí ahora. No tiene ni idea de que ambos somos personas distintas de quienes éramos incluso a comienzos de las vacaciones, que todo ha cambiado.

Creo que los adultos se desgastan con el tiempo, como las rocas en el mar, pero siguen siendo los mismos, solo que más lentos y más canosos, con esas curiosas arrugas verticales delante de las orejas. Pero los jóvenes toman diferentes formas de una semana a otra. Para conocernos hay que correr a nuestro lado, como alguien que intenta gritar por la ventana de un tren en marcha.

Caroline no llama a la puerta.

—¿Todavía no os habéis vestido, niñas?

Me tapo la nuca con la mano, donde la boca de Lucian me ha dejado una marca rosa. Kitty, que está atravesada sobre mi almohada, levanta ligeramente la vista y luego continúa haciendo su tienda india con horquillas del pelo.

Caroline fulmina con la mirada las pilas de libros y zapatos sobre la alfombra, las zapatillas que cuelgan del respaldo de la butaca de terciopelo.

—Esta habitación es un caos. Recógela, Amber. Ordénala ya. Ahora Peggy debería centrarse en las zonas comunes de la casa. No quiero que malgaste la jornada cuidando de vosotros como una gallina clueca, sobre todo desde que sus problemas digestivos están resultando ser una gran distracción.

Empiezo a colocar las novelas desperdigadas en un montón. Pobre Peggy. No tiene la culpa de sentirse tan mal.

—Te he comprado algunos vestidos nuevos.

Caroline arroja en mi cama ropa que huele a tienda.

—A mí nunca me dan cosas nuevas. —Kitty suspira y agrega otra horquilla a la tienda. Todas se derrumban y se esparcen como palillos.

Sostengo indecisa un pichi hasta la pantorrilla, de color marrón, abotonado hasta el cuello; el vestido más feo que he visto en mi vida.

—Puaj —dice Kitty; me compadece.

El siguiente vestido es aún peor, de un amarillo vómito y una tela áspera como un saco.

—Un gracias sería lo educado, Amber —dice Caroline, cortante.

—A Kitty tampoco le gustaría ponerse estos —señala Kitty con sensatez—. Ni a Muñeca de Trapo.

—Calla, Kitty.

Caroline aprieta los labios. La luz de la mañana, que se filtra a través de la hiedra, hace que casi parezca enferma de tan enfadada.

—Es... es muy generoso por tu parte, Caroline...

—Quiero que vistas como Dios manda. Arreglada. He contratado a una peluquera para que venga mañana.

—¿Una peluquera?

A Lucian le encanta mi pelo tal cual es. Me ha hecho prometer que no me lo cortaré nunca.

Caroline, haciendo caso omiso de mi comentario, abre las puertas del armario y echa un vistazo despectivo a mis vestidos favoritos colgados en la barra.

—Hay que tirar todo esto tan viejo.

—¡Oh, no! Esos no. —No puedo decirle que este verano metí mi ropa favorita de Londres en la maleta porque no quería arriesgarme con el habitual vestuario raído de Black Rabbit Hall sabiendo que Lucian estaría aquí—. No tienen nada de malo.

—¿Que no tienen nada de malo? —Bufa y se los cuelga del brazo—. Solo tu padre podría no darse cuenta de que tus vestidos son demasiado ceñidos y ridículamente cortos, Amber. Ya no son apropiados para una chica de tu edad. Eres demasiado... —Su mirada se dirige como una flecha a mis pechos. Mortificada, cruzo los brazos sobre mi camisón. Me mira durante una eternidad, toqueteándose las perlas del cuello, como si no fuera consciente, y acto seguido gira sobre los talones y espeta—: Vestíos, niñas, y bajad a desayunar antes de que sea hora de comer.

No estoy dispuesta a que Lucian me vea con algo tan horroroso, así que arrojo a un lado el vestido marrón, me pongo uno que me compré con Matilda en Chelsea —de color melocotón, hasta la rodilla, con grandes botones blancos del tamaño de las pastas de té— y bajo desafiante a desayunar.

Los ojos de Caroline se deslizan por el vestido como un par de tijeras. Pero no dice nada. Lo que hace es dejar el cuchillo con calma sobre el níveo mantel y volverse serena hacia Lucian.

—Cariño, he pensado que este fin de semana podríamos invitar a Belinda. Antes de que te vayas a Oxford. Nos estamos quedando sin fines de semana.

Un trozo de tostada se me queda atascado en la garganta. Toso, carraspeo y cojo el vaso de agua con demasiada brusquedad, salpicándome.

—La verdad es que este no es sitio para Belinda, mamá —dice Lucian, esforzándose por sonar natural.

—Bobadas. A Belinda le encantará Pencraw. —Caroline toma de nuevo el cuchillo y unta una fina capa de mantequilla en su tostada—. Jibby Somerville-Rourke, la tía de Belinda…, ¿te acuerdas de Jibby? De la boda. Qué ceceo tan desafortunado.

Lucian asiente y me lanza una mirada de alarma. De repente me alegro de que Toby no se haya molestado en bajar a desayunar. Se daría cuenta de nuestro nerviosismo en el acto.

—Bueno, pues la pobre mujer ha escrito de nuevo, me persigue para que las invite a Belinda y a ella, claro está, en calidad de carabina. Dice que Belinda lleva todo el verano esperando esa invitación, pero que ha resultado inexplicablemente esquiva. —Se arrima a Lucian, y él se aparta poco a poco—. Creo que está loquita por ti, cariño.

Jugueteo con un botón de mi vestido, me arden las mejillas y tengo un nudo en la garganta. Belinda. La rica y bella Belinda.

—Tenía planeado ayudar a Toby este fin de semana. —Se percibe cierta falta de aliento en la voz de Lucian—. Está empeñado en un proyecto de ingeniería para el río, ¿verdad, Barns?

—Un puente de cuerda. —Barney lame la mermelada de ciruela verde de la parte posterior de la cuchara. Sonríe—. Da miedo. No tiene lados.

—Son los mejores —dice Lucian; trata de aligerar las cosas pero no lo consigue.

—Pero Toby no querrá que le ayudes, Lucian —señala Kitty de forma alegre—. No le gusta que tú te apuntes, ¿recuerdas?

Caroline sonríe para sí, contenta de tener más pruebas de la hostilidad de Toby. Sé que le repetirá esto a mi padre.

—Tengo muchas ganas de conocer a Belinda. Me encanta el nombre de Belinda —prosigue Kitty de manera exasperante. Muñeca de Trapo cae hacia delante sobre su rodilla—. En el cole hay una niña que se llama Belinda. Tiene la trenza más larga de la clase. Su niñera se la sujeta con un lazo rosa los viernes.

—Esa muñequita mugrienta está tocando la mermelada, Kitty. Por favor, quítala de ahí.

Caroline se vuelve otra vez hacia Lucian y ahora habla con más seriedad.

—No has visto a nadie de tu pandilla desde hace semanas. Creo que te iría bien un recordatorio de la sociedad civilizada antes de regresar a ella. Y tienes todo el derecho a invitarlos a quedarse. Ahora esta también es tu casa. —Mira el asiento vacío de Toby—. No permitas que nadie te haga sentir lo contrario.

—Entonces ejerzo mi derecho a no invitarlos —suelta Lucian—. Ni a Belinda ni a ninguno de ellos.

Se hace un silencio espantoso. Las paredes del comedor se vuelven más rojas.

—Entiendo —dice Caroline con voz tensa. Se le marca la vena de la frente—. Bueno, dejemos esta discusión por ahora. No puedo digerir tanta pasión antes de las nueve. De verdad que no.

Al día siguiente, la peluquera —una mujer corpulenta, con pinta de cascarrabias y un tupido flequillo— sube los escalones con contundencia, con una maleta grande de piel marrón y expresión de adusta determinación. «Como un médico que viniera a hacer una amputación», bromea Toby con humor negro, y acto seguido se adentra como una bala en el bosque para pensar en las tormentas de meteoritos.

La peluquera —Betty, dice con tirantez, como si prefiriera seguir en el anonimato— se instala en la cocina para no estorbar a los obreros, que se han presentado en la puerta esta mañana temprano y ahora están deambulando por el piso de arriba haciendo Dios sabe qué. Con sus regordetes dedos de carnicera, coloca sus herramientas —cepillo, tijeras, un frasco de cristal azul de grasienta pomada— sobre la mesa de madera. Bartlett le ofrece té y tarta, que ella pasea de un lado a otro de la boca mientras corta.

Yo insisto en ser la última en cortarme el pelo y me siento en el taburete y observo, preocupada.

La peluquera no es tan despiadada como parece. Lucian incluso está más guapo con la parte de atrás y los lados cortos. (Cojo del suelo un mechón negro y brillante de su pelo y me lo guardo en el bolsillo.) Los preciosos rizos de Kitty no sufren una masacre. Barney ya no tiene que mirar con los ojos entornados a través del flequillo. Se marcha a toda prisa —con el conejo sobre su hombro— y me dice adiós moviendo la mano en la parte baja de su espalda, como si los dedos fueran una colita.

—Sigamos, chata. —La peluquera me señala la silla de la cocina, aparta la montaña de pelo de una patada.

Me siento muy erguida, con las manos entrelazadas sobre la rodilla, segura de que no quiero que me corte más de un par de centímetros. Sus dedos en movimiento desprenden un olor a cuero cabelludo mientras maneja el peine y las frías tijeras de metal. Tarda una eternidad.

—Hecho —dice por fin, y guarda con rapidez sus cosas en la maleta.

Siento la cabeza ingrávida, como si fuera a desprenderse de mi cuello y a alejarse flotando, como un globo. Hay largos mechones rojos en el suelo de piedra. Me llevo la mano a la espalda, donde debería estar mi pelo pero no está: me roza el cuello.

Horrorizada, corro en busca de un espejo. Lucian es la primera persona a la que veo, merodea junto al cuarto de los zapatos como si estuviera esperándome.

—¡No me mires! —Me tapo la cabeza con las manos, las lágrimas me empañan los ojos—. ¡No mires!

Él me hace entrar en el cuarto, cierra la puerta y me besa por todo el cuello, dice que ahora puede mordérmelo, como un vampiro, y consigue que sonría a pesar de todo. Luego oímos pasos en la escalera y nos separamos de golpe.

Ya no me siento tanto como si el mundo se hubiera acabado, pero solo hasta que entro en el dormitorio de Toby. Está tumbado en el suelo —descalzo y con los pies en alto contra la pared— pelando con la navaja una dura manzana de finales de verano.

—Mira —digo con la esperanza de que me diga que no pasa nada. Todavía necesito su aprobación—. ¡Mira lo que me ha hecho la peluquera!

—Ya, ha eliminado tu parecido con mamá, hermanita —dice con suavidad, y enseguida devuelve su atención a la manzana—. Sabía que lo haría.

—Bueno, ¡pues podrías haberme avisado! —chillo, alejándome y cerrando de un portazo.

Le oigo gritar:

—¡Lo hice!

—Toby, ha pasado algo —digo sin aliento, abriendo la habitación de golpe otra vez unos minutos más tarde.

Él está en el mismo sitio, tumbado en el suelo, con la piel de la manzana formando una larga espiral y la blanca carne de la fruta al descubierto.

—Ya me has enseñado tu pelo. —Un último y experto giro de la navaja y la piel cae al suelo—. Te volverá a crecer.

—No, no, mi pelo no. Olvídate de mi pelo. Es algo mucho, muchísimo peor.

Entonces me mira, perplejo.

—Pero se suponía que no tenía que pasar nada hasta el último día de vacaciones.

—No es una de tus estúpidas fantasías de sucesos planetarios. Es algo horrible de verdad. En el vestíbulo. Ven. Ven a verlo.

El retrato que sustituye al de mamá es mucho más grande. No solo en tamaño. La presencia de Caroline parece sobresalir del enorme y elaborado marco dorado, propagando su frialdad característica por todo el vestíbulo. Además de parecerse a ella, aunque más joven, ha captado la magnitud de su ambición.

—Puta —farfulla Toby entre dientes, sin apenas mover los labios—. Puta estúpida. —Deja caer la manzana pelada sobre las baldosas y saca la navaja del bolsillo—. Voy a destriparla como a un pez.

Le agarro del brazo y la navaja se mueve en el aire.

—No. Cuando papá vuelva lo descolgará.

—¡Papá! ¿Por qué sigues teniendo fe en él? —Se zafa de mí—. ¿Es que no entiendes lo que está pasando?

—Le encanta el cuadro de mamá. No permitiría que nadie lo quitara del vestíbulo.

—¿Que no? ¿No te enteras, Amber? Ya no se trata de amor, sino de poder. De dinero.

—¿Qué?

—Caroline es rica. Nosotros somos pobres.

—No seas ridículo.

—Papá se ha arruinado, Amber. Se lo ha fundido todo desde que mamá murió; y tampoco había mucho, no lo suficiente para afrontar el mantenimiento de esta casa. Con franqueza, he visto todas las facturas sin pagar, las que esconde en los cajones de su escritorio.

—Black Rabbit Hall nunca ha sido elegante. A nadie le importa.

—A Caroline sí. Y va a seguir invirtiendo en la casa hasta que la haga suya.

—Aún es de papá. Nuestra. Tuya.

La expresión de Toby se vuelve ilegible, fría, impasible.

—Quien tú crees que es papá ya no es papá. Es otra persona.

—No —replico, me niego a creerlo—. No digas eso.

—Ninguno de nosotros somos quienes éramos, ¿no es así? —afirma sin rodeos—. Y todo es culpa de Caroline y de Lucian.

—Nada de esto tiene que ver con Lucian —salto sin pensar, el impulso de defenderle es instintivo.

—No tiene nada que ver con Lucian —me remeda con voz de chica—. Lucian, el amante de los conejitos. Lucian, el hijo perfecto. ¿Cuándo vas a despertar de una puñetera vez, Amber?

Estoy temblando. Me da miedo decir lo que no debo. Me dispongo a marcharme, pero Toby me lo impide.

—Escucha. —Me agarra del brazo y gesticula con la navaja en dirección al retrato de manera incontrolada—. Esto no es nada. Ni siquiera es el principio. Es un calentamiento. No tardará en desaparecer todo rastro de nuestra familia, eliminada de este lugar, igual que el retrato. Y como nosotros somos parte de mamá, con el tiempo también nos eliminará. Sobre todo a ti. Sí, a ti, Amber. Cada día te pareces más a mamá. Por eso te ha cortado el pelo. ¡Por eso te hace llevar esos vestidos horrorosos! ¿Es que no lo ves? —grita, como si esto fuera todo culpa mía—. ¡La única forma de deshacerse de todo rastro de mamá es deshacerse de ti!

No me atrevo a insinuar que pienso que quizá quiera que esté lo menos atractiva posible porque sospecha de Lucian y de mí. No puedo arriesgarme a sembrar la misma idea en la cabeza de Toby, la aciaga semilla que espera su momento para germinar, como una zarza en la tierra.

—Dentro de una generación, Black Rabbit Hall no tendrá nada que ver con los Alton. —Toby levanta la mirada hacia el retrato, empequeñecido por él—. Lo más probable es que ni siquiera siga aquí. Ella la venderá. La convertirán en apartamentos, una residencia para ancianos o algo parecido.

—Tonterías —replico con voz temblorosa—. Tú eres el hijo mayor, el heredero.

Toby profiere una carcajada extraña, falsa.

—Caroline ya está maniobrando para colocar a Lucian en esa posición y lo sabes.

—Lucian jamás aceptaría...

Toby se gira como un rayo hacia mí.

—¿Cómo lo sabes? Maldita sea, ¿cómo sabes qué haría y qué no haría?

Siento su aliento dulce y repulsivo en la cara.

—Porque... —Las palabras se quiebran en mi lengua.

—¿Porque qué, Amber?

Sus ojos entrecerrados brillan fríos entre las rojizas pestañas.

—Él está de tu lado.

—¿Eso es lo que te dice? ¿Tan crédula eres?

—Nada de esto es culpa suya.

Sé que debería callarme. Pero no puedo. Ojalá pudiera hacerle entender.

—No... No lo defiendas. —Habla con voz muy queda, un gruñido grave. Tiene una expresión enajenada, las pupilas dilatadas—. No cuando tengo una navaja en la mano.

—¿Qué vas a hacer? ¿Apuñalarme? —Extiendo el brazo desnudo y lo presiono contra la hoja, retándole a que lo clave en mi pálida piel. Algo dentro de mí (furia, frustración, amor) se desata—. Entonces me tendrás para siempre, ¿no? Seremos solo nosotros. Podrás ponerme en tu cuarto, sentarme en la butaca de terciopelo y... ¡y dejarme allí hasta que me pudra y luego sacarles brillo a mis huesos con tu trapo especial e incluirme en tu colección de huesos! —digo a gritos.

Toby parece herido. Aparta la navaja de mí.

—¿Qué? ¿De qué narices estás hablando?

—Tú-no-dejarás-que-me-vaya —sollozo; todas las lágrimas brotan a la vez.

—Yo jamás te haría daño. Nunca jamás te haría daño.

Tira la navaja al suelo. Me agarra de los hombros, trata de tranquilizarme. Yo sigo parloteando. Toby dice: «Para, para, para» hasta que lo hago.

—¿Te acuerdas de nuestra promesa cuando murió mamá?

Cierro los ojos para no verle. Pero él también está dentro de mí, así que no puedo.

—¿Te acuerdas?

Quiero decir que sí, pero la culpa hace que las palabras dejen de fluir.

—Mírame.

Busca algo en mis ojos. Como no quiero que lo encuentre, aparto la mirada, pero él me alza la barbilla con brusquedad, me obliga a mirarle.

—Tú. Yo. Nosotros. Siempre nosotros. Eso es lo que prometimos. ¿Te acuerdas? Dime que te acuerdas. Dilo. Dilo en voz alta.

—Nosotros —susurro, y con esa simple palabra se me llenan los ojos de lágrimas.

26

—No puedes elegir qué recuerdas, papá. Ya no.

Lorna se aleja furiosa. Pero aún puede sentir a su padre detrás, todavía puede verlo caído en la seca orilla del césped, con el pecho subiendo y bajando dentro de su camisa hawaiana y las manos en la cabeza. Vacila solo un instante, pero luego comienza a subir por el camino de entrada hacia Black Rabbit Hall, que resplandece bajo la calima de finales de verano, como si estuviera hecha de aire y no de piedra.

—Puede que una vez Sheila mencionara una gran casa —dice con voz débil.

Lorna se gira.

—¿Qué?

Doug se frota la cara con la mano. Ha pasado la mayor parte de su vida marital aprendiendo a andar con pies de plomo con este tema: resulta difícil olvidar estas cosas, y más ahora, cuando importan más que nunca. La embrollada historia de Lorna —algo sobre un nombre bordado en un viejo delantal, una gemela desconocida— le ha asestado un gancho lateral.

—Ella… dijo que a la mujer de la agencia de adopción de Truro se le escapó algo…

Lorna regresa corriendo y se arrodilla en la hierba, con el rostro a milímetros del de él para poder leer cada atisbo de verdad en sus ojos castaño claro.

—¿Mencionó mamá Pencraw Hall?

—No estoy seguro al cien por cien. Pero creo que es posible que sí. —Se mira las manos con aire avergonzado—. O algo parecido. Todas estas casas suenan igual.

—Entonces ¿por eso no querías que nos casáramos aquí?

Piensa que ojalá Louise no hubiera sentido la necesidad de desaparecer en el bosque con Alf para darles privacidad. Su hermana no consentiría que su padre se escabullese de ninguna pregunta difícil.

Él asiente y se aparta la camisa de su sudoroso cuello.

—Yo sabía que si era este lugar no traería nada bueno. Y tenía razón, ¿verdad? —Parece muy cansado, como si estuviera envejeciendo ante los ojos de Lorna—. Mírate. Se me parte el corazón. Se me parte el corazón. —Tiene los ojos empañados de lágrimas. Se los limpia con un nudillo—. Tu vida ahora está con Jon, cariño. No aquí.

—Pero está aquí, papá. Creo que una parte de mí lo sabía…, lo sentí en el momento en que entré en la casa. En las escaleras. Ese momento en las escaleras.

—Lo siento. Lo siento muchísimo, cariño.

Lorna menea la cabeza, lucha contra las lágrimas.

—Y ahora sé que soy un desastre, no que podría estarlo —dice con ferocidad—. Sino que lo estoy.

—Lorna, basta. No eres un desastre, de eso nada.

—¡Soy la gemela rechazada! ¿Cómo no voy a estarlo?

—Estás hecha de una pasta mucho más dura, Lorna, y lo sabes.

—No, no lo sé, papá. Lo único que sé es que Jon proviene de una familia buena y agradable y no querrá esto en su vida. ¿Quién lo querría? La madre de sus hijos transmitiendo sus rarezas a los críos, no creo que… —Las lágrimas le impiden hablar.

—¿Por qué iba Jon a pensar eso? Jon te adora. Y tú eres maravillosa con los niños. Siempre lo has sido.

—Pero ¿y si soy igual que mi madre biológica? La clase de mujer capaz de elegir a un hijo gemelo en detrimento del otro. ¿Qué clase de mujer haría eso? Eso es lo que él pensará. Es… es lo que yo pienso —dice con desesperanza, cubriéndose la cara con las manos.

—Oh, cariño. Ven aquí. —La abraza contra su pecho y ella oye el palpitar de su corazón; huele a té, a detergente, a sudor—. Estás yendo demasiado lejos.

Pero no es así. Una cosa le ha quedado terriblemente clara. Se aparta de él.

—No puedo casarme con Jon. Voy a llamarle y a decírselo. —Comienza a rebuscar el teléfono en su bolso—. No puedo hacerle pasar por todo eso.

Doug la coge de los hombros.

—Para. Para ya. ¿Te acuerdas de lo que decía la yaya? No tomes decisiones importantes si estás disgustada o tienes el estómago vacío. —Señala el teléfono que ella sostiene en su temblorosa mano—. Vuelve a guardarlo en el bolso. Pregúntame lo que quieras. Te contaré todo lo que sé.

Lorna se seca los ojos y guarda el teléfono.

—Necesito la historia completa, papá. —Se da cuenta de que si no conoces el comienzo de tu historia (aunque sea un comienzo no demasiado agradable, un comienzo que tú no escribirías), no puedes entender lo que hay en medio, mucho menos el final—. No omitas nada.

Doug exhala una larga y profunda bocanada, para hacer tiempo.

—Bueno, antes debes tener en cuenta que entonces las agencias de adopción apenas te contaban nada. Y que tu madre se guardó muchas cosas.

—Para. ¿Intentas decirme que sabes lo que pesa el esperma de ballena, qué estaba en el top ten en marzo de 1952 y todas esas sandeces, pero no conoces los orígenes de tu propia hija?

Doug hace una mueca de dolor.

—Bueno, sí. Más o menos.

—¡Por el amor de Dios!

—Nunca me importó si venías de lo más bajo o de Buckingham Palace; ¿no lo entiendes? —Le coloca un mechón mojado detrás de su oreja—. Eras mi preciosa Lorna. Lo sigues siendo. Siempre lo serás. Da igual de dónde vengas. Para mí, no había diferencia entonces y no la hay ahora.

Los ojos de Lorna centellean.

—Para mí sí la hay.

Doug parece de verdad desconcertado.

—Pero tú siempre has dicho que no la había. Nos dijiste a Sheila y a mí que no querías buscar a tus padres biológicos. De haber querido, te habríamos ayudado.

—¿Cómo iba a ayudarme mamá si no era capaz de pronunciar la palabra «adopción» sin que pareciera que estaba chupando un limón? ¿Por qué ninguno hablaba nunca del tema?

—Ahora… ahora ya no parece tan doloroso. Pero la verdad es que tu madre sufrió muchos abortos, cinco en total, antes de que te tuviéramos a ti. Para ella fueron tantas pérdidas, tanto sufrimiento, Lorna. Pensaba que nunca tendría un hijo propio. Y creo que pensar en ti…, en que no eras completamente suya, en que quizá un día quisieras buscar otra madre, le hacía demasiado daño.

—Yo también tenía sentimientos. Tenía derechos —susurra Lorna.

Estaba al tanto de sus abortos, aunque no sabía cuántos. Pobre mamá. No es de extrañar que los recuerdos de su infancia de su madre embarazada de Louise fueran de ella tumbada en la cama durante interminables meses llenos de preocupación por temor a perder al bebé milagro.

—Los setenta, los ochenta…, aquello era otra época. Nadie les hablaba de nada a los niños, nada que ver con hoy en día. —Doug frunce el ceño—. A algunos niños ni siquiera les contaban que eran adoptados. Se pensaba que era lo mejor. Para no liar las cosas.

—Entonces ¿por qué venir a Cornualles? ¿Por qué no mantenerse alejado?

El rostro de Doug se suaviza.

—A ella le encantaba, de siempre. De niña venía aquí. Y creo que siempre sintió que en cierto modo fue la tierra la que… te entregó a ella. El día en que te pusieron en sus brazos fue de verdad el día más feliz, Lorna. Todo sucedió muy deprisa. Habíamos recibido la llamada solo unos días antes. Un bebé de Cornualles, dijeron, ¿están interesados? Sheila pensó que era el destino.

—Pero sigo sin entender por qué me trajo a esta casa. No tiene sentido, papá. No lo tiene.

294

—En esto estoy de acuerdo contigo. —Doug menea la cabeza—. Pero ella fantaseaba con estas cosas. Se llenaba la cabeza con esas tontas novelas románticas históricas.

—No tenía por qué. Ella tenía sus propios secretos y melodramas, ¿no? Solo que estaban escondidos.

Doug le coge la mano.

—Lorna, estoy seguro de que algún día te lo habría contado todo.

—¿Algún día? ¡Papá, tengo treinta y dos años!

—Ella no sabía que se iba a morir, ¿verdad? —Sus ojos enrojecidos le suplican comprensión—. Nadie sabe exactamente cuándo va a morir, ¿o sí? Si lo supiéramos, nos aliviaríamos de las cargas a tiempo, Lorna.

—Oh, Dios mío. —Se tapa la boca con las manos, el corazón le da un vuelco—. Papá, tienes razón.

No hay tiempo que perder. Se aparta de un salto, levantando con los pies una nube de polvo de gravilla. Piensa que si corriera lo bastante rápido podría volver atrás en el tiempo y arrojar un rayito de luz sobre la oscuridad.

En el salón, Dill abre unos ojos como platos y el cepillo y el recogedor se le caen de las manos. Lorna resuella, las manos en las rodillas, alza la vista en busca de una conexión, el reconocimiento de la sangre. Pero solo encuentra una punzada de incredulidad, un ligero bochorno.

—Hola. —Dill sonríe nerviosa.

¿Qué deberían hacer dos hermanas que no se conocían? ¿Abrazarse? ¿Besarse? Lorna no está preparada para eso. Así que balbucea algo inverosímil acerca de que su padre, su hermana y su sobrino acaban de llegar a Black Rabbit Hall —la palabra «hermana» le provoca un incómodo atragantamiento— y que tiene que encontrar a la señora Alton con urgencia, antes de que sea demasiado tarde.

Dill no pregunta por qué —Lorna piensa si lo ha adivinado— y le sugiere que vaya al banco blanco junto al acantilado. Que busque el coche deportivo azul. Dill mira los pies descalzos de Lorna. ¿Querría que le prestase unos zapatos? Hay un montón de avispas en la tierra. Por la fruta caída.

Sí, piensa Lorna con la mente a mil por hora. El otoño se acerca de manera apremiante. Y después de la cosecha, la muerte y la putrefacción. La señora Alton podría estar muriendo en este preciso instante, empezando a descomponerse, como una suave manzana negra. ¿Por qué no morir ya? ¿O dentro de cinco minutos? ¿O de diez? A fin de cuentas, eso es lo que hizo su madre. Murió y se llevó consigo todos los secretos. No dejará que eso ocurra de nuevo.

Lorna se aleja aparatosamente de la casa con unas pesadas botas de agua prestadas. Al llegar al bosque se detiene, sin aliento, y aferra con los dedos el desconchado metal de la verja: aquí empezó, se da cuenta; inhala con brusquedad el empalagoso olor de los pinos. El bosque —el árbol— fue la entrada.

El grito alegre de un niño. Lorna se estremece, duda si ha oído eso en el rugido de su cabeza hasta que le sigue el alegre eco de la risa de Alf entre los árboles; Alf riéndose de sí mismo riendo. Así debía de sonar Barney, piensa; cierra los ojos un momento, absorbe la risa, deja que la colme de una divertida fortaleza.

Lorna ataja por el prado, ya no recela de las vacas cornudas que se acercan de manera amenazante a ella. Tras tres curvas en el camino del acantilado, oye un batir, como una tienda de campaña que se suelta de las piquetas, y divisa la capota hecha jirones entre los setos verdes. La señora Alton está más allá, sentada en el banco blanco, con el bastón al frente, contemplando el mar, cuyas aguas pasan del azul intenso al verde. La brisa que asciende por el acantilado juguetea con su capa gris y sus rizos.

Lorna duda, está a punto de marcharse. ¿De verdad quiere conocer las respuestas a sus preguntas? ¿Sería posible que Jon y ella no volvieran a mencionar jamás Black Rabbit Hall? ¿Fingir que este verano nunca tuvo lugar? Por un momento casi cree que funcionaría, que podría dar media vuelta y alejarse sin más, meter el pasado en una caja, como hizo su madre. Pero entonces se imagina a Peggy Popple sentada en este banco —hace más de tres décadas, pero el mar, los sonidos, los olores eran los mismos—, sus ásperas manos de ama de llaves aflojándose el delantal, posándose sobre el cálido abultamiento donde moran sus bebés, nadando en sus propias aguas oscuras. Y sabe que no puede volver atrás. Que ya es demasiado tarde.

—Señora Alton —dice con voz queda.

Aunque la anciana se estremece al reconocerla, no se da la vuelta.

—¿Puedo?

Lorna se acerca y se sienta. Nota la madera húmeda y fría a través del algodón de su vestido; las botas de agua pesan.

—Por supuesto.

Bajo la despiadada luz del mar, Lorna puede ver las puntas de sus pestañas salpicadas de polvos para la cara. Sus facciones de armiño están demacradas. El denso maquillaje no puede ocultar las abultadas ojeras de color lila. No tiene buen aspecto.

—Señora Alton, necesito hablar con usted.

—Desde luego que sí —replica la señora Alton, con el aire resignado de quien sabe que el interrogatorio es inevitable.

El viento le alborota el pelo y deja a la vista un perturbador mechón blanco.

—Se trata de mi… —Las palabras se atascan en su boca—. Mi madre.

—Sí, Dill me ha avisado. Parloteaba sin parar. No sé qué le ha entrado.

—¿Usted… usted conocía a mi madre? —barbota.

Hay un torbellino dentro de su cabeza —temor, emoción, sangre— que suena como el agua.

—Demasiado bien. —Su rostro se mantiene impenetrable.

—¿Cómo era mi… cómo era?

Un zarapito desciende en picado por el acantilado, con las plumas ahuecadas por el aire.

—¿Que cómo era tu madre? —repite la señora Alton, haciendo que la pregunta parezca aún más vulgar, inadecuada para la enormidad del tema—. Depende de a quién le preguntes, querida, como todas las cosas.

—Se lo pregunto a usted —se apresura a decir Lorna. Hoy no piensa aguantar los truquitos de la señora Alton.

—Seré diplomática. —La señora Alton mira muy seria al frente, hacia el profundo mar—. Tu sonrisa es su sonrisa.

Oh. Lorna cierra los ojos, siente una oleada de alivio. Tiene la sonrisa como la sonrisa de otra persona. Para su sorpresa, saber algo tan simple y poco relevante le parece demasiado valioso para expresarlo con palabras. ¿Cuántas veces a lo largo de los años se ha mirado al espejo y se ha preguntado por ello?

—Cuando duermes… —La señora Alton tose contra un pañuelo—. Duermes con abandono, con los brazos por encima de la cabeza. Ella dormía exactamente del mismo modo.

Así que la señora Alton estuvo observándola mientras dormía. Las marcas de bastón junto a la puerta de la suite nupcial eran suyas. ¿La observó también cuando estaba inconsciente por culpa de esas pastillas? Lorna se estremece un poco, los ligeros dedos de la inquietud empiezan a descender por su espalda.

—Lorna, querida. —La señora Alton se arrima; su rostro es un inhóspito paraje de poros empolvados—. La noche en que me interrogaste bajo el pretexto de escribir un folleto o lo que fuera para la página web, supe que había otras fuerzas en juego.

—¿Fuerzas? —A Lorna se le eriza el vello de los brazos—. Yo… no entiendo.

—Oh, lo entenderás —afirma la señora Alton con frialdad, mirando de nuevo el mar—. Con los años he aprendido a no subestimar a Pencraw.

Una bandada de gaviotas grazna como loca y alza el vuelo como si algo las hubiera perturbado en las rocas. De pronto Lorna también desearía poder alzar el vuelo. Es una estupidez, pero se siente vulnerable.

—Tu madre me odiaba, claro. No voy a fingir lo contrario.

—Perdone, ¿cómo dice? —No ha oído bien.

—Yo no era Nancy. No era la americana pelirroja, perfecta y muerta. Ese fue el problema que jamás desapareció. —Aprieta los dientes—. Estaba abocada al fracaso.

Lorna se echa hacia atrás. ¿Es por la cruel descripción de la primera esposa o simplemente porque hay algo repulsivo en ser viejo, estar tan cerca del final, y no sentirse en paz?

—Fue una lucha desde el primer día. —El bastón comienza a temblar entre sus dedos torcidos—. Una lucha con los muertos.

El viento se levanta en ese momento y empieza a subir por su nariz, a agitarle el pelo, como si las palabras de la señora Alton hubieran perturbado la atmósfera. Lorna se aparta.

—Sigo volviendo al principio, tratando de entenderlo. Ay, Señor. —Menea la cabeza—. Aquel terrible momento en el armario.

—¿Qué pasó en el armario? —pregunta Lorna con voz aguda, aferrándose al borde del banco.

—Me convertí en el monstruo que todos decían que era. Me convertí en esa mujer, Lorna —dice girándose hacia ella con feroz intensidad—. ¿No lo entiendes? No puedes comprenderlo, ¿verdad?

—Lo siento, de verdad que no entiendo…

Algo oscuro y caótico está tirando de la conversación ahora. Presiona los pies contra las botas, se prepara para levantarse.

—Era mentira, una mentira estúpida y desesperada, pero creció…, se hizo enorme.

La señora Alton cierra los ojos con fuerza. El viento agita su capa como si fueran alas. Tiene un aspecto tan extraño, ahí meciéndose en el banco, que Lorna ya no está segura de que deba creerla, si se trata del ciclo de la demencia o de otra cosa.

—La noche más perfecta de agosto —musita—. El cielo azul. No parecía que alguien pudiera morir en un día así.

Ahora Lorna está segura de que la señora Alton ha hecho algo realmente horrible.

—No tiene por qué contarme esto.

—Oh, sí. —Abre los ojos, sonríe—. ¿Endellion te ha informado de que me queda poco aquí?

—Lo siento.

—Oh, no lo sientas —dice con desdén—. He vivido más lo que nadie esperaba, o deseaba. Mantente lejos de los hospitales y seguirás viva. Recuerda eso.

Lorna se levanta, desesperada por escapar de esta extraña charla sobre mentiras y muertes espantosas en noches de verano perfectas.

—Quizá debería ir a buscar a Dill. ¿Le parece bien, señora Alton? ¿Un poco de ayuda para regresar a la casa?

—Eso hizo que quedarse con el bebé fuera del todo imposible, ¿sabes?

Lorna repasa las palabras de nuevo en su cabeza, tantea cada una, busca fallos, malas interpretaciones.

—Señora Alton, ¿quiere decir que mi madre quería quedarse...? —Algo impide que concluya la pregunta, la respuesta le asusta demasiado.

—Oh, sí, ella quería quedarse contigo —responde la señora Alton con toda naturalidad—. De todas todas.

Alza la mano y la deja suspendida en el aire hasta que Lorna la coge y la ayuda a levantarse.

—Vamos. Me gustaría enseñarte la habitación donde naciste. Pero primero ten la bondad de llevarme hasta el coche. Mi vista ya no es lo que era.

—¡Puñetera dirección! —La señora Alton golpea el cuero del volante con la mano—. Lleva sin funcionar bien desde 1975.

—Espere. No se mueva.

Lorna se agarra el estómago, asoma su mirada mareada al precipicio; el morro del coche azul está suspendido de forma surrealista en el aire, como el ala de un avión vista desde la ventanilla de un pasajero. Con el rabillo de ojo ve que la señora Alton levanta el pie izquierdo.

—¡No!

Lorna se abalanza sobre la palanca de cambios y mete la marcha atrás un segundo antes de que la señora Alton pueda pisar el acelerador y arrojarlas a ambas por el acantilado. El coche se sacude, levanta y escupe polvo y hierba, luego retrocede a gran velocidad hasta el seto de aliagas, donde el motor se cala, haciendo que una nube de herrerillos eche a volar.

Pese a todo, la señora Alton no se deja convencer para que intercambien el asiento.

—No seas ridícula. ¡Podría conducir por esta carretera con los ojos cerrados!

Se inclina hacia delante —sus perlas golpetean el volante, con la nariz a escasos milímetros del parabrisas salpicado de barro— y acelera por el serpenteante camino del acantilado en dirección a Black Rabbit Hall.

Lorna se agarra al tirador de la puerta, pero se queda con él en la mano. La capota se sacude por encima de su cabeza, dejando pasar ráfagas de aire al reducido interior del coche. En el suelo, junto a sus pies, hay una alarmante raja por la que se ve pasar el camino a toda velocidad. El alivio de no haber salido volando por el acantilado hacia una muerte segura es rápidamente sustituido por el miedo a que el coche se empotre contra un árbol en el camino.

El vehículo se detiene delante de los halcones. La señora Alton se atusa los rizos.

—El coche siempre te deja el pelo hecho un desastre.

Lorna, temblorosa, ayuda a la señora Alton a apearse. Reina un silencio desconcertante en ese cálido atardecer. Se pregunta dónde están los demás, si han entrado en la casa a buscarla.

—La torre —brama la señora Alton.

Protegiéndose los ojos del sol, con una expresión impenetrable, señala con la cabeza la lúgubre torre este, estrangulada por la hiedra; sus dependencias.

En el vestíbulo, Lorna oye el débil parloteo de Alf procedente de algún punto de la enfilada. La señora Alton percibe sus dudas.

—Por aquí. No nos entretengamos.

La puerta de la torre este se halla al salir del gran salón, encastrada en un arco ojival de piedra jaspeada. En los dos últimos días debe de haber pasado por allí infinidad de veces sin reparar en él. La señora Alton gira el pomo metálico a un lado y luego al otro.

—Después de ti —dice al ver que Lorna no se mueve—. Por Dios bendito. No tengas tanto miedo. No cerraré con llave.

Dado que Lorna no había considerado esa posibilidad, deja escapar una risa estridente y nerviosa, y tiene que obligarse a entrar en lo que parece otro vestíbulo, solo que a escala mucho menor. Está oscuro, resulta sofocante. Las paredes son de color beis. Hay un olor característico, piensa Lorna, diferente al del resto de la casa. A abrigos mojados. A lavanda. A perro. Y a algo más. A cosas ocultas desde hace mucho tiempo. Ese olor que nunca consigues eliminar de la ropa que ha estado guardada demasiado tiempo en el altillo.

La señora Alton abre sin ceremonias otra puerta con la punta de su bastón.

—Esto, querida mía, es lo que yo llamo hogar.

La provinciana normalidad de la salita de la señora Alton deja a Lorna sin palabras: las cursis figuritas de animales de porcelana, que parecen salidas de un mercadillo, dispuestas alrededor de una moderna chimenea de pino; el peligroso calentador eléctrico de cinco resistencias; las zapatillas de pana de color rosa, con los tacones aplanados por el uso.

Lo más extraño es que se parece a la casa de su abuela. La diferencia está en que la casa de su abuela —una pequeña residencia en Hounslow, con dos plantas y dos habitaciones en cada una— estaba tan limpia que podrías comer en el suelo y esta sin duda tiene una pátina pegajosa. Y en tanto que aquella estaba forrada de fotografías de sus sobrinas, sobrinos y nietos, aquí la única imagen de la familia —destaca por su soledad y su posición preferencial sobre la cómoda— es una descolorida fotografía de un guapo adolescente con un corte de pelo de los años sesenta, similar al que llevaban los Beatles en sus primeros tiempos. La butaca y las zapatillas de la señora Alton están colocadas justo enfrente de la fotografía, no del televisor, como si pasara horas contemplándola.

—Me las apaño mejor en un espacio reducido —dice la señora Alton con rapidez, como si le hubiera leído la mente—. Y a diferencia del resto de la casa, aquí no hace ese frío que te hiela la sangre en las venas cuando llega octubre. Pero no temas, no viniste al mundo aquí.

Lorna intenta no parecer aliviada.

—Arriba. —Señala una puerta junto a algunas estanterías de libros.

Con el corazón acelerado, sigue despacio a la señora Alton, suben por una estrecha escalera de madera sin tratar, arriba, arriba, arriba, pasan de largo numerosas puertas que llevan, dice la señora Alton, a los rellanos de los pisos superiores de la casa principal. En un par de ellas que están abiertas, Lorna se fija en los cerrojos. Se estremece. ¿Cómo debió de sentirse una mujer embarazada, subiendo de forma fatigosa por este tubo de piedra, sabiendo que podrían encerrarla?

La escalera se estrecha y se vuelve más oscura. Bombillas apagadas cuelgan de cables pelados sobre sus cabezas. La acústica es peculiar, sus pasos resuenan contra la dura madera como una multitud de pies, no solo cuatro, como si cada antiguo habitante de esta casa les pisara los talones.

Por fin, una sencilla puerta blanca. Un pomo negro. No hay otro lugar a donde ir.

Lorna la mira fijamente, le flojean las rodillas. La puerta es como una piedra que bloquea la entrada a una tumba. No está segura de que pueda atravesarla. No está segura de que pueda hacer nada de esto.

—En el pasado, cuando la familia se lo podía permitir, era el dormitorio de las criadas.

Lorna asiente, traga con dificultad. Las dependencias del servicio; eso tiene sentido.

—Un escondite perfecto con unas vistas impresionantes. —La señora Alton gira el pomo—. No había razón para que se cogiera ese horrible berrinche, ninguna razón en absoluto.

27

Amber,
agosto de 1969,
una semana antes del final de las
vacaciones de verano

—Se acabó —susurra Toby, raspándose una uña con los dientes—. Ha empezado.

No ha empezado nada. No se ha terminado nada, le digo. Lo cierto es que las cosas están muy mal, pero ya hemos pasado por momentos oscuros y complicados antes, y entonces de repente suceden cosas buenas y la luz brilla a través de las rendijas. Estoy pensando en Lucian mientras digo esto, así que me apresuro a corregirlo: la vida es extraña e impredecible y todo puede pasar y un día Toby dirigirá Black Rabbit Hall como le plazca, servirá sándwiches de palitos salados para cenar y volverá a colgar el retrato de mamá en el vestíbulo.

Toby me mira sin comprender, la expresión torturada de sus ojos es como la del primo de papá, Rupert, siempre que le preguntabas por la guerra.

Esto no es bueno. Desde que quitaron el retrato de mamá, el ánimo de Toby ha caído en picado de forma inesperada, como una playa traicionera. Algo en él —tal vez el último resquicio de lucha y esperanza— ha desaparecido. La expresión de sus ojos hace que sienta pánico, como si esta vez no fuera a ser capaz de ayudarle.

Al final, fue papá quién le falló a Toby, no Caroline. Aunque Toby había dicho que se lo esperaba —a fin de cuentas, me había avisado—, cuando la traición de papá tuvo lugar le afectó mucho.

En cuanto papá regresó de Londres, corrí a la biblioteca y me encontré con que Caroline había llegado primero. Apreté la oreja contra la puerta y escuché sus voces acaloradas, a papá gritando que era una desconsideración bárbara, que mañana mismo ella tendría que quitar el retrato. Luego esos sonidos se convirtieron en otros, gruñidos, gemidos, el revelador golpe de muebles contra la pared, un prolongado y agudo aullido. El retrato de Caroline se quedó donde estaba.

Esa noche Toby durmió en la casa del árbol, y la siguiente, tras volver a casa, se tumbó, inánime, con la cabeza en el regazo de Peggy y los pies enredados en su calceta. Peggy le quitó las ramitas y tijeretas del pelo e intentó que comiera su tarta de jengibre arrancando pedacitos y dejándolos caer en su boca; era una imagen rara, el ágil adolescente abriendo la boca a los diminutos dedos de Peggy. Creo que eso es lo único que ha comido. Las vértebras de su columna se marcan a través de la camisa.

Caroline dice que la «actuación» de Toby es «poco convincente y tediosa»; le ha advertido que debe dejarlo, «no sea que consigas la extraordinaria recompensa de perder aún más el afecto de tu padre». Pero yo no creo que quiera que lo deje. Es obvio que está disfrutando inmensamente con su sufrimiento; su ánimo mejora cuando el de Toby se hunde. Por otra parte, papá intentó hablar con suavidad con Toby, de hombre a hombre, pero la suave charla no tardó en dar paso a los gritos. Hubo portazos. Soltaron palabrotas. La agenda londinense de papá se ha vuelto mucho más apretada. Ha vuelto a Londres esta mañana.

Los demás intentamos ayudar. Lucian, mortificado por la conducta de su madre, se ha disculpado por ella; Toby no parecía escucharle, lo miraba sin ver. Yo he estado sentada con Toby en el saliente del acantilado y en la casa del árbol, casi siempre en silencio, ya que él no tiene demasiadas ganas de hablar. Boris aguarda lealmente en su cama a que vuelva del bosque; le empuja con el hocico cuando mira por la ventana con lágrimas deslizándose por sus mejillas. Kitty birla gominolas para él y le rodea el cuello con los brazos de Muñeca de Trapo. Hasta Barney le ofrece a Viejo Harry para que le dé un achuchón —«Tiene unas orejas suaves que hacen que las cosas sean mejores, Toby»—, pero él siempre lo rechaza de forma acalorada. A veces creo que Toby culpa de todo a ese conejo.

28

*Dos días antes del final de las vacaciones
de verano*

—Lucian, querido, una invitación a Bigbury Grange. —Caroline aprieta la rígida tarjeta de color rosa claro contra su enrojecida clavícula—. Jibby me ha dejado muy claro que rechazarla significará nuestra rápida y dolorosa muerte social en el sudoeste. ¿Qué dices?

Lucian y yo convenimos en secreto que debe ir, y de buena gana. El interrogatorio de Caroline se ha intensificado en los últimos días, su evaluación de mi persona —sus ojos recorren mis horrorosos vestidos, mi cuello, mi pecho— se ha vuelto más descarada. Nos estamos poniendo nerviosos.

Ahora hace seis horas que Lucian se ha marchado. El «ligero almuerzo» se ha convertido en merienda cena. Las largas y delgadas manecillas del Gran Bertie pasan de un minuto a otro con agónica lentitud. ¿Volverá Lucian para el último día de vacaciones, mañana? Parece posible que no. Todo tipo de cosas malas parecen posibles.

Intento convencerme. Dejando a un lado todo lo demás, él no querría perderse la marea alta, ¿no? Los lugareños dicen que va a ser de las grandes, la mayor del verano, una marea que romperá contra el fondo completamente seco del acantilado y extraerá los tesoros de las profundidades. No, no. No querrá perderse eso.

Al momento siguiente me asaltan las dudas. ¡A Lucian no le

interesan la luna llena ni la marea alta, claro que no! ¿En qué estoy pensando? ¡Él no es como Toby! Se está divirtiendo en una de las mejores casas del país, atiborrándose de champán frío y langosta y de la hermosa Belinda Bracewell.

O está muerto. O a punto de estarlo; el reloj marca los minutos hasta que ocurre el accidente. Imagino el coche volcado, como un escarabajo, con las ruedas girando en el aire. Ruego a Dios que lo mantenga sano y salvo, que lo saque por la minúscula ventanilla antes de que estalle en llamas. Que si debe llevarse a alguien, que por favor se lleve a Caroline. De hecho, que se la lleve de todas formas.

Pero Dios no se lleva a Caroline. Después, esa misma tarde, llama por teléfono y le dice a Peggy que el tiempo ha cambiado —¡mentirosa, el cielo está limpio como una patena!—, por lo que se quedarán allí a pasar la noche. Todos lo están pasando maravillosamente bien.

Al anochecer se ha esfumado hasta la más mínima satisfacción de que me encuentren llorando. Lo único que puedo hacer es subirme a la maleta ya hecha, apoyar la barbilla en el descascarillado alféizar y esperar al coche azul que no sube el camino de entrada.

Una tos.

Me giro y ahí está Toby, demacrado y con expresión huraña, apoyado contra la pared. Hoy ha empezado a hablar más, lo cual, espero, es una señal de que la negra penumbra se disipa.

—Hola. ¿Qué tal te encuentras? —pregunto, tratando de parecer alegre y esperando no tener los ojos hinchados.

Toby habla con la comisura de la boca, sin apenas mover los labios.

—Más vale que te acostumbres.

—¿A qué?

—Lucian es un gato callejero, Amber. Le importa un bledo quién le da de comer, mucho menos Belinda Bracewell.

—No estaba pensando en Lucian. —Me apresuro a responder, pillada por sorpresa.

Creía que Toby estaba demasiado aturdido y ensimismado para enterarse de a dónde había ido Lucian. Me equivocaba. Hoy le brillan los ojos, duros y astutos otra vez. Esto podría ser tranquilizador —ha vuelto, en parte—, pero no lo es. Parece que nos miremos el uno al otro a través del grueso hielo de un estanque congelado.

—Se va a Oxford, a una vida nueva y privilegiada. No tardará en olvidarse de ti, de nosotros, de Black Rabbit Hall. Lo sabes, ¿verdad? Sabes que este verano no será más que un singular paréntesis en su vida.

Me muerdo el interior de la mejilla, lucho contra un nuevo ataque de lágrimas. Sé que si reacciono ahora, todas las sospechas de Toby quedarán confirmadas. Y el final está muy cerca. Toby se irá pronto al internado, yo a Londres, Lucian a Oxford, nuestro secreto quedará en Black Rabbit Hall, durmiendo sano y salvo, con el corazón latiendo suavemente, hasta las vacaciones de Navidad, cuando Lucian y yo regresemos y lo despertemos otra vez con un beso.

29

Último día de las vacaciones
de verano

Al alba me acuesto en la cama de Kitty, reconfortada por su blandito y dulce cuerpo dormido. Barney se une a nosotras, larguirucho e inquieto, y utiliza mi pecho como almohada. La cama es estrecha y apesta, pero lo prefiero a estar sola en mi cuarto, sin poder dormir, torturándome con las palabras de Toby. Sin embargo, cuando el sol se cuela por las cortinas de flores de la habitación de los niños, estoy convencida de que Lucian no solo se olvidará de mí en Oxford, sino que además se casará con Belinda Bracewell. No se molestará en volver hoy a Black Rabbit Hall para despedirse, ¡claro que no! Estoy bastante segura de esto hasta después de comer, cuando oigo que el coche sube por el camino de entrada. Corro a la ventana de mi dormitorio.

Con el corazón en un puño, veo a Peggy —un círculo, vista desde arriba— bajar de manera trabajosa los escalones de piedra y abrir la puerta del pasajero. Caroline se baja, un pañuelo color turquesa se agita en su cuello. Espero y espero. Y entonces...

Los zapatos calados de piel de Lucian aterrizan en la gravilla. Eso solo ya es más excitante que el hombre pisando la Luna.

No puedo respirar. Lo he imaginado un millón de veces en las últimas horas —bajar corriendo a recibirlo, la sonrisita cómplice que dice «Te quiero», el roce de nuestros dedos al pasar en el vestíbulo—, pero ahora ha llegado el momento y no puedo moverme, me paraliza la certeza de que con solo mirarle a los ojos sabré qué ha pasado entre Belinda y él. Si ha pasado algo, será como ver un cadáver en el fondo de un estanque. Así que me siento en el borde de mi cama, hecha un manojo de nervios, me pellizco las mejillas, me cepillo con brío el pelo y pienso desesperada que ojalá tuviera un vestido bonito. Después de lo que parecen semanas, con el pelo encrespado, cargado de electricidad estática, oigo sus pasos en la escalera, el sonido de una maleta contra el suelo.

Tres golpecitos suaves: nuestra llamada.

Caemos sobre las pieles en cuanto se cierran las puertas del armario, desesperados por abrazarnos. Lucian es tan sólido, tan cálido, tan mío, que lloro de alivio y de felicidad. Su muslo presiona con fuerza entre mis piernas, noto su entrecortada respiración en mi oreja. Continúa empujando con una cadencia creciente, firme. Una costura se desgarra en medio del crepitante calor. Echo la cabeza hacia atrás y grito. Estamos unidos.

Estamos acariciándonos y susurrando de vuelta en la tierra cuando oigo un ruido, algo que se mueve al otro lado de las puertas del armario. ¿Boris?

—Chis… —Me aparto, aguzo el oído.

—No es nada —dice Lucian, arrimándose para besarme.

Todo sucede muy rápido. La pálida luz del sol. Boris ladrando. Caroline gritando. Tiro de un abrigo de pieles para taparme y me acurruco contra las cajas de sombreros.

—¡Maldita putilla! —chilla Caroline, con los ojos inyectados en sangre.

—¡Joder! —Lucian intenta subirse los pantalones.

—¡Ven aquí!

Antes de que pueda hacer nada, Caroline alarga la mano y me saca del armario; sus anillos se me clavan en la carne del brazo. Para mi espanto, me arrebata el abrigo de piel. Y me quedo desnuda delante de ella, vulnerable, tiemblo tanto que los dientes empiezan a castañetearme.

—¡Oh, mírate! Qué estúpida…, ¡qué niña tan estúpida!

Empieza a zarandearme adelante y atrás como una posesa y me duelen los pechos. Conmocionada, me echo a llorar.

—¡Basta! —grita Lucian, pálido en el armario. Se agarra a los laterales y sale de él—. Por el amor de Dios, para. Madre, estamos enamorados.

—¿Enamorados? —Caroline deja de zarandearme, pero la tregua parece frágil, como si fuera a empezar de nuevo con más fuerza—. Hermanastro y hermanastra —susurra con una mueca feroz—. No podéis quereros. No así.

Yo agacho la cabeza y cruzo los brazos para cubrirme los pechos. El vestidor rosa comienza a darme vueltas como un carrusel de pesadilla. Siento un regusto a sal en la garganta; a lágrimas, a sangre, a miedo. De repente, Caroline se acerca y me abofetea. La sorpresa es tal que no me duele.

Lucian le agarra el brazo con rudeza. La violencia vibra en la habitación.

—No-vuelvas-a-pegarle-jamás.

Caroline baja la mirada a la mano de su hijo y luego le mira a la cara; algo ha cambiado en sus ojos, la furia se ha enfriado para dar paso a algo más calculado, más letal.

—Me has traicionado de un modo terrible, Lucian.

—Me he enamorado, eso es todo.

Se zafa de la mano de su hijo y cierra los ojos; los párpados le tiemblan con crispación, como si diminutos insectos corrieran bajo la piel. Cuando los abre otra vez, hay una expresión decidida en ellos, una resolución reforzada.

—Ahora tendré que contártelo, ¿verdad?

—¿Contarme qué? —pregunta Lucian con cautela. Tiene el pecho enrojecido.

Yo agarro el abrigo de pieles del suelo y me cubro de nuevo con manos temblorosas, oigo su voz en mi aturdida cabeza pero no asimilo el significado.

—Alfred no era tu padre, Lucian.

—¿Qué? ¿De qué demonios estás hablando?

Lucian retrocede. Una terrible tristeza empieza a ascender por su hermoso rostro, como una sombra, tira hacia abajo de las comisuras de su boca y tiñe sus ojeras.

—¿Nunca te has preguntado de dónde has sacado ese pelo negro azabache? ¿Tu altura? ¿Tu buena apariencia?

—Hay sangre india en la familia de papá.

Caroline menea la cabeza despacio, atrapándonos —a nosotros, a la habitación, al tiempo— en un nauseabundo trance.

—Hugo es tu verdadero padre. Hugo Alton.

Oigo mi propio grito ahogado como si fuera el de otra persona. Veo el maldito nombre de mi padre pendiendo en el cortante silencio. Lucian, blanco como la cal, paralizado, con los labios entreabiertos en un grito silencioso.

—Estás mintiendo —logra decir con voz ronca—. Estás mintiendo, mamá.

—No sabía que estaba embarazada cuando Hugo me dejó por Nancy hace tantos años, cariño.

—No. —Lucian niega con la cabeza con firmeza, trata de expulsar las palabras de sus oídos.

—Me casé con Alfred y él te crió como si fueras suyo. Nunca supo nada. Nadie lo supo, Lucian. —Baja la mirada y la voz, con humildad, como una mujer en la iglesia—. Pero ahora lo sabes.

De la garganta de Lucian surge un ruido extraño. Yo le agarro del brazo, pero él no reacciona, parece no verme. Y puedo sentir su maravilloso espíritu hundiéndose, su corazón plegándose sobre sí mismo, haciéndose más y más pequeño, hasta que ya no confluye con el mío.

—¡No es verdad, Lucian! —grito—. No la creas.

Caroline se acerca a su hijo y vierte en su oreja su veneno.

—Lucian, tú eres el heredero legítimo de Pencraw. Y esa putilla es tu hermana.

Un estrépito al otro lado de la puerta del vestidor. El sonido de arañazos, de una respiración pesada. Boris. Que sea Boris.

—¿Quién es? —Caroline se yergue de golpe, la vena palpita en su frente—. He dicho que quién anda ahí.

30

Caroline arroja la guitarra de Lucian al asiento trasero del coche, junto con su maleta.

—¡Vete! —grita dando un golpe en el guardabarros—. Ahora. No puedes quedarte ni un minuto más aquí. Juro que Toby te matará. Por favor. Márchate ya, te lo suplico, Lucian.

Lucian levanta la mirada hacia mí, pegada a la ventana de mi dormitorio. Yo asiento. «Vete.»

El coche baja a toda velocidad por el camino de entrada, entre los árboles. Yo me quedo un rato mirando esos árboles después de que se haya ido, bloqueada, incapaz de encontrarle el sentido a lo que se ha dicho, solo tengo claras dos cosas: no puedo volver atrás y deshacer mi amor por Lucian más de lo que puedo viajar atrás en el tiempo e impedir que mamá se caiga del caballo; debo encontrar a Toby.

Sí, eso es lo que voy a hacer. Buscar a Toby. Explicárselo todo. Explicárselo todo para que él lo entienda, que es lo que tendría que haber hecho hace semanas. Si Toby lo entiende, me perdonará. Estoy casi segura de ello. Y no dará por cierta la mentira de Caroline ni por un instante. ¿Y qué si Lucian es tan moreno como papá? Si tiene una altura y constitución parecidas. Todos nosotros somos rubios o pelirrojos y está claro que somos hijos de papá.

Tras hacer acopio de todo mi coraje —solo puedo imaginar la candente intensidad de la furia de Toby—, me echo agua en la cara, me atuso el desgreñado pelo con los dedos y tomo aire de forma temblorosa, preocupada por lo que me aguarda abajo. ¿Caroline se lo habrá contado a todos? ¿Lo sabrá Peggy? Oh, por favor, que Peggy no lo sepa.

Pero abajo todo está inquietantemente normal, el mundo sigue como hace una hora. El débil chirrido al girar la manivela del escurridor de ropa de Annie. El gato anaranjado cruzando el vestíbulo con la cola en alto. Ni rastro de Caroline. Ni de Bartlett.

Clic, clic, clic.

Sigo el sonido de las agujas de tejer hasta la galería. Kitty está sentada en la rodilla de Peggy, vertiendo agua de una tetera de juguete en una taza de plástico, mientras los pequeños y fuertes dedos de Peggy giran y tiran del hilo verde alrededor de las agujas.

—¿Has visto a Toby? —Mi voz parece casi normal. Como si aún no me hubieran pillado.

Peggy menea la cabeza sin apartar la vista de la labor.

—Me atrevo a decir que volverá pronto. Va a llover. Lo noto. Cuando lo encuentres, dile que la manta para su casa del árbol progresa a buen ritmo, ¿vale, Amber? —La levanta, a medio terminar, con distintos tonos de verde: verde musgo, verde río, verde hoja—. Al menos durante las vacaciones de Navidad podrá utilizarla. No se congelará en las ramas.

Navidad: ¿cómo vamos a llegar tan lejos? Ahora, incluso mañana parece una incógnita. Como si me hubiera caído por el borde del mapa.

Peggy deja la labor en su regazo, con el ceño fruncido.

—Estás blanca como el requesón. ¿Qué ocurre?

—Nada —murmuro.

Peggy se queda con la duda; me alejo para no oír más preguntas.

Fuera las nubes están cargadas; el aire es pesado y húmedo. Me paro al lado de los halcones y me pregunto dónde debería buscar primero. En el bosque, está claro. Toby estará en el bosque. Intento correr, pero las piernas no me responden del todo, los pies me pesan como las botas de un buzo.

No tarda en empezar a llover; gotas grandes y calientes que me dejan empapada en cuestión de segundos. Continúo andando con dificultad unos minutos más, con el vestido pegado desagradablemente a mis muslos, hasta que un profundo agotamiento se apodera de mí; soy incapaz de ver con la lluvia, incapaz de seguir adelante.

Esperaré a Toby en el salón, decido con cansancio, lo interceptaré en cuanto entre en el vestíbulo.

Así que eso es lo que hago, me siento en la alfombra al lado del globo terráqueo; lo empujo con la fría punta de un dedo, lo hago girar hasta que veo Nueva York rodeado por alegres círculos. Y sigo girándolo, buscando el consuelo de su zumbido. Pero hoy el globo suena distinto. Menos parecido al zumbido de una abeja, más como la agitación de un avispero.

—¿Has visto a Viejo Harry?

Al levantar la vista veo a Barney, el bulto de una piruleta en su mejilla, una pelota de tenis blanca junto a su pie descalzo, dejando que algún tipo de bicho corra del dedo de una mano a la otra.

—Lo he dejado correteando por el vestíbulo y se ha largado. Quiero que pruebe su nueva cesta de viaje.

—Nunca se aleja demasiado —acierto a decir, y hago esfuerzos por preocuparme por un conejo en un día semejante—. A lo mejor Kitty lo ha metido en su cochecito.

—No, ya he mirado.

Se acerca a mí dando suaves toquecitos con el pie a la pelota.

—¿Quieres verlo?

Levanta la mano. El escarabajo es violeta, como uno de los broches de la abuela Esme en movimiento.

—Es bonito.

—¡Vaya! ¡Es un chico!

—¿Es aterrador?

—Sí. Aterrador. —Barney ríe, se pasa el escarabajo de la muñeca a la palma de la mano—. ¿Me ayudas a buscar a Viejo Harry?

—Ahora mismo no puedo. Lo siento.

—Entonces ¿cuándo?

—Ahora no, Barns. —Suspiro—. Tengo que... encontrar a Toby.

—El conejo es más importante. No me iré a Londres sin él.

Barney se mete de nuevo la piruleta en la boca y lanza la pelota de tenis fuera de la habitación.

Poco después oigo que la puerta principal se cierra de golpe. Aunque sé que probablemente sea Barney saliendo, hay una pequeña posibilidad de que Toby acabe de entrar, así que me levanto.

El vestíbulo está vacío y la ráfaga de aire húmedo que se ha colado por la puerta recién abierta lo ha enfriado. Alzo la mirada hacia la escalera: nada. Pongo atención a ver si se oyen pasos: nada. Echó un vistazo al Gran Bertie: casi las cuatro. Esperaré un poco más. Me siento tan cansada, tan rara, tan pesada. De nuevo en el salón, agarró un cojín de una silla, lo tiro al suelo y me tumbo, incapaz de impedir que mis aterciopelados párpados se cierren como cortinas.

—¿Quién se viene a la playa?

Su voz me despierta, fuerte y clara. Me froto los adormilados ojos. Y ahí está ella, a unos pasos: mamá, con su vestido de seda verde, posada como un saltamontes en el borde de la butaca rosa de terciopelo, con la cabeza ladeada, sonriendo a través de sus ondas cobrizas.

—¿Mamá?

Desorientada por la dicha y el sueño, me arrastro por la alfombra hacia ella, a gatas, como un bebé, y trató de asir el bajo de su vestido. Cierro los dedos y se convierte en el borde de flecos de un cojín verde. La butaca está vacía, y sin embargo ella está ahí; su contorno se desdibuja lentamente, como la estela de un avión en el cielo.

No sé cuánto tiempo me quedo mirando esa butaca, con las piernas dormidas, esperando a que mamá reaparezca y sabiendo que debía de estar medio dormida y que me la he imaginado, e igual de segura de que era del todo real. «¿Quién se viene a la playa?» Sé lo que tengo que hacer.

—¡Ah, hola, jovencita! Me preguntaba adónde habías ido. —Peggy me intercepta en el vestíbulo; lleva el gordo gato en brazos—. Pareces medio dormida.

—Yo… me he quedado frita.

—Eso no es propio de ti. Debes de estar incubando algo. Estás muy pálida.

Sigue un breve silencio. La brisa gira sobre las baldosas negras y blancas. ¿Cuánto falta para que lo sepa?, me pregunto de nuevo. ¿Para que me vea como a una persona distinta, para que me considere alguien escandaloso e ignominioso?

Peggy acaricia la cabeza del gato con la barbilla y señala hacia la puerta cerrada del salón.

—¿Están ahí los pequeñajos?

—No. —El gato comienza a ronronear—. Aún no he encontrado a Toby. Barney ha salido a buscar a Viejo Harry.

—¡Colina arriba y valle abajo tras esa estúpida criatura! Y nada menos que hoy. Quiero que Barney y Toby se sienten y se metan algo medio decente en el estómago antes del viaje. Estaré cocinando. La señora Alton tiene una migraña espantosa y no quiere que la molesten. Ha enviado a Bartlett a casa antes de tiempo diciendo que sus servicios no eran necesarios. —No puede disimular el placer que eso le provoca—. Debería buscar a Barney. Todavía tenemos que localizar su zapato izquierdo y su neceser. ¿Adónde ha ido?

—No lo sé, lo siento.

—¿Cuándo se ha marchado?

—Mmm. A eso de las cuatro.

—Ah, entonces no hace mucho. Le daré un poco más de tiempo.

Estoy saliendo por la puerta principal cuando me llama.

—¿Y adónde vas tú con ese aire tan furtivo?

—A la playa. Creo que Toby puede estar ahí. Lo traeré.

—No si estás mala, Amber.

—Solo estaba cansada. Ya estoy bien.

Peggy no parece convencida.

—¿Seguro que has hecho las maletas para mañana? Ya sabes que tenéis que estar en la estación a primera hora. Nada de entretenerse.

Salgo corriendo hacia la puerta.

—¡Ten cuidado! —me grita—. Hay marea alta. No vayas a quedarte atrapada o algo parecido. Por favor, diles a los demás que serviré pastel de sardinas en la cocina. Como en los viejos tiempos.

31

—¡E l bebé está muerto! —grita Kitty mientras sube corriendo los escalones de la entrada con los ojos, de un azul eléctrico, muy abiertos—. ¡El bebé está muerto!

—¿Qué? —La sujeto de los hombros y me arrodillo en la piedra mojada—. Tranquilízate, Kitty. ¿Qué bebé? ¿De qué estás hablando?

—En el bosque… ¡En el bosque! —Señala con un dedo—. Lo he visto. Junto al columpio. Lo he visto, Amber. Lo he visto.

Peggy y Annie han oído el alboroto y han salido a todo correr, pero tampoco consiguen que Kitty sea más clara.

—¿Un bebé? Venga ya, Kitty —dice Annie meneando la cabeza.

—Lo era. —Kitty solloza y hunde la cara en Muñeca de Trapo.

—Annie, lleva dentro a Kitty —ordena Peggy; de pronto parece preocupada.

—Pegs… —Annie coge a Kitty en brazos y baja la voz a un susurro—, ¿recuerdas el expósito de St. Mawes el año pasado? No creerás que pueda ser el pequeño no deseado de alguna chica del pueblo, ¿verdad?

Peggy frunce el ceño.

—No lo sé.

—¡Oh, válgame Dios! ¡Pensar que hay chicas así en nuestro pueblo!

—No deberíamos juzgarlas —replica Peggy—. Jamás deberíamos juzgar a los desesperados.

—Supongo que no —dice Annie, no demasiado convencida—. Pero no todo el mundo tiene un corazón tan grande, Pegs. No es de extrañar que la desgraciada muchacha se haya deshecho de él. Imagina la vergüenza.

—Annie, calla, por favor —dice Peggy, irritada—. Estoy segura de que no es nada, pero por si acaso iré a por una manta. —Se vuelve hacia mí; tiene las mejillas coloradas—. Amber, adelántate. Me reuniré contigo allí. Abrázalo contra tu pecho. Mantenlo caliente hasta que yo llegue.

Contenta de escapar de todos, me marcho corriendo, más ligera tras el sueñecito, en absoluto preocupada por el bebé —porque ¿cómo va a haber un bebé en el bosque?—, sino por Toby. ¿Adónde ha ido? ¿En qué puede estar pensando? Cada pocos metros me detengo, echo un vistazo entre los troncos y grito su nombre. Solo los pájaros me responden. Ni rastro de Toby. Ni del bebé, para el caso.

A medida que me acerco al columpio aminoro la velocidad. Unos pasos más y me detengo. Entrecierro los ojos.

Ahí hay algo.

Me acerco con sigilo, con el corazón desbocado, tratando de distinguir qué es. Qué no es.

La criatura está colgada por los pies, despellejada, rosa, calva y pegajosa como un recién nacido.

Pero no es un bebé. Es un conejo. Como lo que cuelga en el escaparate de un carnicero. Y bajo el cadáver, una piel negra abraza las abultadas raíces del árbol, exangüe, rajada de forma tan diestra como la tela de una modista. Me tapo la boca con las manos. Solo conozco a una persona que pueda despellejar así a un animal.

—¿Cazadores furtivos? —Peggy jadea detrás de mí; lleva la manta de cuadros en los brazos—. ¿Algún horrible…? —Su voz se apaga. Y lo sabe, como yo lo sé sin asomo de duda, porque ambas hemos visto el cuchillo del bisabuelo a unos pasos, brillando en el mojado y verde corazón de un helecho.

Retrocedo, aturdida, asqueada: al desollar al conejo, Toby nos ha separado, ha cortado los lazos que nos unen, las viejas lealtades, el suave tejido de nuestro pasado. Se ha separado de nosotros por completo.

—Jolines —farfulla Peggy, luego se esfuerza por poner su voz de competente ama de llaves—. Vale. Bajemos a esta pobre criatura. No queremos que Barney la encuentre.

Me pasa la manta, se frota las manos, como si se las calentara para la horripilante tarea, y descuelga al conejo del árbol. Podría estar seleccionándolo para la cena, pero tiene los ojos llenos de lágrimas. Titubea; el conejo cuelga de su mano.

—¿Qué pasa, Peggy?

—Está frío. Se está poniendo rígido. Debe de llevar tiempo aquí.

Hay una expresión extraña en su cara. Enrolla el conejo en la manta (una lastimosa oreja llena de venas asoma por ella) y me mira.

—Amber, cielo, ¿cuándo has dicho que se ha marchado Barney?

Metemos el conejo muerto en el pequeño y hediondo cuarto encima de la bodega donde se cuelgan los faisanes, un lugar en el que Barney no mira nunca. Dentro, con la espalda apoyada contra la puerta cerrada y la frente cubierta de sudor, Peggy dispara docenas de preguntas —¿Por qué Toby le haría eso al conejo? ¿Tiene esto algo que ver con que Lucian se haya marchado tan de repente? ¿Le estamos ocultando algo?— que respondo con balbuceantes e insostenibles alegatos de ignorancia. Estoy a punto de contárselo todo cuando ella decide que el conejo muerto está empezando a oler, así que salimos y cerramos la puerta con llave.

Encontramos a Kitty más calmada, comiendo natillas sentada en las rodillas de Annie. Por el bien de Kitty les decimos que no era nada, solo una ardilla muerta, enganchada en una rama. Pero siento que los ojos de Kitty nos siguen cuando salimos de la habitación; su radar infantil capta otra cosa.

Peggy me arrastra a una búsqueda por los lugares más evidentes de la casa. Toby no está en ninguna parte; no es de extrañar después de lo que ha hecho. Pero tampoco aparece Barney. Volvemos al vestíbulo, donde empezamos. Ahora me siento mareada, tengo la boca seca y un extraño regusto a tinta. Peggy abre la puerta principal, escudriña el jardín y luego echa un vistazo al Gran Bertie por encima del hombro.

—Bueno, aún no son las cinco. Al menos Barney no lleva tanto tiempo fuera.

—Oh, ese reloj marca las cinco menos algo desde que Kitty y yo entramos —dice Annie, que deja un enorme jarrón de flores sobre el estante de mármol—. El Gran Bertie vuelve a atrasarse, ¿no os habéis fijado? Se atasca justo antes de marcar la hora en punto. ¡Qué chapuza la de aquel estúpido tunante! Seguro que cobró una fortuna. —Menea la cabeza y recoloca una alta flor azul—. La verdad, todos los relojes de la señora Alton llevan a la confusión. Resulta mucho más fácil mirar el sol. Siempre lo he dicho.

La inquietud me encoge el estómago. De repente no está nada claro cuánto tiempo lleva ausente Barney, cuánto tiempo he dormido, si él se fue alrededor de las cuatro, si pudo haber visto el conejo. ¿No debería haber vuelto ya? ¿Cuánto tiempo ha pasado sin que seamos conscientes de ello? ¿Es importante? No puedo pensar con claridad. No logro distinguir qué es importante y qué no.

—Si estaba disgustado, habría vuelto a la casa, ¿no? Y ahora en el bosque no puede encontrar nada, así que no tenemos que preocuparnos por eso —murmura Peggy para sí.

—Voy a buscarlo.

—¿De veras? Espera… —Peggy vacila, frunce el ceño con aire pensativo—. No le cuentes a Barney lo que le ha pasado a su conejo.

—Pegs, creía que habías dicho que era una ardilla —replica Annie, acercándose con curiosidad.

—¿Qué le digo? —pregunto, ignorando a Annie.

—Nada. Pero no os deis mucha prisa en volver. Un amigo del pueblo tiene docenas de conejos en conejeras. Me pasaré por allí ahora y buscaré uno igual que Viejo Harry.

Se desata el delantal de rayas y se lo pone a Annie en las manos.

—Vale, me marcho. Conseguiré que ese pobre conejo se levante de nuevo aunque sea lo último que haga.

Estoy en la hierba mojada, con los brazos cruzados, temblando bajo el sol que se ha abierto paso entre las nubes de tormenta. Me resulta muy difícil pensar con claridad, expulsar de mi cabeza las palabras de Caroline. Veo al conejo desollado dondequiera que miro. Pero no hay tiempo para la autocompasión ni las distracciones. Debo encontrar a Barney. Ahora es lo único que importa.

Inspiro hondo, me pregunto por dónde empezar. Se me ocurre que tal vez Barney tuviera la esperanza de encontrar al conejo aquí, en el jardín. En una ocasión Viejo Harry llegó hasta aquí y ante la posibilidad de ser libre se quedó paralizado, temblando al captar el olor de un zorro. Pero Barney no ha encontrado a Viejo Harry en el jardín. No puede haberlo encontrado. Así que habrá ido más lejos. Habrá seguido buscando. ¿Dónde?

La verja de hierro en el comienzo del bosque está entreabierta. No demasiado. Más o menos el espacio por el que cabe un niño. ¿O acaso Peggy y yo la dejamos así? Es muy posible.

Nerviosa, sigo el angosto y sinuoso sendero que atraviesa el bosque, rápido pero sin hacer ruido con mis playeras de suela de goma, con el oído y la vista alertas. Primero la guarida junto al árbol del columpio, decido, después río arriba, hasta la casa del árbol, donde al menos es más que probable que Toby se esconda.

Unos minutos más tarde me detengo. Después de registrar la planta baja de la casa, Barney habría salido por la puerta de atrás. El huerto. Las edificaciones anexas. ¿Por qué ni Peggy ni yo hemos pensado en esos lugares? Voy a volver.

Pero no regreso. Porque me llama la atención algo redondo y blanco en el camino: una pelota de tenis; su costura amarilla resalta entre los trozos de corteza. ¿La pelota de tenis con la que Barney jugaba en el salón?

Mi corazón comienza a golpear contra los botones de mi vestido. El árbol en el que hemos encontrado colgando a Viejo Harry no queda lejos de aquí. Suponiendo que Barney lo haya visto, ¿adónde correría presa del terror? Por Dios, ¿adónde iría si no es a casa?

«¿Quién se viene a la playa?» El sonido de alguien soplando en una botella de cristal. El susurro de hojas. «¿Quién se viene a la playa?»

Es como si volara, mis pies apenas tocan el suelo. Y llego a la costa más rápido que nunca, con una punzada de dolor en el costado. Pero, no hay duda, Barney no está en la playa. No queda mucha playa, la marea crece con rapidez. Trepo por las rocas y sigo el pedregoso sendero de la costa gritando su nombre. Miro tras las aliagas, rebusco en entre las altas hierbas, el perifollo verde y las ulmarias, le llamo a gritos desde lo alto de los escalones de la cerca, me abro paso entre el ganado hasta los límites de los pastos. Y no está por ninguna parte, no hay ni rastro de él.

¿Cuánto tiempo tengo? El cielo empieza a adquirir un tono rosado, pero está despejado. Aún hay tiempo. El saliente. Sí, iré al saliente. Ningún otro lugar ofrece una mejor vista de la parte superior del acantilado de enfrente ni del sendero de la costa. Si Barney o Toby están cerca los divisaré sin problemas.

Pero en el acantilado, donde esa mata de tosca hierba brota de una grieta en la roca, me asaltan las dudas. No sé por qué. Quizá sea un presentimiento. Quizá sea porque Toby no está conmigo. Me obligo a asomar los pies por el borde. No mires abajo. No mires abajo y no te caerás, me dice siempre Toby. Caerse es cosa de la mente.

No me caigo.

Me aprieto a la cara rocosa, me protejo los ojos con la mano y escudriño la verde superficie del acantilado. Nadie. ¿Es posible que Barney haya vuelto ya a casa? Nos imagino corriendo en distintas direcciones, nuestros caminos cruzándose unos segundos demasiado tarde, sin vernos. Así que me siento, mi respiración se sosiega poco a poco, y empiezo a perderme en el gran cielo rosado, en los planes para escapar. A fin de cuentas, ¿qué lealtades me atan aquí ahora?

«… un enorme pájaro negro se lanza en picado sobre el acantilado e interrumpe mis pensamientos; pasa tan cerca que sus garras casi podrían enzarzarse en mi pelo. Me agacho por instinto bajo su aleteo, mi nariz roza la fría piel de mis rodillas. Y cuando levanto la vista ya no la fijo en el cielo sino en los restos flotantes que se mecen en la marea alta. No, no son restos. Es algo más vivo. ¿Un delfín? ¿O esas medusas que han estado llegando a nuestra cala toda la semana, como un cargamento perdido de cuencos de cristal gris? Quizá. Me inclino hacia delante, asomo la cabeza por encima del borde para ver mejor y el viento me agita el cabello con violencia; el corazón me late más deprisa, empiezo a sentir que algo terrible se mueve bajo la reluciente superficie azul, pero no lo veo.»

Pasa un momento. Otro.

Entonces una silueta oscura emerge, rompe la superficie. ¿Qué? Una camiseta inflada. Pelo, rizos rojo oscuro extendidos como si fueran algas...

Con torpeza a causa del pánico, me pongo a gatas en el borde, tanteo con los pies la pared del acantilado, incapaz de encontrar los agujeros donde sé que puedo apoyar los pies, desprendiendo piedras, desesperada por llegar abajo, meterme en el mar y salvar a Toby. Pero cuando bajo a la arena, él ya está fuera del agua, chorreando sobre un pequeño cuerpo laxo, en el último resquicio de playa que ha dejado la ávida marea. Pestañeo y pestañeo, pero sigue siendo Barney, y Toby está besándole, insuflando aire en su boca. Un reguero de agua cae por la comisura de la boca de Barney. Toby me mira y empieza a sollozar, lo siento, lo siento, lo siento, algo de que era Lucian quien tenía que encontrar el conejo y que no sabía lo que estaba haciendo hasta que lo había hecho y vio el cuchillo cubierto de sangre y la piel en el suelo... «¡Respira, Barney, respira!» Presiona el pecho de Barney con tanta fuerza —bombeando, bombeando, bombeando, haciendo que su cuerpecito rebote en la arena— que no puedo soportar mirar, así que simplemente sujeto su mano laxa y mojada mientras el mar avanza contra nuestros tobillos y el espacio de arena al pie del acantilado se va haciendo más y más pequeño, hasta que nos encontramos contra la pared rocosa, sosteniendo a Barney fuera del agua, con nuestras manos en sus tobillos y bajo sus axilas, su cabeza inclinada hacia atrás, y de repente tose, escupe agua, ¡y está vivo!

—¡Vamos, Barns! —grita Toby, pero al momento siguiente

deja de toser y su cuerpo se abandona en nuestros brazos y todo lo que nos ha pasado nos lleva a ese punto negro, al espacio de arena que va desapareciendo, hasta que el agua se precipita hacia allí y también se lleva eso.

32

Los veo marcharse de Black Rabbit Hall sin poder creerlo, con las manos apretadas contra la ventana. ¿Por qué nadie mira hacia arriba? ¿Es que no saben que estoy aquí? Agito las manos como una loca, golpeo el cristal, pero Toby hunde el rostro en las manos y sube tambaleándose al taxi del gordo Tel; es un chico cegado por el dolor y la culpa, nada queda de su espíritu de lucha. El rugido del motor no tarda en silenciarme y en llevarse a mi pobre hermano. Un estricto internado en el norte de Escocia, dice Peggy, donde el invierno es helador y se hace de noche poco después del mediodía. Al poco un segundo taxi emprende el camino de vuelta a Londres con Annie, Kitty y Boris acurrucados en la parte de atrás. No hay rastro del Rolls de papá. ¿Él también se ha marchado? ¿El silencioso beso en mi frente anoche fue su despedida?

Y ¿dónde está mi querido hermano pequeño? ¿Dónde está? Me niego a creer que se ha quedado atrapado para siempre en esos minutos perdidos, en los engranajes atascados de un reloj de pared. Me niego a ser la hermana mayor que no buscó su conejo porque creyó que era algo trivial. No puedo ser ella. Y él no puede estar muerto. Porque ¿cómo es posible que le enseñes a tu hermana un escarabajo en tu dedo y que unas horas después ya no existas? No lo entiendo.

Pasos. Me levanto de la cama de un salto. Peggy. Que sea Peggy. Pero cuando los pasos se acercan distingo el fuerte repiqueteo de unos tacones. No es Peggy.

La llave gira en la cerradura. Caroline no me mira, en la mesa cerca de la puerta deja una bandeja con comida —sopa, pan y agua— que golpea el plato de tostadas que no me he comido. Aún llevo puesto el camisón, pero ella va arreglada de forma impecable y muy bien maquillada. Imagino su mano hundiendo la borla en la polvera con espejo, pintándose los labios con carmín rosa suave y luego cogiendo el sucio manojo de llaves que sujeta con fuerza.

—Come algo.

Señala la bandeja.

—No tengo hambre.

—Tienes que conservar las fuerzas.

—Tengo que estar con Kitty. Kitty me necesita ahora más que nunca. —Mi voz es un susurro, ronco de tanto llorar—. Por favor, deja que me vaya con los demás.

Ella no titubea ni un solo instante.

—Imposible.

—¿De qué sirve que esté aquí encerrada? No lo soporto.

—Deberías haberlo pensado antes de tirarte a tu hermano.

No me estremezco. No aparto la mirada. Está mintiendo, ahora aún estoy más segura. Toby me advirtió de lo que era capaz. Entonces no le creí. Ahora sí. También me advirtió de que iba a ocurrir algo malo. No era un meteorito. Pero se ha estrellado contra nosotros de igual forma.

—Y deja de aporrear la puerta como una salvaje. Nadie puede oírte.

—Peggy me oirá —digo sin convicción.

—Peggy sabe lo que hay que hacer, Amber.

Caroline se da la vuelta y agarra el pomo de la puerta; su manga de seda drapeada oscila en su brazo.

—Exijo ver a mi padre.

Sin apartar los ojos del pomo, me pregunto cuánto tardaré en llegar a él, si es que consigo apartarla a ella.

—Tu padre hoy se encuentra muy mal. Sácatelo de la cabeza. No te visitará durante un tiempo. Nadie lo hará. —Su voz se convierte en un susurro en absoluto suave; sus pálidos ojos casi parecen brillar, luz invernal en grietas de hielo—. Mucho menos Lucian.

—¿Dónde está?

—En Oxford. Siguiendo con su vida.

Lo añoro tanto que el dolor es físico.

—¿Se lo has contado? —Se me forma un nudo en la garganta—. ¿Lo… lo sabe?

—Desde luego que no, Amber. Este es nuestro secretito. De Peggy, de Hugo, tuyo y mío. No hay que preocupar a nadie más si queremos que nuestra reputación siga intacta.

Necesito hacer acopio de todas mis fuerzas para no llorar. Para mantenerme firme mientras esa pequeña y claustrofóbica habitación se contrae, exprimiendo el aire de mi pecho.

—Me niego a estar encerrada como una delincuente. Me escaparé.

—Amber —me advierte—. No quiero tener que quebrar tu espíritu.

—No podrías.

Las llaves tintinean en la arandela.

—No me pongas a prueba.

—Te odio. Te odio tanto…

Ella suelta un bufido.

—Me atrevo a decir que llegarás a odiarte más a ti misma.

Pienso en mamá, que siempre nos decía cuánto nos quería, hiciéramos lo que hiciésemos, sin importar qué errores cometiéramos. Luego pienso simplemente en mamá. Intento conjurarla en la habitación. No funciona. Las lágrimas me anegan los ojos. Pestañeo para despejarlas, pero siguen brotando.

—Escucha, Amber. —Su voz se suaviza un tanto—. Tienes suerte, mucha suerte de que te tengamos en casa, de que tu padre sea un hombre tan sentimental. Créeme, los lugares a los que envían a las chicas como tú son mucho peores que este. —Abre la puerta un poco. La luz del descansillo parpadea a través de la abertura. Cuento los pasos. ¿Cuatro? ¿Cinco?—. Y esto no es para siempre.

Alarga la mano para coger el plato de tostadas de la mesa. Yo me aproximo poco a poco, sin hacer ruido con los pies descalzos. Ella levanta la vista, se pregunta si me he movido. Pasitos pequeños. Sin apartar la mirada de mí, coge el plato con rapidez y bloquea la salida con el otro brazo.

Corro hacia la puerta con todas mis fuerzas. Todo se desarrolla a cámara lenta. Su boca abierta por la sorpresa. El plato rompiéndose. Las tostadas y la porcelana desparramándose en el suelo. Caroline consigue salir por los pelos y cierra con un portazo. Sacudo el pomo con ferocidad, pero ella ya está girando la llave en la cerradura. Y oigo su respiración, fuerte y cargada de alivio. Sus tacones bajando la escalera. Yo golpeo la puerta y grito «Barney», una vez, y otra y otra.

No sé cuánto tiempo paso dando golpes y gritando, pero cuando paro me duelen las manos y la garganta. La habitación parece una imagen caleidoscópica con las lágrimas. Pero de pronto es como si mamá estuviera también allí, tirando de la manga de mi camisón, llevándome a un precioso lugar que yo creía haber perdido —arrancado como la suave piel del conejo—, y a un fresco y soleado día de primavera, una playa que sigue siendo buena, un castillo de arena que Toby y yo hemos tardado horas en construir. La marea juguetea con nuestros tobillos, burbujea en torno a las almenas, las derrumba. Nuestros pantalones cortos están empapados y llenos de arena. Tenemos hambre, sed y los dedos de los pies azules. Mamá sonríe y nos hace señas para que nos acerquemos a la orilla a por unos sándwiches de jamón. No le hacemos caso, estamos empeñados en demostrar que esta vez, a diferencia de las otras innumerables veces, venceremos a la marea y conseguiremos que nuestro castillo resista. Toby excava de forma frenética con la mano izquierda; yo, con la derecha. La arena vuela formando un arco en el aire. Seguimos reconstruyendo, reforzando el castillo. Una torre se deshace. Luego otra. Y todo comienza a desmoronarse y Barney y Kitty dan palmas y ríen en la playa y nosotros nos aferramos sobre el montículo, tambaleándonos, balanceándonos, hasta que de repente llega una furiosa pared de espuma blanca que aplana la arena, nos lanza contra la heladora espuma y hace que la sal se nos meta en la nariz.

A la mañana siguiente, cruzamos los acantilados hasta la playa y empezamos a construir otro, igual pero más grande.

33

Lorna

—Lo sospeché en cuanto vi a Amber desnuda en el vestidor. —La sombra del bastón de la señora Alton se alarga bajo el sol del atardecer que entra por la ventana; una línea negra que atraviesa el suelo de madera—. Su delgada figura se había llenado de forma visible. Y, claro, ahí estaban, desnudos, apestando el uno al otro, y todo... —Cierra los ojos un breve instante—. Comenzó a cobrar un sentido espantoso. Amber no podía volver a Londres.

¿Qué? No, no ha oído bien. Lorna se sienta en la única cama de hierro, cubierta con sábanas blancas bien estiradas; parece salida de un hospital de campaña en tiempos de guerra. Una descolorida muñeca de trapo, con puntadas negras por ojos, y con una cuenta colgando de uno de ellos, descansa sobre la almohada. La coge. La muñeca cae hacia delante en sus manos, el relleno asoma en el cuello.

—Me he perdido. Lo siento.

La señora Alton se inclina hacia delante en la silla de madera y se toca la empolvada punta de la nariz con el dedo índice.

—Oh, espero que no.

Desconcertada, intranquila, Lorna echa un vistazo a esta sencilla y monacal habitación en la parte superior de la torre este —el pupitre, el armario de cajones, una hilera de libros de bolsillo muy manoseados en un solitario estante— y comienza a sentir el gélido aliento del pasado soplándole en la nuca.

Pencraw la despediríamos. En cambio le ofrecimos seguridad de por vida, a ella y a Endellion, y a cambio ella salvó a los Alton de... un escándalo irreparable. —Se estremece al imaginarlo—. Además, ella le dio al bebé..., perdona, a ti, un origen medio decente. Obviamente, si se hubiera sabido que era fruto del incest...

Lorna se tapa la boca con la mano.

—Oh, Dios, dígame que eso era mentira.

—Lo era, sí. —La señora Alton de repente da un respingo y se lleva la mano a la mejilla como si acabaran de abofetearla—. Se lo confesé a Lucian después de que Hugo muriera. Pero para entonces ya era demasiado tarde. La vida se endurece como el hormigón, Lorna. Se endurece rápido.

Lorna se agarra la cabeza y suelta un suave gemido. Se quedan un rato sentadas en silencio, perdidas en sus oscuros mundos, con las gaviotas congregándose en la ventana y el zumbido de las abejas obreras en la hiedra.

—No uno de nosotros, sino una pareja respetable, así lo dijo el médico, que había sufrido abortos, se entusiasmó contigo —añade al fin la señora Alton, como si tratara de aportar una nota más alegre—. La esposa prometió traerte a Cornualles con asiduidad para que conocieras algo de tus raíces. Creo que Amber halló mucho consuelo en eso. Ay, cielos, Lorna, me temo que te he abrumado. Por favor, di algo.

Pero no puede. Las diversas partes se están uniendo como piezas de una estación espacial ensamblándose sin hacer ruido en la sofocante negrura: las vacaciones en Cornualles, las fotografías al principio del camino de entrada, el absurdo empeño de su madre en que conociera su «herencia cultural» mientras que no se molestaba en educar a Louise. Así que su madre lo había intentado. A pesar de todos sus miedos relacionados con la adopción, había intentado hacer lo correcto. Dentro de Lorna algo frágil se ablanda y cede. Qué extraño, piensa, que al encontrar a mi madre biológica descubra también la verdadera naturaleza de mi madre adoptiva.

—Por supuesto, no se les informó de que eras de Pencraw. Dios santo, no. Pero me temo que hubo rumores. —Suspira—. Siempre hay rumores.

Mientras está sentada en esas sábanas blancas tan tirantes, en la cama en la que nació, su mente empieza a retroceder en el tiempo, reúne los sucesos, ordena las puntadas, ve que la mentira de la señora Alton es el oscuro hilo metálico que lo atraviesa todo. La ira comienza a alzarse de nuevo, sus negros ojos centellean.

—¿Por qué inventarse algo tan, tan cruel, señora Alton? ¿Por qué?

La señora Alton parpadea varias veces rápidamente, se prepara para la ira de Lorna.

—Porque pensé que pondría fin a lo que había entre Amber y Lucian y que todos podríamos seguir adelante con nuestras vidas.

—¿Seguir adelante? —repite, sin poder creerlo, con voz entrecortada a causa de la furia.

—Lorna, debes comprenderlo. Pencraw lo era todo para Hugo y su destino era incierto. Había que hacer algo. Toby no estaba capacitado para heredar la casa. Pencraw habría estado a salvo con Lucian. Hugo también lo sabía. Por eso no hizo demasiadas preguntas. ¡Hasta se parecían! Y se llevaban muy bien. Él deseaba que Lucian fuera suyo. —La sombra del bastón comienza a temblar—. Cuando se estaba muriendo en la terraza, un ataque al corazón provocado por el dolor de la muerte de Barney dos años antes, no me cabe la menor duda, prometí que me ocuparía de que la casa siguiera en pie pasara lo que pasase y lo he cumplido. Al menos he cumplido esa promesa.

—¡Usted no debería estar aquí! —grita Lorna poniéndose de pie, clamando contra la injusticia de todo aquello.

—Lorna, puedo vivir aquí todo el tiempo que desee. En ausencia de un propietario residente, o de uno competente, yo administro esta casa. El testamento de Hugo fue muy claro.

—¡Pero Toby es el heredero!

Ella frunce el ceño.

—Sí, y ese es el fallo del sistema, la razón de que tantísimas fincas hayan acabado en la ruina con los años, de que las fortunas familiares que costó años amasar se perdieran en cuestión de meses por... el lastre de un hijo mayor.

—¡No era más que un chaval hecho polvo! ¡Necesitaba ayuda!

—No en vano eres maestra, ya veo.

—¿Cómo pudo? ¿Cómo pudo estafar a Toby de ese modo?

—Lucian puso Pencraw Hall a nombre de Toby hace muchos años, semanas después de que Hugo falleciera. Al final nadie estafó a Toby.

—Entonces ¿dónde está Toby?

La señora Alton aprieta la boca.

—¿Dónde está?

La señora Alton aparta la mirada.

Lorna se echa hacia atrás, asqueada.

—Bueno, no me extraña que nadie quiera volver. ¡Usted ha convertido Pencraw en una casa de los horrores! ¡Una casa con el corazón arrancado! Como... ¡como una criatura disecada! Nada justifica lo que ha hecho. Nada.

La señora Alton está pálida como la cal.

—Querida, pensé que si te lo explicaba, lo entenderías.

—Lo entiendo —dice, y la ira se convierte en otra cosa, en algo más calmado, más frío.

Las manos dejan de temblarle. Sus ojos están secos. Tiene lo que ha venido a buscar a Black Rabbit Hall: su historia, para bien y para mal. Sí, el pasado se le ha echado encima, como una trampa para atrapar langostas. Pero ahora puede salir de ahí debajo. Es libre y desea con toda su alma irse a casa.

—He de marcharme, señora Alton. Yo no pertenezco a este lugar.

—¡Oh, pues claro que sí!

Se lleva los dedos al collar, gira las perlas cada vez más rápido, hasta que Lorna teme que salgan volando y se desparramen por el suelo, como dientes sueltos.

—El destino te ha traído, me ha devuelto a Lucian en ti. Vas a quedarte, Lorna. Tienes que quedarte.

Lorna casi se echa a reír.

—¿Quedarme? ¿Después de todo lo que ha hecho? ¿Está loca?

—Es por el albañil ese, ¿verdad? ¿Jon? ¿Tom? —La señora Alton parlotea rociando saliva, fruto del pánico—. El fontanero.

Tráelo si lo deseas. ¡Ocupa un ala! ¡La casa entera! ¿O prefieres la casita?

—Señora Alton, por favor… —Hay algo curiosamente infantil en la incapacidad de la mujer para entender las consecuencias de sus propios actos—. Pare.

Para horror de Lorna, los ojos de la anciana se llenan de lágrimas.

Oye el ruido de un coche acercándose por el camino de entrada y frenando en seco en la gravilla.

—Siento dejarla disgustada —dice con voz serena.

Sin previo aviso, la señora Alton se echa hacia delante con brusquedad, se levanta sin ayuda y agita las manos como una mujer que estuviera ahogándose.

—¡Pero soy tu abuela!

Esa palabra, a pesar de que estaba esperándola, temiéndola, la golpea con singular y grotesca fuerza. Durante un momento, ninguna de las dos habla. En medio del horrorizado silencio oyen el sonido de pasos en la escalera, débiles primero, más fuertes después. Ambas miran hacia la puerta, se preguntan quién entrará. Saben que no tienen mucho tiempo.

Lorna se aparta.

—Tuve una abuela, señora Alton, la mejor que nadie haya podido tener. No necesito otra.

—Entonces, siéntate conmigo un rato. —La señora Alton agarra el respaldo de la silla, haciendo que se balancee bruscamente de una pata a otra—. Por favor. Cógeme la mano. Nadie me coge nunca de la mano.

Lorna mira por la escalera, oscura como boca de lobo. Por su propia cordura, debe salir de esta habitación. Alejarse de ella, peldaño a peldaño. Llegar al pie de la escalera, donde se ensancha y se abre, donde hay luz.

—¿Puedes perdonarme? Te suplico que me perdones. Me estoy muriendo, Lorna.

Lorna duda; la mano en el pomo. Oh, Dios. ¿Qué va a hacer? ¿Cómo puede perdonar a esta mujer? Cierra los ojos, el corazón le va a mil por hora. Intenta pensar, oye pasos que suben por la escalera con fuerza. ¿Qué le aconsejaría su abuela? La persona más decente que jamás ha conocido. No, ella jamás le dio un mal consejo.

—Lorna. —La voz de la señora Alton es ahora un lastimero gimoteo—. No me dejes recluida en este abominable lugar sola.

Lorna se da la vuelta y regresa a la habitación.

Segundos más tarde, ahí está él, con los brazos abiertos; un gigante en el estrecho marco de la puerta.

—¡Jon!

Lorna corre hacia él de forma visceral, instintiva. Corre a sus brazos, hunde el rostro en su camisa, casi se le doblan las rodillas de alivio.

Jon la agarra de los hombros, busca sus ojos.

—¿Estás bien?

Lorna asiente y parpadea para contener las lágrimas; muchos sentimientos diferentes —dicha, tristeza, emociones que no tienen nombre pero que se propagan como el agua caliente en una bañera fría— viajan por sus miradas.

—Han pasado tantas cosas… —Es cuanto consigue murmurar; sus frenéticos pensamientos se sosiegan bajo el peso de las manos de Jon.

—Lo sé. —Le aparta un mechón de pelo de la mejilla.

La señora Alton carraspea, les recuerda que están en su presencia. Jon mira por encima de la cabeza de Lorna a la pálida mujer que aferra el respaldo de una silla con dedos hinchados.

—¿La señora Alton?

Ella asiente, la sorpresa aún se refleja en sus ojos.

—¿Está bien? —pregunta Jon con suavidad; empieza a intuir la conversación que ha viciado el ambiente en esta extraña habitación.

—Yo… me siento bastante cansada.

—Vamos, cariño. Vamos abajo, ¿de acuerdo?

Acto seguido, Jon toma el brazo tembloroso de la señora Alton y la ayuda a bajar la escalera, despacio, un paso tras otro, y luego la acomoda en la butaca que hay en la modesta sala al pie de

338

la torre este, le coloca una manta de cuadros en las piernas y le sirve una copa de jerez llena hasta arriba, todo lo cual ella acepta sin una queja y sin imponer su autoridad, como si llevara mucho tiempo esperando que un hombre asumiera el mando. Su barbilla desciende hacia su pecho y sus ojos se cierran despacio. Jon se vuelve hacia Lorna, que presencia la docilidad de la señora Alton con creciente asombro.

—Y ahora, ¿quieres una copa? —pregunta.

Es como la noche en que se conocieron, cuando el ruido y los asistentes a la fiesta se desvanecieron.

—Sí, por favor. Me encantaría —responde, igual que hizo entonces.

Las polvorientas botellas de vino llegan de las bodegas balanceándose en las manitas de Dill como rodillos de amasar; cosechas con fragantes notas de miel y de flores de lejanos veranos en el Mediterráneo. Dill, Alf, Doug y Louise los rodean en el salón gorjeando como pajarillos emocionados; luego se dispersan por la casa, y Jon y Lorna se quedan a solas con el vino, gambas en conserva, galletitas saladas y tarta; la risa de Alf y los ladridos nerviosos del perro son las únicas señales de que hay alguien más en la enorme casa.

Lorna entrelaza los dedos con los de Jon. Para su sorpresa, ya se ha hecho de noche: el resplandeciente cielo negro está cuajado de estrellas, como agujeritos de luz. La temperatura ha caído con el sol, y el aire de finales de agosto, que se cuela por la ventana abierta, porta ya un ligero aroma a otoño, la dulzura de la cosecha.

Jon la abraza por la cintura y la atrae hacia sí. El cálido aliento de ambos circula en el cerrado espacio entre sus bocas. Es un momento trémulo, descarnado, titubeante. Hay tanto que decir que Lorna no sabe por dónde empezar. La intensidad de las últimas horas la ha dejado muda.

—¿Enciendo la chimenea? —susurra Jon.

Lorna asiente —Jon sabe lo que quiere antes que ella misma— y le observa, fascinada, arrodillarse y formar una pirámide perfecta con troncos y yesca. Enciende una cerilla y sopla con fuerza; las llamas prenden y danzan, como su corazón.

El fuego no tarda en crecer, el humo se acumula en los rincones de la oscura habitación; el crepitar de las llamas es un sonido primitivo que calma algo en lo más profundo de Lorna, la conecta con un lugar querido donde el presente está muy vivo y el pasado y el futuro son tan etéreos como los sueños. Están sentados en la alfombra: Lorna entre las piernas de Jon, la barbilla de él sobre la cabeza de ella, acoplados de forma perfecta. Y despacio, de manera titubeante al principio, Lorna empieza a soltar lo que le han contado, hilándolo todo una vez más, viviéndolo de nuevo..., aunque ahora desde una distancia más segura. Cuando termina, se quedan en silencio, roto tan solo por el crepitar del fuego y el débil tictac de un reloj. Jon se inclina y besa la suave piel bajo su oreja.

—Eres extraordinaria, Lorna.

La ternura de ese comentario hace que se le llenen los ojos de lágrimas.

—Yo no me siento extraordinaria.

Él la acerca más.

—Pues lo eres.

Lorna extiende el brazo para empujar un candente tronco con el atizador, lo que provoca una lluvia de chispas en las azules llamas.

—Todo este asunto es un mal asunto. Muy malo. No sé qué hacer.

—No es asunto tuyo. No eres tú.

—Pero yo salgo de ahí. Está en mí, Jon.

—Y yo estoy agradecido por ello, por cada muerte, por cada cochina mentira, por todo, Lorna.

Ella se vuelve para mirarle.

—No hablas en serio.

—Lorna, amo a la mujer que eres, a la mujer en que te convertirás, a la madre que sin duda serás. Lo único que siempre he querido era saberlo todo de ti, que no me excluyeras.

Ella baja la mirada.

—No quería que esto fuera... parte de nosotros. Quería que desapareciera.

—No lo ha hecho.

—No.

—Pero no debería haberte presionado. Lo siento. No tenía derecho a hacerlo.

Lorna apoya la cabeza en su hombro.

—Lo curioso es que al final fue esta casa la que me empujó hacia mi pasado, la que lo liberó. Ni yo. Ni tú.

Jon asiente con respeto mientras contempla la habitación cargada de humo.

—Menuda casa.

—Contigo en ella es mejor. —Roza los nudillos de Jon con los dedos, se acerca la mano a sus labios—. Es increíble que hayas venido conduciendo hasta aquí.

—He corrido como un loco, el radar me ha pillado por lo menos dos veces. —Hace una pausa—. Qué poco prudente.

Lorna sonríe.

—Muy poco, sí.

Él le acaricia el cuello con los labios.

—En el fondo me lo he pasado bien.

Lorna se ríe, y al liberar su risa oye otras risas, superpuestas unas a otras, como diminutos ecos. Se vuelve para mirar con aire socarrón a Jon, preguntándose si también él las ha oído. Pero su expresión no ha cambiado: tiene toda su atención en ella. Y sin embargo es como si los niños Alton —Toby, Amber, Kitty y Barney— estuvieran en la habitación, un centelleo juguetón en el humo gris, una chispa azul en una llama dorada, solo durante un extraño y hermoso instante o dos. Luego han desaparecido.

34

Ocho días más tarde,
Nueva York

La cafetería es oscura y estimulante. En la calle hace sol y viento, y la ciudad brilla bajo un cielo increíblemente azul. A los ojos de Lorna les cuesta adaptarse. A ella también.

Nueva York. Greenwich Avenue. El centro de ese círculo de tinta en el globo terráqueo de Black Rabbit Hall.

El jet lag mezclado con una noche en vela —su mente gira sobre sí misma, accionada por los característicos sonidos de una ciudad desconocida— ha puesto sobre la mañana un velo de irrealidad. Sabe que es un cliché, pero cuesta no creer que está en una película. Que alguien no vaya a acercarse corriendo y a gritar «¡Corten!» y a enviarlos a casa, a Bethnal Green.

—¿Seguro que estás bien? —pregunta Jon al tiempo que se guarda el mapa plastificado y doblado en el bolsillo trasero de los vaqueros.

—No lo sé. —No está segura de si está a punto de echarse a llorar o a reír como una histérica. Quizá lo que haga sea tomar un taxi de vuelta al aeropuerto JFK—. Me tiemblan las manos. La verdad es estoy hecha un manojo de nervios, Jon.

—No lo parece —dice él con delicadeza.

Sus moteados ojos avellana están llenos de luz.

—Bueno, algo es algo.

—Estás preciosa.

Entonces Lorna sonríe, se saca el pelo del cuello con aire nervioso —¿cómo puede hacer aún tanto calor en septiembre?— y lo deja caer, satisfactoriamente pesado y brillante gracias al abrasador secador de Broadway. Siguiendo órdenes de Louise, también se ha premiado con una manicura y una pedicura (al parecer, en Nueva York tener uñas naturales es lo mismo que caminar por Bond Street con las piernas llenas de pelos) y un caro vestido azul comprado en una tienda del distrito de Meatpacking. Sus zapatos rojos de tacón —cierto es que para andar no son ninguna maravilla— son sus zapatos de la suerte, los que llevaba puestos cuando conoció a Jon. Sus zapatos rojos de Dorothy. «Choca tus tacones tres veces.»

—Preparada —dice.

—Vale. Solo tengo que orientarme. —Jon se baja las Ray-Ban, mira calle arriba y frunce el ceño—. A unas tres manzanas por aquí, creo.

—A lo mejor podríamos usar el mapa.

—No necesito el mapa. Nueva York es una ciudad lógica.

¿Qué les pasa a los hombres con los mapas?

Jon sonríe.

—Ya no estamos en Cornualles. No te preocupes.

Pero es superior a ella. La idea de llegar tarde, de que algo salga mal…

Que todavía no haya salido nada mal es un milagro. No ha sufrido una intoxicación alimentaria. No ha tenido un brote severo de acné. El avión no se ha estrellado. Aquí está, en una acera de Nueva York, a unos minutos de la mujer que la dio a luz. Piensa eso y se siente mareada de miedo y de júbilo; se aprieta más a Jon. Oh, cuánto ama a este hombre. Recuerda otra vez la larga y mágica noche que pasaron en el oscuro salón de Black Rabbit Hall; el tiempo suspendido en el humo errante, hasta que el amanecer despertó la habitación con un beso y subieron las escaleras con paso tambaleante para acostarse.

A su regreso a Londres, con las transitadas calles de la ciudad gobernadas por el sonido del Big Ben, todo se aceleró de inmediato. Jon quería ayudarla. Si ella le dejaba. ¿Qué quería hacer Lorna? Quería, sí, quería tratar de encontrar a su madre biológica. No, no se quedaría hecha polvo. Con Jon a su lado, se sentía lo bastante fuerte para correr el riesgo; con raíces profundas y firmes en su nueva vida. Además, no creía que hubiera ninguna posibilidad de encontrar a Amber Alton.

Bastaron unos cuantos clics con el ratón. Lorna se quedó hecha polvo. Jon tuvo que enviar el e-mail, hacer la llamada que ella estaba demasiado nerviosa para hacer, realizar la pregunta a la que Lorna no se atrevía a dar voz, ¿le gustaría que se conocieran?, y cuando la respuesta fue: «¡Oh, Dios mío, sí, sí! ¿Cuándo?», y a Lorna se le cayó la taza de té de la mano, fue Jon quien lo organizó todo, hizo un hueco para el viaje a primeros de septiembre, antes de que empezara el nuevo trimestre, rechazó a sus archimillonarios clientes en Bow, reservó billetes en clase *business* —ella estaría más descansada, había sido una semana de locos— y una habitación en un pequeño pero encantador hotel en Washington Square, como dar una pequeña patada a lo que siempre le habían parecido barreras inamovibles. La vida no se había endurecido tanto como el hormigón, a fin de cuentas.

«No camines.»

«Camina.»

Un taxi toca el claxon. Están tardando mucho en cruzar. Son los zapatos rojos. Giran hacia una calle aledaña. Lorna tira a Jon de la mano. Se para. Quiere empaparse de todo, solo un momento: las secuencias de las vidas de Nueva York a través de las persianas de las casas de arenisca parda; el viento caliente que sale por las rejillas del metro; cómo la enorme verticalidad de esta ciudad convierte Black Rabbit Hall en un puntito insignificante.

Tres manzanas. Dos. Una.

—Jon, no puedo hacerlo. De verdad que creo que no puedo hacerlo.

Jon ya se ha preparado para esto. Tiene planes de contingencia.

—Vale. No hay problema. Volvamos al hotel.

—¡Pero tampoco puedo hacer eso!

—Pues entonces nos quedaremos aquí. —Jon le rodea los hombros con el brazo, la aprieta contra sí—. Hasta que estés preparada.

344

—¡La muñeca! Mierda. Me he olvidado la muñeca de Kitty.
—Lorna rebusca en su bolso.

En cuanto la señora Alton se enteró por Dill de que Lorna iba a ir a Nueva York —Lorna y Dill han mantenido contacto regular— la mandó en el tren a Londres con la muñeca. En la estación de Paddington, las manitas de Dill la depositaron de forma furtiva en las de Lorna, como si fuera una rara joya de contrabando o un niño robado, y murmuró que la señora Alton la confiscó hace muchos años.

—No. Sí. ¡La tengo!

Saca la muñeca del bolso y la besa con alivio. Ningún viandante enarca siquiera una ceja. Le gusta esta ciudad.

Jon enmarca su rostro con las manos. El sol les calienta la espalda.

—¿Lo ves? Tienes todo lo que necesitas.

¿Es así? Y si todo se desmorona —podría pasar, no es tonta—, ¿qué le queda a ella? Jon, su familia, cierto conocimiento sobre sí misma obtenido con mucho esfuerzo. Le basta con esto, decide.

—Lo sé.

—Bien, porque ya hemos llegado.

—¿Bromeas? Ay-Dios-mío. No bromeas, ¿verdad?

Seis escalones. Una elegante puerta negra. Una hilera de tres timbres en una placa metálica opaca. El segundo timbre. Apartamento dos: Amber y Lucian Shawcross.

35

Amber,
el día de la boda de Lorna

E l tintineo de una tubería bajo el suelo del vestidor hace que me
   sobresalte, un sonido enterrado tan profundamente que había
olvidado que estaba ahí, la versión acústica de mirarme en el espejo
y no verme a mí misma sino contemplar, durante un breve y sorprendente instante que me hace romper a reír, a mi madre.

Hoy siento a mamá muy cerca, más cerca de lo que la he sentido en años. La imagino poniéndose y quitándose distintos vestidos,
pidiéndome por encima de su pecoso hombro que le suba la cre-
mallera. También a Barney, riendo a sus pies, Peter Pan, seis años
para siempre. A Toby observándonos, recostado contra el marco
de la puerta. Pelo de fuego. Él zurdo; yo diestra.

Estoy sentada en el banco del tocador, abrumada por el deseo
de que las reglas de la física se anulen, solo unos segundos —si eso
pudiera pasar en alguna parte, seguro que pasaría aquí—, y esos
rostros tan amados vuelvan a reflejarse en el espejo, tan sanos y
llenos de vida como eran.

Pero solo mi rostro, curtido por los años, aparece en el cristal
con manchas. Lo contemplo con curiosidad, alzando y bajando la
barbilla, obsesionada con encontrarla a ella en mis rasgos. Y sí, ahí
está ella —en el labio superior, en la línea de la mandíbula—, mi
hija. Mi hija. ¡Menudas palabras!

Cuesta creer que hayan pasado menos de dos meses; interminables llamadas telefónicas, dos visitas, una a Nueva York, otra a Londres, cada una desbordante de información, constriñendo como se puede la narración de vidas enteras en días y diferentes zonas horarias. Somos conscientes de que la hemos sobrecargado. También hemos procurado ser delicados con nuestro hijo Barney, que está entusiasmado con tener una hermana pero estaba acostumbrado a ser hijo único. Poco a poco, dice Lucian, lidiando con todos los demás: a la tía Bay, a Kitty y a su familia, a Matilda, a nuestros pasmados amigos, a los artistas de mi galería, a sus perplejos compañeros de Columbia.

Cada mañana desde que Jon llamó, he despertado a Lucian de repente. ¿Estoy soñando? ¿Estás seguro de que es real? ¿Me ha perdonado por haberla entregado? Mi viejo temor, que la gente a la que amo desaparezca o muera, resurge de nuevo. Él se frota los ojos, busca a tientas sus gafas en la mesilla de noche y me consuela como solo Lucian sabe.

Después de ese pequeño ritual puedo permitirme la dulce agonía de contar los días, las horas y los minutos que faltan hasta que pueda ver o hablar con Lorna otra vez, embobada por esta maravillosa mujer, salida de mí, pero que no soy yo; el bebé amado y perdido, que se ha forjado con valentía su propia vida, que ha buscado las respuestas que necesitaba y ha sobrevivido a Black Rabbit Hall con su espíritu y su humor intactos. Ay, Señor, el amor me ha vuelto muy boba.

Lorna. No es el nombre que yo hubiera elegido. Pero su práctica honestidad le sienta bien. Me aterraba demasiado llamarla de otro modo que no fuera Bebé, por si eso me hacía amarla demasiado —lo cual fue en vano de todos modos—, pues siempre supe que no podría quedarme con ella. Después de que se la llevaran —arrancada de mis brazos mientras yo gritaba, Caroline, con voz cortante, diciéndome que no fuera egoísta, que hiciera lo mejor para la niña, y los pies del médico bajando a todo correr las escaleras— regresé a Londres en un estado lamentable. Se lo conté a Matilda —nadie más lo sabía, ya que una enfermedad fue la explicación que dieron para mi encierro—, y durante las preciadas noches en que dormí en la cama de Matilda pasamos horas hablando del bebé, de dónde estaba, de en quién se convertiría, si sería pelirroja como yo o morena como Lucian. Unos meses más tarde, mi padre, desesperado por sacarme de mi apática y desgarradora melancolía, accedió por fin a dejarme ir a vivir con la tía Bay y a ir a clase en Nueva York durante un tiempo; ninguno de los dos éramos conscientes de que sería para siempre. Recuerdo estar en el aeropuerto, con una maleta de piel marrón a mis pies, y a Matilda acercarse a mí, con las gafas torcidas, y susurrarme al oído: «Un día Bebé vendrá y te encontrará, Amber. Lo hará. Te lo juro». Yo no la creí.

En el avión, contemplando los tejados, decidí que fingiría que el bebé había muerto, junto con los demás. Que era la única forma que tenía de sobrevivir.

Como es natural, nunca dejé de preguntarme, de mirar el calendario, de pensar «Hoy cumple tres años» o «Ahora está en primero» o «Dieciséis años ya». Y he sobrevivido. Tengo una vida plena y ocupada. Nueva York es una vorágine de loqueros, trabajo, clases de yoga y arte. Hay heridas que no quería que sanaran —recuperarme era olvidar y no quería olvidar jamás—, pero tenía el deber hacia nuestro Barney de no ser un caso perdido.

Llaman a la puerta.

—Empieza la fiesta, cielo. —La voz de Lucian atraviesa mis pensamientos—. ¿Crees que podrías estar lista antes de que amanezca?

—Casi estoy.

Me arrimo al espejo y me paso la lengua por los dientes en busca de esas manchitas rebeldes de pintalabios Chanel, me giro para comprobar la caída del vestido, siento una oleada de inseguridad. ¿Me he pasado con este vestido largo de color verde? ¿Es demasiado verde? ¿Le gustará a Lorna? No es muy madre de la novia. Pero ¿cuál es el atuendo apropiado para una madre biológica perdida hace mucho tiempo en una boda en Cornualles durante un bochornoso otoño? No tengo la menor idea.

—Barney ya ha bajado y ha tomado del brazo a la chica más guapa de la habitación, como de costumbre.

Lucian pasa del ala izquierda del espejo al centro. Me rodea la cintura con las manos y me besa en el hombro desnudo; sonríe a nuestro reflejo bajo su melena canosa.

Me pregunto qué ve. ¿Al matrimonio de mediana edad que somos? ¿O a los adolescentes que fuimos? Yo solo sé que cuando le miro no veo canas ni cierta flacidez en la mandíbula, sino a Lucian tal y como era el día en que nos reunimos de nuevo: caderas estrechas y andar sinuoso, cabello lacio, el brillante y joven erudito estudiante de la cabeza a los pies que pasaba nervioso bajo el puente de los Suspiros, al dulce sol de Oxford, sin saber que yo lo estaba observando a unos pasos, demasiado asustada para salir de las sombras del angosto callejón adoquinado. Habían pasado casi dos años desde la última vez que había visto a Lucian, pero volvió a dejarme sin respiración.

Hacía solo dos días que su carta había llegado al buzón de la tía Bay, con un sello de la reina, algo muy excitante, y el conocido olor a tinta de sus dedos. En ella contaba que su madre le había confesado su mentira (demostrándome lo que yo siempre había sentido que era verdad); jamás le dijeron nada del bebé, yo había sufrido sola. ¿Le perdonaría alguna vez? ¿Podríamos vernos? Que supiera lo del bebé y aun así quisiera verme —Caroline me había dicho que le arruinaría la vida si se lo contaba, que me odiaría para siempre— supuso un alivio tan inmenso, una conmoción tan grande que me senté en el suelo y lloré. La tía Bay pasó a la acción, puso los vestidos más bonitos y más cortos en una maleta, me metió en un taxi rumbo al aeropuerto y me indicó que allí gritara: «¡A Oxford, por favor!».

Cuando salí de las sombras de ese estrecho callejón no tenía ni idea de qué iba a pasar. Había transcurrido mucho tiempo. Me sentía cansada y maltrecha; ya no era la joven que él había amado. Pero cuando Lucian levantó la mirada, un rayo de sol incidió en sus negros ojos, rebosantes de anhelo, y lo supe. Supe sin más que nada volvería a separarnos. Por supuesto, no sabía lo complicado que sería permanecer juntos, pasar de ese beso tan increíblemente dulce a un matrimonio de más de veinte años. No estoy segura de que ninguno lo supiera.

—Impresionante vestido.

Sonrío a Lucian en el espejo, contenta de que me saque de mis pensamientos.

—¿No es excesivo?

—En el buen sentido.

—En fin, ya es demasiado tarde para cambiarme. Además, he perdido mi bolso. ¿Has visto mi bolso dorado?

Él se pone sus gafas de montura negra y echa un vistazo a la habitación.

Ambos lo divisamos al mismo tiempo, colgando de… la puerta del vestidor.

—Ay, Dios mío.

Las garras de madera. La felicidad. El horror. Todo lo que vino después. Aún está aquí.

Lucian me coge de la mano.

Pasa otro momento. Dos. Inclinamos la cabeza y recordamos a los que hemos perdido. Luego Lucian coge el bolso de la puerta, me aprieta la mano y nos vamos a la fiesta.

Al cabo de un par de horas me refugio en la linde del bosque, cerca de las madrigueras de conejos; todavía ocupadas, según veo. Los efusivos abrazos y felicitaciones de desconocidos —«¡Caramba, eres igualita a Lorna!»; «Mira, Lil, te presento a Amber Shawcross, sí, esa Amber Shawcross, de Nueva York»— son conmovedores pero extenuantes.

Además, quiero pasar un rato en compañía de mis propios recuerdos. Esta tarde vibran. Sentada en este tronco cubierto de musgo —la misma sensación del aterciopelado y verde musgo que hace décadas— mi infancia parece más vívida que Nueva York la semana pasada. Y todavía puedo verlos con total claridad. Nosotros, tal y como éramos; mamá y papá riendo en la terraza de alguna misteriosa broma de mayores; Kitty con el cochecito de juguete dando botes en los escalones de piedra; Barney corriendo por el jardín con un lución en las manos; Toby llamándome por señas junto al bosque: «Amber, ven a ver…».

Pero no puedo retener conmigo a ninguno de mis queridos

fantasmas durante mucho tiempo; la vertiginosa vitalidad del presente no tarda en expulsar el pasado. Black Rabbit Hall nunca ha parecido más alegre ni más viva, bañada por el calor de este maravilloso veranillo de San Martín, engalanada con farolillos de papel, lucecitas de colores, banderines y globos; la tenue luz otoñal titila en sus ventanas recién pulidas. Los niños bajan rodando por los jardines en pendiente. Gente joven y guapa baila en la terraza; chicas de largas piernas rodean a mi encantado hijo y hacen turnos para dar vueltas cogidas de su mano. Bandejas de sandwichitos triangulares de cangrejo y empanadillas se balancean en la palma de la mano de adolescentes del lugar, a la altura del hombro y a través del gentío.

—Mucho alcohol, muy poca comida —me susurra Lucian al oído con aprobación—. Como en las mejores bodas.

Yo me empapo de todo y me maravillo al ver pasar a Dill: se ha convertido en una copia tan perfecta de Peggy que casi me olvidé y corrí a abrazarla en cuanto la vi. La última vez que la había visto era tan pequeña como un gatito; en esos días agridulces después de que Lorna naciera, Peggy se colaba en mi cuarto con un pastel y nos sentábamos en mi cama para amamantar a nuestros bebés.

Lorna dice que fueron su encantadora hermana Louise y Dill quienes hicieron posible esta boda, que la organizaron de forma milagrosa en el último momento. Al parecer, la dos llevan horas de acá para allá, rescatando de buen grado ancianas tías perdidas en las torres, adolescentes borrachos del bosque, y todo mientras las siguen un montón de niños alborotados y ese Alf que vale por mil y tiene a Lucian tocando la canción de *Toy Story* en el piano de cola.

Lorna tiene una familia maravillosa: afectuosa, unida y, gracias a Dios, normal, todo lo que yo deseaba. Si Sheila estuviera viva, le daría las gracias. Lorna dice que su relación nunca fue demasiado fácil, pero está claro que Sheila hizo algo bien y he de estarle eternamente agradecida por ello. Y Doug es genial. Doug me cae muy bien. También a Lucian. Los dos —pese a formar una extraña pareja; Doug con camisa azul claro y corbata rosa; Lucian con un arrugado traje negro de Prada— llevan una hora sentados juntos en una paca de heno, riendo, bebiendo sidra y fumándose un puro, aunque ambos lo dejaron hace años. Veo que Lorna también los observa con discreción, comprobando qué tal se llevan.

Entretanto, la gran familia de Jon —¡glamour!, ¡bullicio!, ¡lentejuelas!— deambula por la finca como un banco de peces exóticos. Hablan a todo trapo con un acento que, después de tantos años en el extranjero, me cuesta ubicar. Al timón de todo está la suegra de Lorna, Lorraine, una mujer que de algún modo está siempre a la vista; lleva un sombrero con estampado de leopardo y del tamaño de una antena parabólica. Pero hasta eso queda empequeñecido por el tocado de la tía Bay, un penacho de plumas de pavo real cuyas esponjosas puntas se agitan por encima de las cabezas de la gente mientras camina del brazo de Kitty, y le cuenta a todo aquel que quiera escuchar que su querida y difunta hermana Nancy adoraba las fiestas y estaba despampanante vestida de verde. Kitty ríe, feliz de dejar que Bay sea el centro de atención. El regocijo se lo produce el demostrarles a sus cuatro hijos —todos estadounidenses, se reunió conmigo en Nueva York a los dieciséis años, se casó con un buen amigo mío y se instalaron en Maine, de donde era mamá— que la vieja casa en el campo de la que les ha contado tantas historias existe de verdad. Y no, sus teléfonos móviles allí no van a funcionar.

No puedo evitar preguntarme qué pensaría Caroline de todo esto. ¿Estaría feliz? ¿O era incapaz de sentir felicidad? No creo que jamás lo sepamos. Gracias a Dios falleció en un hospital de Truro el mes pasado agarrando la mano de Lucian. Al final fue capaz de perdonarla. Yo no la perdonaré jamás. Al igual que el resto del universo, suspiré aliviada cuando murió y le pregunté a Dios por qué había tardado tanto en llevársela.

—¿Te traigo algo?

Levanto la mirada y veo a Jon, alto y guapo con un traje azul marino, sonriendo con timidez.

—¿Otra copa?

—No, estoy bien así, gracias. —Doy una palmada en el espacio en el tronco a mi lado—. Me están cuidando muy bien. Es una boda preciosa, Jon.

Él se sienta a mi lado, sus grandes rodillas tensan la tela de los pantalones.

—¿Te resulta un poco raro estar aquí otra vez?

Yo me río.

—Un poco.

—A Lorna le preocupaba que esto removiera muchas cosas.

—Ah, no os preocupéis. Black Rabbit Hall vive aquí de todas formas. —Me toco la cabeza—. Y, ¿sabes?, me alegra que sea así, me alegra de verdad.

Él baja la vista a sus enormes pies; irradia el dulce y un tanto desconcertado aire que irradian los novios el día de su boda, el que Lucian irradiaba en el ayuntamiento hace tantos años. Bonitos zapatos, veo. Zapatos italianos marrones un poco anticuados. Influencia de Lorna, sospecho. Ojalá mis profesoras del colegio hubieran tenido la mitad de estilo que ella.

Su rodilla empieza a agitarse.

—Señora...

—¡Amber, por favor!

—Perdón. —Se ríe con nerviosismo, agita la rodilla más deprisa y luego barbota—: He hablado con Toby.

Me quedo paralizada.

—¿Qué? ¿Qué acabas de decir?

—Su hermano Toby me llamó —dice con más suavidad, dejando que las palabras calen.

La tierra desaparece de verdad bajo mis pies, apoyo una mano en el tronco para sujetarme.

—¿Has hablado por teléfono con Toby? ¿Cómo...? Mierda. Lo siento. Perdón... ¿Cómo narices...?

—Le envié la invitación de boda junto con una carta explicándole quiénes éramos y mis señas y mi número de teléfono por si quería ponerse en contacto. No tuve respuesta, no pensaba que la tendría, para serle sincero, pero saliendo de la ducha una mañana, con la cabeza en otras cosas, llamó un hombre con voz ronca que dijo que era Toby Alton y que tenía que saber si de verdad era una invitación para la boda de la hija perdida de Amber. No se lo podía creer. Pero parecía muy feliz cuando le dije que sí que lo era.

Los ojos se me llenan de lágrimas. Y me veo arrastrada de nuevo a aquella febril noche en Londres en que no podía dormir. Me senté en la cama y escribí una carta a Toby, a su lejano internado —«La cárcel», lo llamaba él—, contándole lo del bebé. Le había ocultado el secreto más de un año y ya no podía guardarlo más. Una semana después recibí una sencilla nota que siempre he guardado como un tesoro: «Lo sé. He soñado con ella. Sé fuerte, hermanita. Te quiere, T.».

—¿Quiere estar un minuto a solas, Amber? —pregunta Jon mientras me seco los ojos—. Debería haberla avisado. Pero no quería darle esperanzas.

—No, no, en serio. Estoy bien. —Llevo una mancha de rímel en la yema del dedo e intento sonreír—. Por favor, continúa. ¿Qué más te dijo?

—No mucho. Que no podía venir a la boda, pero que nos deseaba lo mejor. —Jon baja la mirada—. Hubo interferencias y se cortó.

—Yo... sigo sin entenderlo. ¿Cómo supiste dónde enviar la invitación? Toby me telefonea o me escribe cada pocos años y me dice que está vivo y bien, pero eso es todo. Nunca me deja un número, nada.

—Dill encontró su dirección.

—¿Dill? —Estoy demasiado estupefacta para hablar.

—Unos días antes de que Caroline muriera, le entregó un fajo enorme y húmedo de viejas cartas y documentos, atados con bramante, cosas que pensaba que Dill necesitaría para que todo siguiera funcionando aquí. Dill encontró las señas de Toby en esos papeles; distintas direcciones según los años, Kenia, Jamaica, Irlanda, Escocia, cartas del abogado de Caroline exigiendo dinero por los gastos de mantenimiento de la casa, toda clase de cosas. No había demasiado correo de la otra parte. Pero aun así... —Hace una pausa y yo meneo la cabeza con muda incredulidad—. Supongo que es lógico que Caroline supiera dónde estaba en todo momento. Ella podía dirigir la propiedad, pero no poseerla.

La cabeza me da vueltas. Me da igual la finca, quién es su propietario o quién no lo es. Solo me importa una cosa.

—¿Dónde? ¿Dónde está mi puñetero hermano?

—En una parcela en la isla escocesa de Arran.

—¡Arran! ¿Arran? Es la tontería más increíblemente tonta... Dame su número, Jon. Voy a llamarle ahora mismo.

—Sabía que lo querría. Pero en mi teléfono no salió ningún número cuando me llamó. Lo siento mucho.

Así que ha vuelto a escaparse. Deseo con toda mi alma zarandear a Toby, mi egoísta, gamberro y amado hermano, zarandearle una y otra vez por su exilio autoimpuesto. Al castigarse a sí mismo por todo lo que pasó, nos ha castigado también a todos los demás. Pero ese es el problema con Toby; si estaba animado, te llevaba con él, como un dios; si estaba deprimido, también te hundía, una mano fuerte en la cabeza. Dios mío, le echo de menos.

—Siento si este no era buen momento para contárselo —dice Jon, mordiéndose el labio inferior—, pero es la primera ocasión que he tenido en todo el día y pensé que querría saberlo. Ni siquiera se lo he contado aún a Lorna.

Lorna aparece en ese instante como una visión, corre descalza por el jardín, su brillante pelo negro, adornado con flores blancas, le cae en bucles por encima del hombro. Alf la sigue dando saltos, con los zapatos de ella en la mano. Tengo que recobrar la compostura. No quiero que nada empañe su boda. No se trata de mí ni de Toby.

—Hemos renunciado a mis zapatos de tacón, ¿verdad, Alf?

Se echa a reír y se sienta a nuestro lado en una nube de tul y de aire fresco del atardecer. Su rostro exultante, sonrojado por el sol que se pone tras el bosque, queda preciosamente enmarcado por la capa blanca de piel de mi madre que lleva sobre los hombros, con su centelleante cierre de circonitas.

—En la hierba no sirven de nada. Vamos, Jon. ¡Al salón de baile! ¡A bailar!

Jon se levanta con suma rapidez.

—Nos vemos allí. —Me lanza una sonrisa de disculpa y coge a Alf de la mano—. Vamos, Alf.

—¡Pero yo soy el portador de los zapatos! —protesta Alf al

tiempo que se aprieta contra la rodilla de Lorna para que Jon no pueda llevárselo con tanta facilidad.

—Un trabajo muy importante. —Lorna le rodea con los brazos y sonríe a Jon—. ¿Te importa si voy dentro de un ratito? Yo llevaré a Alf. En realidad, me vendrá bien un descanso de tu tío Reg.

—¿Todavía no está en coma debajo de un árbol? —Se agacha para besarla—. En serio, tarda lo que quieras. Todo va con retraso. Parece que nadie se ha dado cuenta.

Guardamos silencio —yo todavía estoy dándole vueltas a lo de Toby— hasta que Jon ya no puede oírnos. Entonces, por encima de la cabeza de Alf, Lorna se acerca a mí y me susurra:

—¿Crees que hacemos buena pareja?

Le cojo la mano y se la aprieto, probablemente con demasiada intensidad. Si pudiera, tendría su mano en la mía todo el día.

—Lorna, hacéis una pareja sencillamente maravillosa. Perfecta.

Ella sonríe, estira los pies, menea los dedos sobre la hierba. Reparo en que tiene los pies de mi madre, con el segundo dedo más largo que el dedo gordo.

—Yo también lo creo.

Nos quedamos sentadas en esa atmósfera amigable; yo, incapaz aún de hablar demasiado; ella, charlando con Alf con naturalidad, señalándole los primeros murciélagos del anochecer, el bosque, los acantilados entre los árboles, una playa pequeñita donde cuatro niños adoraban jugar, las cuadernas de un bote de contrabandistas asomando en la arena con la marea baja, y delfines en las profundidades. Alf está fascinado. Pero entonces el sol se oculta de repente, como hace en otoño por aquí, como si tirara de él la cuerda de una marioneta, y hace frío.

¡Hora de volver! Alf se levanta de un salto. ¡Hora de bailar! Caminamos hacia la casa; Alf se para cada pocos pasos para meter un dedo curioso y rechoncho en las madrigueras de los topos. La terraza es un hervidero de ruido. Hay mucha gente bailando, a pesar de que la música ni se oye. Alf tira a Lorna del vestido.

—Tita Lor…

Lorna no lo oye. El tío Reg se aproxima tambaleante siguiendo la balaustrada y cantando «¡Porque es una chica excelente!» con voz de barítono borracho. Una mujer con un vestido amarillo canario nos pone una copa de champán en la mano. El flash de una cámara.

—¡Sonreíd!

Otro flash.

—Y otra vez. Una para los nietos. ¡Preciosa!

—Tita Lorna —dice Alf tirándole de la manga con más empeño—. Quiero enseñarte una cosa.

En ese preciso instante empieza: el tañido interno, el pitido de un viejo sónar olvidado hace mucho tiempo. Levanto la vista por encima del borde de mi copa de champán, desconcertada, preguntándome si vamos a tener una tormenta eléctrica.

—Tía Lorna, ¿quieres mirar?

—Lo siento, ¿qué, Alf? —Lorna le mira distraída.

—¡Conejos negros!

El ruido se desvanece, todo se desvanece mientras dirijo la vista al lugar donde señala el dedito de Alf, más allá de los conejos que salen dando saltitos de la madriguera, hasta la linde del bosque donde una figura musculosa —debe de ser un hombre, es un hombre— sube la cuesta, perfilado contra el cielo rojo sangre. Agacha la cabeza por el viento. La mano en el sombrero. Camina despacio pero con paso resuelto, como un granjero que abandona el campo al anochecer. Ataja por la cuesta más empinada, como siempre hacía, y se detiene arriba, levanta el ala de su sombrero con un dedo, mira hacia la casa, solo un instante, lo suficiente para que el último resquicio de sol incida en su barba pelirroja antes de hundirse tras los árboles.

Grito su nombre y echo a correr.

Epílogo

Nancy Alton,
abril de 1968,
el día de la tormenta

La frente de mis hijos: la de Toby, a resina de árbol; la de Amber, últimamente a un fuerte olor hormonal; la de Kitty, a leche. Barney no está en la cocina para poder besarlo ni olerlo. Echo un vistazo bajo las patas torneadas de la mesa, medio esperando verlo allí.

—¿Dónde está Barns?

Conejos, me dicen. Ha salido a una de sus travesuras con Boris.

Un momento después encontramos al bobo y viejo perro merodeando al otro lado de la puerta.

Un trueno. Peggy mira por la ventana toqueteándose el crucifijo que lleva al cuello y murmurando cosas inútiles acerca de que la tormenta la envía «el mismísimo demonio».

Serán sin duda cuatro gotas. Las tormentas que se anuncian pronto, esos poderosos nubarrones negros que vienen del mar —que mi querido marido divisa con entusiasmo desde la terraza—, suelen dispersarse antes de cobrar fuerza. Es con las que no avisan y estallan en el cielo como una escopeta con las que hay que tener cuidado. Por otra parte, el jardín necesita la lluvia.

¿Dónde busco al diablillo de tu hermano?

En la guarida junto al columpio, me dice Amber, parpadeando con esos serios ojos verdes que tiene mientras pone nata en su bollito. Dado que mi hija tiene razón en la mayoría de las cosas, decido empezar a buscar por allí.

Toby, mi dulce y galante muchacho, se ofrece a ir en mi lugar. No, debe terminarse su té. Todos deben terminarse el té; hoy se ha hecho demasiado tarde… ese fogón es tan poco fiable. Siempre hambrientos, los niños se han estirado como juncos desde la última vez que estuvimos aquí; los tobillos asoman por el bajo de los pantalones y las largas y pálidas muñecas por los puños de las camisas. Peggy no da abasto cocinando.

Los dejo charlando, discutiendo, cruzo el vestíbulo y decido que no cogeré chubasquero ni gorro. Una locura, la verdad, pero después de tantos días atrapada en Londres, hasta arriba de analgésicos y con la pierna en lo alto del maldito taburete, necesito un buen chaparrón. Una tormenta en Cornualles supera el café de las mañanas en Fitzrovia.

Knight no comparte mi entusiasmo. Protesta, echa las orejas hacia atrás; nada propio de él. Me monto, le rodeo el cuello con los brazos y le susurro con esa vocecita tonta de bebé que tanto le gusta. Se tranquiliza un poco, pero sigue mostrándose reacio. Me apoyo en los estribos y una ráfaga de dolor me recorre la pierna; un recordatorio del accidente, de todos esos días de inactividad en la ciudad, atrapada en esa butaca de terciopelo color turquesa. Y siento una oleada de gratitud hacia Barney por obligarme a salir, con el viento azotando los árboles, los truenos retumbando, como una maravillosa banda de música escolar desafinada.

Cruzo la verja hacia el bosque —hay que engrasar las bisagras, tengo que comentárselo a Hugo—, y todo está más silencioso, cuesta cabalgar. Algunos árboles se han caído; ramas grandes y pequeñas siguen cayendo. Nos abrimos paso como podemos hasta que diviso el columpio de cuerda meciéndose bajo la extraña luz amarillenta de la tormenta, como si un niño acabara de bajarse de él.

—¿Barney? —grito—. ¡El té!

Una risita. Me giro e intento verlo en la penumbra.

—¿Barney?

Sale como un rayo de una tienda hecha con palos, una criatura risueña y saltarina, las pálidas plantas de sus pies destellan cuando echa a correr.

—¡Cógeme si puedes!

—Oh, por Dios bendito, ¿dónde están tus zapatos?

Pero él no me escucha. Va saltando sobre los troncos caídos, mirando por encima del hombro para ver si le sigo.

—¡Te lo advierto! —grito, enfadada, aunque de pequeña yo era igual.

Barney empieza a trepar a un árbol, tozudo y desobediente, como Hugo dirá más tarde, amolda sus pies descalzos a la corteza, como un oso, sube más y más por la oscura copa y me mira con una sonrisa de oreja a oreja. Creo que en ese instante veo a mi hijo tal y como es y él a mí, y los dos nos echamos a reír.

Pero Knight empieza a retroceder con paso brusco, inquieto por la tormenta y los truenos que retumban en el valle. Una rama me rasga la blusa, que se agita al viento. Y Barney desaparece de repente, tragado por las hojas. Empiezo a sentir pánico. ¿Se caerá? ¿Se ha caído? No, Barney jamás se cae.

—Ya basta, Barn…

El resplandor de un relámpago ilumina la cara de Barney entre las hojas. Knight quiere huir. Lo refreno con firmeza. Mi pierna debilitada resbala del estribo. Tengo que sacar al caballo de la tormenta y llevar a Barney a casa.

—¡Agarra mi mano! —grito al tiempo que estiro el brazo hacia Barney.

¡Boom! Un trueno tan estruendoso que hasta las hojas tiemblan. Demasiado estruendoso.

Knight resopla, corcovea, se encabrita, arriba, arriba, arriba, hasta que debajo de mí ya no hay nada sólido, ni silla, ni estribos, ni la caliente carne del caballo. Solo manos estiradas, dedos que se rozan durante una fracción de segundo, una explosión de amor, blanca, brillante, surcando el cielo como una estrella.

Agradecimientos

Mi más sincero agradecimiento a los equipos de Michael Joseph y de Putnam, llenos de talento y pasión, y en especial a mis brillantes editoras, Maxine Hitchcock y Tara Singh Carlson, porque han hecho que esta novela fuera muchísimo mejor y porque con ellas da gusto trabajar. A Louise Moore por el sabio consejo y el ánimo que me llevaron a imaginar esta historia. A mis maravillosas agentes, Lizzy Kremer y Kim Witherspoon, cuya inquebrantable confianza en *El secreto de Black Rabbit Hall* desde el principio fue fundamental para su creación. También a Harriet Moore, Alice Howe, Allison Hunter y a los demás equipos de David Higham Associates e InkWell Management. Manteniendo el fuego del hogar encendido…, mamá, como siempre. A Tess, Emma, Kirsty, Izzy y Flip, por ser tan amables desde que me mudé a la mansión. A mis hijos, una pequeña tribu de tres: las mejores frases son todas vuestras. Y a Ben, por sacar siempre el conejo de la chistera. Gracias.

El papel utilizado para la impresión de este libro
ha sido fabricado a partir de madera
procedente de bosques y plantaciones
gestionados con los más altos estándares ambientales,
garantizando una explotación de los recursos
sostenible con el medio ambiente
y beneficiosa para las personas.
Por este motivo, Greenpeace acredita que
este libro cumple los requisitos ambientales y sociales
necesarios para ser considerado
un libro «amigo de los bosques».
El proyecto «Libros amigos de los bosques» promueve
la conservación y el uso sostenible de los bosques,
en especial de los Bosques Primarios,
los últimos bosques vírgenes del planeta.

Papel certificado por el Forest Stewardship Council®